曾德雄 著

就事论事（二）

JIUSHI LUNSHI

羊城晚报出版社
·广州·

图书在版编目（CIP）数据

就事论事. 二/曾德雄著. —广州：羊城晚报出版社，2016.9

ISBN 978-7-5543-0344-3

Ⅰ. ①就… Ⅱ. ①曾… Ⅲ. ①新闻报道—作品集—中国—当代 Ⅳ. ①I253

中国版本图书馆CIP数据核字（2016）第198613号

就事论事（二）
Jiu Shi Lun Shi（Er）

策划编辑 郑 毅
责任编辑 郑 毅
责任技编 张广生
装帧设计 友间文化
责任校对 董 琳
出版发行 羊城晚报出版社
（广州市天河区黄埔大道中309号羊城创意产业园3-13B 邮编：510665）
发行部电话：（020）87133824
出 版 人 吴 江
经 销 广东新华发行集团股份有限公司
印 刷 佛山市浩文彩色印刷有限公司（佛山市南海区狮山科技工业园A区）
规 格 787毫米×1092毫米 1/16 印张26 字数520千
版 次 2016年9月第1版 2016年9月第1次印刷
书 号 ISBN 978-7-5543-0344-3/I·290
定 价 38.00元

自序

Preface

这是我的第二本时评集，书名还是叫《就事论事》，只是加了个序号“二”，主要是觉得除了这个实在想不出其他更合适的了。收录的是2013、2014两年的文章，说的基本上还是广州的事。根据几位朋友的建议，这次不再按照时间顺序编排，而是分为不同的内容分类，让主题更为集中。

检索下来，发现广州的所有热点话题我几乎都有参与，有的甚至反复谈论过不止一次。曾有人问我，你写这些到底有什么用？老实说，我也不知有什么用。从个人性情，我最大的志趣只在于搞清楚、看明白。以前读书的时候最喜欢数学，特别是证明题，那实际上是先给出现象再寻求原因的过程，充满挑战，却也其乐无穷。其后学医，也都对涉及原理的课程感兴趣，比如生理学、病理学，也是寻求现象背后的根源。至于后来学中国哲学，更是想探寻中国的人、事背后的根由，力图解释中国的社会现实。现在写这类时评文章也延续了这样的思路，总是试图分析背后的原因，政治的，经济的，社会的，当然核心是文化的。

中国的“三千年未有之变局”还在持续，我们也算是躬逢其盛。身处其中，虽说心若浮萍甚或风中之烛，同时却也获得丰富的文化体验，其中之一就是“太阳底下无新事”，一切都可以在中国历史文化传统中找到印迹，一切都其来有自，没有什么新鲜的东西。另一方面，正因为其历史久远、传统厚积，让人明白转型绝非易事，“毕其功于一役”的激进浪漫主义只会延宕历史的进程，因为喧嚣过后一切都会回到原点重新来过。正是基于这样的考虑，我和广州的一众朋友才会如此不惮烦劳，专注于身边的点点滴滴，冀望以一砂一石之力对中国社会之转型有以助力。

感谢羊城晚报出版社副总监、本书责任编辑郑毅，他的专业和严谨对本书帮助甚大。感谢好友陈先新，没有他就没有这两本书的出版。

作者

2016年8月31日

目录

C o n t e n t s

001 一、体制机制

073 二、公共财政

389 十三、其 他

一

体制机制

Ti Zhi Ji Zhi

◎ 重视民意就应该让人大真正发挥作用

现在政府越来越重视民意，在日前召开的广州市委全会上，市长陈建华说："不得民心的民生工程不要急于去做、强行去做，那是花钱买骂。不能修一条路，怨声一条路，要和人民群众一块想，一块干，真正办成民生工程。"并以同德围的成功经验为例子，表示"今后在重大的民生工程中，都可以考虑成立由居民组成的公众咨询监督委员会"。几乎在同时，广州市规划局邀请了56位党代表座谈听取意见，局领导表示，今后的规划编制将更多地"自下而上"，倾听民意。

毫无疑问，政府重视民意是天大的好事，但细观种种，我发现有个问题大家似乎并没有搞清楚，那就是：民意究竟应该如何发挥作用？或者说，民意应该如何去参与、影响甚至主导公共政策的制订？

政府在制订政策的时候举办各种听证会、座谈会、论证会等等，当然是在重视民意、听取民意，但我以为仅仅这样是完全不够的，因为在这些过程中政府还是绝对的主导，民意的表达充满太多的随机性、偶然性，许多时候出现"被代表"甚至"被强奸"的情况，表面上听取了民意，实质上那些所谓的民意很多都经过了刻意的编排，并不真实全面。这样的例子太多了，远的比如自来水涨价听证会，最新的比如白云山隧道工程，座谈会上一边倒地赞成，可你能说那是真正的民意吗？

如果真的重视民意，那就让民意来作主。怎么作主呢？很简单，政府制订政策以后，交由人大来审议表决，通过的施行，否决的不得施行。人大就是我们的民意机构，它的职责就是表达民意、落实民意。只有做到这一点，才算真正重视民意，民意也才能真正发挥作用，我们经常说的民主也才能真正落到实处。

说实话，目前政府的所谓重视民意，只让我想起古人说的"天视自我民视，天听自我民听”，也就是所谓圣君贤相的开明君主。可是经过无数的血泪试错，我们也该长长心智了，世界上哪有什么圣君贤相呢？真要重视民意，民意真要发挥作用，除了由民意作主，哪还有其他的路子呢？所以，从制度安排上来说，如果真要重视民意，就要切切实实地发挥民意机构的作用。

2013年1月14日《新快报》

◎ 社会有期盼，人大须担责

一年一度的广州两会终于结束了，在这次两会上，有人说“一群人大代表比不上一个韩志鹏委员”，引发了许多议论。其实，关于广州人大的今不如昔已经不是一个新话题了，人们在谈论这个话题的时候也几乎无一例外地举出上世纪末本世纪初以王则楚为代表的广州人大现象来做对比。

可惜我没能躬逢其盛，没有赶上那时的好时光。虽然人大的确还有相当多种种不尽如人意之处，但以我的个人体验，我的确感到人大的存在感正在日益增强。说实话在做人大代表以前，我从来不关心两会，甚至还暗自抱怨两会的新闻占据了太多版面，影响了其他资讯的获得。直到做了人大代表，才开始关注两会。当然，从逻辑上，我这个经验并不能说明什么，所以我也很希望有机构做个调查，看公众对人大、政协到底有多关注。

人大的存在感主要体现在两个方面：一是公众对人大的期盼越来越强烈；二是人大也在积极地回应公众的期盼。远的不说了，就说这次，两会之前，有关白云山隧道工程的争拗已经持续了相当一段时间，好多人指望两会特别是人大可以主持公道，甚至力主修建隧道的也期望在两会上获得人大代表的支持，并且各自都做了一些部署。好在在人大开幕的前一天晚上，市建委突然说缓建，才使这个很可能会成为两会焦点的话题戛然而止。

而人大对公众期盼的回应也不少，就说同德围吧，所谓一群人大代表比不上韩委员说的正是同德围的综合整治，其实人大在同德围的综合整治上也是做了不少工作的，前两年搞过一次规模很大的专题询问，询问之前多次实地调研（我也参与了两次），应该说，这些对促进同德围问题的解决是起了一定作用的。这次两会，据我所知代表们对政府有关部门至少组织了三场询问会，针对的问题主要有汽车检测、五类车治理、公交补贴等。这些问题都十分切近民生、公众广为关切，相信代表们的询问对这些问题的解决会起到一定的作用。

当然，人大的不足也显而易见，这不足表现更多的是人大作为民意机构与民意机构应该发挥的作用之间还存在相当大的距离。但这就不仅仅只限广州一地了，而涉及全国、涉及宪法的真正落实。而近现代以来，一直得风气之先、开风气之先的广州也在勉力前行，做了一些很有开拓性的努力，比如创造性地制定代表相约调研制度、确定重大事项必须经过人大等，包括我在内的一些人大代表也一直在呼吁完善公共政策的合法性程序，等等。

总之，中国社会正在转型，转型的完成有赖社会各方的合力。就人大而言，作为直接受托于公众的民意机构，公众对人大无疑有更大的期盼、更高的要求，除了积极回应，我们还能干什么呢?

2013年1月24日《南方都市报》

◎ 期待人大代表的“履职履历”发挥作用

广州市人大准备为每一位人大代表建一份电子版的“履职履历”，详细记录市人大代表在人代会会议期间工作和闭会期间履职活动，实现对代表履职过程的量化分析和智能统计，自动生成每位代表的“履职履历”。从媒体的报道来看，基本上每位代表的一切活动都会记录在案。目前正在对一期工程“常委会组成人员履职平台”建设进行公开招标，项目预算59万元。

给代表建“履职履历”，初衷应该是促使代表更好地履行代表职责，本身毫无问题。就我所接触到的情况来看，广州市的人大代表总体来说履职水平和积极性其实都很高，在社会生活的各个层面各个领域都在发出自己的声音、行使自己的职责。

但是毋庸讳言，人大与社会的期望之间还存在相当大的距离，一个最典型的表现就是每当有大事发生，社会上总会有“人大在哪里”的呼声，不绝如缕。社会的这种呼声是完全正当的，顾名思义，人大的作用就是代表民意、表达民意、落实民意，当公众有这样那样的诉求的时候，他不去呼唤自己的代表还能呼唤谁呢?

但这样的呼唤恰好又说明人大的时常缺位，否则就不会有这样的呼唤了。而人大的缺位我认为并不是因为没有类似代表“履职履历”这样的监督督促机制，而在于我们的某些制度缺失。比如宪法都规定人大是最高国家权力机关，可是我们看到在社会公共生活当中，人大的这个作用和地位并没有得到显现，最典型的就是一些重大的公共决策很多都没有经过人大，基本上都是政府说了算。比如今年三月份召开的全国两会，有代表就提出人大应收回税收立法授权——连收税这么重大的事人大都不作主、都完全交给政府，你还能指望它什么呢?

当然，现在政府越来越重视民意了，比如广州市政府就制定了《广州市重大民生决策公共意见征询委员会制度（试行）》，规定以后凡是关系市民切身利益且涉及面广的重大民生决策事项，原则上应成立公众意见征询委员会，从决策动议开始便征询民意。广东省政府也发布了《广东省法治政府建设指标体系（试行）》，里面规定了好几个“百分百”，其中一个是重大决策要百分之百听证、民调。但政府的这类重视民意、征询民意并不能代替人大作为体制性民意机构的作用，否则就会一再出现政府主导下的听证会无法反映真实的民意的情况，陷入我们常说的自我证明、循环论证的逻辑怪圈，导致很多公共政策听证会赞成一片、但社会反响迥然不同的怪现状。这种现状的一再出现，正说明我们的制度安排上的一个重大缺失，那就是人大在公共政策制定中的缺位。

假如我们弥补了这个制度缺失，规定所有公共政策都必须要经过人大的审核、表决同意以后才能获得合法性、才能实施，那么宪法所规定的人大的作用、地位才能得到真正的体现，人大代表的履职才能更加落到实处。即便没有代表“履职履历”的监督督促，人大代表也一定会更加认真地行使好自己的职责。

2013年5月7日《羊城晚报》

◎ 人大代表述职，选民才是主体

日前，深圳市福田区决定启动市人大代表向区人大代表述职，具体做法是将福田区的88名市人大代表分成三个小组面向区人大代表述职，述职内容包括出席人代会、参加市区人大常委会组织的各类活动情况；提意见、建议等参政议政情况；与选举单位、区人大代表、群众联系情况等。述职结果将报市人大选联工委，作为下一届能否连任的依据。

据说这在深圳尚属首创，但在广州却已进行多时。广州的做法是原则上每个市代表在任期内都必须向自己所属联组的代表述职一次，我自己就有过一次这样的经历。就不知道深圳是每个市代表每年都述职呢还是像广州这样在任期内述职一次。

根据《中华人民共和国选举法》，只有区代表是直接选举，而市代表是由区代表选出。依此类推，省代表由市代表选出，全国代表由省代表选出。因此，从逻辑上来说，市代表向选举自己的区代表述职在制度安排上完全没问题，这时候区代表在某种意义上实际上就成了选民，代表向选民述职，天经地义。

问题只在于这样的述职出发点是什么？目的又是什么？按照我的理解，述职的目的是向选民汇报自己的工作：做了哪些事、发挥了什么样的作用、起到了什么样的成效、还存在哪些不足、今后如何改进，等等，然后接受选民的评判和建议：满意或不满意、今后应该怎么做。在这个关系式中，代表述职的对象是选民，选民及其利益诉求是主体。

但福田区的情况却有些不同。根据媒体的报道，福田区是打算通过这样的述职活动，加强市区两级代表互动，实现更好的资源共享，“使区一级政府部门无法解决的问题，由区级人大代表向市人大代表建议反馈至市级政府部门，加强解决问题的力度。”从这里可以看出，利益诉求的主体不是选民，而成了区一级政府部门，他们无法解决的问题经由区人大代表向市人大代表建议，再反馈至市级政府部门，以便“加强解决问题的力度”。

虽然从实际上看区级政府部门的诉求与公众的诉求之间应该具有相当程度的相关性，但从理性的角度来分析，这里还是存在相当大的混乱：区一级政府部门凭什么可以要求区代表替自己反映问题呢？人大的职责是监督政府，指出不足，提出建议，等等。结果现在倒好，区政府无法解决的问题要交给区人大代表去向上反映，区人大代表成了区政府的传声筒，彼此的职责界限变得模糊混乱，责任义务也断难落实，而人大的作用地位也与《中华人民共和国选举法》规定的不符，变成了政府的从属和附庸。代表经由选民选出，他负责的对象只应该是选民，而不应该是政府部门，哪怕是他所在选区的政府部门也不行，否则的话，选民的主体地位就会被虚置，选民的利益诉求也会被旁搁，凸显的还是政府主导，导致的结果是人大的作用地位继续被虚化，其背后实际上是公众作为选民的权益主体地位不能真正得到保障。

有领导多次说过“一个社会最重要的是秩序”，社会的秩序有赖于权力秩序：各居其位，各司其职，各尽其责，如此，方可相辅相成、相得益彰，营造出健康有序的社会秩序。如果权力边界不清，甚至时相僭越，只会造成更大的混乱——转型期的中国社会尤其需要这样的理性思维。因此，福田区的人大代表述职，选民及其利益诉求才是主体，而不应该是区一级政府部门。

2013年6月13日《羊城晚报》

◎ 人大开门立法遇冷为哪般?

今年七月，广东省人大出台了《立法公开工作规定》，将立法公开扩大到了立法信息公开、立法规划和立法计划公开征求意见、法规草案公开征求意见等方面。日前，南都记者调查却发现，省人大常委会逐个发电邮征求立法意见的900多名全国及省人大代表，仅有10余人回复，普通市民对“开门立法”也并不感冒，就连天天与法律打交道的律师对立法的参与度也并不高。

其实，这样的结果不用调查也是知道的，调查只是获得了一些可靠的数据支撑。可以说，省人大开门立法的满腔热情遇到了人大代表、市民、律师的“冷面孔”。为什么会出现这种情况呢?

人大代表都是兼职，说实话，除了极少数代表，绝大多数人真的很难分心去兼顾更多的代表工作，即便有，很多也是跟本职、本行业的工作有关。你也很难说代表素质不高或不称职，这的确是体制决定了的，怪不得代表。

但这只是其中的一个方面，更重要的一方面恐怕还在于别的，那就是说了没用，说了也白说，正如有代表说的，“不能让代表觉得每次提意见提不提都一样，我们需要有个回应。”无独有偶，律师也有类似的观点：“感觉意见不太管用。”说了不起作用，这恐怕是代表、律师对这类开门立法反应冷淡的主要原因。试想一下，如果代表、律师的意见都很受重视，每次都能得到积极的回应、反馈，他们还会这么消极对待吗?

连代表、律师的意见都不受重视，市民就更加不用说了，按照南都的说法，广东省人大立法专网开设3年多，对每一部法规的征求意见稿都公开征求意见，但是意见回复率低，“大门虽已敞开，人们却并不知晓门在哪里。”不知晓门在哪里其实只是表面，根本的原因是知道了又能怎么样呢?我相信如果市民的意见都能表达、表达了都能受到重视，人们怎么可能不知道门在哪里呢?只怕门都要被挤爆。

刚好这两天参加了广州市人大的一个关于明年立法计划的征求意见座谈会，一个强烈的感受是我们的立法远远滞后于社会的需求，包括两个方面：一是在时间上立法滞后，许多社会的热点问题、事件，居然找不到相应的法律依据，最典型的就是食品安全问题层出不穷，居然连一部《食品安全管理条例》都没有。二是在立法的内容上，往往反映不出公众的关注热点、焦点，这方面最典型的莫过于一些跟民生密切相关的公共政策的制定至今没有进入人大的立法程序。

因为这样的滞后，导致立法跟公众基本没什么关系。一方面跟自己无关，另一方面跟自己有关的却又说了白说（或者根本没地方说），如此一来立法怎么可能不遇冷呢?

应该说，开门立法的初衷非常好，是一种非常具有社会正能量的价值取向，应该继续坚持发扬下去。要改变开门立法遇冷的现状，我觉得首要的一条是真正落实宪法赋予人大的作用和地位，让人大真正成为最高的国家权力机关，真正代表民意、表达民意、落实民意。如果做到这一点，开门立法绝不会遇冷。

此外，尽管开门立法的初衷很好，但在程序上、法理上其实还是存在很大问题的。从程序上来说，不管是律师还是市民抑或是专家，其实是不应该直接向人大表达意见的，他们的意见应该向人大代表反映，然后由代表将他们的意见带到人大去，并落实到法律规章或公共政策的制定、修订中去。在这样一个程序中，律师也好市民也好专家也好，或其他任何人也好，其实都是同一个身份——选民，他们的意见只应该反映给自己选出的代表，再由代表去表达、落实。只有依据这个程序，民意才能得到有效的表达，所谓有序政治参与也无外乎此。我们现在的问题是人大不成其为人大、代表不成其为代表，所以才导致这种开门立法遇冷的情况。

总之，开门立法遇冷绝非偶然，它折射出的是我们的人大立法与社会公众需求之间的巨大脱节、错位，这种情况必须要正视、重视了。

2013年9月5日《南方日报》

◎ 落实民意必须完善人大制度

前天广州市政府常务会议审议通过了《广州市重大行政决策目录管理试行办法(送审稿)》（以下简称《试行办法》），《试行办法》规定，未来三年，广州市政府每年都会在3月31日之前向公众公布一个当年政府重大决策目录，其中哪些重大决策需要听证的，也会一起告知公众。这个目录会根据政府年度工作任务的增加、变更动态调整。如果市民觉得某一事项很重要，但该事项并不在政府的“决策目录”和“听证目录”中，可以通过相关的参与渠道表达自己的意见。

毫无疑问，这是本届广州市政府尊重民意、重视民意的又一个体现。尊重民意、重视民意可以说是这届市政府最大的特点，而且不仅仅说说而已，还通过一些制度创新、制度设计、制度安排使其落地，使民意的表达、参与、知情、监督真正获得制度的保障。以我的观察，在现有体制下，在政府这个层面，这届广州市政府对民意的尊重、重视已经做出了最大的努力，在很多方面走在全国前列，包括这次的《试行办法》，按有关负责人的说法，“在全国属先行”——广州终于又有了久违的勇立潮头、引领风气了。

所谓《试行办法》，按我的理解，实际上就是政府事先告知今年要作出哪些决定。这些决定的来源主要有三个：一是政府职能部门，二是政府领导，再就是公众。最后这一条尤其值得高度重视，它体现了这个制度的开放性，确保了公众对重大行政决策的参与。事实上公众的参与除了议题的提出，对于议题的审议（是否应该列入重大行政决策）、哪些议题要听证，公众也都可以表达意见。

当然问题也不是没有，比如说何为重大行政决策？有关负责人说：“全国各地对什么叫重大，都是定性的基础概念。对各级政府而言，重大与否标准不同；不同时期，重大标准也不一样。”“在定性的基础上，由行政决策主体进行是否属于重大进行判断，比较有可操作性。”也就是说由政府（包括有关的职能部门）说了算。但我觉得这没什么问题，因为这项制度保证了公众的参与：你说是重大，我可以认为不是；你说那个不重大，我也可以认为那个很重大并且一定要进入决策程序，等等。而且有关负责人也表态说《试行办法》为试行，欢迎各界对“重大行政决策”定义方式提意见。这就对了，只有先统一了定义，才可以进行下一步，否则只会是鸡同鸭讲。

除了何为重大以及由谁来决定什么重大什么不重大，我觉得另外一个更关键、更重要的问题是公众如何参与。广州市法制办只是笼统地说了公众可以参与的三个方面，但按照什么程序、什么步骤参与却并无明确的指引。按照现在通行的做法，大约就是网上公示，接受公众的意见。但从实践看，效果并不理想，前段时间媒体还报道过有关部门网上征求意见遇冷的事。这种做法，怎么说呢，中看不中用，或者说有姿势没实际。

说到公众参与就不得不提到人大了，说实话我觉得广州市政府做了很多应该是人大做的事。征求公众意见、吸纳并落实民意本来是人大的职责，按照现代政治程序，政府只管提出行政决策的议案，但要获得合法性去实施，却必须要经过人大的审议、表决、通过才行。而在这个过程中，人大就必须广泛征询公众的意见，并根据公众的意见来进行表决。公众如何表达自己的意见呢？就是通过自己选举出的人大代表。这才是一个完善合理的公共政策制定的程序。当然，政府在向人大提出议案之前也可以广泛听取民意，使自己的议案具备相当的民意基础，但目的却不是为了立即去实施，而是为了在人大顺利通过。也就是说，政府再怎么征询民意贯彻民意，也不能代替人大作为最高权力机构的决定性作用。

我们现在的问题只在于人大在公共政策制定过程中严重缺位。这个问题已经说了很多年了，而且广州市人大也尽了最大的努力来弥补这个缺失，比如规定重大事项必须要经过人大等等，实践中也多次介入一些重大行政事务。但由于大环境的限制，一直得不到很好的改善。只有国家出台了相关的政策法规，真正落实《宪法》赋予人大的地位和作用，或许现状才会得到改观。

总之，广州市政府对民意的尊重、重视值得高度肯定，但民意的真正落实不仅仅取决于政府，还必须要包括人大在内的一整套体制进一步改进、完善才行。

2013年10月16日《羊城晚报》

◎ 期待广州两会的新气象

广州两会下周就要召开了，媒体报道说，今年广州市两会将贯彻落实中央“八项规定”，切实转变会风、文风，主要包括：取消花草摆放、空飘气球悬挂、红地毯铺设；从严控制会议文印费用和文具开支，减少会议纸质文件发放范围和数量，增加向代表发放电子文本的数量；实行集体自助餐，不安排宴请；根据与会人员实际名额，压减会议工作用房数量，切实降低会议成本；取消代表补贴，等等。这些有的以前就有了，有的则是今年新实行的，比如取消代表补贴。

转变会风文风，方向肯定是对的。除了上面说的这些形式化的转变以外，公众可能更希望有些实质性的转变。哪些属于实质性的转变呢？今年广州人代会对于政府财政预算的审议值得关注，将一改从前“吃大锅饭”的做法，将12个部门预算和12个政府投资项目预算分派到12个代表团进行“点对点”的审议，这就有点动真格的味道了。

政府工作千头万绪，但根本不外乎两条，一是用钱，一是用人，而这两样都必须要由人大来把关，否则民主就是一句空话。这样的工作以前虽然也在做，但毋庸讳言很多都是流于形式，人大也获得了“举手机器”、“橡皮图章”之类的称呼。这回广州人代会准备对财政预算审议动真格，实质上是将《宪法》赋予人大的职责落到实处。

当然中国特色也不可避免，去年底人大分期分批组织代表对一些部门预算和政府投资项目进行了“预审议”，提前指出了问题，提出了改进的建议，避免在两会的正式审议时造成慌乱和被动，影响和谐。我觉得这也可以理解，毕竟是第一次，将方方面面的情况考虑周全总归是应该的。还有就是只有12个部门和政府投资项目，并没有做到全覆盖，但这也没关系，慢慢来，只要开始动真格，就是一个好的开始。尤其是这次还准备审议《广州市人民代表大会审查批准监督预算办法(修订草案)》，使今后的长期动真格获得法律保障，就更让人期待了。

总之，转变会风文风是大势所趋，除了一些形式化的转变，公众更为期待的是一些实质性的转变，如此才能名实相符。

2014年2月14日《南方都市报》

◎ 人大如何回应社会关切？

今年的全国两会闭幕了，在前几天的一次分组讨论中，广州市人大常委会主任张桂芳提出应建立人大回应社会关切机制，“全国人大常委会应就人大工作如何回应社会关切问题专题研究，出台具体措施与机制。”

应该说，这个建议很有广州特色，因为广州的“社会关切”实在是太多了，充分展示了广州作为改革开放前沿阵地的城市风格，而张桂芳主任的建议本身也是这种城市风格的一部分。

我认为这个建议其实包含两个层面，一是人大应不应该回应社会关切。这本来是一个根本无需讨论的问题，但从目前我们国家的政治体制运作实际以及人们的认识来看，还是非常有必要进一步搞清楚这个问题。答案当然直截了当：人大不仅应该回应社会关切，而且人大的职责就是回应社会关切，而且比政府更应该直接面对、及时回应社会关切！为什么呢？人大是我们国家的民意机构，你是公众选举出来的代表，你不回应社会关切，谁回应？公众不找你，找谁去？你不回应，又如何担当得了“代表”这个称呼？他们又何必要选你做他们的代表？

二是如何回应，这恐怕才是问题的关键，也是张桂芳主任建议的重点之所在。2011年我曾经访问过纽约两位市议员的办公室，纽约每位市议员都有两间办公室，一间在市政厅，所有议员集中在一起；一间在各自的选区。我们去了一间市政厅的办公室和一间选区办公室，分属两位不同的议员。最大的感受就是办公室完全向选民开放，尽一切可能收集、反映、表达民意，途径之丰富齐备、办事人员之殷切勤勉，给人的感觉，不是怕来找的人多，而是相反，生怕没人来找——想想也是，没人来找你反映民意，当然就意味着失去民心没人来投票选你咯。我们还去过一位联邦议员在加州的其中一间办公室（加州是她的选区，她在加州一共有七间办公室，分布全州各地），也都一样。

当然广州也在进行类似的实践，比如各个街道都设立了人大代表工作站，一些代表也都积极投入工作。但毋庸讳言总体来看效果似乎并不明显，至少与人大应该起的作用之间还是有不少差距。之所以如此，我认为关键还是因为人大并没有享有其应该享有的地位、发挥应该发挥的作用。或许正是因为如此，张桂芳主任才建议全国人大出台回应社会关切的“具体措施与机制”。

我们深切期待这样的“具体措施与机制”早日出台，只有如此人大才能及时回应社会关切，法治中国方才可期。

2014年3月14日《南方都市报》

◎ 人大代表约见政府官员应该制度化

前天广东省人大常委会召开人大代表履职工作座谈会，会上讨论修改了《关于拓展省人大代表履职途径，更好地发挥代表作用的若干意见稿（修改稿）》，《意见稿》明确，人大代表在闭会期间可书面提出要求，紧盯民生热点等议题约见政府官员。

其实人大代表约见政府官员并不新鲜，《代表法》第二十二条明确规定：“县级以上的各级人民代表大会代表根据本级人民代表大会常务委员会的统一安排，对本级或者下级国家机关和有关单位的工作进行视察”，“代表按前款规定进行视察，可以提出约见本级或者下级有关国家机关负责人。被约见的有关国家机关负责人或者由他委托的负责人员应当听取代表的建议、批评和意见”。

但在实践中，这一规定并没有得到很好地执行，按照媒体的说法，“这种履职形式并不‘流行’，因此也没有常态化开展”。之所以这样，我认为最主要的原因就是这个规定本身就有点流于形式，有点“虚”，没有落实为具体的制度化的设计、安排，缺少刚性的约束和明确的指引。这次省人大出台新的《意见稿》，很希望在人大代表约见政府官员的制度建设方面有所助力。

制度建设具体应该如何进行呢？我认为首先第一条，就是社会公众普遍关注、反响强烈的热点问题，人大代表必须要约见政府官员。最近这些年经常出现公众热切关注、民意一片沸腾但人大却缺位失语的现象，引来公众的不满，也与人大代表的职责身份不符，比如正在全城热议的广州新一轮“禁电”就是典型。习近平总书记在纪念人大成立60周年的讲话中说人大要“积极回应社会关切”，可以说“回应社会关切”是人大最重要的职责，否则代表就名不副实了。由于我们国家人大制度的特殊性，我认为这种类型的代表约见最好由人大常委会组织，这样效果会更好。除此之外也可以探讨代表若干名联署常委会就应安排代表约见。

代表约见制度的另外一点就是必须要有清晰的时间规定，比如每月至少一次，这样做的最大好处就是给公众一个明确的预期，使民意的表达获得更有力的保障、更加畅顺的渠道，使人大更进一步地进入公众的日常生活，改变现在这种人大与公众的疏离状况，增强公众对人大制度的信心。这对政府也是一个触动，使人大的监督更加有力，更加落到实处。只有明确具体的时间规定，才是一种制度真正落地、长期坚持的保证。

代表约见官员给人大代表也提出了更高的要求。《意见稿》规定代表约见国家机关负责人活动应实行回避制度，所谈内容不得涉及代表本人或亲属的个案问题，有人还提出不能涉及代表所在的单位。这实际上是要求代表具有更高的公共性、更广泛的代表性，代表必须热切关注社会公共事务，深入各自的选区了解民情民意，并仗义执言、勇于表达。其实这些原本就是代表的题中应有之意，只是现在将它落实了。

总之，《意见稿》的修改出台是一件好事，是十八届三中全会“推动人民代表大会制度与时俱进”的宝贵探索，也是习近平总书记说的“防止人民形式上有权实际上无权”的具体实践。衷心期待《意见稿》能够转化为制度，落到实处。

2014年10月23日《羊城晚报》

◎ 人大代表不提质询为哪般?

前天下午广东省人大常委会举行党组（扩大）会议学习贯彻党的十八届四中全会精神，会议强调要积极通过询问、质询、执法检查、专题视察及引入第三方评估等监督形式，增强人大监督的权威性、针对性和实效性。这里面的“质询”二字很抓人眼球，有媒体统计，广东省人大代表已有14年未提过质询案了。

当然，根据法律，代表是有权质询的，《中华人民共和国全国人民代表大会和地方各级人民代表大会代表法》第三条“代表享有的权利”中就有一条代表可以“依法联名提出议案、质询案、罢免案等”，明确赋予了代表质询的权利。然而，在现实中这些权利常常处于冷冻和休眠状况，甚少使用。也许有人觉得很奇怪：法律白纸黑字写得清清楚楚，你们还不理直气壮地质询！然而事与愿违，怎么说是一回事，怎么做又是另外一回事。之所以出现这样的情况，我认为最根本的原因在于彼时彼地的政治文化或风气，而恰恰是这样的政治文化或风气——而不是成文的法律条文——决定了人们的行为方式，所以就出现了尽管都遵从同样的法律，却在不同的时候有不同的表现。如果有人认死理，只相信、依从法律，那就是不“识做”——这可能也是一种政治文化吧。

其实说来说去还是一句话：人治大于法治，法律并没有享有至高无上的权威，并不会成为人们行为的终极依凭对象，取而代之的还是领导的意志，这不是典型的人治是什么？

此外，质询听起来似乎有些刺耳，在很多人特别是领导干部眼中可能不利于团结，反而可能引发一些不安定因素。比如媒体报道2009年深圳的10名省人大代表就广东省经贸委有关工艺美术大师评审工作提出质询，但大会认为提出询问更合适，最后便改为了询问。这样的例子其实很多，几年前广州市人大也准备就同德围改造的事对广州市政府有关部门提出质询，后来为了避免“出事”还是改为了专题询问。

到底哪些该质询哪些该询问呢？我认为唯一的依据就是公众的意见：公众认为应该质询的就质询，公众认为应该询问的就询问，很简单。为什么？因为我们是代表啊，代表的不是别的，就是公众的意志，不听他们的听谁的？否则代表之名就根本无从谈起了，人民也真的就“形式上有权实际上无权”了。

这次四中全会提出依法治国，广东也提出要依法治省，并强调要积极发挥人大在全面推进依法治省工作中的重要作用。这个方向是完全正确的。可以说人大在法治的实践中起着中枢的作用，因为代议制民意机构的出现正是现代意义上的法治的表征和起点，正是依托于此民众才有了体制化的参政渠道，并以此种政治合法性的转移、重构一举而堵塞、废除了传统的极权专制，民主法治这一现代社会的精髓才得以呈现、落地，并逐渐发展完善，其威力可以说越来越显见且至今无有穷期，正如四中全会《全面推进依法治国若干重大问题的决定》所说：“人民是依法治国的主体和力量源泉，人民代表大会制度是保证人民当家作主的根本政治制度。”

但愿乘着这股东风，曾经以质询为特征、名动一时的“广东人大现象”可以重出江湖。

2014年10月29日《羊城晚报》

◎ 人大的网络听证会听起来很美

继2012年的《广州市社会医疗保险条例》网上听证会之后，广州市人大又准备召开网络听证会，这次是为《广州市公园条例》，时间是9月22—9月29日，焦点很可能是公园噪音，当然可能还会有其他一些关注点，比如公园设施的保护、维护，等等。

我仔细看了媒体的报道，大致搞清楚了这个网络听证会的一般程序。首先是征集陈述人，对听证事项有想法有看法的市民、法人或其他组织均可报名，面向全社会公开征集。这次有78人报名，从中选出了20个，作为听证陈述人，其中有市人大代表、市政协委员、专家学者，也有与公园管理密切相关的市林业和园林局和公园管理机构的代表，此外还有涉及“切身利益”的广场舞大妈代表。

陈述人选出后，即可进行网络听证，程序依次是：亮观点——陈述人讲述自己的观点、看法、意见等；提问题——听证人向陈述人提问。本次的听证人主要是广州人大常委们，再就是人大的有关领导，主要是法制工委和城建工委的有关负责人。大辩论——陈述人之间进行讨论、辩论或交锋，这个环节网友可以参与进来，发表意见和评论都行。然后陈述——陈述人的总结陈词，网友也可以参与进来。最后是小结，主办方对听证会的情况进行小结，形成听证报告，呈送给常委会组成人员，供他们审议时参考。同时对网友的意见进行答复，按照有关负责人的说法，听证会上网友的意见将不会“石沉大海”。

广州人大的这种创新精神很值得肯定，而且还有意利用现代网络新媒体，充分发挥网络的效用，这点尤其值得赞赏。

但综观整个网络听证会的过程，说老实话我有点糊涂：在这场听证会当中，到底谁是主体？陈述人？听起来有点像，主要由他们陈述自己的意见、观点，而且他们还要接受听证人也就是人大有关人员和网友的提问，彼此之间还要进行辩论，最后的听证报告估计也是以他们的意见为主。但这就产生一些问题：他们真的具有广泛的民意代表性吗？78个人报名，从中挑选出20个人，这样的代表性让人存疑！此外，如果他们是主体，那么这个网络听证会的“网络”二字又从何谈起呢？网友只是到第三第四个环节才参与进来，考诸最近海选民生实事的遇冷，我对到底有多少网友参与进来实在不敢乐观。果真如此的话，所谓网络听证会更加无从谈起了。

网友是主体？显然不是，前面都说了，名之为网络听证会，但网友的参与份额之小、之弱实在让人觉得配不上“网络”二字。听证人呢？看来也不是，他们只是提些问题，而且还是跟网友一起提，最终的听证报告中他们的意见占多少实在不得而知。尤其是，最终的听证报告是由他们去审议的，他们在审议时又依持什么样的立场、观点呢？这些立场、观点又从何而来呢？这就更是纠缠不清了。

总之，这是一个主体模糊不清的听证会。这么一个主体模糊的听证会会有什么样的效果？我们也不得而知。

表面上这是一场网络听证会的程序设计问题，但说到底，这其实揭示出一个长久以来存在的问题：民意到底应该如何进入我们的决策？或者套用习近平最近的讲话，到底应该如何让人民“实际上有权”？按照现代代议制制度的程序设计，我认为真正的陈述人应该是各位常委们，他们应该鲜明地亮出自己的观点，彼此诘问、辩论——而不是让那些所谓的“陈述人”进行辩论，最后票决，通过了就算数，没通过就继续前面的工作。前面的什么工作呢？那就是在亮出自己的观点之前，进行广泛的民意收集、整理、归纳。而不是像现在这样，仅仅听凭几个陈述人的陈述、提几个问题，然后就莫名其妙地形成一个听证报告，跟着再自己去审议——说实话，这里面的程序真让人看不懂。

2014年9月19日《南方都市报》

◎ 人大单独表决的效果还要看实践

在前天召开的广东省十二届人大常委会第十二次会议上，省人大常委会主任会议提请审议《广东省人民代表大会常务委员会关于对法规案中个别重要条款单独表决的决定（草案）》，如获通过，广东人大将是全国第一个为有争议的条款或重要条款的单独表决立法的地方人大。四中全会提出要“完善法律草案表决程序，对重要条款可以单独表决”，广东省人大的这个决定可以看作是对四中全会精神的贯彻落实。

的确正如省人大有关领导所说，在法规草案形成和各方面参与过程中，关注点往往集中在若干关键问题上，分歧也往往围绕这些问题产生。我参与审议的一些法规，印象最深的比如《广州市文物保护规定》，是由政府在将地卖给开发商之前先进行文物勘探，还是卖给开发商之后由开发商进行文物勘探，就产生了一些分歧。再比如《广州市图书馆条例》，对街镇的图书馆（室）的面积、馆藏图书数量要不要作出统一的规定，也有不同意见。

从逻辑上来说，所谓重要条款属于法规草案整体中的部分，如果否定了部分，当然就要否定整体。现在的做法是先将部分拿出来表决，取得一致以后再交付常委会对法规草案进行整体表决，具体做法是常委会组成人员五人以上联名、专门委员会或者常委会法制工委书面提出对法规草案中个别重要条款进行单独表决的建议，由主任会议决定提交常委会全体会议对该条款进行单独表决，重要条款单独表决通过后，常委会全体会议再对法规草案进行表决。简单点说就是将法规草案中分歧大的部分先拿出来进行表决，通过后再对法规草案进行表决。

这样做的最大好处就是将分歧大的部分，也就是所谓重要条款单独拿出来“示众”，避免这些部分夹杂在法规草案中稀里糊涂地“闯关”通过造成不良后果；同时人大也给自己留了一个很大的回旋余地，确保了立法的科学严谨。我认为这是现阶段符合国情的相当合理的做法。

尤其是，正如省人大有关领导所说，这样做“有利于解决（四中全会特别提到的）立法中部门化倾向、争权诿责现象较为突出等问题”，我想这恐怕是最重要的考量吧。一直以来立法中都大量存在部门立法的现象，即所谓“行政权力部门化，部门权力利益化，部门利益法制化”。现在我先将这部分单独拿出来“示众”表决，通过了再对法规进行表决，通不过要么删除，要么打回头，看你还能怎么办？

初衷不可谓不美好，但实际效果如何，我认为还是需要实践来检验：有了这条规定以后，类似“行政权力部门化，部门权力利益化，部门利益法制化”的立法痼疾还会不会出现？这是需要进一步观察的。所以我很希望这个规定实施一段时间以后要做个绩效评估。

归根结底，人大代表的是公众的意愿，一切都应当以民意为依归和考量，否则“人大代表”之名就无从谈起了。从这个角度来说，只有真正反映、表达、落实公众的意愿，才能从根本上杜绝以往立法工作中的种种痼疾。

2014年11月26日《羊城晚报》

◎ 选票才是最好的评议

据悉，广东省人大今年将研究制定《关于广东省人大常委会主任会议组成人员联系省人大代表和省人大代表密切联系人民群众的意见》，探索建立人民群众对人大代表的评议机制。有关人士透露广东省部分市、县、乡镇对开展这项工作已经进行了探索，但仍存在一些问题。目前省人大常委会选联工委就此项工作正在开展调研，在总结经验的基础上规范群众评议代表的对象、内容、方式方法、程序以及评议结果的反馈使用和整改的措施，扩大试点，逐步推进。

让群众——准确地说，应该是选民——来评议代表，从道理上来说是完全应该的，原因很简单：代表是群众选出来的，他干得怎么样、称不称职、哪些方面还需要进一步改进等等，就应该让群众来评一评、议一议。群众有这个权利，也有这个需要。从这个意义上说，广东人大的这一举措是非常值得肯定的，也是探索十八届三中全会提出的人大工作与时俱进的一次有益尝试。

但这类事情，怕就怕最后流于形式，高开低走，前面轰轰烈烈漂漂亮亮，到后来落个悄无声息、不了了之。事实上我们的很多活动，最终都免不了这个结局。原因不去探究，我们现在只想问：这次如何才能避免“相同的结局”？如何才能将公众对代表的评议落到实处？

要做到这一点，我认为首要的是公众要有参与的热情。试想，如果没人来评议，公众“睬你都傻”，费事理你，那这个活动一定开展不起来。之所以将公众的参与当作首务，是因为在现实中，人大代表在公众心目中到底占多大的分量、公众遇到事情到底有多少人第一时间想到求助自己选出的代表等等这些，让人难言乐观。去年有一群大学生做过这方面的调查，结果表明，有七成以上的被调查者连一位人大代表都不知道，只有两成五以上的人选过人大代表，遇到困难不会想到人大代表的占97%——想一想，公众与人大代表如此隔膜，又怎么可能有兴趣去评议人大代表呢？如果公众连参与的兴趣都没有，“探索建立人民群众对人大代表评议机制”什么的又如何能落到实处？

此外，评议了又能怎么样呢？估计这是很多人的反应。毋庸讳言，由于各种原因，我们现在的选举还难称真正的选举，很多情况下选民对候选人连听都没听过，他还不是照样当上代表？连选举都尚且如此，还能指望评议能够起个什么作用呢？

我认为探索人大工作的改革，尤其是作一些制度的创新，出发点是好的，很值得发扬光大。但这些工作一定要落到实处，真正让人心服信服，否则流于形式，甚至热闹一阵最后难以为继、落寞收场，会慢慢销蚀掉公众对这类事的信心。要落到实处其实也非常简单，那就是真正落实《宪法》赋予人大的作用和地位，真正像《选举法》规定的那样选举代表，让公众真正选出自己的代表、让代表真正代表自己的选民，只有这样，才能使代表与公众之间不会像现在这样隔膜，公众才会踊跃参与包括评议代表这样的公共事务。

一句话：选票才是最好的评议！

2014年5月9日《南方都市报》

◎ 如何确保市民积极参与是关键

据南都日前报道，广州市人大常委会正在编制2015年度地方性法规制定计划，正在公开征集立法计划建议项目。登陆广州人大官网，果然见到一份《广州市人大常委会关于公开征集广州市2015年度立法计划建议项目的公告（第48号）》，里面说，广州市人大常委会正在编制广州市2015年度地方性法规制定计划，为提高地方立法的民主性与科学性，扩大公众对地方立法工作的有序参与，广泛收集市民群众的立法建议，根据《广州市地方性法规立项办法》的规定，现公开征集立法计划建议项目，“公民、法人和其他组织可以向市人大常委会提出2015年度我市立法计划的建议项目”。

也就是说，想立什么法，市民可以提出自己的建议和意见。老实说，这样的开放性连我自己都有点惊讶，但转念又对其效果产生不小的疑问，一是到底会有多少人去提建议？二是提出的建议到底会不会被采纳？

这份《公告》是5月5日挂上网的，期限是2014年5月15日至7月15日，所以现在还不知晓有多少市民提出了建议。登陆广州人大的官微“@广州人大立法”，发现12号发布了这份《公告》，有两个转发，3个评论，其中两个提出了立法建议，一是建议环境污染严重的企业远离居民区20公里，一是建议制定《小区业委会法》。我很希望期限届满后能够将所有这些建议公布一下，让公众看看都有些什么建议，当然如果能进一步将这些建议的处理结果一并告知就更好了。

无独有偶，南都前天又报道了《港立法会议事，市民亦可参与》，报道说，香港立法会认为，仅靠70位议员来负责制定、修改、审核全港的法律法规及对港府众多部门的工作提出质询，当然是有限的（承认个人的有限性，这可以说是民主制度的形而上基础，跟我们传统政治的“道大德全”完全不同）。立法会的官方网站，五大链接项目中的一项就为“公共参与”，当中第一项就是“邀请各界提交意见书”的专栏——这跟我们在网上征集意见应该差不多。

跟我们不同的是，除了在网上表达意见，他们还可以去到会场，一是口头陈述意见，一是旁听。口头陈述流程与其他议员相同，发言人轮流发言，限时3分钟，最终由有关港府官员对他们的质询和意见当场作出回应；如果是旁听就要预约，并须遵守有关会场的规定和秩序，否则将被请出去，并被限制再次入场。

两厢比较，显然我们的开放度远远不及。但我觉得这并不要紧，毕竟较之过往，我们已经有了很大进步，与“独制于天下而无所制”、“别黑白而定一尊”的远古更是霄壤之别。为今之计，我觉得如何确保市民的积极参与是关键：假如两个月过去，来提建议的人寥寥无几，就很值得反思、改进了。

2014年5月16日《南方都市报》

◎ 人大代表履职究竟难在什么地方？

本周二第167期《羊城论坛》在广州市人大常委会录制，广州市100多位各级人大代表和市民们在一起讨论的主题本来是“代表联系群众大家谈”，结果却变成一场代表吐槽履职难的“诉苦会”。我当时也在会场，代表们所说的各种履职难我也感同身受。

代表履职究竟难在什么地方呢？我觉得千说万说一句话：难就难在《宪法》所赋予人大的地位和作用没有落实。《宪法》第二条明确规定：“中华人民共和国的一切权力属于人民。”“人民行使国家权力的机关是全国人民代表大会和地方各级人民代表大会。”第九十六条规定：“地方各级人民代表大会是地方国家权力机关。”第九十九条规定：“地方各级人民代表大会在本行政区域内，保证宪法、法律、行政法规的遵守和执行；依照法律规定的权限，通过和发布决议，审查和决定地方的经济建设、文化建设和公共事业建设的计划。”

但在实践中，这些并没有得到很好的落实，基本上都是政府说了算。特别是在公共政策的制定和重大事项的决定方面，我们基本上看不到人大的身影，周二论坛上人们提到的停车费涨价就是最新的典型，其他例子还可以举出一大堆。

正是因为人大没有享有它应该享有的地位，所以也难以发挥它应该发挥的作用，代表履职因而也遇到各种难。也许有人说既然《宪法》都规定了，做不做是你人大的事。其实规定是规定，实践当中遵循的却是另外的法则，规定很多时候都流于形式。或许正是有鉴于此，广州市人大常委会主任张桂芳在今年3月的全国两会上提出全国人大常委会应就人大工作如何回应社会关切问题专题研究，出台具体措施与机制，并且建议“从理论上厘清人大决定权的范围，给各级人大行使决定权提供理论指导”。按我的理解，就是希望全国人大就如何落实《宪法》的相关规定进行顶层设计，使《宪法》赋予人大的地位和作用真正落实。

其实广州几年前就有过重大事项要经过人大的规定，但同样没有真正落实，我们甚至看不到有什么重大事项经过了人大。之所以如此，除了前面说的缺乏顶层设计，还因为这个规定本身就存在巨大的漏洞：什么是重大事项？由谁来决定什么是什么不是重大事项？按照学者的说法，“重大事项决定权虚置、流失的现象普遍存在”，“重大事项决定权是目前地方人大职权行使中的一个薄弱环节。”人大无法在重大事项上面置喙，人大履职当然就是各种难了。

当今之世，现代政治文明已经成为人类社会的普遍追求，十八届三中全会也明确提出“发展社会主义民主政治，必须以保证人民当家作主为根本”。要保证人民当家作主，就必须要确保人大的地位、发挥人大的作用，否则人民当家作主就是一句空话。

2014年7月25日《南方都市报》

◎ 政协大会为什么一定要抢唛？

广东省政协大会召开正酣，前天下午是例牌的“抢唛”即席发言，照例是各种喜庆喧哗：横幅招展，纸牌高举，彩带、丝巾飘扬……还有最时尚的“马上有唛”图。

我一直对这样的安排非常不解：为什么一定要这样安排呢？那些没有抢到唛的委员不就没有发言机会了吗？尽管我也深知他们有大把机会表达自己的意见，既然如此为什么一定要安排一场这样的抢唛即席发言大会呢？在网上搜索了一下，居然也找不到这种安排的来龙去脉，也没有查到别的省份有没有这样的抢唛大会。

的确，抢唛大会上的发言确实更能吸引眼球、引来更多关注，而小组会上的发言就显得静悄悄。假如是为了吸引眼球引来关注才有意安排这种充满行为艺术的抢唛大会，只能说明我们的相关制度的设计本身就存在问题：政治协商、参政议政本是一件非常严肃、任何时候都应该引起高度重视的政治大事，何以小组会上的正式发言不引人注目，反而这类非正规、充满偶然随机性的发言才引来关注呢？一件严肃的政治活动怎么演变成了一场欢乐嘉年华了？

好在人大没有这样的安排，否则我只怕一次都抢不到唛了——这方面我最不在行了。相信政协里面也有像我这样对这不在行的委员，那他们的意见何时以及要怎么样才能受到关注和重视呢？

最近这几年，广州人大的会风改变了不少，以小组发言为例：小组会上的发言都会有专人记录，发言者过目签名后编入每日简报，过后还会将有关发言按照内容编排、整理，然后由人大统一报送相应的政府职能部门，由政府职能部门给出正式的回复。这样做的最大好处就是即便是小组发言也会受到相当的重视，在很大程度上改变了以往小组发言比较随意的状况。我认为这毫无疑问是对的：代表的小组发言本来就具备相当的法律地位和权威的。

政协委员的小组发言我认为也一样，也应该具备相当的法律权威和地位，否则就难言“协商民主是我国社会主义民主政治的特有形式和独特优势”了。既然如此，何以一定要安排这样一场抢唛大会呢？不知道那些香港明星委员有没有参与这样的抢唛大会？他们又是怎么看待的？

如果一定要维持的话，唯愿发言的名额多一点，让更多的委员有机会在那样的场合发表自己的意见。

2014年1月17日《南方都市报》

◎ 政协就是说话的地方

本月16日广东省政协会议第五组分组讨论中，省政协委员吴茂珠谈及“敏感”的统计数据造假问题，两度被同组委员打断：“不要讲了，这个不要讲了。”“这个不要记录了！”

看到这个新闻，我的第一反应是政协在参政议政之前内部恐怕要先统一一下哪些可以说哪些不能说，否则连这个都还有分歧，参政议政什么的就都是浮云了。

从道理上来说，政协的主要职能是政治协商、民主监督。民主监督的重要内容之一就是对“国家机关及其工作人员在履行职责、遵守法纪等方面的情况”进行监督，统计数据的造假问题毫无疑问属于这个范畴，政协委员对之进行监督是天经地义的。

但这也只是从道理上说说而已，在实践当中却存在相当多的言论敏感禁区，即便政协委员这种具有相当的合法话语权的身份，也还会经常遇到“这个不能说”、“那个不能说”的问题，即便没有人“好心”提醒，只怕也会落得个“不识时务”、“看不破”、“天真幼稚”等等之类的“腹诽”甚至讥讽。

这不禁让人想起西汉初年辕固生与黄生的那场著名的有关受命放杀（政治合法性）的争论，最后景帝盖棺定论，说“学者无言汤武受命，不为愚”，从此以后“学者莫敢明受命放杀者”。没想到2000多年过去了这种“莫敢明”——不敢说这不敢说那的政治文化还在持续着。

好在时代毕竟还是在发生变化，吴茂珠委员虽然几次被打断，但还是坚持把有关统计数据造假的话说完了，而且也获得了另外一些委员的力撑，说“政协就是说话的地方！”——政协当然就是说话的地方，否则纳税人花这么多钱请你来干什么？你可以用事理来批驳我，比如说你可以举例来说明统计数据并没有造假，但绝不能不允许我开口说话！这应该成为一个基本的常识和规则。

我们经常说中国社会正在转型，其中一个表现就是人的主体性日益鲜明，应该说吴茂珠委员是顺应了中国社会的转型逻辑和方向的。我相信类似吴委员这样不放弃人格尊严、勇于讲真话实话的人会越来越多。

2014年1月24日《南方都市报》

◎“明星委员”是怎样炼成的？

最近几年，广州两会特别是政协里面的“明星委员”越来越引人关注，典型的比如韩志鹏、曹志伟，昨天的《信息时报》还以“明星委员身后有没有智囊团”为题做了专门报道。

这些“明星”们是怎样炼成的呢？

根据我的观察，这些委员之所以成为“明星”，主要还是因为他们说了一些实话、真话，而他们所说的往往又跟公众的日常生活休戚相关，也就是说，他们真的充当了公众利益、心声的代言人角色，于是一不小心就成了“明星”。

难道其他委员就没有说实话、真话吗？当然不是了，这就涉及这些“明星”委员的第二个特质：他们的话往往具有某种现实批判性，而且十有八九是针对政府。不管是韩志鹏关注晒“三公”、社会抚养费，还是曹志伟的万里长征图、人在证途……几乎都有这种特质。以政协委员的这种“体制内”身份，却对政府展开毫不留情的批评，往往会令他们一炮而红、脱颖而出。当然他们的本意或许不是“搏出位”，但这的确在客观上使他们更引人关注。可以说，这种强烈的现实批判性是他们之所以成为“明星”的关键。

他们动不动就搅得全城风生水起，并且获得了“舆论领袖”的盛誉，这很自然地让人产生一个疑问：他们身后有没有智囊团替他们出谋划策？根据《信息时报》的报道，曹委员有些人在帮忙，但那也充其量是打个下手而已；韩委员则直接否认他有智囊，说他的灵感都来自于个人立场，再就是媒体、网友。从我跟韩委员的接触来看，也的确没见过他有什么智囊团，智囊团什么的恐怕也不符合他的性情。

但另外一方面，如果真的有智囊团，我认为也完全正当，且很有必要。据说国外的议员是有智囊团的，但他们是专职，每年都有不菲的经费，有足够的条件维持一个相对固定的智囊团。但我们都是兼职，哪有那个条件？甚至类似曹委员这种能用公司的实习生来为自己打下手的都是少数。至于必要性就不多说了——没有一个人是三头六臂全知全能，除非他还沉溺于传统圣人式的道德自恋。

在目前这种兼职的情况下如何形成自己的智囊团呢？我认为还是只能发挥中国特色，靠人脉关系。除此之外，我倒觉得我们的代表委员可以有意识地多跟一些研究机构接触，甚至开展合作，比如今年两会前夕广州社情民意调查中心给了我两份报告，我认为他们做得非常深入、扎实、专业，就直接转成了代表建议。我想，代表委员多听听专家学者的意见、看法——他们毕竟术业有专攻，看得深、看得远一点——对于提升自己的识见应该还是有帮助的。

2014年2月21日《南方都市报》

◎ “摆摊问政”该升级了

今年的广州两会正在召开，例牌的“摆摊问政”也少不了，不同的只是今年政协和人大分开了，不在一起“问政”。这倒苦了政府部门，两边奔波不说，几乎相同的问题还要一遍遍重复回答。

“摆摊问政”俨然已经成了广州两会的标志，而且很热闹，特别是政协那边，估计媒体都是早早做好了准备，看几位明星委员比如韩志鹏、曹志伟这次又有什么表现。当然他们也没有让大家失望，表现似乎一次比一次精彩，让大家都满意而归。相反，人大这边似乎就冷清不少，看起来没有什么新闻点。

“摆摊问政”符合政协的什么制度安排我暂时不得而知，站在人大的角度，我认为“摆摊问政”其实是多余的。根据人大的制度安排，人大是可以随时约见政府官员的，就某个问题展开询问、质询甚至问责；而政府官员也不得拒绝，必须去向人大汇报、解释。如此这般的制度设计和安排，何必还要有“摆摊问政”呢？何况平常的视察、调研什么的也所在多有，而且现在越来越多的政府部门设立了专门的代表联络工作室。之所以还有“摆摊问政”，而且还受到相当的追捧，只能说明一个问题：我们先前的制度设计和安排没有得到很好地落实，很多都流于空谈或虚置。

“摆摊问政”有没有什么实际效果？看媒体的报道，像韩委员虽然也有拂袖而去的时候，但也有满意的时候。至于人大这边，因为我自己围观的多，“问政”的少，所以没什么发言权。我问了几位代表，他们表示政府部门官样回答、泛泛而谈的多，实质性的回答少。当然代表们也表示了理解，首先是因为旁边有大群媒体，政府官员回答问题肯定有所保留，有的甚至对代表都有所保留——一位代表说前天有个官员在回答问题时他的一位同事不断示意他别多说。再就是时间短，环境嘈杂，很难有什么深入的交流。当然潜在的效果也许会有，一个代表说有媒体在场，正好可以将一些问题公开——这就是在借助舆论的力量来寻求问题的解决了。此外还有另一方面的效果，那就是通过这种面对面的交流多认识一些官员，建立联系，为今后的工作提供便利。这就很有中国特色了。

这次“摆摊问政”还出了个新闻，就是曹志伟委员“问”自己公司的“政”，很是引发了一些争议。当然曹委员也有他的理由，说他的公司也是广州的企业，他这么做并无不妥。其实据我所知“摆摊问政”时“问”自己的“政”一直以来都存在，这也是最大的中国特色。从道理上来说似乎也并无不妥，因为代表委员本身就具有行业特性，本身就代表一些行业、群体的利益，比如企业家关心税收、教师关心教师福利、职工关心职工权益，等等。要说有问题，更多的恐怕在公共关系方面，这么做的确是很难避免被人说公权私用——设想一下如果一位香港立法会议员这么做会有什么后果？当然由于我们社会的整体发展水平还很低下，社会组织水平和理性水平还远远达不到各居其位、各司其职、各尽其责的水准，代表委员的公共性还相当不足，上面所说的这类公私混杂几乎随处可见。

我觉得“摆摊问政”的一个最大效果可能是重新摆正了人大代表与政府官员的关系。说实话虽然《宪法》赋予了人大很大的权限，但实际上人大处于弱势，代表面对政府官员也常常自矮三分。但“摆摊问政”至少从形式安排上使代表处于主导、主体地位，难得地有了一回主人翁的感觉——一位代表甚至用了“敬畏”这个词。这表面上是人大代表得到了尊重，但我觉得更实质的意义在于人大代表和政府官员终于开始各自摆正自己的位置：人大代表背后是广大的民众，而政府官员是民众雇来为自己服务的，面对民众和他们的代表，他们本来就应该是要有一点“敬畏”的。这其中凸显出来的是中国传统政治文化潜移默化的迁移、改变——民众不需要什么道大德全的天纵英才来替天行道，他们只希望自行其道。

我完全同意一位代表的观点：如果一些相关的制度能够很好地落实，“摆摊问政”其实是可以不要的。但既然有，也许就应该考虑如何改进、提升，使之真正发挥效能。比如，可不可以在代表委员“问政”时做个记录、给个受理回执并规定一定的答复期限？这样或许能够使“摆摊问政”不至于总是空对空吧！

“摆摊问政”已经开展几年了，是时候刷新升级了。

2014年2月20日《南方日报》

◎ “知情问政”效果应有制度保障

前天下午广州市28个政府部门齐聚珠岛会堂，为市政协委员提供知情问政服务——这是继今年2月份广州市“两会”之外举行的第二次“知情问政”活动，问政时间也从上一次的90分钟延长到了两个小时。明星委员照例受到关注，按照媒体的讲法，“韩志鹏委员走了11个部门，问了12个问题；曹志伟委员走了5个部门，提交了两幅图、1张表格、1封表扬信。”

其中曹委员对广州市交委的问政尤其引人关注。今年8月1日开始广州停车费大幅涨价，中心城区每小时16元，据说全国最贵。涨价的目的说是为了治堵，但经过统计，发现涨价不仅没治堵，反而更添堵。这其中的怪异甚至惊动了著名经济学家郎咸平，在广州交通电台的“财经郎眼”中专门对此作了深入剖析。而涨价治堵又牵扯出一大堆相关的问题，比如，广州咪表泊位究竟有多少？广州咪表停车每年收了多少停车费？收的钱去了哪里？咪表公司经营成本何时公开？广州咪表停车位的实际数量超过1万个，而合法在册的只有6000个，为什么会有这么大的差异？多收的钱哪里去了？与此相关，广州两家咪表公司究竟是何方神圣？它们的前世、今生和来世究竟是怎样的？

这些问题在六七月份停车费涨价之前已经反复被城中舆论咀嚼过，这次被曹委员一股脑地抛给了广州市交委。相信对于广大市民来说，曹委员的问题字字入心；而交委是个什么感受则不得而知，他们只是答复“今年年底就能够完成咪表停车位的清理工作，不合法的咪表停车位将被清除，合法规划的停车位都会有统一编号，市民可以上网查询”。而对于咪表公司何时公开账本的问题，市交委没有明确答复。至于为何涨价不治堵反而添堵，交委则再次使出万金油：“时间太短，效果看不出来。”

毫无疑问曹委员道出了市民的心声，值得点赞。但我们还必须关注后续的进展：问了以后怎么办呢？有明确答复的固然值得称道，但那些没有明确答复的呢？或者语焉不详前言不搭后语的又怎么办呢？比如交委先前言之凿凿说实行差别化停车收费后，“预计近期中心城区道路交通流量可降低10%左右，干道平均车速提高4%~5%”，可是实际情况完全相反，而交委反复说的也已经不再是“近期”，反而却是“时间太短”云云——这些难道不应该有一个解释、交代？

很遗憾，都没有。“摆摊问政”的确是个了不起的进步，但目前看来，还是停留在你怎么问是你的事、我怎么答则是我的事，没有一个约束机制迫使有关部门必须回答、必须清楚明白地回答。从这个意义上说，现在的“摆摊问政”只是开了个头，后面的程序则亟待完善。

如何完善呢？我认为真正应该发挥作用的是人大。法律规定人大可以对政府进行专题询问或质询，广州市人大也有过专题询问的案例，效果还相当不错。对人大的专题询问或质询，政府有关部门就必须回答，而绝不可语焉不详、敷衍塞责，因为根据规定，人大如果对政府的答复不满意，是可以一直询问或质询下去、直到满意为止的。

这么好的制度安排，如果不好好落实就实在太可惜了。最近习近平总书记在人大60周年、政协65周年纪念大会上对于民主有相当精辟的论述，下一步的工作，或许是将这些精神通过细致的制度化程序落到实处了。

2014年9月25日《南方日报》

◎ 政协委员该由谁来打分？

6月20日广州市政协十二届十一次常委会议审议通过《政协广州市委员会委员履职量化评价办法》，这个《办法》可以说是对试行了两年的广州市政协委员履职打分制的“修订版”，特别新增了“以委员身份参与社会工作可加分”的项目，规定“公开以委员身份履行社会职责，承担工作任务的，报所在专委会核实，并报办公厅平衡后由所在专委会办公室补录入”，对参加协商会、听证会、咨询会等各类会议，包括以委员名义参加电视电台节目、社会性咨询监督、公益慈善捐赠，发表政协理论文章等各类履职工作，附加分分值为2至4分。

说实话我一直对政协的这个打分制度颇不以为然，公平不公平倒在其次，而是觉得这样的制度安排有点舍本逐末。为什么这么说呢？因为政协委员的职责，国家有关法律条文已经说得清清楚楚，就是“通过提出意见建议，推动解决一些热点难点问题，促进经济社会更好更快发展；通过搜集上报社情民意信息，促进党政了解民情、科学决策；通过批评建议，促进党政部门改进工作作风。”已经有了这样的明确规定，政协委员难道不应该照此履职？怎么还需要打分？又怎么可能还会有分数高低之别呢？

当然我也很清楚这只是理想的愿景，实际生活中政协委员的确更多地是个荣誉、一种身份，这样不可避免地将政协委员应该行使的职责旁置一边，于是乎才有现如今的打分制度，企图通过这样的制度设计促使委员们更好地履职。夸张点说，很喜感，比如根据广州政协的披露，政协委员履职打分试行两年以来，“委员履职积极性大幅提高，履职责任感明显增强”，还有数据为证：会议平均出席率达93.34%以上，比2011年的76.39%提升了16.95个百分点。2013年委员履职总平均分比2012年增23.43%，其中常委平均分比2012年增加7.19%，委员平均分比2012年增25.40%，超过100分的委员有129人，比2012年增115%——这不是喜感是什么？

这次的“修订版”增加了“以委员身份参与社会工作可加分”，估计很多人第一时间会想到韩志鹏委员。以前打分都是在政协平台上进行，也就是说只有政协组织的活动才计算入列，其他那些都不算，以致像韩委员这种经常“通过提出意见建议，推动解决一些热点难点问题，促进经济社会更好更快发展；通过搜集上报社情民意信息，促进党政了解民情、科学决策；通过批评建议，促进党政部门改进工作作风”的委员，得分居然不高，甚至“刚刚及格”，这是相当滑稽的。这次的修订总算弥补了这个缺憾，相信韩委员的得分会大幅提升。

但当政协委员始终不是为了得高分，否则真的就会本末倒置，去斤斤计较于诸如打分规则这些枝枝叶叶的东西，比如有人就提议政协委员参与社会工作的总分值应该要封顶，“最多占总分的两成。”对于一个专注于社会公共事务、一心表达民意、为公众权益奔走呼喊的委员来说，封不封顶、两成还是三成甚至N成，真的很重要吗?

如果一定要打分，我认为应该由公众来打分。政协委员虽然不像人大代表那样至少名义上由选民选出，但花的始终是纳税人的钱，花着纳税人的钱，难道不应该由纳税人来打分？我认为这才是真正公平合理的，也是符合逻辑的。如果一时半会做不到这一点，至少应该引入公众评分的比重，这比“公开以委员身份履行社会职责，承担工作任务的，报所在专委会核实，并报办公厅平衡后由所在专委会办公室补录入”什么的更能凸显政协委员的主体地位，也更明确了政协委员的职责要求。

2014年6月24日《南方日报》

◎ 期待广州法治政府建设更上层楼

2013年12月30日，中国政法大学发布了《中国法治政府评估报告》，评估满分为300分，广州市政府评估总分234.93分，超过全国平均水平46.06分，在全部评估的53个较大城市中排名第一。日前，广州市政府常务会议新闻发布会发布了《〈中国法治政府评估报告（2013）〉分析报告》,《分析报告》显示，在此次评估共设的7个一级指标中，广州市在机构职能及组织领导、制度建设和行政决策、行政执法、政府信息公开、公众满意度的调查等五个方面表现突出，位居评估的53个较大城市前列，但监督与问责、社会矛盾化解与行政争议解决是短板。为此，广州将建立行政首长出庭应诉制度。此外值得关注的是，政府信息公开一项排名第七，按照市法制办主任吴明场的说法，“过去我们一直认为广州市信息公开做得很好了，特别是我们率先在全国公开了财政预算，率先公开了市区镇（街）三级预算、结算和‘三公’经费，但在这次评估在53个城市中仅获得了第七名”，似乎有点意外。

广州法治政府评估排名第一，作为一个广州人总是很高兴。提到广州的法治政府，不知大家首先想到的是什么？我首先想到的是广州相对宽松的舆论环境——现在这个也不知是好是坏。事实上宽松的舆论环境是全国其他地方的人对广州共同的观感，也是广州最了不起、最值得骄傲的文化软实力。舆论环境宽松表明了广州对言论自由的尊重，而言论自由可以说是人的权利清单中最重要的一项——法治政府难道不就是始于权利、终于权利吗？

与之相关，广州法治政府还让人想到对民意的尊重和重视，尤其是这两年表现得特别明显。我印象最深的就是新一届广州市政府上任后制定的即时新闻发布会制度——开完会马上下来发布，中间不留任何“空白”，似乎根本不需要什么诸如“统一口径”的繁文缛节，显示了高度的开明和自信。再就是各类公咨委，尽管其运行出现了一些问题，还有很多应该改进、提升的空间，但作为一个制度创新，其对民意的重视是显而易见的。

广州的信息公开只排名第七，我也颇感意外。不说别的，只说财政预决算的公开、“三公”甚至“四公”经费的公开，似乎就都走在全国前列，有的甚至在国内外都产生了很大的影响，我自己就曾经接受过北京等地的媒体的采访，怎么会只排名第七呢？是不是因为在公开的过程中出现了种种问题、引来舆论一阵又一阵的质疑甚至强烈批评，所以得分不高？但这不是因为不公开，恰恰相反，而是因为公开走在了前面，所以才暴露出种种的问题。不过这也仅仅是我的猜测，也许真有其他的原因，比如吴明场主任说的“申请信息公开方便性有缺陷”，或其他原因。到底是什么导致了广州信息公开排名不高，也许这也应当“信息公开”一下。

同样让人意外的是广州的“监督与问责、社会矛盾化解与行政争议解决”得分居然低于全国平均水平！广州的舆论监督我相信全国无出其右，因此这里的“监督”更多的恐怕是体制性的监督吧？果真如此的话，广州人大就要更好地行使自己的职权了——该质询的质询、该问责的问责。张桂芳主任都说了人大要更好地回应社会关切，还有什么比监督政府更能回应社会关切呢？至于社会矛盾化解与行政争议解决，也让人有点不解，恐怕跟广州前两年的群体性事件有关。另一方面，广州可以说是中国转型社会矛盾非常集中的一个地方，出现这样的结果也很正常。

讲到对广州法治政府建设的期待，我更希望见到广州在一些带有根本性的制度创新方面有所作为。深圳准备将立法权收归人大，这就是一个了不起的制度创新，既避免了部门立法的种种弊端，也真正确保了人大的职权和地位，使民众的权利变得名正言顺——民众的权利才是法治的根本！

2014年5月28日《羊城晚报》

◎ 以强化监督问责规范行政许可

4月25日，《广东省行政许可监督管理条例（草案修改二稿征求意见稿）》在广东省人大官网公示："敬请社会各界人士提出宝贵意见，并将修改意见寄广东省人大常委会法制工作委员会行政法规处。"后面附了详细的通联方式。

从字面上来看，这是一部对行政许可的监督管理的条例，如果将行政许可看作是政府权力的话，那么这就是一部监督管理政府权力的条例，通俗点说，"管权"的条例，正如第二条规定的："本条例适用于本省行政许可的设定、实施、评价与监督检查等监督管理活动。"政府具有哪些权力（行政许可）？设定的依据是什么？如何实施？如何评价、监督、检查？等等，都有详尽的规定。

政府如何设定自己的权力呢？第三条规定："行政许可的设定应当严格控制，减少对公民、法人和其他组织的影响，充分发挥市场在资源配置中的决定性作用，保障企业依法依规自主决策；行政许可的实施应当便民高效、服务基层，优化行政管理方式。"较之过去政府"管天管地拉屎放屁"无所不管，现在提

“行政许可的设定应当严格控制”应该说是个很大的进步。如何严格控制呢？我认为这里面其实还存在很大的自主裁量空间，相比于权力总是渴求伸张扩展的本能，“严格控制”云云怕是缺乏应有的刚性约束。相较而言，现代社会的政府组织原则就简明扼要得多：政府的目的是为了保护公民的权利，当公民的权利受到侵犯的时候，政府一定要出场，否则主要靠社会的自我组织、自我协商。而我们显然还不脱“替天行道”、“代天理物”的中国传统政治窠臼，对社会进行管控、管制的全能政府色彩依然无处不在。

根据惯常的说法，对政府行政许可的监督管理应该是人大的职责，但条例对此却无明确规定，反而将其划归到政府，比如第五条规定：“各级人民政府应当建立健全对行政机关实施行政许可的监督制度，加强对行政许可的监督管理工作。”“机构编制管理机关负责统筹本级行政许可事项的监督管理工作。”“行政机关负责对其组织实施的行政许可事项进行日常监督管理，对依照行政许可开展的活动实施监督检查。”其他如评价也是一样，也都交给政府自己，甚至对行政许可相关法规的修改也由政府来完成。这就还是回到了过去的老路：政府自我监督、自我管理，会有什么效果吗？这些难道不应该是人大的职责？

也并不是没有提及人大的职责，比如第三十八条：“县级以上人民代表大会常务委员会对本级人民政府发布的规章和规范性文件进行备案审查时，发现以备案、登记、年检、监制、认定、认证、审定等形式变相设定行政许可的，应当建议其修改或者依法予以撤销。”也就是说，当行政许可没有做到“严格控制”的时候，人大可以将其撤销，但依据却只是政府提交上来的“规章和规范性文件”，如果不提交呢？要知道很多门槛设限是根本够不上什么“规章”或“规范性文件”的啊，比如前段时间单独二胎申请中的强制性结扎就是典型，这些难道人大就不去监督管理了吗？不知是有意还是无意，让人觉得这部条例将人大的职责一定程度上旁置或虚化了。

相比于过去有进步，但跟理想有差距，这是现在很多事的特色，这部条例也是如此。但不管怎么说，有进步总是好的，所以我很希望大家都去广东省人大官网去看看，仔细研究一下这部条例，提出自己的建议、意见，使之不断臻于合理。以前曾经有过类似的公示结果遇冷的事，希望这次能够吸引社会的积极参与，并重建公权力与社会的互信。

规范政府权力涉及一个社会的根本组织原则，会影响到社会生活的方方面面，是一个涉及根本的大事。现在提出了这个课题，甚至还有“将权力关进制度的笼子”这样放在以前绝对是大逆不道的说法以及政府“自我削权、自我革命”的豪言，在在都凸显了中国社会的转型进步。既然如此，就应该实行真正的开放，以先进为标杆，集思广益，不断取得更高层级的朝野共识，推动中国社会的文明进步。

2014年4月28日《新快报》

◎ 值得关注的政府权力清单

广东在行政审批制度改革上先行，因此在立法上，如何把政府行政审批权力关进法规的笼子一直备受关注。近日，广东省人大常委会法工委就《广东省行政许可监督管理条例（草案修改二稿征求意见稿）》公开征求意见。

《修改稿》的最大亮点之一就是有关权力清单的规定，主要见于第四条“权力清单制度”：“行政机关应当建立权力清单制度，明确行政机关职能、行政管理依据及运行流程，将行政许可目录纳入权力清单管理，并向社会公布；清单之外，不得实施行政许可。”以及第八条“权力清单制度之行政许可目录”：“行政许可实行目录管理制度，行政许可应当纳入本级行政许可目录进行统一管理。未纳入目录管理的行政许可不得实施。”“各级人民政府及行政许可实施机关应当向社会公布行政许可目录，公开行政许可的项目、依据、实施机关、程序、条件、期限、收费等情况。”也就是说，政府有哪些权力，要列出一个清单，并纳入目录；目录之内的职权方可行使，不在目录之内的无权行使。

十八届三中全会提出“推行地方各级政府及其工作部门权力清单制度，依法公开权力运行流程”，无疑这份《修改稿》是对十八届三中全会精神很好的贯彻。从小处说，这是对政府权力的明确规范，政府能够行使哪些权力，明晰列表，让人一目了然。从大处说，这是法治社会的一大进步。法治法治，首先就是要政府依法主治；如何依法主治呢？就是权力要严格依照法律的授权去行使，不可有任何逾越。

对政府权力进行如此严格的规范甚至限制——比如《修改稿》第三条“行政许可的设定应当严格控制”——对于我们的传统政治文化是一大改变、对于我们的传统政治观念是一大冲击。中国自古是“别黑白而定一尊”的皇权专制，奉行“惟德动天，无远弗届”的极权统治，类似“风能进，雨能进，国王不能进”的私人权利观念和与之密切相关的独立自主的个人、社会空间，在中国的社会政治文化中一直不曾真正存在。此次的《修改稿》明确提出“清单之外，不得实施行政许可”，对政府权力的限制相当明确，两相对比，其改变和进步不待言而明。

令人稍感意外的是广东省的这份《修改稿》还处于公示阶段，广州市却已经于去年11月21日就率先公开了政府权力清单（详见http://qlqd.gz.gov.cn），并成为全国第一个晒出行政权力清单的城市。根据这份“清单”，以市政府名义及41个职能部门对外行使的职权共八大类3705项，其中行政审批387项、行政处罚3138项、行政强制63项、行政征收5项、行政裁决1项、行政给付2项、行政检查28项、其他行政权力81项——行政处罚权最多，3705项中就有3138项，占84.7%。

每一个部门的行政职权都分为“行政审批”、“行政处罚”、“行政强制”、“行政征收”、“行政裁决”、“行政给付”、“行政检查”、“其他行政”八大类，每一项职权又按照“序号”、“编码”、“实施单位”、“职权名称”、“职权依据”、“备注”详细罗列。我随机进入了广州市物价局的行政职权事项目录，发现物价局一共有60项行政职权，却只有两项有“职权依据”，分别是第35项“制定公共汽车票价”，职权依据是“《关于印发广东省定价目录和广东省价格听证目录的通知》（粤府办〔2002〕100号）”；第49项“患者自主选择医用耗材收费备案”，职权依据是“省物价局、卫生厅《关于非营利性医疗机构部分医用耗材收费问题的通知》（粤价〔2008〕197号）”。其他58项职权比如“制定小学、初中、高中（含职业高中）教育收费标准”、“制定公办幼儿教育收费标准”等等，“职权依据”栏都是一个“无”字。还有一些职权比如“制定水利工程供水价格”，其“职权依据”栏更是空白，只是有个“办理流程”：“受理；审查；听证；成本监审并报上级部门批准。”并在“备注”里面列了一条“听证、成本监审并报上级部门批准的时间不计入办理时限。”行使职权却没有职权依据，这是相当令人费解的，也与法治精神严重不符，为今之计，要么补充完善“职权依据”，要么重新审视这项职权的合法性。

政府权力清单制度是一项重要的政治体制改革，从本质上来说，是对政府的职能、地位以及政府与社会、市场的关系的重新审视、定位。政治向来是社会的主导力量，因此这一改革与我们每个社会成员都息息相关，值得我们每个人密切关注。

2014年5月6日《南方日报》

◎ 唯有法治才能消除行政潜规则

日前，广州市人大委托有关机构开展依法行政调查，结果显示六成受访市民认为行政潜规则比较多，主要有“没人举报就不管”、“出事了才管”、“大事化小、小事化无”、“按领导要求执法”、“按领导要求审批”、“红头文件大于法律规定”、“特事特批”、“红头文件大于法律规定”、“有熟人好办事”等等。而潜规则存在的领域，主要是环保、医疗、城管、教育、公安、交通、工商管理等，而土地管理、食品药品监管和质量监管则被认为属于潜规则存在“比较多”的领域。

我觉得这个调查很有意思，也很有意义，让大家有机会对公权力进行评价——在中国的传统政治文化中，这些东西一向是不容民众置喙的，所谓“食肉不食马肝，不为不知味；言学者无言汤武受命，不为愚”是也。调查的主题是“依法行政”，其中行政领域中的潜规则特别引人关注，因为它过去一直隐而不宣，恰恰又最能凸显出我们中国当今政治文化的方方面面。毫无疑问这些潜规则一直以来都大行其道，除此以外我还疑心有大量更加隐秘的一些官场潜规则是我们无法知晓的，那些东西如果能够披露出来，一定蔚然大观。

所有这些潜规则，我认为一言以蔽之，其实就是“人治”的规则——之所以不叫潜规则，是因为中国一直以来就是“人治”当道，只不过现在进入转型时期，“法治”成为标准，“人治”方才转入地下，转而成为潜规则。但既然是规则，必定为大多数人所遵从，且理所应当、势所必然，发挥更加主导的作用，“法治”云云反而更像个摆设，且彼此心照不宣、心领神会。上面的那些所谓潜规则，以及其他一些我们无从知晓，也许更多更“精彩”的潜规则，无一不是“人治”的种种体现。

如何清除这些行政潜规则呢？很简单：变“人治”为“法治”。“法治”就是新的标准，也是新的方向。前些年时任广东省委书记汪洋多次强调推进法治建设，“将人情社会变成法治社会”。只有在法治社会，“人治”以及由此导致的种种潜规则才无所遁形。

法治不是“依法主治”，而是“以法主治”。前者是依据法律进行治理，法律更多的时候还只是一个工具，在这个工具背后还有另外的治理主体存在；而后者是以法律进行治理，法律本身就是治理的主体。这两者的区别，其实就是一人主治与众人主治的区别，也是我们经常混淆的“法制”与“法治”的区别。

在法治社会，所有人都参与制定规则，所有人也都必须遵守规则，否则就会受到处罚；而规则的最高形态就是法律，它可以说是所有人达成的一份契约，任何人都不得违背。在这样的社会，任何行政行为也都必须有规可依、有章可循，既不可僭越，也不可怠惰，否则就是违规，类似我们今天大行其道的诸如“没人举报就不管”、“出事了才管”的所谓行政潜规则，是没有存在空间的。

当今中国正在转型，在政治领域就是从“人治”向“法治”转型，只有不断完善、提升我们的“法治”水平，才能慢慢消弭那些形形色色的行政潜规则。这次调查由广州人大发起，但愿人大在今后的法治建设中发挥更大的作用。

2014年8月28日《羊城晚报》

◎ 仅有这个制度还不够

日前，广州市政府常务会议审议通过了《广州市重大民生决策公共意见征询委员会制度（试行）》，以后凡是关系市民切身利益且涉及面广的重大民生决策事项，原则上应成立公众意见征询委员会，从决策动议开始便征询民意，也就是说民意征询的程序将大大提前。应该说，广州市政府在确保公共政策的民意基础上又往前迈进了一步，但仅仅这样还不够。

我们知道，任何公共政策要得到施行，必须满足两个条件：合理性和合法性。政府官员经常喜欢将科学、理性、全局、大局、“辩证”、“多元视角”甚至民族国家等等之类的字眼挂在嘴边，以为公共政策的合理性背书、辩护。其实这些东西都构不成公共政策合理性的要件，有的还是从前“先知觉后知，先觉觉后觉”的圣君思想和居高临下的权力、道德优越感。

在现代社会，公共政策的合理性标准只有一个，那就是民意。公共政策无不事涉大小公共事务，而任何公共事务本质上都是各种利益相互博弈、协商、妥协的结果，绝不可为了某一个号称崇高伟大的目标而牺牲某一部分人的利益甚至生命——这种事人类做过不少，我们也不例外。现在我们终于知道这是不对的，那些所谓的崇高伟大根本是扯淡，从来没有也断无可能实现。只有基于普遍的民意、只有所有的民意都得到最充分的尊重，才能臻于真正的合理，才能创造真正崇高伟大的文明。

现在，广州市政府高度重视公共政策制定过程中的民意征询，并将其制度化，其出发点是非常值得肯定的，相信也会有很不错的效果，公共政策的合理性相当值得期待。

但是，仅仅有这个制度，或者说，公共政策的制定仅仅有这个程序是不够的，因为还缺乏最关键的一个程序，那就是合法性程序。首先，从法理上来说，现代政治的合法性是一种权利合法性，因此任何公共政策都必须要经过公众的同意、授权——任何公共政策都必须要经过民意机构的审议、辩论、表决、通过，否则即为非法。其次，从实际效果来说，由政策制定者来征询民意，完全无法保证民意的真实性。这样的例子实在太多了，年前广州市建委主持召开的白云山隧道工程座谈会上一边倒地“赞成”就是最好的例子。

因此，公共政策要真正合理并得以施行，民意机构的审议、辩论、表决、通过这一现代政治的合法性程序必不可少，否则一切就都不保险。按照这个逻辑，广州市政府制定的这个民意征询制度，其意义充其量只能是由于事先有了一定的民意基础，因而有可能会比较顺利地通过人大的审议、表决，但政府的民意征询无论如何也不能替代人大的审议、表决。

让人欣喜的是，正在北京召开的全国两会上，广州市人大常委会主任张桂芳提到了这个问题，将“地方发现重大问题时，社会和媒体经常发出人大在哪里的呼吁”的广州声音带到了北京，并建议国家“在条件还不够成熟的条件下，可制定规范性文件，明确讨论事项、范围、内容、程序等，为地方人大常委会行使重大事项决定权提供法律保证和实践指引”。这就在相当程度上触及到了问题的根本，我们也“呼吁”全国人大重视张主任的这个建议，不断完善公共政策的制定程序。

总之，从广州市政府的层面而言，他们已经做到了最好；但从更高的要求来看，则还有进一步完善的空间。

2013年3月13日《羊城晚报》

◎ 重大行政决策听证办法还可以进一步完善

前天广州市政府常务会议审议通过了《广州市重大行政决策听证办法》（修订稿），对原来的听证办法作了一些修订，比较引人注目的有几个，比如对于听证代表应当符合的条件，删除了听证代表“有义务奉献精神，热心社会公益事业”的要求；再就是将模糊的听证范围具体到市政府公布的听证事项目录，与《广州市重大行政决策目录管理试行办法》相衔接；此外还增加了“听证记录人可以制作听证全过程的录像或录音，作为备查资料”，这点相当引人关注。

毫无疑问这些都算是进步，比如删除“奉献精神”，其实质我认为是在政府公共事务中消减了这类主观道德评判的因素，这就是一个了不起的进步。为什么这么说呢？因为从现代政治学的角度，政府公共事务本质上只涉权利，权利才是其最应该考量的因素，而不应旁涉其他。但一直以来我们国家的政治都是以道德代替权利，其结果是导致公私不分、威权盛行，权利空间日益逼仄甚至消失无踪，后果是相当严重的。

将听证范围与《广州市重大行政决策目录管理试行办法》相衔接，是否意味着凡是重大行政决策目录上有的都必须听证呢？至少理论上是如此。但媒体和网友对此并不满足，他们质疑对于没有列入重大行政决策目录、但市民又认为很重要的事项如何处理？我认为这个质疑非常合理。对这个问题的解决，或许有两条路径：一是哪些应该进入重大行政决策目录本身也应该听证，确保目录的民意基础；二是按照市法制办有关负责人的说法，“市民可以对听证工作提出建议，由相关主管部门、市政府办公厅和市政府法制办研究之后，报市政府常务会议决定是否纳入听证目录”。但是这也必须要有相应的程序设计，让公众知道具体该怎么做，否则就会流于空谈。

尤其引人关注的是“听证记录人可以制作听证全过程的录像或录音，作为备查资料”。我不知这“听证记录人”是什么概念？是指参与听证的人还是专门在听证会上记录的人？此外听证全过程的录像或录音是否可以公开？有关负责人解释说之所以增加这一条，是因为目前录像、录音技术成熟、方便、快捷且能反映听证全部细节，可以作为备查资料，“对于完善书面听证报告的内容有很大的帮助”。录像录音固然技术成熟方便，公开也一样“技术成熟、方便、快捷”哦！

这一条虽然看上去显得更开放，但我认为并没有多少实际意义，因为假如参与听证的人事先就被有关部门打了招呼，早已“心中有数”，那录再多的像再多的音又有什么用处呢？只怕与公正公平恰相反：活生生的证据在此，看你还有什么话说？除非我们能够杜绝背后的招呼，或者参与听证的人拥有真正的自由意志，不管什么人的招呼对他都不起作用，否则这条新举措并不涉根本，只是看上去很美。

但这类道德心性毕竟并不靠谱，一切都有赖于制度的防范。要做到这点，就必须对包括听证会在内的整个公共政策的决策程序进行全面的反思。我认为不管听证会设计得如何周密完善，它毕竟属于政府内部的决策范畴，属于政府的自说自话。而这类不具有任何外部力量监督制约的公权力的自说自话，都不可能避免得了私心私利，不可能做到真正的公平公正。要实现真正的公平公正，作为体制性民意机构的人大必须参与进来，对政府的任何决策进行审议表决，通过了的去执行，通过不了的就打回头——不管这样的决策经过了怎样的听证！

2014年9月24日《新快报》

◎ 行政公务行为亟需规范化

最近一段时间，城中媒体颇为集中地暗访、报道了广州各大政务中心的服务状况，不出意外，总体情况不令人满意：窗口没人；办公时间上网聊天、看球赛；前来办事的市民“被满意”；事情办了一半“准时”下班；正午清场，有空调、椅子的办证大厅宁可空着也不让市民进来休息，让市民大热天时在外暴晒……林林总总，不一而足。有领导说窗口没人是上厕所去了，或到后台处理业务了，或下乡了；上网是允许在没事的时候通过内网学习有关业务知识；有些部门本就是通过QQ来进行业务传输，等等。

算了吧！说实话中国自古官民两分，官员什么时候不是高高在上、颐指气使呢？中国的民众什么时候又能说个不字呢？除非逼急了血流成河拉你下马，但那也不过是城头变幻大王旗、换汤不换药而已。只不过现在提倡转变政府职能，变管理为服务，大家才觉得那样的态度、做派不对了。但体制机制仍旧，官场文化的惯性更是巨大，服务？哪有那么容易的事！所以，就别扯那些不着边际的这理由那理由了，干脆诚实点：我就是官，你就是民，相比从前已经够好了，你还不知足？！

不知足是肯定的。虽然官场文化一仍旧贯，但民众的思想却发生了绝大的变化：大家已经不再是臣民，而是公民了，所以才有这要求那要求、这不满那不满。这些要求和不满完全正当，因为它正体现了历史的浩荡潮流，除了顺应、调适之外，还能作任何第二人想？除非你不想干了！

如何顺应、调适呢？我觉得很重要的一条是要规范我们的行政公务行为。我们的官场文化里面很突出的一条是公私不分，体现在行政公务行为上，就是将街头的撒泼骂街这类私人作为、言行也带到了公务行为之中，我印象中最典型的是前几年的“咆哮哥”，再就是那句有名的“我拉个屎是不是也要告诉你”，等等。这就是公私不分：在私人场合你当然可以“咆哮”、“拉屎”，但公务场合却绝不可这样。任何时候，公务场合遵循的都是规则和程序：一件事属于什么类型、这类型的事有些什么规则、按照什么程序来处理，等等，一切都有明文规定，实践起来，一切都规行矩步、有条不紊，哪会出现那种泼妇骂街的状况！

当然，客观地说，我认为广州还算是走在前面的。记得今年三四月份有几位城管监督员宣布辞职，有关部门表示尊重他们的意愿，将按程序来处理他们的辞职声明，有外地网友认为广州有关部门太过冷冰冰。其实我觉得这反而是正确的做法：一切都按规则和程序来，要热乎你私下里去热乎吧！

但相对于理想的状况，广州无疑还是有相当大的差距，比如这次媒体对政务中心的暗访。最大的差距我觉得就是不规范，不规范导致的最大后果就是前来办事的市民心里没底，不知道会有什么样的遭遇和结果。这点相信有过国外和港澳生活经验的人都有体会：他们那里的人几乎不存在跟官家打交道时的惴惴不安、七上八下、忐忑不安，按照一位著名的文化人的说法，一看就是没有受过欺负的。而我们这里，情况几乎完全相反。

不过也有亮点。媒体暗访发现公安办证大厅普遍表现不错，比如东华东路的越秀区公安局综合办证厅不但供人休息，还提供一些简单业务的办理。说实话这很有点出乎我的意料，印象中公安是最不好也最不愿打交道的，没想到现在反而表现最好。

看来一切都在改变，这既不可否认，也不可抗拒，按照一位晚清士人的说法，“俗尚计日而更”——今时今日只怕“更”得更快！不说别的，广州的媒体敢于揭露广州的官家做派，本身就让人欣喜不已。甚至有媒体还设立了爆料电话，“联手向不思进取、能力平庸、效率低下、失位缺位、纪律松弛、铺张浪费、贪图享乐等突出作风问题说不！”这都给人希望、让人感到温暖。唯愿有关部门可以主动点，赶快制订出规范的行政公务准则和指引，让人看到真正的现代政治职业伦理和职业尊严，也让前来办事的市民落个安心、舒心。

2013年6月5日《羊城晚报》

◎ 公务员应该如何讲信用？

前天广州市政府发布了《广州社会信用体系建设规划（2014-2020年）》，引人关注的是《规划》中明确规定要建立公务员诚信档案，涉及公务员的信用、奖惩等信息，还要逐步将公务员个人有关事项报告、奖惩记录、年度考核结果、违法违纪违约行为等相关信息纳入信用档案，切实将诚信状况作为公务员招录考察、考核、提拔任用、评先的重要依据。

我好奇心顿起：公务员应该如何讲信用？广大公务员们准备如何讲信用？公众如何去判别一个公务员是否讲信用？如果不讲信用，他会有什么后果？由谁来“宣判”他到底讲不讲信用……

这几天微信圈在流传一个毁三观的“后半句”。一直以来我们都认为“言必信行必果”是一种诚信美德，没想到还有后一句：“硁硁然小人哉”——是个不知变通、不知权变，只认死理的“小人”。联想到“成大事者不拘小节”、“不说假话办不成大事”这些耳熟能详的“中国智慧”，以及深植于我们民族文化精神血脉的层出不穷的“伪作”、“春秋笔法”及其背后充满宏大叙事的“意图伦理”，让人觉得孔子的这句话绝非妄言、虚言，何况还有诸如指鹿为马的“逼良为娼”！信用？公务员？只怕很多人心里一阵冷笑。

但不管怎么说这份专为信用体系建设而制定的《规划》始终是个了不起的进步，因应了社会的发展需求。这几年因为一些机缘我参加了很多有关信用的论坛、座谈、研讨，今年两会还提了个《关于加强我市社会信用体系建设的建议》，对信用以及信用体系建设算是有了一些初步的了解。我认为信用既是一个道德问题，也是一个法律问题；既是一个制度问题，还是一个技术问题，牵涉到方方面面，正如有关负责人所说，研究制定《规划》耗时两年多，其协调机制涵盖的部门“比任何其他协调小组范围都要广”——因为信用的确是个无所不包的领域，何况还是信用体系！

公务员的信用同样如此，它首先是个道德问题，这点毋庸赘言。它还是个法律问题：任何一次失信，都有可能牵涉到对他人权利的侵犯，而侵犯他人的权利毫无疑问会触犯法律。这点在公务员身上表现得更为明显，因为公务员手握公权，稍不留神权力这只老虎就会挣脱束缚伤害他人：不守合约、欠债不还、出尔反尔等等，不一而足。至于索贿受贿、徇私舞弊、贪赃枉法，就更是毫无信用可言了，势必要受到法律的制裁。

另外还是个制度问题，就是要通过制度设计确保公务员必须要守信用、不敢不守信用。现在我们都已经知道了单纯的道德耳提面命对人性的贪欲早已不敷应对，必须要有制度的刚性约束。具体的形式或许各有不同，但约束权力、不滥用权力则应该是根本——对手握公权的公务员来说，任何的失信几乎都可以归结为权力的滥用。

得益于现代网络科技的发达，在技术上为公务员的诚实守信提供了相当可靠的保障，诸如隐瞒财产、公车私用之类的失信行为越来越难逃网络技术的“法眼”，而公务员诚信档案想必也会借助于网络科技，更全面真实。

根据《规划》，公务员的诚信状况将作为公务员招录考察、考核、提拔任用、评先的重要依据，这当然是个正确的方向，但不知如何落实？最近一两年很多高官落马，他们背后的蝇营狗苟龌龊魍魉与人前的豪言壮语所形成的巨大反差，几乎成为当今中国政治生态的一道独特风景，实在让人讶异这样口是心非厚颜无耻的人是怎么爬上如此高位的？流风远袭，积重难返，单凭一部这样的《规划》，会发挥多少作用？这恐怕是很多人的疑虑吧！

但还是那句：有总比没有好。

2014年10月17日《南方日报》

◎ 整治“庸懒散奢”靠什么？

最近一段时间以来，广州重拳整治“庸懒散奢”，纪委纠风部门还先后成立暗访组，针对政府部门的懒政惰政展开调查，增城一派出所副所长还因此被免职。有趣的是，新快报记者近日也进行了暗访，分别暗访了从化、花都、天河等区市的政务服务的窗口单位。大部分办事群众对窗口服务态度、效率表示满意，甚至加班加点为群众解决问题，但也有个别服务窗口工作人员出现早退、对主管业务模糊等现象。我印象最深的是从化有些部门离下班还有半个小时人就跑掉了，而花都公安办证厅更离谱，电子钟快了11分钟，上班按标准时间来，而下班则按这个快了11分钟的电子钟时间走，真是离谱！

说实话，对大部分办事群众对窗口服务态度、效率表示满意这一条，我感到十分欣慰，胆子也大了不少，不用老是担心害怕去看那些办事人员的脸色了——很长一段时间我都是能不去就不去的。出现这样的良好局面，我更愿意归之于社会的整体进步：民智已开，兼且网络发达，官员们受到的约束早已今时不同往日了。

也正是因为如此，那些“个别”的不良现象才显得如此突兀：你有什么理由还有半个小时就提前跑路呢？有什么理由迟到早退呢？你可知有市民千辛万苦远道而来，结果却是这样！公布的投诉电话，却总也无人接听；市民的举报什么时候处理居然“要看领导什么时间能去看了”——你这不是扯淡么！

也别说什么公仆啊服务啊这些虚头巴脑的话了，你干了这份工作，就表明你跟你的单位订了一份合约，而合约上相信是决不允许那些“个别”现象存在的——何况你拿的钱还是纳税人给的。

整治“庸懒散奢”肯定是对的，但靠什么来整治呢？我以为除了法治，根本就不会有第二条有效的途径。法治就体现为各种各样的制度，那些制度其实就是一份合约，你拿了钱，就表明你接受并与单位订立了这样的合约，就必须遵守，否则只好解除合约了。果真做到这一点的话，看谁还敢“庸懒散奢”？

纪委特别是记者暗访当然不能说没用，但毕竟随意随机性都相当大，绝难全覆盖，不说挂一漏万，怕是连统计学的意义都谈不上。我觉得最有发言权的是前来办事的公众，他们的感受最直接、他们的接触最广泛、他们的眼睛最雪亮——还有什么样的暗访比得上他们的意见呢？所以，建立完善的公众投诉、反馈机制，比什么都管用。比如，如果一个月被投诉多少次就要撤职、降职、调离或开除，估计“庸懒散奢”很快就不见踪影了。

说来说去，权力的态度反映的其实是我们这个社会的权利生态：你居高临下、冷口冷面，只能说明你的权力凌驾于公众的权利之上；反之，如果你谦恭友善、尽心尽责，就说明我们这个社会的公权力是真正地因为权利、基于权利、为了权利——所谓法治的目的不就是这吗？

2013年5月31日《新快报》

◎ 整治“庸懒散奢”的标准能否高一点点？

日前，广州市纪委监察局、市直机关工委在市委礼堂“晒”出了今年广州第一期整治“庸懒散奢”的成果，无非就是上班看视频、玩游戏、炒股票，还煞有介事地将各种情况前五名的IP地址、流量、累计时间一一列出来。

说实话我差点笑喷：如果我们这些单位的“庸懒散奢”仅仅是这些，那我们真要谢天谢地额手称庆了。

真要整治“庸懒散奢”，我们首先必须要明确政府的职责：政府到底是干什么的？按照我们中国人传统的思想资源和逻辑，无非就是替天行道、抚育诚求、拯救黎庶等等，当然我们现在知道这些都是扯淡。在现代社会，政府唯一的职责是保护、落实公民的权利，正是因为公民有很多权利需要保护和落实，所以才将一些公共事务交给政府去办理，并且通过纳税的方式赋予它相当的资源。

以这样的标准来衡量，我们一些政府部门的“庸懒散奢”就绝不仅仅是上班看视频、玩游戏、炒股票这么简单了。别的不多说了，有网友总结了广州近日“烂尾话题”：车牌竞价收入中支出6500万购买公交车，给了哪些企业，以何种规则分配均没公开，舆论追问官方装聋扮哑；国际金融城已经动工，官方承诺的土壤污染评估报告未见踪影；金陵台妙高台被拆、5座先秦古墓被毁，官方承诺10个工作日内出调查报告，如今已过期限，调查报告也无踪影……这些话题，哪一个不是庸、懒和散呢？至于奢，想想前段时间的镇街天价招待费，不说也罢。

整治“庸懒散奢”无疑是对的，很合理、很必要，甚至可以说很迫切。但怎么整治？我觉得首要的一条就是高标准高要求，这样的高标准高要求不是别的，就是现代政治理念下的政府职责，否则兜兜转转我们就永远难以跳出传统的窠臼，也不可能获得真正的进步。而对公众而言，类似这种小朋友过家家的举措，除了徒添笑柄，更是浪费公帑：你以为那些巡视暗访什么的花架子不要花钱啊！

2013年7月5日《南方都市报》

◎ 整治“庸懒散奢”的良策

日前，广州市纪委官方微博“廉洁广州”发出消息“市纪委监察局向公众征求作风建设、行政效能、整治庸懒散奢等方面意见和建议”，并公布了反映意见建议的五种方式：打电话、网上填报、电子邮件、信件、短信——现有的通信手段差不多都用上了，只差时下最热的微信、陌陌什么的了。

我觉得纪委向公众征求意见建议，出发点是好的，做法也不错。当然也有点怪异：现成的方法不知凡几，哪还用得着如此大费周章？我立马就可以奉献一个：认真处理好市民的每一个投诉，我认为这是整治“庸懒散奢”、改进作风的最好办法。对“庸懒散奢”、工作作风感受最直接的是去办事的市民，且不仅感受直接，而且利益攸关：办事不顺、遭受冷遇或粗暴对待，等等。如果有一个便利的投诉机制，投诉以后能够受到重视、得到及时的反馈、公正的处理，不就行了吗？当然，也不排除有热心市民不是去办事，而是专门巡视“庸懒散奢”，发现问题也去投诉。对这种也应该一视同仁地对待：及时反馈、公正处理。

这次市纪委提供了这么多反映意见建议的渠道，我很想知道有多少市民去反映，以及反映的都是些什么样的意见建议。我感觉市民不会太积极，倒不是说他们没有意见建议——只怕多得难以想象、招架不住，而是对这些公权力部门没有多少信心，说了也白说。之所以如此，当然来源于他们的观察和经验，别的不说，就说公车私用，哪一次不是大事化小小事化了呢？而且百般袒护。对摆到了眼前的举报投诉尚且如此态度，还能指望什么呢？

这次广州市纪委征求意见建议，但愿是认真的、诚心的，而不是一些形式主义的花架子。最好一段时间以后将收集到的意见建议全部公示出来，让大家看看市民提的都是些什么，而且将反馈意见也一并公示。只有这样，才能显示出诚意和效果，否则又会是一阵风吹过。

2013年7月20日《南方都市报》

◎ 公咨委的职能和定位

前天下午，25名广州重大城建项目公众咨询委员会(简称“公咨委”)委员从广州市市长陈建华手里接过聘书，正式开始履职。但关于公咨委的种种，公咨委内部却存在一些争议，比如公咨委该不该拿政府拨款、该不该只当传声筒等等。网上也有各种不同的看法。

我觉得出现这种现象跟公咨委的职能、定位还没有明晰有关。

首先需要明确的是，公咨委的成立体现了这一届广州市政府对民意的高度重视，毫无疑问这是应该肯定的，此种现代理性也代表了中国转型进步的方向。

具体到公咨委，我认为公咨委就是政府内设的一个决策咨询机构，它的作用就是为政府制定公共政策提供决策参考。这样的咨询、参考可以在事前，政府计划制定某一项政策，请公咨委提出一些方案；也可以是事后，政府制定了一项政策，请公咨委来加以进一步修正、完善。从这里可以看出，公咨委的作用主要就是为政府的决策提供咨询、参考，它不是决策机构，而是一个参谋机构，是一个智囊团，只负责提出意见、建议，但最后的决定权在政府手里。因此，某委员说“市府有义务按照公咨委的决策执行”在法理上是站不住脚的。

公咨委如何为政府的决策提供咨询、参考呢？这就靠各位委员各显其能了。我注意到委员里面有人大代表、政协委员，还有各类专家，相信他们会有各自的立场、途径、方式方法来表达意见，比如收集民意，或基于自己的专业立场，等等。但我觉得不管是哪一种，有一点是必须要明确的，那就是你的立场、观点、意见、建议必须是独立的，必须是基于你自己的判断，而不是迎合或受制于任何人或力量，这一点尤其重要。我特别注意到公咨委副主任、省政府参事王则楚说公咨委要多做“不可行性研究”，按我的理解，他强调的实际上就是公咨委的独立立场。这一点网友也发表了类似的观点，认为公咨委不能为政府政策背书，对此我完全同意，否则就会像上次白云山隧道工程座谈会一样罔顾民意、毫无意义了。当然，另外一方面，立场的独立并不代表组织上的独立，就像一位委员提出公咨委应争取从现在依附于政府部门的身份中解脱出来、争取成为注册的民间组织N G O (非政府组织)，这也是不可行的，否则的话就不是公咨委了。也许有人说了，组织上的这种依附关系如何确保立场的独立性？这就靠各位委员的觉悟了。

有委员说公咨委主要定位是民意收集机构，那么，同样是民意机构，其与人大有什么不同？我认为人大是体制性的民意机构，具有法律地位和效力，而公咨委则不属于体制性的民意机构，并不具备相应的法律地位和效力。从现代政治的合法性程序要求上来说，任何公共政策必须要经过体制性的民意机构的审议、表决、通过以后才获得合法性，才能去施行，否则就不能施行。从这个角度来说，公咨委的作用就在于使政府制定的公共政策获得一定的民意基础，使之能够较为顺利地通过人大的审议和表决，从而获得合法性。因此，公咨委完全不能等同于人大，更不能替代人大。有网友说将公咨委纳入人大控制之下，可能效果会更好，这其实是不必要的，两者完全不能相提并论。

公咨委里面也有人大代表，是否意味着人大也参与了公咨委呢？当然不是。人大代表成为公咨委委员，并不是以代表身份，而是以市民或专家身份，他的行为不是人大的组织性行为，而是一种个人行为。只有当他以人大代表的身份在人大对政府的公共政策进行审议、表决的时候，才是人大的组织行为。这里面的关节一定要区分清楚，不可混淆。

总之，政府成立公咨委体现了对民意的重视，显示了我们这个社会的进步，但还有许多工作有待进一步细化。从媒体报道的情况来看，我觉得公咨委首先要做的恐怕还不是去为政府决策提供咨询、参考，而是赶快制定一个议事规则，尽快明确公咨委的职能和定位，否则自己内部都还没有理顺，又如何开展工作呢？

2013年6月25日《新快报》

◎ 公咨委的角色定位尚需进一步明确

在上周召开的广州市两会期间，公咨委一度成为话题小小地扰攘了一阵，《南方都市报》还以“既有人大政协，何须另建公咨委？”展开了讨论。从讨论的情况来看，大家对公咨委的角色定位还存在相当大的分歧。

我想我们首先必须要搞清楚一件事：谁最有资格决定公咨委的角色定位？我认为毫无疑问是广州市政府，原因很简单：公咨委是广州市政府成立的，只有它才能决定公咨委是干什么的、充当什么样的角色、享受什么样的地位，其他人——包括公咨委成员——说的都不算，都只能是敲敲边鼓而已。

但到目前为止，市政府似乎对公咨委的角色定位并无一个明确的说法，因此才引来众说纷纭。当然这本身并无问题，每个人都有权发表自己的看法，甚至对市政府的决定都可以有不同意见。

在我看来，公咨委就是市政府内设的一个决策咨询机构，就是市政府在做出某个决策的时候，可以出出主意，参谋参谋。当然他们可以说他们代表了民意，也可以说代表了专家意见，这些都没问题，但最终的决定权、取舍权一定在市政府——我以前曾在一篇文章里面讲过，极端地说，哪怕公咨委全部赞同，市政府也有权否决，反之也一样。也许有人说既然这样还要公咨委干什么？其实这样诘问本身就表明没有正确认识公咨委的角色定位——你只是来参谋的，不是来决定的！

从这个角度出发，就可以对大家的一些说法进行分析研判了。政协委员曹志伟说：“公咨委要明确身份，不能咨询监督权和决策权都要。”我认为公咨委充其量只有咨询权——这正是市政府成立公咨委的初衷，但监督权是没有的——监督政府的只能是人大，决策权就更谈不上。记得公咨委刚成立的时候媒体报道说有公咨委成员认为公咨委应该有决定权，按照古人的说法，这就叫僭越。

曹委员还说公咨委的经费应该由财政买单，这就要看人大同不同意了。我的观点是既然公咨委是政府内设的机构，其经费就应该由政府内部解决，别说财政买单，即便政府预算里面加多公咨委这一块我认为都是不行的。原因非常简单：

纳税人只会为法定的机构掏腰包，不会为这类临时起意的机构买单。我完全同意一个网友的观点：公咨委是幕僚机构，不是法定民意机构——既是幕僚，当然得自己养。曹委员还认为人大行使监督权，政协是议政，公咨委是议事，我认为这个说法根本就没有辨析的价值，因为公咨委根本就不能与人大、政协相提并论。

还有一些人认为公咨委应该发展成为民间社会组织，这就扯得越来越远了——先去问问广州市政府同意不同意吧！你们可是他们延请、礼聘、召集起来为他们服务的哦，结果才几天工夫就想着单飞了，怎么可能！如果成为民间社会组织，那还叫个什么公咨委啊！识者又说了，如果跟市政府是这种近乎主公与仆从的关系——就像包大人与那位一口一个学生的公孙策先生一样，那么公咨委的独立性如何保证呢？说实话这还真的只能靠自觉了，类似曹委员指斥的个别公咨委成员拿着跟领导的合照到处招摇撞骗要项目，你还指望他有独立性？省省吧。

知名网友万庆涛认为公咨委完全是叠床架屋，没有存在的必要，人大、政协完全可以承担公咨委的工作。这就要看从哪个角度看了。毫无疑问，政府成立公咨委的目的是为了进一步征集民意，充分体现了这一届广州市政府对民意的重视，这无疑相当值得肯定。但提到民意，从道理上来说，法定的民意机构是人大，政府的一切决策必须要经过人大的审议、表决、通过以后才获得合法性，才能去实施。为了使自己的决策能够具有广泛、厚实的民意基础，从而能够比较顺利地获得人大的批准同意，政府在决策的时候广泛征集民意，不仅必要，而且还是明智之举。从这个角度来说，公咨委自有其存在的价值。但是如果将公咨委与人大相提并论，甚至还要监督权决策权什么的，就真是越俎代庖，不知道自己是谁了。

陈建华市长在上周闭幕的广州市人代会上作的《政府工作报告》里面说要继续“推行公众咨询监督委员会制度”，我认为应该加入“完善”两个字，先将公咨委的角色定位搞清楚，然后将章程、议事规则和程序一一条列，使之清楚明晰，只有这样或许才能真正发挥这个颇具创新的制度的作用，否则只会导致新的更大的混乱。

2014年2月28日《南方日报》

◎ 公咨委可以“虚设”，人大不能！

随着东濠涌复涌工程一再延期，与之密切相涉的东濠涌公咨委也再次进入人们的视线。近日，有记者采访该公咨委多名委员和涌边居民，回顾其成立一年多以来的工作成绩，发现公咨委存在活动次数少、委员积极性低、居民认同感不高等问题。主任胡刚坦承，需从人员管理、运行制度上作改善，防止公咨委陷入虚设。

说是防止，其实东濠涌公咨委已经“陷入虚设”了，否则就不会出现记者随机访问了12位紧挨涌边居住的市民，但无一人听说过东濠涌公咨委这样的怪事了。之所以出现这样的情况，当然跟公咨委的定位不清直接相关，这个问题城中舆论其实已经讨论过很多次了：公咨委本质上只是政府的一个决策咨询机构，只是广州市政府吸纳民意的一个试验创新，并不具有普遍的体制性的意义，当然也就不具有体制性的权威和资源，要发挥作用，一切有赖政府的组织：调研、座谈、咨询、论证等等。离开了政府的组织，公咨委可说一事无成。

当然，广州也有公咨委做得比较好的，就像胡刚教授接受访谈的时候举的政协委员韩志鹏的例子。这样的例子还有很多，比如曹志伟、王则楚等等，胡教授因此得出结论说公咨委的领导者应是社会活动者，“敢于发声，善于与政府部门打交道”。胡教授的话不能说没道理，我依然认为他们也不是决定性的因素，决定性的因素还是政府的支持，离了政府的支持，他们再能干也白搭。

倒是胡教授提到的“社会活动者”这个概念很有意思，最近一些年，培养我们自己的社区领袖的说法时有所闻。毫无疑问，社区领袖的大量出现既是社会组织化水平提升的表现，也是其方向，连美国总统奥巴马都从社区领袖起步。但在今时今日的中国，社区领袖怕是很难独立行事，或多或少都要跟政府发生一些关联，这是中国现阶段的社会发展水平所决定的。我们期待我们自己的社区领袖或“社会活动者”大量出现。

公众对公咨委的关注和期待，归根结底是希望民意能够得到表达、落实。如果说公咨委只是政府内设的决策咨询机构，在表达落实民意方面还不一定名正言顺的话，那么表达、落实民意则是人大的应然之责——人大就是我们国家的体制内民意机构，其职责就是表达、落实民意！从这个意义上说，如果说公咨委已经“陷入虚设”，那么人大则决不能“虚设”、缺位，人大必须在场！

前几天习近平总书记在纪念人大成立六十周年大会上说要“防止人民形式上有权实际上无权”，如何防止呢？我认为切实保障宪法所赋予人大的地位、发挥人大的作用是不二之选，让人民真正选出自己的代表、表达并落实自己的意愿，这不就“实际上有权”了吗？

2014年9月11日《南方都市报》

◎ 广州大桥是否拓宽不由公咨委说了算

前天，经过3个小时的讨论，广州市重大城建项目公咨委以12票赞成、8票反对的表决结果，通过了广州大桥拓宽工程方案。媒体的报道说，通过表决并不意味着工程就一定上马，而仅仅表示工程取得了公咨委的民意支持，广州大桥拓宽是否上马，仍需要市政府常务会议最终拍板。

我认为这一说法是非常正确的，公咨委只有建议权，并没有决定权，这是一定要明确的。也许有人说你不是老说民主就是民意作主吗？难道公咨委不是代表民意？他们怎么就没有决定权呢？没错，公咨委在某种意义上的确也算是代表、反映了民意，但它并不是一个权力机构，而只是政府内设的一个咨询机构，它的表决结果并不具有任何的法律效力。

不由公咨委说了算，那么应该由谁说了算呢？媒体说最终还是要由市政府常务会议拍板。在目前的制度安排中，的确是这样，由市政府说了算。这里也很有必要辨析另外一个问题：市政府是不是一定要听公咨委的？我觉得并不一定，市政府会认真参考公咨委的意见和建议，但决定权还是在市政府手里。甚至极端点说，即便公咨委全部赞成，市政府也可以否决，因为这是它的权力，也是由公咨委的性质以及市政府和公咨委两者的关系所决定的。

但从现代政治的合法性要求分析，最终拍板的权力其实也不在市政府那里，而在人大，因为人大才是法定的民意机构，它的意见才具有最终的法律效力。我们现在缺失的恰恰是这个环节：在制度设计和安排上，公共政策和一些重大事项并不需要经过人大，只需政府决定就可以了。这首先在公共政策的合法性程序上存在重大的缺失，不符合现代民主政治的合法性要求；其次这也直接导致很多公共政策和重大事项由于缺乏广泛的民意基础而阻力重重，或者合理性严重不足而付出巨大的代价。其实广州前几年也出台过重大事项要经过人大的规定，但这个规定却留下了两个漏洞：其一，何为重大事项，以及由谁来决定什么是重大事项？其二，如果政府不经过人大怎么办？正是这两个漏洞，导致这一规定甚少落实。

此次广州大桥拓宽工程，市政府征询民意绝不应仅仅局限在公咨委，而应该覆盖所有利益相关者，尤其是类似米兰苑这样的直接利益相关者——在某种程度上，他们的意见甚至比公咨委更重要。也许有人说，公咨委都通过了，你们还不听？前面说了，由于公咨委的这一表决结果并不具备任何法律效力，因此并不能拿它去说事，强逼米兰苑的居民同意；如果真有人这么做，米兰苑的居民也可以完全置之不理。至于有人建议收购米兰苑改为公共设施，我觉得这个建议实在是太轻率了，也缺乏对米兰苑居民的起码尊重：你以为你面对的是什么？那是很多的人和他们的家，你考虑过他们的尊严、情感和感受吗？钱也许能通神，但有时候就是通不了人！

我们现在都看到了，中国社会的转型何其艰难！唯其如此，更需要我们拿出担当和使命，筚路蓝缕，以启山林。只有这样，我们才能俯仰无愧于人，也无愧于自己。

2013年9月16日《新快报》

◎ 广州大道建不建BRT还应听听市民的意见

日前广州市重大城建项目公咨委开会讨论广州大道快速化改造问题，在建不建BRT的问题上，19名委员中只有3人明确支持现在建，其他委员都觉得需再等等，先看广州大道快速化改造的效果再定。而除了BRT 之外，有轨电车和无轨电车也是备选方案。

看到这个报道，我心里对这些公咨委委员产生了一些敬意。毫无疑问政府是力推广州大道建BRT的，而19名委员中有16名委员表达了不同意见，至少他们坚持了自己的立场。当然另外3名支持的委员也不能说就没有坚持自己的立场、在为政府背书，他们也可以认为同样是表达了自己的真实想法，都值得向他们表达敬意。

我完全同意那些委员的意见：先别急着建BRT，先看看快速化改造的效果再说。根据我这个外行的理解，快速化改造除了道路桥梁扩建扩容、交通组织更合理以外，还包括公交专用道、有轨电车、无轨电车，当然，还有BRT。也就是说，BRT只是快速化改造的其中一个选项。

提到BRT，相信很多人会第一时间想到广州市审计局的那份“中山大道BRT项目平均造价是公交专用道的87倍，但公交专用道与BRT路段的公交车平均运营速度和社会车辆平均行驶速度均相差不大”的审计报告。的确，套用官方的表达方式，这份报告给BRT造成的“负面影响”非常严重，对它的疑虑可以说既广泛，也有点根深蒂固了，所以一提起BRT，大家就会觉得又在乱花钱。何况审计报告还出自广州的官方部门。

我倒是有另外一个想法：有没有可能请民意调查公司去做个调查，看广州的市民，尤其是第一条BRT沿线的市民是个什么态度，BRT到底有没有给他们带来便利？他们是欢迎呢还是反对BRT？我问过一些朋友，基本对BRT持欢迎肯定的态度。但我这个显然不能作数，必须有正规的民意调查才行。我想，只要BRT的的确确给市民的交通出行带来了便利，就是值得肯定的，也是该建的，即便花了些钱也是应该的——花钱改善交通方便大家出行，有什么不好呢？当然有人或许会说你坐车方便了，我开车、走路就麻烦了。这个可能也在所难免，所以民调必须要全覆盖。

这次公咨委这么多人反对广州大道建BRT，是不是就不会建了呢？这倒不一定。这个问题我们以前多次讨论过：公咨委只是一个决策咨询机构，而不是决策机构，最后话事的还是政府——从理论上说，即便公咨委全体反对，政府也是可以“一意孤行”的。只不过面对公咨委的多数反对，政府不得不要费更多的口舌作解释说服工作而已，而且不仅要面对公咨委，更要面对广大市民：公咨委的意见你们居然不听，这到底是怎么回事？

今年4月份媒体就报道过“广州BRT网络拓展研究分析已完成”，也就是说这次讨论的广州大道和黄埔东路BRT，很可能只是广州BRT网络的一部分，还有更多的线路、更密的网络其实已经在研究当中了。果真如此的话，干吗不将整个规划和盘托出呢？那时有份参与讨论的就不应该只是公咨委，而应该是全体市民了。市民如何参与讨论？当然是通过人大了，那不是他们的代表么？

2014年8月19日《新快报》

◎ 为广州大道不建BRT点赞

酝酿多时的广州大道快捷化改造方案终于尘埃落定，日前召开的市政府常务会议在研究了广州城建公咨委的相关报告后决定，实施广州大道快捷化改造系统工程（一期），在改造中同步建设公交专用道。这意味着BRT方案被弃用，也是广州城建项目公咨委成立后否决的第一个方案。

这的确值得点个赞！一为公咨委，吸纳了民意，坚持了自己的立场；二为广州市政府，在当今不可遏止的政府固定资产投资冲动中，居然生生地将这么一个大项目停止了，不能不说是要点勇气的，也是作出了某些牺牲的，比如GDP。我印象中类似的事只有停建——官方的说法是缓建——白云山隧道，不过那是基于汹汹民意，而这次看来是公咨委发挥了一些作用。

当然公咨委也不是完全否决，还留了一个口子，说“广州大道一期快捷化工程不建BRT，不代表永远不建”，表示广州大道快捷化二期工程可以研究分阶段、分路段建设BRT，或其他快捷运输设施，但又认为“这些都是应该建立在民主讨论科学论证的基础之上”。对这样的说法我不知大家怎么看，反正我是不当真的，宁愿将之看作某种公共关系策略，比如说让与事各方特别是政府有关部门下个台阶。何况当今之世俗尚日更，今日不知明日事，谁也不会真的去计划以后的事。

倒是公咨委的另一个态度值得期待，他们表示今后将会在广州大道快捷化改造系统工程建设过程中，就施工方案中的临时便民交通措施、工程造价、工程进度、工程质量等方面履行公众监督职责。这就很好了，不仅是立项，而且在项目实施过程中也要“履行公众监督职责”。即便不建BRT，广州大道的快捷化改造肯定也会带来相应的问题，比如工程造价公开透明、如何减少施工扰民、拆迁以及施工给商户带来的损失的种种补偿，等等。如果公咨委真能在这些方面持续发挥作用，相信会给沿线市民带来很大的信心和鼓舞。

最后，还是忍不住旧话重提：在这个决策过程中，还是不见人大的身影。市政府参照公咨委的意见决定不建BRT，至此为止这都只应该看作是政府的决策，从公共政策决策合法性的完整要求而言，这个决策其实还是应该交由人大审议表决的，表决通过了才最终算数。但现在我们看到，人大审议表决的这个程序依然阙如，从公共政策合法性角度而言这样的程序其实是很不完整的。即将召开的四中全会主题是“依法治国”，但愿可以乘着这个东风完善我们的公共政策决策程序，真正实现依法治国。

2014年9月5日《南方都市报》

◎ 公咨委乱局与BRT迷雾

据报道，前天上午广州市重大城建项目公咨委开会，原先设定的议题是讨论广州第二条BRT方案，结果被告知方案推迟公布，会议议题临时改为公咨委2013年工作总结和2014年工作展望。这令部分公咨委委员很火大，纷纷抱怨广州市交委此举欠缺诚意："觉得非常不受尊重。"

对公咨委的这一乱局，我们这些外人本不便置喙，但既然公咨委顶了民意的名头，说说既无妨，也应该。从道理上来说，作为市政府有关部门内设的一个决策咨询机构，公咨委的议题设置权其实完全在政府部门，而不在公咨委自己。换句话说，有关部门让你们讨论什么就讨论什么。按照这样的逻辑，临时更换议题在道理上其实没有什么不正当。

但另一方面，既然政府有关部门延请了这些人成立公咨委，就应该给予相当的尊重，临时更换议题的确是有失尊重，虽然道理上站得住，在道义上却完全站不住——除非你的行事作风依旧如机械那般冷漠生硬！因此也怪不得王则楚委员发出"大家越干越没劲"的牢骚。另外，作为一个堂堂的政府部门，组织一次会议怎么可以如此草率、随意？说好的会议事到临头居然会材料准备不足！这真是贻笑大方，说出去只怕失了广州的脸面。

果真是材料准备不足？很多人心里可能都会有这个疑问。这次会议讨论的议题是第二条BRT的8套备选方案，但就在此前不久，广州市审计局公布了对广州第一条BRT的绩效审计，说广州中山大道BRT造价相当于普通公交专用道的87倍，但两者的车辆平均速度却相差不大。造价相差87倍，车速却差不多！言犹在耳，人们还来不及合上惊讶的嘴巴，居然就准备建第二条BRT！这实在是太超出人们的生活常识了，套用一句电影的经典台词：你给个理由先！

尤其是，审计局根据市交委公交专用道与BRT路段的公交车平均运营速度和社会车辆平均行驶速度均相差不大的数据，结合公交专用道相对较低的建设成本和不需要占用路面资源作为固定站台的做法，建议在现有道路资源紧张的情况下，适当扩建公交专用道，同时建议今后如再规划建设BRT公交专用道，在新建道路时就予以考虑。也就是说，新建BRT公交专用道不是不行，但最好选择新建道路时修建。这个建议很委婉，却非常合情合理，但据说广州第二条BRT选择的是广州大道！除了市民觉得不可思议，广州大道沿线的一众“小伙伴们”只怕要倒抽一口凉气——中山大道BRT施工给人们带来的麻烦可是令很多人至今心有余悸的！

公交优先，大力建设公共交通基础设施方便广大市民出行，这个原则毫无疑问是正确的。但是不是只有BRT一个选择？又或者BRT是不是只有现在的铺张、豪气这一种？这些都是需要仔细斟酌考量的。市民的愿望其实很简单，公交设施便利完善，但也不希望花冤枉钱、不希望终日身处到处是工地的“堵城”。两者不可兼得？问问公咨委的人吧，只怕他们第一个就会对这种说法嗤之以鼻！

2014年1月13日《羊城晚报》

◎ “规委会”不是民意机构

《南都》昨天做了一个很有意思的专题：“揭秘广州市规划委员会”，从好几个方面对它进行了“揭秘”，说“你可能想不到，在广州城市建设领域，大至国际金融城该长什么样子、海心沙岛该如何改造，小至西湾路怎么拓宽改造等，这些大小规划竟是由一个36人组成的委员会决策的。”

其实“规委会”的名头我们多次在媒体上看到，印象最深的是有一次“规委会”否决了白鹅潭的规划，当时媒体都做了大篇幅报道，现在经过“揭秘”，才发现那次的否定跟时任市长的“导引”似乎有些关联。

通过这次“揭秘”，我们也发现“规委会”越来越透明：“规委会”2006年成立，在2006年至2008年之间，委员们的讨论过程并不向媒体公开；2008年5月5日，首次通过视频直播的形式向媒体和公众公开，不过，当时公开的只有对议题的介绍和委员们的表决结果，委员们讨论过程却全程屏蔽；2012年新一届广州市政府上任以来，“规委会”讨论过程的公开尺度越来越大，从最初图像和声音一起屏蔽，到只屏蔽声音，到最后屏蔽声音的次数越来越少——似乎只有一次，讨论海心沙，一位政府官员要求屏蔽他的话，一分钟。

毫无疑问“规委会”的设立有其必要性，至少从表面上避免了政府领导的一言堂，多多少少考虑到了城市规划的科学性合理性。再就是考诸当下轰轰烈烈的反腐，说不定对领导也是一种保护。

人们最关心的恐怕还是“规委会”的独立公正性：委员们到底能不能、敢不敢说真话？尽管领导们一再言之凿凿叫大家“敢于实话实说”、“不唯上、不唯书、只唯实，敢于发表自己的意见”，但熟悉中国政治生态的人估计没几个会把这当真。果真如此的话，“规委会”会不会沦为为领导意志背书的工具或摆设？

“规委会”本质上还是属于政府的决策咨询机构，虽然《南都》用了“城市规划它说NO，没机构能说YES”这样显眼的标题，但并不表明它就是一个最高权力机构——即便它具有某种权力色彩，也还是政府的权力，因为“规委会”主任就是市长。因此，它的运行过程其实还是属于政府决策的一个环节、一个程序，最终作主的还是政府。

这就又涉及我们经常讨论的一个话题了：公共政策的制定，要不要、需不需要人大参与？从现代政治合法性的要求来说，没有民意机构的授权、批准，政府的任何行政作为都是非法的，广州也制定了重大决策要经过人大的规章。从这个意义上说，即便“规委会”说了YES，也还要经过人大的审议、表决、批准才行。

2014年6月27日《南方都市报》

◎ “公共服务事项”重点是服务

这段时间广州市法制办正在就《广州市政府各部门实施公共服务事项目录（初稿）》向社会公开征求意见。这是广州市继公布行政审批“权力清单”后，首次清理公共服务事项，也是全国一大创举。

我觉得这件事最大的意义还不在征求意见本身，而是再一次将一个课题摆在全社会面前：政府到底是什么？它的职责又有哪些？之所以说再一次，是因为上次公布“权力清单”的时候已经涉及了这个课题，让人不禁想起中国历史上有限的几次关于政治合法性的争论。现在当然不必争论这个，但关于政府的定位、职责以及它与社会、市场的关系、边界等等，我认为还是需要厘清的，否则的话类似这样的征求意见和上次公布“权力清单”就还会经常出现，而公众也会感觉变动不居，对政府行为缺乏稳定的预期。当然话说回来，不管是公布“权力清单”，还是这次征求意见，始终都是一件好事，显示了当今中国政治的文明进步，较之过去那种宫闱森严、寂静无形却暗含杀机不可同日而语。

我仔细看了一下这158个公共服务事项，发现大略可以分为三类，一类是信用担保，最典型的就是第40项“出具公民出国（境）无犯罪记录证明”，此外“普通高中学生转学审核”（第25项）、“中等职业教育毕业证书验印”（第26项）、“办理少数民族学生升学优待证明”（第37项）、“家庭经济状况核对”（第50项）等似乎也可以归入此类。大家都知道我们这个社会的一大特征就是无“信”，其中之一就是没有信用，所以信用担保就显得十分重要，而最权威最可信的当然就是政府的大红公章了——这项工作可谓兹事体大，分分钟可以将人卡死。

第二类可以称之为资质证明，比如“广州市扶持中小企业信用担保体系建设专项资金申报项目审核”（第6项）、“广东省清洁生产企业认定初审”（第9项）、“广州市行业领先企业认定”（第12项）、“广州市优势传统制造业转型升级示范企业认定”（第14项）、“广州市示范专业市场认定”（第16项）、“广州市创新型企业认定”（第33项）等等。这类多涉企业、机构、团体，要么是行业准入资质，要么是先进示范认定。前者与从业资格直接相关，而后者则跟能否获得政府的扶持奖励资金直接挂钩——这显然是我们国家市场经济不成熟的产物。

第三类则是真正意义上的服务，比如“依申请公开政府信息服务”（第1项）、“事业单位登记管理信息查询服务”（第4项）、“安排行政羁押人员网上远程视频会见服务”（第39项）、“反家庭暴力庇护服务”（第41项）、“社会捐助款物的接收管理服务”（第44项）等。

仔细观察就可以发现，前面两类虽然冠以“服务”之名，但其实还是具有相当程度审批的成分，参与清理政府权力的法律人士所说的“‘审批’穿了‘服务’的马甲”现象依然存在。要改变这种状况，我认为至少需要两点：一是进一步清理权力，将那些穿了“服务”马甲的“审批”权清理干净；二是有关人员要进一步转变观念，消弭从前那种“代天理物”的管制思维，逐步养成服务型政府的现代意识。

2014年11月6日《羊城晚报》

◎ 政务微博固然好，官民互动更重要

据《新快报》报道，新浪微博与人民网舆情监测室联合共同发布的《2013上半年新浪政务微博报告》显示，截至2013年6月26日，新浪微博平台认证的政务微博达到79372个，全国政务微博大致形成“雁阵式”发展，以江苏、广东、北京等省市为雁头，其中广东公职人员微博数量增幅明显，为104.2%，排名进入前五。

关注政务微博和公职人员微博，关注的其实是背后的官民互动。官民应不应该互动？这个问题已经不需讨论。官民应该如何互动？这才是人们关注的焦点。

记得前不久有学术机构做过一个中国城市政府公共服务能力的评估研究，广州总分排第一，但政府对外界意见的处理反应上显得“十分迟缓”，仅排名倒数第二，这就说明官民之间的互动还亟需加强。当然排名倒数第二也有可能是广州市政府面临的“外界意见”太多了，比如这个研究就显示，广州市政府职能部门官方微博的平均粉丝数为200多万，“是19个城市中唯一政务微博平均粉丝数超过200万的。”粉丝多了当然意见就多了，反应“迟缓”也就难免了。但不管怎么说，官民之间需要互动，而我们互动得还远远不够。

其实官民互动的渠道何止千万，微博只不过是网络时代的“应景之作”，而且制度化、具有法律效力、“最正规”的官民互动渠道还不是微博，而是各级人大、政协。但在自古官民二分、彼此阻隔、官家禁帏森严的中国社会，微博的出现的确一下子扫除了官民之间的重重壁垒，使官民的直接对话成为可能，以致新浪微博那份报告说“政务微博已成为当下最有效的政民互动平台”——这实在是因为制度化的政民互动平台不彰、人们只好另寻他途的缘故，要知道微博原本只不过是社交工具而已。

但不管怎么说，官民之间有互动总是好事，而且很多政务微博办得的确也不错，我印象比较深的有@中国广州发布、@广州公安、@广州交警、@广东政法等，当然还有一些很有名的公职人员微博，比如著名的@医生哥波子等。我最大的希望就是这些政务微博不要形式化，而是要真真正正地成为“政民互动”的平台：及时发布真实、全面的信息，并对网友的“外界意见”作出及时的回应。据说国内有些政务微博还将互动效果作为硬性考核指标，比如中原某市就公布了《政务微博考核评分细则》，规定与网民缺乏互动要扣分。有考核当然好，但不可舍本逐末，否则就形式化了。而且考核最好由网友来进行，否则后台操作，谁信啊。

2013年8月2日《南方都市报》

◎ 交管部门的确管得太多了

前天广东省十二届人大常委会第4次会议分组审议《广东省道路运输管理条例(修订草案)》时被委员们痛批“交管部门管得太多了”，比如《条例》第40条规定，交通运输主管部门还要审核、确定机动车驾驶员培训机构的教练员、教学车辆、教练场地等，来确定驾驶员培训机构的招生数量。这就相当怪异了：驾校招多少学员完全是它自己的事啊，关你交管部门什么事呢？也许有人说教学条件不具备随意乱招扩招、教学质量不保证怎么办？你当学员是傻的啊，他们不会选择、不会投诉、不会打官司吗？要你来管？其他还有机动车驾驶员培训机构未在其办公场所显著位置公示其经营许可证等就要处罚，要将结业学员的培训记录报送县级以上人民政府交通运输主管部门审核、备案，等等，等等。这真让人头皮发麻，你干脆告诉大家哪些是你不管的吧，这样更省事。

交管部门管这么多，其实质就是扩权，只不过是权力的权，而不是权利的权。管一件事就多了一样权力，多了一样权力就多了一样好处，比如那些绞尽脑汁挖空心思想出来的罚款。至于暗地里的上下其手中饱私囊，就只有天知道了。

我感到非常奇怪的是现在从中央到地方都在大力削减行政审批，有领导甚至将其比喻为革自己的命，并且已经有了一些很大的动作，怎么还会有一些部门要逆流而上，拼命扩展自己的权力呢？看来果然如李克强总理所说“改革中触动利益比触及灵魂还难”。

好在还有人大审批这一关！正如省人大常委会委员辛瀑所说：“人大立法要限制部门利益，我们要堵一堵这种洞，不能让这些小聪明赢得大利。”说得太对了！他们得大利，公众可就要受大损失了。所以我们非常期待这部条例如一些委员所主张的那样进行大修，否则广大的利益相关者可真就麻烦了。

但我又有另外的担心：那些无端生出来的事儿交管部门不管，会不会又有别的什么部门去管？比如说交警什么的。这件事其实反映了我们这个社会另外的更深层次、更实质性的问题，那就是：一，权力并没有真正关进笼子，所以它时刻想要扩充自己的地盘，近乎无孔不入；二，我们还是没能真正理顺政府与社会、与市场的关系。尤其是后一点，从中央到地方讲了好多年了，但政府依然像个严厉的家长一样充当社会、市场的管家婆，不许稍有松懈。其结果，一方面扼制了社会的创造与活力，另一方面，阿克顿勋爵早就有言在先："权力导致腐败，绝对的权力，绝对的腐败。"

如何改进呢？我觉得首先要进一步完善制度，使之能够真正发挥作用，驯服权力这匹野马。再就是充分发挥现有制度的作用，比如人大。这次省人大对《广东省道路运输管理条例(修订草案)》的审议和批评就发挥了很大的作用，是个了不起的表率，但愿他们能够阻止权力的进一步滥用，不仅是对交管部门，其他政府各部门也一样，使社会、市场获得它们本来就应该有的真正的独立性和自主性。

2013年9月28日《羊城晚报》

◎ 这么大的权限，南沙准备怎么用？

日前，《广州市南沙新区条例（草案征求意见稿）》向公众征求意见，《草案》规定，广州本市制定的地方性法规不适应南沙新区发展的，市政府可以提请市人民代表大会或者其常务委员会，对有关地方性法规的适用范围进行修改；本市制定的政府规章和规范性文件不适应南沙新区发展的，南沙新区管理机构可以提请市政府就其在南沙新区的适用作出决定；除需要全市统筹的审批事项之外，本市市级审批权限应当下放给南沙新区，对于不利于南沙新区发展的市级审批事项，可提请市人民政府停止执行。

可以说，作为广州的一个行政区，南沙获得了前所未有的自主权：不仅南沙没有享有过，只怕别的区也从来没有享有过。当然，这一切都跟南沙刚刚成为国家级新区直接相关。既然是国家级新区，加上又被赋予了很多使命、承担了很多任务，因此享有相应的自主权是应该的、必要的、合理的，我们这个社会也的确需要有一块地方享有一些自主权看看可以搞出些什么东西。

现在的问题是：南沙应该如何行使这样的权限？

我注意到《草案》提出南沙新区应当建立南沙新区重大事项决策咨询机制、设立决策咨询专家委员会，对重大事项的决策，应当遵循重大行政决策程序的规定，采取适当形式广泛征求公民、法人和其他社会组织的意见。此外，针对南沙新区涉港澳合作重大事项的决策，《草案》还鼓励港澳地区的专家和社会组织提出意见和建议。

对这些相信大家都不陌生，因为近两年广州市政府做了很多这方面重视民意、征集民意的工作，有的还产生了一定的成效。但是就像一些人经常说的那样，这些始终都只是政府层面的工作，而政府层面的这种对民意的重视、征集并不能替代人大这个体制性的民意机构的作用。如果人大没有进入公共政策的决策程序、没有在公共政策的制定过程中发挥审议、表决的决定性作用，那么政府再怎么重视民意、征集民意，民意的表达和落实都是有欠缺的，甚至可以说是不牢靠的。

好在这次《草案》在相当程度上凸显了人大的作用，特别规定南沙区人大及其常委会可以就推进南沙新区综合配套改革试点工作作出相关决议、决定，并报市人大常委会备案，这就赋予了南沙区人大很大的决定权。但我觉得相对于人大的职责和定位，这样的表述并不清楚明白。没错，人大固然可以提出建议、议案并赋予其法律地位，但人大更重要的职责却是对政府制定的公共政策进行审议、表决，这才是人大作为体制性民意机构的职责和定位，也才是其区别于政府并与之各司其职、各尽其责并相辅相成之处，否则的话，如果政府、人大都作出决议决定，不仅两者的分工不明，而且在实际中还会乱套。

总之，南沙获得了很大的自主权，但我们必须要明确，这样的权限属于南沙全体公众，而公众行使权限的重要途径就是通过自己选举出来的民意机构——人大，唯其如此，南沙方成其为南沙。

2013年6月1日《南方都市报》

二

公共财政

Gong Gong Cai Zheng

◎ 预算民主任重道远

前天，包括广州市委各部委办局、市人大、市政协、人民团体等财政拨款单位在内的广州市本级109个一级预算单位全部公布了“三公”预算，其中市委、人大、政协、人民团体是首次全部公布。更令人关注的是，各个部门和机构还首次单列了会议费预算，将这一被称为“第四公”费用的金额、用途等信息公之于众，公众可以直接看到各个部门到底计划开哪些会议，从而评价这些会议是否有必要召开——这对广大市民可能很有吸引力：干部们的各种会议再也不会大门紧闭、神神秘秘啦。据记者了解，所有一级预算单位全部公布“三公”信息，将会议费预算和用途单列公布，这在全国都是第一次。

应该说，从2011年从化在官方网站上晒出2010年的“三公”经费信息，成为广州市首次试点公开财政信息的机构，到今天如此集中、大规模地公布各机构包括“三公”经费在内的全部财政经费预算，是一个了不起的进步。其实这中间的每一步，全体市民作为见证者甚至亲历者都如影随形一路同行：从天价招待费引来全城哗然，到有关部门忙不迭地改数据、统一口径；从媒体的一再催逼到有关部门的犹抱琵琶半遮面、不情不愿遮遮掩掩；从政协委员韩志鹏的犀利质疑到相关部门上门释疑面对面沟通……多少事，从来急，一万年太久，只争朝夕！短短两三年就已经从最初的手忙脚乱到今天的齐齐整整，能不让人感慨系之！

之所以如此，从大的方面来说，当然是因为十八届三中全会提出了“实施全面规范、公开透明的预算制度”，这是一条总原则，所有单位都必须严格遵守，不得有任何缺漏。从广州本地而言，我更愿意将之归结于上个月广州市第十四届人大四次会议审议通过的《广州市人民代表大会审查批准监督预算办法》，其中的第二条就明确规定：“政府的全部收入和支出都应当纳入预算。”尤其值得一说的是，这一条是新增加的！有了这样的规定，别说“三公”“四公”，政府的一切“公”都必须纳入预算。

纳入预算即意味着要经过人大审议，即意味着公开、接受全社会的监督，这就是进步。长期以来，我们所遇到的最大的信息不对称不是别的，就是政府与公众之间严重的信息不对称，尤其是财政经费的信息不对称：我们不知道我们纳的税、交的罚款、交的各种钱、卖地的钱……都用到了什么地方，也不知道政府动不动这涨价那涨价的依据在哪里、多收的钱去了哪里。现在好了，政府的一切收入和支出都必须纳入预算，都必须要让我们知道并且要征求大家的意见。

公开是做得不错了，但这只是诸多环节中的其中一环，现在的重心就从公开转移到了审议上了，这包括两个方面，一是事前的预算审议：为什么要这么多钱？有没有水分？合不合理？等等。再就是事后的决算审议：花了这么多钱，取得了什么成效？今年广州两会的《政府工作报告》里面有一句话给我留下深刻印象，除了以前常说的“问需于民，问计于民”，还加多了一条“问效于民”。这就对了：花了钱，总得交代一下成效吧！如此一来，人大肩负的责任就更重了，首先对预算的审议要来真格，其次对决算的审查、绩效的评估也要动真格。其实这些在《广州市人民代表大会审查批准监督预算办法》里面都有明确规定，关键是落实。好在广州市人大已经有了相应的制度安排，比如成立了专门的预算工委。

民主的重要内容之一就是预算民主，而公开透明是其实现的必要条件。现在公开透明已经起步，对其合理性进行审议、对其绩效进行审查就必须紧随其后，否则公开就毫无意义。就在这次广州轰轰烈烈地集中公开全市所有部门的预算的时候，我就在多个场合听到很多质疑，认为这很多都是表面，大量的内情外人根本无从得知，比如数额庞大的专项资金，从项目立项到实施到结项，很多都是一笔糊涂账。联想广州、广东科技系统的腐败窝案和许多不明不白造成巨大浪费的这项目那项目，可知此言其来有自。

但不管怎么说起步了就好，一口吃不成一个胖子，连余英时先生都说“中国转一个身很困难”。只要我们认准了正确的方向并且下定了决心，我们的各项事业总会一步一步向好的。

2014年3月20日《新快报》

◎ 三亿垃圾真空管道成摆设，预算不民主是根本原因

据报道，耗资近三亿、号称中国最大的垃圾真空管道回收系统——广州亚运城系统，从亚运会结束后至今未常规运行，甚至有街坊竟然从未见过。类似的系统在珠江新城和金沙洲也有，也一样成了摆设。也许现在还无法断定这么多的钱就打了水漂，但也八九不离十了。尽管有相关专业人士说设计年限是30年，言下之意还可以慢慢来，总会使用的。但在“俗尚计日而更”的今时今日，怕是没有谁相信还会有人对这个东西重生兴趣——何况部分投放口已经锈迹斑斑，翻新什么的又是一堆乱麻，谁愿意去无事找事！

据说广州正式引进这套系统是在2004年8月，源于广州某位市领导考察了香港一个正在使用这种系统的公屋，这种让垃圾封闭收集、远离居民、避免扰民的先进理念，打动了领导的心，希望能够引入到金沙洲新社区。于是，不仅金沙洲社区，亚运城、珠江新城都有了，几年过去也都成了聋子的耳朵——摆设。

现在拿这来说事可能有点事后诸葛，但还是值得说一说：大佬啊，这类好东西都是建立在高度的社会化组织、严密的程序化管理的基础之上的，像我们这种一盘散沙似的社会，怎么能够提供它安身的土壤！没错，有样学样是值得提倡的，我们的官员也一拨又一拨地外出参观考察，但你至少得对我们这个社会的发展水平、发展状况有个清晰的认识和判断吧，难道没听过南橘北枳的典故？哦，别人的花漂亮你就准备移植过来，那你有没有看看我们这里是什么土壤、那些花移植过来以后能不能存活？

作为一个公共事务，也许责怪那个市领导并没多大意义，我们应该反思的是这种事是怎么发生的？据广州市城管委有关负责人说，当初项目之所以能够上马，决策机构是亚组委，而亚组委是个相对独立的机构，亚运后也已经解散，该项目的主管部门不是该单位，“应该按照属地管理，移交给了番禺区。”天哪，

纳税人这么多的钱白花出去，居然连责任人都找不到！这不是制度问题是什么？好在据说“应该”移交给了番禺区，那就请番禺区的领导出来走两步，给公众说说下一步打算如何处理这个劳什子吧！

我觉得出现这种事，归根结底还是因为我们的预算不民主——领导一动心，上亿的项目就可以引进来，难怪现在一些人千方百计要让领导动心！你以为那是你家的钱啊，想怎么用就怎么用？人大哪去了？那么多的纪委监察局的监督机构哪去了？如果还是这样领导一动心就可以引进这个引进那个，保不准类似的事还会发生，纳税人还会继续充当冤大头！

十八届三中全会提出要改进预算管理制度，做到“预算透明”。预算如何透明？除了预算民主还能有什么呢？你可以为“垃圾封闭收集、远离居民、避免扰民的先进理念”而动心，但是对不起，要不要引进还是先请示请示纳税人和他们的代表吧，他们同意引进才引进——这就是预算民主！

2013年11月22日《羊城晚报》

◎ 预算必须要让所有人都看得懂

一年一度的广东省两会闭幕了，会上政府财政预算看不懂的话题再次被提起，比较意外的是这次广州海关关长也说看不懂，按他的说法，“倒腾来倒腾去，到现在还是一团乱麻。”之所以说比较意外，是因为在我的心目中海关也是经常跟数据打交道，应该对这比较熟悉，没想到也遇到了看不懂的情况。

代表看不懂预算是个老话题了，当然我也一样。我特地找出了前几年的一份《广州市本级部门预算（草案）》“复习”了一下，看到底是哪些看不懂，以及该不该看得懂。先找了教育局，发现的确有些概念非常模糊，比如“其他普通教育支出”、“其他职业教育支出”、“其他教育费附加支出”、“其他教育支出”等等，说实话看见这些概念我的的确确不知所云。再是建委，有一项“其他收入”，你知道是什么收入吗？“其他城乡社区管理事务支出”若干，下面又有一项是“其他城乡社区支出”，你知道这是什么吗？这两者之间有什么关系和区别吗？前者的数额可比后者大很多了，超过千万之巨。交委也一样，“公路运输管理”之后又有一项是“其他公路水路运输支出”，这两样是什么关系？

如果说这些“其他”所涉的模糊概念让人丈二和尚摸不着头脑，那么数据之间的出入、差距想必同样存在，当然同样让人看不懂。比如这次省两会广州海关关长在“省级部门预算草案”中发现了一个“对不上的数字”，部门总支出是528.3亿元，可是包括公共预算拨款、基金预算拨款等7个子项目，合起来才是446.74亿元，“差额80多亿元哪里去了？”其实这样的事例时有发生，也多是一些银行、企业这些经常要“算数”的尖眼代表发现，就像这次海关关长一样。类似我这样对数据不怎么敏感的人，哪会发现这种“对不上的数字”？也没那个时间工夫去一一核对啊。

代表看不懂预算是一个客观事实，出现这种情况，或许的确如广东省财政厅厅长曾志权所说“我们的代表是来自各个层面的，有些确实从基层来的刚开始不见得很快就懂得看”，但我认为这并不是主要原因，比如前面说的那些模糊概念，还有那些“对不上的数字”——广州海关关长应该不是基层吧？主要的原因恐怕还是在于预算的编制上。

诚然我们不能跟香港比，因为我们的政府要管的事太多了。管的事多了，要花的钱也多了，但这并不能成为预算让人看不懂的理由，因为你花再多的钱，但每一分钱花在什么地方总应该是清楚明白的吧，所不同只在于花钱的项目多了，而不应是花钱模糊不清了。但看看我们预算中的那些“其他”、那些“对不上的数字”，这不是花钱多可以解释的。有人说预算就是存心让你看不懂，因为有些支出没法说出口。果真如此的话那就没什么话好说了。还有就是预算毕竟不是学术论文，可否不要用那么学术性的语言，多用一些通俗晓畅的话？比如广东财爷曾志权说“香港财政的供给面不一样”——老天爷，别那么学术好不好？香港财爷曾俊华一口一个“生果金”也没人说他没文化！

据说财政部门准备给代表做培训，其实这样的培训以前都有过，人大也搞过。但我觉得这并不是根本，根本还是增加财政透明度，就像十八届三中全会说的，“实施全面规范、公开透明的预算制度”。怎么样才算公开透明？至少预算要让大家看得懂——不仅仅是代表，而是所有市民！

2014年1月21日《南方日报》

◎ 决算为什么会超预算这么多？

10月17日，广州所有市直预算部门都公开了2013年度部门决算（涉密部门和涉密事项除外），日前南都记者对比广州41个市直部门的部门决算与年初预算发现，部门决算总支出为598.68亿元，而年初预算总支出为379.72亿元，支出超预算高达218.96亿元。其中最离谱的是广州市房管局，2013年实际支出151.77亿元，预算支出仅为7.88亿元，意味着实际花钱比年初预算多出18倍。钱花到哪儿了呢？从《收入支出决算总表》的23个项目来看，该局“城乡社区事务”一项支出增加最多，该项决算支出为148.41亿元，预算支出仅为3.77亿元，而一般公共服务、社会保障和就业、医疗卫生、住房保障支出等项目决算支出均少于预算支出。

看到这条消息，我的第一反应是决算超预算这么多，那预算还有什么意义？正儿八经通过人大审议通过的预算又还有什么权威可言？

我们国家1995年开始施行《预算法》，今年8月31日全国人大进行了修订，新的《预算法》明年1月1日开始施行，那么从道理上说，现在施行的就还是旧的《预算法》。旧版《预算法》第三条规定“各级预算应当做到收支平衡，不得超支”，第九条规定“经本级人民代表大会批准的预算，非经法定程序，不得改变”，第四十七条规定“各级政府、各部门、各单位的支出必须按照预算执行，坚决不允许超出预算”，第五十四条规定“各级政府对于必须进行的预算调整，应当编制预算调整方案”，“县级以上地方各级政府预算的调整方案必须提请本级人民代表大会常务委员会审查和批准”，“未经批准，不得调整预算”。

这么多规定，实际上只有一个意思：经过人大审议批准的预算不能改动；如果要改动，就必须要经过人大常委会批准——再清楚明白不过。那么我就想请问：这次包括房管局在内的超出或少于预算的支出，有没有经过人大常委会的审查批准？如果没有的话，算不算一种违法行为？正在召开的四中全会主题是依法治国，但这并不新鲜啊，依法治国其实讲了很多年了，总不至于非要开了四中全会以后才去依法治国吧？

房管局在“城乡社区事务”一项支出就达148.41亿元，而这一项的预算支出仅为3.77亿元，两者之间的巨大反差真是让人叹为观止：当初的预算是怎么做的？预算的执行超出这么多，又是怎么做到的？太多疑团，简直可以说迷雾重重。南都的报道说“城乡社区事务”项目中最大的支出为145.62亿元的国有土地使用权出让收入安排，这笔支出主要用于土地开发支出、征地和拆迁补偿支出、政府储备地块内公建配套设施建设支出及土地业务费等支出，但没有对项目支出用途给予更多解释。其实简单一句话就是卖地，但卖地不是要收钱吗？怎么可能反而要花这么多钱？

这次广州晒决算引来了全社会的关注，都说“群众的眼睛是雪亮的”，那该有多少各类高人在盯着啊！没有质疑是不可能的，只是有的人会较真，有的人会轻蔑一笑，前者显然还抱有信任和信心，而后者显然就已经趋于“心死”了。我认为政府必须要对公众有所交代，强化、挽回大家的信任和信心。此外决算要经过人大的审查，如果这么多的疑难都没有解决，要人大通过也是说不过去的。

2014年10月23日《南方都市报》

◎ 政府债务应当写入政府工作报告

在前天的广州市人大常委会会议上，广州市财政局局长袁锦霞作了关于2013年市本级政府负有偿还责任债务举措和偿还计划（草案）的报告：截至2012年末，广州市政府性债务余额1738.37亿元，债务率为99.52%，预计2013年末市本级政府负有偿还责任债务余额为1340.48亿元。这是广州首次如此详细地晒出政府债务规模、债务结构和资金用途等相对详细的城市负债账本。

最近一段时间大家对政府债务都很关心，首先是因为底特律申请破产，然后是国家审计署派人到全国各地审计地方政府债务。长期以来人们都觉得政府债务是政府的事，跟自己没什么关系。前年访问美国的时候有两件事给我留下深刻印象，一是在国会山前面的一次“茶党”集会，他们的主要诉求就是反对政府大量举债，按照一个美国妇女的说法：“不愿意孩子一出生就身披债务。”原来债务跟每个人都息息相关！再就是纽约时报广场上的一个巨大电子显示屏有一串数字在不停变换，询问得知原来是美国政府的欠债额度，之所以不停地变动可能跟利息汇率之类相关吧，总之是时刻提醒人们政府欠多少钱，这些钱跟每个人都有关。

这样的观念在我们国家还相当淡薄，记得前不久有个城市（好像是昆明）学广州搞“穿衣戴帽”，一位老人兴致勃勃地写下诗篇，其中一句是“不花百姓一分钱”，就是典型。但广州市民的观念似乎超前一些，大家已经非常清楚地知道政府花的钱都是纳税人的钱，都是自己的钱，因此非常在意。但对政府的债务跟自己有什么关系似乎还比较模糊，因此似乎不太在意，对政府借钱不如对政府花钱那样盯得紧。

当然我自己也不是很清楚，只知道有关，只知道政府的这些债务最终都是要转嫁到每个市民头上的，都是要靠市民来还的，但对中间的这些过程其实也不甚了然，只知道比如水投借了钱，于是自来水价就涨了，但更多的细节、过程、原理什么的就所知甚少了。所以我很盼望经济学家们在这方面做些知识普及。

一直以来我还有一个更大的困惑，那就是政府债务与GDP的关系。我们现在都知道中国的经济增长方式主要就是靠政府投资拉动，尤其是固定资产投资，所以我们看到各级各地政府都非常热衷于修桥补路、开膛破肚，有时候简直是绞尽脑汁甚至劳民伤财。每一笔投资都会产生相应的GDP，但钱从哪里来呢？靠借。所以我一直有个疑问：如果漂亮的GDP背后是同样数额不小的政府债务，这GDP还有什么意义呢？但另外一方面又的确看到城市漂亮气派了、生活设施便利了，觉得钱花得也值。当然人们的生活压力也越来越大，那是因为生活成本越来越大，这跟政府债务之间会不会有某种关联？这些我也很希望有学者来启蒙一下。

不管怎么说，我很希望今后的政府工作报告里面要加入政府债务，原因很简单：这也是政府的工作内容，而且是十分重要的内容，没有理由不写进工作报告。这次广州市政府向人大报告政府债务，算是开了个好头。希望进一步规范化，写入政府工作报告当中，引起更多人的关注，也显示政府对这个问题的高度重视。

2013年8月1日《羊城晚报》

◎ 非税收入的来源用处都应公开

前两天广州市直预算单位公布了2013年度部门决算，亮点是今年首次公布了非税收入，共有80个部门晒出了非税收入征缴情况，据新快报记者统计，这80个部门去年非税收入共679亿元，约占当年市本级收入的七成。

我们都知道财政收入分为税收收入和非税收入，税收收入好理解，非税收入主要指政府性基金、专项收入、行政事业性收费收入、罚没收入、国有资本经营收入、国有资源(资产)有偿使用收入、其他收入。按专家的说法，税收收入征缴范围及费率等国家均有明文规定，而非税收入地方自主权则更大，但其来源恰恰与普通市民都有密切联系。按我的理解，除了个人所得税企业所得税等等这些相对固定的税收之外，我们平常交的钱绝大部分可能就属于非税收入。

一般情况下非税收入占财政收入的比重是多少呢？有一年国家税务总局的有关领导曾说“中国的税收收入已占到财政收入的95%左右，是财政收入最主要的来源”。如果这可以作为一个参照的话，广州七成的非税收入是不是太高了点？

不管高不高，另外一个问题是：这些非税收入是从哪里来的？这次决算公开倒有些交代，市国土房管局、市交委、市教育局、市人社局、市住房公积金管理中心五部门成为非税来源的大头，其中仅市国土房管局非税收入（含国土出让金收益）就达570多亿元，占到全部非税收入的80%多，显然这与政府大量卖地直接相关。现在中国各地政府对土地财政的依赖越来越大，很多工作比如所谓的大拆大建、“三旧”改造、造城造湖等等都跟土地财政有关。而土地财政盛行当然跟我们国家的经济增长方式和土地制度又直接相关。

此外引人关注的是罚没收入，有3.61亿元。不过有专家认为由于像交通罚没收入等尚未披露，因而实际上远远不止这个数。交通罚没收入没有披露让很多人失望，因为交通罚没收入不仅牵涉面广，而且围绕它社会上有各种各样的议论和说法，比如说交警每天有罚没指标、一到年底就猛开罚单云云，很多甚至说得有鼻子有眼。现在罚没收入不公开，更让人产生联想。

为什么不公开？有财局内部人士分析认为这笔钱金额很大，又不由公安使用，可能担心公布了引起舆论误解，有警方内部人士也持这种观点。但正如政协委员韩志鹏所说：“交通罚没收入是老百姓的钱，数目有多少，流向如何，不应是保密范围。”的确，交通罚没收入可以说是非税收入中最受公众关注的一块，结果现在反而不公布，是说不过去的。

这么多的非税收入都用到了什么地方呢？统计发现上述679亿元非税收入中，纳入预算管理金额数额是627.57亿元，纳入财政专户的则有51.97亿元，二者占比分别为92%和8%。纳入预算内管理即入国库，须接受人大监督，资金使用要求更严；而财政专户即此前俗称的预算外资金，部门支配权更大，现实中易滋生“小金库”等问题。近52亿元的钱没有纳入预算，这不是个小数目，用到了什么地方？这是需要进一步公开的。

广州市人大今年2月修订通过了《广州市人民代表大会审查批准监督预算办法》，其中第二条明确规定“政府的全部收入和支出都应纳入预算”。如果以这个标准衡量，那么现今公布的这个决算是不合格的。好在《办法》是今年3月1日才正式施行，我们且看明年公布的决算是个什么情况。

2014年10月20日《新快报》

◎ 财政支出绩效评价本身也应该追求“绩效”

在前天召开的广州市人大常委会会议上，广州市财政局局长袁锦霞作《关于2012年度市本级财政支出绩效情况的报告》，据她介绍，2013年对全市112个部门的122个项目开展绩效评价，涉及2012年市财政资金20.01亿元；对市林业和园林局、市体育局2个部门开展部门支出绩效评价，涉及市财政资金14.55亿元；对市人大重点审议的5类资金（6个项目）组织开展第三方评价，涉及市财政资金15.61亿元。

所谓财政支出绩效评价，按我这个外行的理解，就是看钱有没有花出去、有没有花在实处、有没有花出效果。钱有没有花出去、有没有花在实处，我想并不能空口白话，主要依据应该是当初的预算：预算是多少就是多少，预算说花在什么地方就花在什么地方。如果严格按照预算执行，效果应该是水到渠成的吧，否则就是预算本身有问题。

现在全国都在搞财政支出绩效评价，并与部门预算、国库集中支付共同构成“三位一体”的公共财政管理体系，也是我们国家公共财政管理改革的重要组成部分。财政支出绩效评价的必要性委实不必多言，考诸各级各地政府一贯的大手大脚，该讨论的恐怕是紧迫性。

除此之外，我觉得还有一个问题也值得重视，那就是这个财政支出绩效评价本身的绩效如何衡量？也就是说怎么才知道你的评价是客观、科学、符合实情的呢？广州这次开展财政支出绩效评价，力度不可谓不大，覆盖面有多广却不得而知：112个部门的122个项目到底有没有全覆盖？为什么只对市林业和园林局、市体育局2个部门开展部门支出绩效评价？为什么只对市人大重点审议的5类资金（6个项目）组织开展第三方评价？等等，这些都是让人有些不解的。当然，跟其他地方一样，财政支出绩效评价也算是个新生事物，“诸事草创”，慢慢探索再全面推行，也是可以理解的。

尤其是，据有关业内人士说，财政支出绩效评价今后的工作方向一是建立全国相对统一的绩效评价标准；二是开发绩效评价程序系统；三是建立绩效评价指标框架库；四是研究出台相关的绩效评价法律法规。这些都没有，也很难要求广州一步到位做到尽善尽美。当然，广州作为先行先试的前沿地带、国家中心城市，率先做些探索形成有益的经验以利于国内其他地方或许也是应该的。

还有一个非常重要的问题——套用一个文学名篇的标题——评价以后怎么办？在前天的人大常委会上，市人大常委会财经工委主任欧阳知说接下来将重点加强项目资金的管理，“对于整改不彻底的部门，明年起将要求一把手列席常委会，现场接受人大代表的集中开炮。”给人的感觉，如果绩效评价不过关或难看，也就是到人大来被代表们炮轰一下而已——这会不会太轻微了点？比如这次会议披露的广州中小学校舍安全工程项目（“校安工程”），2012年项目结束，却还有超过5亿元资金在“睡觉”！这意味着什么？意味着还有应该花5亿的钱去修缮的中小学校舍没有修缮，还处于不安全的状态！到现在还没有发生校舍垮塌、没有发生学生伤亡事故，有关部门的“一把手”你好彩啦！如果真的不幸发生了校舍垮塌、学生伤亡，难道也只是来人大接受一下人大代表的“集中开炮”？这显然是远远不够的——尽管较之过去人大的介入的确是更深、更严了。

客观公允地讲，政府财政支出绩效评价展现了中国社会的整体进步，尤其是纳税人的主体地位得到进一步加强。但另一方面，财政支出绩效评价是一项庞大的系统工程，涉及面深且广，专业性强，必须要有完善的法律法规、科学统一的指标体系以及持之以恒的体制机制，如此方可持续久远，也才能达到财政支出绩效评价本身的绩效。惟愿广州在这方面做些积极探索，如此方不负广州一向勇立潮头、敢为人先的美名。

2013年12月26日《新快报》

◎ 如何才能将人民的每一分钱都用好？

前天广州市政府常务会议审议通过了《广州市政府投资管理条例实施细则（试行）》，这一《细则》是对2011年6月1日起施行的《广州市政府投资管理条例》的细化规定，后者的作用是严管政府“乱上项目”。此前，市人大常委会执法检查组曾列举政府投资项目存在四大“乱象”：部分项目未通过审批、未严格执行基建程序、投资项目管理较薄弱、监管部门未形成合力等，由此造成部分项目存在超规模、超标准、超投资等问题。据此《细则》作了相应的规定，比如对政府投资项目要建一体化的前期审批制、特大项目报市政府同意、严控总投资和总规模、成本质量工期都要问责，等等。

其实说来说去，就是对政府如何花钱进行严格管理，只不过关注的是政府项目投资这一块，至于民生之类的政府支出则不在此列。

关于政府项目乱花钱的事我们其实早有耳闻，比较著名的比如广图新馆，工期不断延长，费用不断增加，具体数额不记得了，反正巨大。这次记者们又提到了流花湖隧道工程、亚运治水项目等等，都是动辄几十上百亿，恐怕计划中的东濠涌深隧也属于此列吧。总之都是“阿爷”的钱，花起来都没什么节制，有的甚至还没什么效果，比如以前媒体报道过的“黑漆路”。

这次出台的《实施细则》以及先前的《条例》，正是针对这些乱象而定，我们也毫不怀疑市政府的诚意和决心，就像陈建华市长说的，“要尽量减少超概算情况”，“要将人民的每一分钱用好”，“不能出现有问题时没人问责的情况”，“对于项目的必要性、可行性、成本、质量、工期等都要进行问责”，等等。如果政府有关部门能够将以前所有乱象满满的政府投资项目条列出来周知全体市民，就更显出诚意和决心了。

但是仅有诚意和决心是完全不够的，为什么呢？因为现在依旧GDP主义盛行，而要完成GDP，政府投资是非常重要的手段——似乎越来越重要了。最近这些年，努力花钱俨然已经成了各级各地政府的一大政治任务，否则就完成不了GDP指标，那可是要真正问责的。于是才有了各式各样政府投资的“奇葩”项目，比如某地巨大的宋庆龄头像雕塑、某地的阿房宫旅游景区，等等，不一而足，如果罗列出来相信一定蔚为大观。一方面要努力把钱花出去，另一方面又不能乱花钱，难度还真不小呢。

此外，不管是《条例》还是《实施细则》，终归都是政府的自我约束。虽然政府内部也有上下层级之分，但总归都是一体，这样的自我约束能够发挥多大的效能是大可打个问号的，只怕事到临头都会来个“其情可悯、其心可叹”，最后高高举起轻轻落下——还不都是为了一个共同的目标么？除非有人上下其手触犯刑律。

我认为对政府投资项目进行严格管理毫无疑问是对的，值得讨论的是怎么样才能做到——怎么样才能将人民的每一分钱都用好？答案可能只有一个：由人民来决定自己的每一分钱怎么花！除此之外我想不出还有什么更好的办法。人民如何决定呢？当然就是通过自己选出的代表、通过人大这个中国的民意机构，只有将政府投资的每一个项目都拿到人大去审议、去表决，才有可能改变目前的种种乱象。

这在法理上完全不成问题，《宪法》什么的就不说了，广州也早就有了重大事项要经过人大的种种规定，前不久的十八届三中全会《决定》也提出了“加强人大预算决算审查监督、国有资产监督职能”，这些都还不足以成为指导方针么？当然广州也不是没有类似的实践，不过以前多是事后的执法检查，往往存在亡羊补牢之虞。如果能够在事前的审议上多下点功夫，做些制度的探讨和创新，相信对于用好人民的每一分钱会更有裨益。

2014年2月12日《羊城晚报》

◎ 政府购买服务应以满足公众的实际需求为主

最近广州市财政局公布的相关报告指出，2013年广州市本级安排政府购买服务经费共计3.61亿元，也出现了一些问题，主要是部分单位购买服务事项转移职能后，出现人浮于事、财政资金浪费的现象，再就是部分社会组织专业能力不强，难以承接政府委托的购买服务事项。该局建议，在逐步加大政府购买社会服务投入力度的同时，要加强项目绩效跟踪，健全评估机制和责任追究机制。

政府购买服务是个新鲜事物，值得好好总结。我认为首先必须要明确的就是政府为什么要购买服务、购买服务应该满足谁的需要。从财局的报告来看，这一点似乎并不明确，因此才出现了那些问题：购买服务以后政府原来的人无事可干了，这显然并不符合转移政府职能的初衷；购买的服务达不到要求，固然有作为卖方的社会组织自身的水平问题，但恐怕也存在需求不明确、要求不具体的问题——我们需要满足的到底是谁的以及什么样的需求？

比如财局报告中显示购买服务花费最多的是“社会事务服务事项”中的“社工服务类”，用于“政府委托社工服务项目的组织实施”，资金为14450万元。报告也将这一块重点介绍，说这种“家庭综合服务中心”属于“政府出资购买、社会组织承办、全程跟踪评估”的“新型公共服务供给方式”。我前年调研过一个这样的“家庭综合服务中心”，政府每年花200多万元，由广州一所大学的社工机构承办，的确很漂亮、规范，人员也都训练有素，但感觉似乎有点过于“学院化”，跟社区居民的实际需求之间不一定吻合。而且由于体制机制的原因，文化服务还不在这个“新型公共服务供给方式”之列，文化部门要搞公共文化服务体系建设只能眼巴巴地看着。

我想政府购买服务主要不是为了满足政府自己的需求比如转移政府职能之类，更不是为了图安逸省事将一些事务一买了之，而是为了更好地满足公众的需求。在这方面有件事我念念不忘：多年前一位朋友到加拿大留学，当地政府雇佣他照看一位智障人士，一举数得地解决了很多问题尤其是智障人士缺人照看这个最当务之急的问题。朋友也乐于其事，甚至还带他来中国旅游！政府花少少的钱办大大的事，我认为这才是购买服务的典范！之所以能够做到这一点，我想原因无他，一切从公众的实际需求出发最关键。

政府购买服务是一件值得大力提倡的好事，也是大势所趋，非常有必要从包括体制机制在内的诸多方面进行总结反思，不断提升，使纳税人的钱真正用到实处。

2014年3月7日《南方都市报》

◎ 政府阳光采购如何才能实现?

长期以来，全国各地的政府采购都因为频频出现“价格高、质量差、周期长”、“只买贵的不买对的”等问题而备受诟病。针对这一“老大难”问题，从今年开始，广州公共资源交易中心在广州市纪委的大力支持下，全国首创了政府采购文件编制、审核、评审“三分离”模式，进一步限制政府采购“设立门槛”和“量身定做”等不法行为的生存土壤，据有关负责人说：“通过一个月的运行，这些创新措施成效很明显，政府采购效率提高了很多。更加值得关注的是，目前政府采购项目的成本也开始有明显的下降趋势。”

对此，我的感觉只有四个字：乐观其成。之所以如此半信半疑，主要是因为多年前政府搞集中采购甚至阳光采购，让我们这些升斗小民很是欣喜了一阵，觉得这下好了，可以省下纳税人很多钱了。结果没多久就有采购中心的贪腐案发，媒体甚至用了“广州市政府采购中心果然集体腐败”这样吓人的标题。就在前几年，都还发生过在番禺中心医院“门诊楼变频多联空调设备及其安装”政府采购项目的投标中，报价1707万元的广州格力空调销售有限公司却败给了报价2151万元的广东省石油化工建设集团公司这样的怪事，格力公司甚至还将广州财政局告上了法庭，当然最后也不了了之。从当初的欣喜到即刻发生的“集体腐败”，以及随后的种种，这中间的反差实在让人难以再对这类创新什么的有过高的期待。

政府采购应该怎么搞呢？很简单一句话：你家里怎么买，政府采购就怎么搞——我们的政治伦理不是常常说“舍小家顾大家”么？家里买东西，什么时候不是货比三家、精挑细选地看了又看、比了又比？将这个劲头去搞政府采购，怎么可能会出现“只买贵的不买对的”这种咄咄怪事？更不会出现“价格高、质量差、周期长”这样的蠢事了。

这可以说是一种道德要求，但多年的生活经验告诉我们，这种道德要求实在是不靠谱，因为没有谁像他宣称的那样道德，人心中的幽暗意识根深蒂固，大公无私全心全意什么的都是镜花水月，好听好看，结果都是虚空。

既然道德要求不靠谱，那还有什么呢？权利！公共事务本来就不应该指望什么道德，而只应该依靠权利原则来运行。权利意味着法治，首先第一点：政府采购的全部东西难道不都是事先就列入了政府财政预算吗？政府财政预算难道不是要经过人大审议吗？人大审议了的难道还可以随便增或者减吗？不能随便增减，那哪来的“集体腐败”？又何必要现如今的什么“审核评标分离”？

今年3月的全国两会，全国人大代表、上海社科院院长王战提交议案称政府采购价格过高，呼吁加强政府采购监管。王战的提案很快有了回应，有消息称，目前已经有政府开创先河改革政府采购体制，或将通过互联网实现真正的阳光化采购，而合作对象很有可能是阿里巴巴。这次广州的创新不知是否属于这个“开创先河”之列，更不知是否会跟阿里巴巴合作。媒体说广州的创新包括“价格体系”、“集中采购”、“分散采购”、“监督机制”、“专家管理”，等等。但我看了半天，实在看不出新在什么地方，无非还是旧瓶装新酒、换汤不换药。为什么呢？现在哪个单位不是“一把手”说了算？环节再多，在“识做”的“精致的利己主义者”那里都是摆设，环节再多都没用，否则就不会出现本来是为了“阳光采购”没几年却“集体腐败”的案例了。

要做到阳光采购，只有一条途径，那就是首先要阳光权力：只有权力在阳光下运行，与权力相关的一切才都可能变得阳光起来。如果阳光背面永远有阴影，与权力息息相关的政府采购怎么可能阳光得起来?

2014年6月6日《南方日报》

◎ “三公”经费事关法治政府建设

广州市政协委员韩志鹏微博问政从化鳌头镇“三公”经费的事件还在继续，最新的进展是鳌头镇应韩委员的“敦促”于昨天上午在其官网上贴出了最新的“2012年财政收支情况”。根据记者的比较，新文件中删去“债务总额”一项；125.5万元的“业务接待费”缩减至38.5万元；“公车使用费”改为“公务用车购置及运行维护费”，132.08万元的金额不变，增加使用说明，“其中112.85万元为2012年10月购买13辆用于执法及下乡的皮卡车费用”。此外，该文件比删去的版本增加了对专项经费支出的说明，高达315万元的“信访、综治维稳支出”被改为包含综治维稳、公安、武装、司法支出在内的“公共安全支出”。但韩委员并不打算就此“收兵”，他首先提议由纪委和审计部门牵头成立联合调查组，邀请人大代表、政协委员以及媒体代表参加，抽查各地晒出来的“三公”经费，一旦发现弄虚作假行为，追究行政首长和当事人责任；涉嫌经济犯罪的一律移交司法机关处理。其次还计划撰写一份提案提交至市政府，“晒三公是好事，但各级政府需有一个统一口径、统一格式，不能一被质疑就说失误；要晒明细，不能笼统算出几个大数就交差！”

对韩委员的这些提议，我都完全赞同。

我觉得这件事表面是“三公”经费，但其实质是法治政府建设。法治政府的说法近些年其实不绝于耳，国务院继2004年3月发布《全面推进依法行政实施纲要》之后，又于2010年发布《关于加强法治政府建设的意见》。今年3月，广东省甚至还颁布了《广东省法治政府建设指标体系（试行）》，不可谓不重视。但从近期这几个街镇的表现来看，我们距离法治政府还相当远。

什么是法治政府呢？很简单，就是政府的一切行为都必须是依规而行，首先是各类规章、条例、法则等等一切具有法律约束效力的成文法规，政府的一切行为都必须是依照这些法则来进行，不可有任何逾越或疏漏、不足，也就是我们常说的“法无授权不可行”，反过来，就是“法如授权必当行”。比如这次几个镇街的“三公”经费并无一个统一的口径和格式，就说明在政府法规上有欠缺。其次是做任何事，都必须依照严格的程序。事实上规则和程序往往一体两面、相伴而行。

但从这次几个街镇的表现来看，我们几乎完全看不到法治政府的影子：被韩委员一质疑，居然就可以忙不迭地瞎说、改数，甚至删网，完全不具备现代政治文明的法治精神，有的是市井无赖似的撒泼、抵赖、撒谎、巧诈，跟现代社会的要求真是天差地远——何况还是本来应该组织化水平和组织化程度最高的公权力！所以，我很希望对照《广东省法治政府建设指标体系（试行）》来衡量一下，看他们的指标到底差多少。

当然法治政府绝不仅仅局限在政府一家，它实际上指涉所有公权力：结构、定位、职责——一言以蔽之，公权力秩序。在这次微博问政中，韩委员无疑充分行使了政协委员的职责，但从权力结构和职责分工的角度来看，人大是不应该缺位的，或者更准确地说，人大更不应该缺位。按照程序，出了这么大的事、公众产生了这么大的反响，人大应该马上介入，立即召开听证会，传唤政府有关人员来作交代说明，并全程向公众开放。只有这样，才算是公权力的完整行使，也才能确保公权力在正确的轨道运行。否则，类似这次的荒唐事件必定会不断重演——毕竟，韩委员只得一个！但到目前为止，我们还没听到从化市或鳌头镇人大的声音。

通过这件事，我们或许真的应该举一反三，不仅要理清我们在“三公”经费上的种种乱象，更应该看到这背后我们公权力机构法治精神的缺失，并采取切实有效的措施去弥补。

2013年5月14日《新快报》

◎ “三公”经费公开亟待规范

这几天，有关街镇“三公”经费公开的话题还在热议，从媒体报道的情况来看，目前“三公”经费公开给人总的感觉就是不规范，比如截至前晚7时，广州共91个镇街晒了“三公”账本，仍有73个静悄悄；当中公务接待费逾百万元的4个镇街，被推到舆论的风口浪尖，未“晒”的镇街反倒“躲过一劫”；各区市公布的格式不尽相同、细致程度五花八门；部分区市只公布了2011年的决算、没有2013年的预算；部分只公布了“三公”的笼统大数，没有进一步说明；部分没有公布辖内镇街或者部门的“三公”账本……怎一个乱字了得！跟我们想象中严肃、规范、一板一眼的政府行为大相径庭。

客观地说，出现这样的情况也实属正常，毕竟“三公”经费刚刚公开，“诸事草创”，刚开始的混乱似乎不可避免。也正因为如此，下一步的规范就是应有之意了。

从哪几个方面规范呢？我认为至少有如下几个方面。首先是公开的时间，应该有一个明确的时间告知，并且要固定，到了时间就一定会公开，使公众有一个明确的预期，而不要像现在这样在社会、公众的一再催逼之下才不情不愿犹抱琵琶半遮面地公开，这不是一个法治政府所当为、所应为。其次是格式，或说模板。这次几个街镇的“三公”经费，真的如媒体所说“随心所欲”，数字可以任意剪裁，支出项目可以随意东挪西凑，完全没个章法，这叫人如何相信你？！韩志鹏委员准备专门为此提出议案，统一口径、统一格式，让人期待。最后是监督也要规范，也就是说如果做不到怎么办？从公权力秩序的结构、分工来看，最应该发挥监督作用的是人大，不管是哪一级的政府，如果“三公”经费公开不规范，人大就应该立即介入，展开质询，弄清事由，督促改正，并向公众交代。

其实，我觉得这些在技术上并不难做到，相信有很多专业人士还有更好的补充。难的是观念，或者说意识形态层面，按照孟子的说法：“不为也，非不能也。”为什么不去做呢？可能就涉及一些观念的桎梏。

但今时今日民意汹汹、潮流荡荡，公众的权利意识权利观念空前高涨，更何况还有网络这种前所未有的表达工具和传播渠道，怎可还像过去一样抱残守缺不思精进呢？否则，类似这次几个街镇左支右绌、手忙脚乱、信口开河的荒唐活剧一演再演也不是什么光彩的事。

2013年5月18日《南方都市报》

◎ 公务接待经费乱象呼唤预算民主

这两天，因为政协委员韩志鹏的微博问政，几个街镇的公务接待经费成为全城热点：广州区区三个街镇一年的接待费加起来居然跟香港政府差不多！我想首先对韩委员表达敬意，正是他的较真才使问题浮出水面，同时也给我们上了一堂很好的公民教育课，按照他的说法：“即使我不是一名被赋予民主监督使命的政协委员，即使仅仅作为一名普通公民，也一定会对（同和街）这109万究竟接待了些什么人、接待的标准、接待的目的及其效果产生好奇。”

而那几个街镇则可用手忙脚乱来形容：忙不迭地解释、忙不迭地修改数据。解释无不荒唐，改数更显滑稽，在在都惹来不耻。或许有见于此，其中一个镇干脆删除官网刚刚挂出来的“三公”经费了事，被韩委员指斥“做贼心虚”。

我感到非常诧异的是：所有的“三公”经费，难道不是经过了人大的表决通过的吗？哪能容许你说改就改？特别是镇，可是正儿八经设有专门的人大机构的，经过人大审议、表决、通过了的预算居然可以如此儿戏？你怎可如此视人大、规则、程序如无物？

此次暴露的公务接待经费乱象再次将一个老问题摆在全社会面前，那就是预算民主。什么是预算民主？简而言之，就是把政府的花钱行为交给老百姓来决定。老百姓怎么决定？通过人大来决定。如果我们费事去理解这些抽象的表述，那么只需看看我们的近邻香港的做法就很清楚了，他们刚刚审议通过了对雅安地震灾区的一亿港元拨款，现在又正在“拉布”。

政府花钱可以不由老百姓决定吗？今时今日这样愚蠢脑残的问题拿出来讨论我觉得都很多余。我们的问题只在于说一套做一套，最典型的就是人大并没有真正享有其应有的地位、发挥应有的作用，否则的话哪会有这么多的所谓公务接待费？更不会像这些街镇一样被韩委员一质疑居然就可以随便乱改数据了。

所以，如果真要杜绝这类天价公务接待费，唯有预算民主；而要预算民主，唯有切实地发挥人大的作用。只有公众有权通过自己的代表来决定政府的每一分钱怎么花，才不会出现这种三个街镇的公务接待费居然有香港政府那么多的荒唐事。

2013年5月10日《南方都市报》

◎ 街镇经费公开的规范化任重道远

继前段时间街镇“三公”经费公开风波之后，街镇经费公开再起波澜，这次仍然是广州市政协委员韩志鹏的较真，但内容却有点小小变化：日前，广州市白云区石井街晒出的2012年支出预算表中，一项高达50万元的“人大政协经费”引来韩委员质疑：究竟是哪些代表、委员享受过如此奢侈的待遇？昨晚，石井街道回应表示，50万元的“人大政协经费”包含了党代表的费用。媒体记者计算后发现，当中用于党代表调研、履职等工作的费用达到37万元。

又是一笔糊涂账，按照韩委员的说法：“问题多到没眼睇。”首先是高达37万的党代表的活动经费怎么到了“人大政协经费”里面的？其次是这些费用都是如何产生、如何使用的？还有就是，代表委员去扶贫怎么会产生如此高额的费用，还是按照韩委员的说法，“究竟是去消费，还是去扶贫呢？”

我觉得，仅仅看数据，我们恐怕很难判断出个清晰明白的是非，关键是这些钱都是怎么用的？用到了什么地方？有没有给公众带来好处？

首先将党代表的费用列入“人大政协经费”肯定不对，有点牛头不对马嘴，跟上次那三个街镇的问题一样。你要么说是“党代表人大政协经费”，要么将党代表的费用单列，没理由混为一谈。从这里我们也可以看出街镇的很多工作真的好不规范。

其次是党代表的那些活动需要这么多经费吗？花这么多钱到底起到了什么样的效果？相信这是很多人的疑问。我觉得要解除大家的疑虑，唯一的办法就是将每一笔钱的来龙去脉一五一十地交代清楚，除此之外我想不出还有什么别的办法可以消除大家的疑虑。

再就是代表委员的费用。政协不敢妄言，人大倒是略知一二。根据我的经验，市一级的人大代表一般是由各区组织视察调研（专委由市人大各专委组织）。由于人大代表都是兼职，因此在视察调研的时候都会发一点交通补贴，中午有时会请大家吃个工作餐。这样就会相应地产生一些费用。按照这个逻辑推理，区一级的人大代表的视察调研活动应该就是由各街镇组织了，产生一定的费用也在所难免。这点跟其他一些国家和地区的议员专职化完全不同，我前年访问美国时走访过好几个议员和他们的办公室，除了比较高的工资，他们还有固定的不菲的工作费用，这些都列入了政府的预算，所以他们平常跟选民接触是完全不必另外产生额外的费用的。

当然国情不同，所以不好类比。但我觉得仅仅归结于代表的兼职恐怕还是难以释除公众的疑虑，所以，最好的办法还是将每一笔钱的支出交代清楚，并且有可能的话请出第三方来进行审计核实。否则除此之外别无他法。好在这次石井街道表现得倒是胸有成竹，表示“我们很欢迎韩委员来街道现场看看、查账，每笔账目都可以跟他详细解释”。但我觉得石井街道面对的恐怕不仅仅是韩委员一个人，而是无数的公众，所以，他们不应该只给韩委员解释清楚，而应该跟公众特别是石井街道的公众解释清楚。

这件事再次显示了街道在财政预算公开方面的混乱和不规范。记得前几天广州市纪委也提到了要规范这方面的工作，但愿有具体的措施加以落实、推进，而不要只得一个“讲”字，否则较真的就不仅仅是韩委员一个人了。

2013年5月28日《羊城晚报》

◎ 质监局的“三公”经费公开值得肯定

这两天，广州市政府所有职能部门齐齐晒“三公”经费，引来广泛关注。较之过去在媒体、公众的不断催逼之下不情不愿挤牙膏，应该说这次大有进步。当然，正如一些人指出的那样，跟过去比有进步，距离理想有差距。最大的差距就在于还很粗，比如公车，只有一个总的购车费用，要买多少车、买什么样的车、给谁用等等一概没有，还是让公众不明所以。

就在这一片大而化之笼而统之的“三公”经费预算中，广州市质监局却是个异类。据媒体报道，他们公开的不是“三公”经费支出预算总表，而是多达9页、包括下设26个单位所有“三公”经费支出预算细账，这些钱用于哪些“三公”，全部都公开到“项”一级，比如接待费用，就附有接待人次、每人次的接待标准等等说明。

这就相当接近理想状况了。但没想到的是质监局这9页表公开后仅过了一夜就全部被撤下，换上了只有小半页的“三公”经费支出预算总表，跟其他那些“落后分子”看齐了。对此，质监局有关负责人的解释是局领导上网发现自己单位公开的“三公”预算表比其他单位要多，后经请示广州市财政局，得到的答复是，只要求公开“三公”支出预算总表并没要求公开明细表，“考虑到要与全市各部门同步，按照统一要求，我们就撤了那9页表换上了现在这个表。”

从程序上来说，我觉得质监局这样做并无不妥，他们只是在按照财局的要求做。但财局就“摊上事”了：他们必须要跟公众解释清楚为什么只要求公开“三公”支出预算总表而并没要求公开明细表？其依据何在？按照程序，他们应该向人大解释并向媒体开放。

这件事戏剧性地展现了我们现在政治文化的某一个可以说很小的方面，但愿质监局不要因此而受到类似“无组织”这样的批评和压力，他们做的其实既是民心所向，也顺应了社会的发展潮流和方向——早晚“三公”经费会像他们这样公布，只怕更细。

但为什么他们又理不直气不壮，本来做了一件应然之事反而沦为少数的异类、像个做错事的小学生呢？只能说明一件事：这样的正能量至少在体制内还远远没有占据主导地位，否则的话，怎么可能只挂一夜就赶紧撤掉？只怕个个争先恐后呢。所以我们需要反思的就是为什么这样的正能量还没有在体制内占据主导地位？如何让它占据主导地位？以及——体制内的主导力量到底是什么？

我们经常说中国在转型，转型的特质在社会生活的方方面面都体现出来。客观地说，社会的转型走在了政府的前面，以致在相当程度上可以说政府是在被社会推着走。有没有可能政府不再这么被动甚至抗拒，主动地顺应社会的呼声、历史的潮流，共同来参与中国的转型呢？这是公众一直以来的期盼。就比如广州市财局，可不可以提出一个相反的要求，要求所有部门都像广州质监局那样公开“三公”经费？果真如此的话，则公众幸矣。

2013年2月28日《新快报》

◎ 花都区的“三公”账本还是一笔糊涂账

前几天广州市花都区晒出了2012年的“三公”账本，总的感觉还是一笔糊涂账。体现在两个方面，一是太粗，比如花都区外经贸局是2012年全区出国(境)“最勤快”的部门，到访6个国家、3个地区，花费63.8万元，排在区政府部门的第一位。我就很想问问你们到底去了哪些地方？取得了一些什么样的收获？回来后有没有向纳税人报告一下——你们的钱可是他们出的哦。再就是花都区政法委安排2名副书记参加“群体性事件预防与社会应急管理”培训班，人均费用7万元，但并没有列明去了哪个国家。这就更让人奇怪了：还有哪个国家有我们这么多“群体性事件”吗？我们还需要到别的国家学习如何预防与处置“群体性事件”？

除了粗，再就是乱。比如花都区旅游局“三公”经费是381万元。但记者细看三个大数，因公出国(境) 0万元，公务5.4万元，公务接待0.5万元，总数应为5.9万元。5.9万元、381万元，到底哪个才是真的呢？花都区旅游局称，该局2012年“三公”经费应为5.9万元，381万元是行政经费支出费用，由于工作人员的失误，错粘贴至“三公”经费总数。花都区旅游局就此错误向市民道歉，并称会尽快更正这一错误。这样的陈词滥调你信吗？反正我不信，耳朵都听出茧来啦，来点新鲜的行不行？如果仔细检查，我相信这样的粗和乱一定比比皆是。

如何看待这一现象？我想应该分成几个层面。首先公开“三公”经费是个了不起的进步，这是毫无疑问的。其次就是“三公”经费应该如何公开？类似目前的这种粗糙和混乱肯定不符合要求，这同样毋庸置疑。就像很多人多次说过的，“三公”经费要公开到这样的程度：接待的是谁？在什么时间地点接待的？陪同的是谁？花了多少钱？去过哪些国家？每天的行程是怎么安排的？有什么收获？买了多少台车？车牌号是多少？给谁在使用？等等，应该要细化到这一步才算合理——参照一些发达国家和地区，也许还可以进一步细化。

我们显然还天差地远。现在的困局还不是应该怎么做，而是如何做到这一步？指望政府看来是不行的了，因为那东西本来就是他们折腾出来的，还能怎么样呢？唯一能够指望的恐怕还是人大，真正肩负起监督的职责。比如花都区政法委副书记出国参加“群体性事件预防与社会应急管理”培训班，就应该一五一十地交代清楚去的是哪些国家、学到了哪些“群体性事件预防与社会应急管理”的本事？什么？那是党委，不在人大监督之列？也许吧。但人大要对纳税人负责，只要用的是纳税人的钱，人大就要过问，否则只能说是更大的糊涂账！

2013年11月5日《南方都市报》

◎ 花都区的天价会议费必须进一步解释清楚

日前，花都区公开了今年的“三公”预算，其中区级会议费预算为2850万元，居各区之首。对此，一直关心“三公”经费公开的广州政协委员韩志鹏提出了一连串的疑问：“这天价会议费究竟打算怎么花?会议的数量、标准、名称、内容、时间、地点、人数，为何不可以向纳税人报告?”韩委员并且不无调侃地说：“花都今年估计要开星际会议，又或者是宇宙性会议，否则，一个区一年会议费预算2850万元，很难解释。”

大家或许对2850万元的会议费感到有点抽象，为此韩委员特地算了一笔账：“每年大概250个工作日，那就是平均每天开会要花11.4万元，就算除以整年365天，也要花7.8万元一天，这数据太吓人了吧?”他还强调，根据广州市正拟定的会议费管理办法，会议费每人每天花费不得超过280元，而且其中200元是住宿费，“区里的会议大多都在本地吧?除去住宿费，每人每天也只能花80元，真不明白2850万元是怎样得出的”。

花都区有关部门倒是及时作出了回应："2850万元会议费的预算是由全区155个预算单位及镇街报送的会议费预算数据汇总而成（包括党政机关、社会团体及各事业单位），主要项目包括区人大、政协会议；由区政府主导的大型活动；各系统行业的培训工作会议，如全区综治维稳工作会议、教育系统每年近万人的培训会议、森林防火工作会议、'三防'工作会议、全区干部轮训、村居换届选举培训工作会议等等。"

对这个回答，韩委员并不满意，而记者也做了个统计：根据花都区已公布的2014年相关"三公"预算数据发现，共有70个单位在其相关部门预算中单列了会议费预算，合共1225.72万元，与2850万元的全区会议费总数之间有1624.28万元的差距，那么，这多出来的1624.28万元是怎么来的？准备怎么花？没有任何说明。

很显然，花都区有关部门还欠缺一个更清楚明白的解释交代。

出现这种情况，我认为至少有两个环节存在问题，一是预算的编制。经过近一两年的喧嚷，广州"三公"经费公开的水平应该说大有提高，但显然还存在相当的提升空间，那就是还是不够细，还没有细到不可化约的程度。这次花都区的会议经费预算就是典型，只是一个笼统的数据，而且全体与部分之和还不对应，违背了基本的数理逻辑。只有将每一次会议的名目、时间、地点、出席人数、费用等等都交代清楚，才算合格，仅有一个笼而统之的数字，很难让人信服，也很难让人不产生种种联想。

之所以如此，跟预算的模板太过于粗糙有一定的关系。现在尽管已经有了比较规范的预算模板，但显然还不够细致，就像填一张表，只要求填你家里有几个人，跟要求填你家里有哪几个人，要求和效果是完全不同的。我们现在的预算模板在很多方面显然还停留在笼统、粗糙阶段，严格说来还谈不上真正的公开。

这样的预算是怎么通过人大审议的？这就涉及到第二个环节。最近一两年人大对预算的审议力度强化了不少，尤其是从省到市，都实行了人大对部门预算编制的提前介入，通过提前介入及时发现问题、解决问题。不知花都人大有没有提前介入部门预算的编制？如果有的话，怎么会出现这样的情况呢？这是很令人费解的，只能说人大对政府预算的提前介入、审议还没有真正落到实处。

出现这种问题怎么解决？首先花都区政府要给出令人信服的解释说明，因为预算已经人大审议通过，获得了法律地位，再去修改已经不可能，否则就真视同儿戏了。除此之外就只能寄望于明年初人大对预算执行情况的审查。今年2月广州第十四届人大四次会议通过的《广州市人民代表大会审查批准监督预算办法（修订草案）》特别规定了对预算执行情况的审查，就是看“上年预算执行情况是否符合市人民代表大会预算决议的要求”。花都的这个天价会议经费预算的执行情况必须要接受花都人大的审查：这些钱到底开了哪些会？花了多少钱？那多出来的1624.28万元又是怎么花的？等等。如果不经过这样的审查，人大监督预算什么的就是一句空话了。

总之，这件事暴露出我们“三公”经费公开的很多问题，表明我们在“三公”经费公开的规范化方面还有很多未尽完善、亟需改进的地方，同时，人大对预算的审议、审查也必须要加强。

2014年4月16日《新快报》

◎ 白云区“三公”经费公开反映出来的问题

上周五，广州市白云区赶在限期的最后一日挂出2012年“三公”决算。与此前晒账的番禺、增城和花都相比，白云区2012年因公出国（境）费总额最高，达到453万元，73个单位中超过四成有因公出国（境）的支出。出国（境）干什么？答案一律很笼统，无非是“参加市、区组织的商贸考察”、“境外业务培训及考察”、“考察空港经济建设、文明社区建设和人口管理等方面”，等等。

这不禁让人想起前不久番禺区晒“三公”时区财局一位官员的话：“饭可以不吃，国可以不出，车还是要开的。”白云区的情况则是“国还是要出的”，呵呵。当然，公务出国（境）或许是免不了的吧，但像这样公开还是嫌粗糙了点，应该再进一步具体到什么人、去了什么地方、每天的行程如何安排、有什么成效，等等。

现在广州从市到区、街镇都在公开“三公”，这肯定是个很了不起的进步，当然问题也一箩筐，媒体也做过很多报道。白云区这样的粗糙绝非孤例，我敢说几乎每一个公开“三公”经费的几乎都存在类似的问题。

除了进一步细化、统一口径避免混乱以外，晒“三公”经费或许还应该加上一条，那就是当初的预算是多少、决算比预算多（或者少）了多少、为什么会有这样的差额，等等。这样就更加一目了然了。现在看到的都是决算数据，看不到预算，很难有个对比什么的，也难以留下印象。如果有了预算的数据作对比，相信人们会更有印象，也可以通过差额的大小看看当初的预算做得是否合理、预算是否具有权威性，等等。

提到预算的权威性，就不能不说说另外一个现象，那就是预算是否可以随意修改？比如我注意到白云区政府办的“三公”经费都有所下降，给出的理由大同小异：“厉行勤俭节约，严格控制出国出境费用支出”、“厉行勤俭节约，严格控制车辆维护运行支出”、“厉行勤俭节约，严格控制公务接待费支出”。“厉行勤俭节约”肯定是没错的，但“厉行”不是体现在平常少花钱，而是少做预算，这才是真正的、源头上的“厉行”。做了预算随意更改，尽管是基于“厉行勤俭节约”这样看似正当的目的，但预算的权威性何在呢？要知道预算经过人大批准，可是具有法律效力的哦，哪能随便就更改了？！这绝非法治社会的法治政府所当为、所应为。

这次白云区晒“三公”还遇到一个新问题，那就是一些党群部门拒绝认领全区性会议的花销，比如人大、政协，“每年我们都要统筹开大会，各部门都参加，这笔账要算到我们头上，好像我们部门是‘吃饭部门’，这怎么向社会交代？”最终，白云区两会等全区性会议的公务接待费，按“区统一安排”来统计到全区“三公”总数，并没有归入某个单位的账上。我相信这个问题同样绝非白云区仅有，广州市和其他各个区（市）应该都面临同样的问题，所以市财政局也很有必要继续统一口径，看这部分的费用怎么挂靠、怎么公开。不过我觉得这个问题其实很技术性、很简单，那就是看预算做在谁头上，比如每年的人代会，所需花费肯定是放在人大，那就由人大做预算，最后的决算也由人大来公开。其他部门也都一样。一切按预算执行，也就不存在什么“吃饭部门”了。

总之，公开“三公”经费不是目的，目的是管好纳税人的钱袋，使纳税人的钱都花在明处、花在实处。而要做到这一点，晒“三公”经费的决算固然重要，把好预算这一关其实更重要！

2013年11月6日《新快报》

◎ 南沙审计出的“一箩筐”问题打算怎么处理？

新年第一天就曝出一则新闻：广州市审计局对南沙区2009年至2011年底在建的政府投资项目抽查了34个进行了专项审计调查，结果发现问题“一箩筐”：先开工后补办手续、边施工边补办手续、未编制项目建议书、未编制可行性报告、未办理用地手续、概算未获批复……

看到这样的乱象，我都有点糊涂了：一个政府投资项目，到底应该走怎样的程序？到底要不要、该不该走这些程序？从媒体的报道来看，是有些程序的，但在抽查的需要执行基本建设程序的34个项目中，有30个建设项目存在先开工后补办手续，或边施工边补办手续的问题，其中有的项目未编制项目建议书，有的未编制可行性研究报告或可行性研究报告未获批复，有的未办理建设用地批准书、建设用地规划许可证或建设工程规划许可证，有的未编制初步设计文件，有的概算未获批复——这些程序制定了到底有什么用？既然被视若无物，又何必制定这些程序呢？制定出来给谁看？此外，规定的程序都没有走，不都是违章建筑么？！

还有，可以将制定了的规章程序视若无物，这是哪里来的神仙有这么大的魄力和能力？他心里遵循的又是一套怎样的规则？政府都如此一盘散沙、无政府，你叫公众怎么相信你口吐莲花的“法治政府”？上行下效，你这不是诱良为娼么？

据说南沙开发区管委会、南沙区政府已进行整改。我很好奇他们准备如何整改，真的很希望广州审计局对他们的整改也跟进——至少对他们的整改结果也来个同样的审计。这对审计局可能有点不公平，因为他们的工作量已经够大的了，到处都是一团乱麻，不能什么都指望他们。那么纪委监察局跟进行不行？工程屡屡变更累计净增加金额2.87亿元、未按程序批准投资计划、未经招投标就将项目委托出去、违法转包涉4 .9亿元之巨……都这样了你们还不介入？！

南沙刚刚成为国家级新区，现在又在申请成为自贸区。南沙被寄予很大的期望，其中一项就是希望南沙在制度突破、创新方面有所作为——作为深化粤港澳全面合作、打造粤港澳优质生活圈的国家级新区，在制度方面至少应该跟港澳趋同吧，否则如何跟他们合作？如何成为粤港澳优质生活圈？结果呢？敢情我们就是这样的一种状况、水平啊！要是这些乱象搁在香港，只怕都要闹翻天了！

为了南沙更好更快发展，广州市制定了一部《南沙新区条例》，赋予了南沙很大的自主自由权限。没有什么权限的时候都已经是这样了，要是一朝权在手，便把令来行，还不知又会是一番怎样更令人咋舌的景象呢！

2014年1月2日《羊城晚报》

◎ 审计之后怎么办？

日前，广州市十四届人大常委会第二十一次会议召开，会议听取审议了《关于广州市2012年市本级预算执行和其他财政收支情况的审计工作报告》，可以说问题一箩筐：去年8个会议在景区开，1300多万元会议费缺乏预算约束；南沙多项目非法转包涉4.9亿元；BRT浪费1073万元；白云国际会议中心违规转借

7772万元，近亿元项目未招标；广州新图书馆行政办公用房超标，多付工程款近600万元；穗城管委超出预算列支785万；穗外经贸局900多万元未缴财政……幸好是审计局，如果是纪委监察局，那可就不得了了！

这些先不去管它，人们现在可能只关心一件事：审计之后怎么办？据说现在的程序安排是审计上发现问题、出审计报告、整改、整改完再公开。除了过于维护政府形象，这个程序本身似乎并无什么其他问题，问题只在于过段时间公众的视线只怕早就转移了，人们也早忘了这茬事了——谁叫现在的社会热点一个接一个呢？失去了公众的关注压力，还会认真整改吗？或许正是有鉴于此，不少人大代表对整改的力度和效果表示担忧，纷纷提议能否建立多个力量的监督机制来监督整改工作，比如一方面赋予人大相关的法定职能来审议这些问题的整改情况，另一方面审计部门将整改工作的进度对公众公开，从而建立公众的监督，让老百姓和媒体参与进来。

我认为这些提议都很对。其实人大还应该更早、更有力地介入，审计一旦发现问题，在整改之前人大就应该介入，请相关的责任人到人大来就审计出来的这些问题进行解释，一个不行来第二个、第三个，同时接受代表的提问，而且这个过程全程向媒体公众开放。解释完了解释清了再去整改，否则就不行——谁知道这所谓的整改是真整改还是去掩饰补救？

只有这样才会更有力地促进问题的解决，而且这么做还有另外一个好处，那就是对问题的成因进行抽丝剥茧似的分析，直至找出最根本的原因为止，只有如此才有可能避免类似的问题再次出现，否则就会陷入审计、找出问题、整改；再审计、又找出问题、又整改的循环怪圈，表面忙忙碌碌，其实还是停滞不前，没有什么实质的进步。现在不都在说关口前移吗？不管从哪方面说，找出原因避免下次再犯肯定好过事后补救。对于出现这些问题的成因，如果是因为体制机制，那就从完善体制机制下手。如果发现有违法乱纪作奸犯科什么的，那就直接移送司法机关好了。

在这里也想为广州市审计局和陈建华市长叫声好。说实话看见审计出了这么多问题，心里已经对广州审计局竖起了大拇指，不仅仅是因为他们找出了这么多问题，还因为居然都公开了，这才是最关键的。南都引述审计局有关工作人员的话说，早年交给市人大的报告只有3页，后面还附上好几页说明，大意是“这里敏感，那里不宜公开”等，“现在都不用写了，全部都提交人大公开”，“其实这里面很多内容，上不上，我们压力很大。但市长说，该报还是报”。南都据此分析此番变化的主要原因除了与政务公开的大环境有关——尤其是在广州，公众对知情权的需求与日俱增——也与广州市市长陈建华、市审计局局长张杰明的风格有关。

欣慰之余也不免担忧：万一以后来了不是这种风格的市长局长怎么办？好在潮流荡荡，也由不得谁了。

2013年9月28日《南方都市报》

◎ “三公”经费公开不能再这样混乱无序

据报道，广州从化市2012年的“三公”经费决算早在10月28日就已公布，但问题依旧“一箩筐”：80单位数据在70多个网站上、同一个数据账本上前后不一致、有的单位找不到“三公”数据、有的数据为空白，甚至还出现了没有官方网站、不知道在哪里公布的荒唐事。

其实说句公平话，这样的问题绝非从化一地所有，我多次说过，如果要细究深究的话，每个单位——包括市里的——肯定都有这样那样的问题。前不久我也曾上过一个区的网站看“三公”经费，结果真是如大海捞针一般，找得人头昏眼花。这真让人想起一些商品上的有效期，总是不放在最显眼的位置，似乎存心让你看不到、看不清。其他那些问题也都大同小异。

出现这些事，我觉得固然可能存在基层单位水平不够的情况，更重要的恐怕还是在于上级有关部门缺乏统一、明确的指引。虽然韩志鹏委员早就建议广州市财政局应该提供“三公”经费公开的统一模板，但现在看来做的可能还是远远不够，比如按照从化市财政局通过从化市委宣传部所说：“根据广州市文件精神，政府各部门决算可在政府网或本部门门户网站公开，而市委各部门、人大、政协等单位的‘三公’经费决算表在本部门门户网站或受众面广、影响面大的媒体上公开，由各单位自行决定。”这就麻烦了：到底在哪里公开呢？哪些才算是“受众面广、影响面大的媒体”？如此混乱，难怪如大海捞针了！我认为“三公”经费应该在本部门门户网站最显眼的位置公开，除此之外还应该在财政局官网上公开：在最显眼的位置设置专门的栏目统一公开全市所有部门的“三公”经费，这样大家才容易找到，而且可以进行对比。

这次从化市的“三公”经费又出现了数据打架、被媒体追问后随意更改的情况，跟今年年中一些街镇的情况一样。为什么一再出现类似的事？我只能说有关部门其实并没有真正重视这件事，才经常出现这种低级错误和随意更改。如何避免类似的事件再次发生？还是那句老话：要问责，不仅他的领导要问责，人大也应该介入。现在从省到市，人大都在提前介入部门预算的完成和编制情况，对“三公”经费公开中层出不穷的荒唐错漏，人大也不能再不闻不问了。

刚刚闭幕的十八届三中全会提出要加快推进社会主义民主政治制度化、规范化、程序化，建设社会主义法治国家，发展更加广泛、更加充分、更加健全的人民民主。我想这些不应是一句空话，它必须也一定要体现在政府行为的每一个方面。现在仅仅一个“三公”经费的公开就如此混乱无序，怎么可能实现社会主义民主政治制度化、规范化、程序化的总体目标和要求？！

2013年11月14日《新快报》

◎ 会议费和会议都应该反思

广州公开会议费居然惊动了新华社，日前新华社以《一年花费上千万每天开会数百人？》为题发表了一篇不算短的报道，介绍了广州公开会议费的一些情况，也提出了一些疑问。当然这些情况和疑问广州本地媒体早已做过多次报道，只不过这次由新华社再次提起，就具有了更大范围的影响和效力，人家毕竟是国家通讯社。

我相信广州的这种情况在全国一定所在多有，只不过因为广州率先公开，不幸就沦为了样本被人们“指指点点”，分析来分析去。这也算是广州为中国社会的转型进步作的一个贡献吧，毕竟这些问题普遍存在，需要有一个样本来加以剖析，否则总是藏着掖着，问题就永远也得不到揭露，更遑论解决。当然新华社也算客观，对广州率先公开会议费表达了赞许。

广州的天价会议费，本土舆论其实分析得已经相当透彻、深入了。我觉得这其实包含几个层面的问题，首先当然是预算的不民主。号称“第四公”的会议费跟其他“三公”一样，其公开的过程充满无数乱象：公开时间不统一、格式不统一、数据不统一、口径不统一，甚至还有哪些至今还没有公开，公众也无从知晓。这些我认为归根结底是因为没有实行真正的预算民主。什么是预算民主呢？我的理解是公共财政的每一分钱如何使用，都清清楚楚明明白白地条列清楚报给人大审议；人大充分行使自己的职责，对每一分钱该不该花、该怎么花都审个通透，然后表决，通过以后交给政府去施行——如果被否，那就对不起，预算重新做过。如果做到这一点，怎么可能会出现所谓统计口径不统一、数据打架，公众一质疑居然要忙不迭地修改数据的咄咄怪事？

从一个更高的层面，我认为是我们的公权力的运行极不规范。我们老在说法治法治，首先就是政府必须依法主治。如何依法主治呢？就是一切行政作为都必须要依照规章和程序——法律就是最高形态的规章。规章由所有社会成员共同参与制定，相当于大家订立了一个契约，所有人都必须共同遵守，政府更是责无旁贷，只有这样，公权力的运行才是规范的、可控的、可预期的。但现在我们看到，我们的公权力运行实在太过随意，人治的色彩太浓重，人治本质并无实质改观。天价会议费就是典型：一些预算别的地方不好出，就将之“打包”、“夹私”装进会议费这个筐，看似聪明，实则混乱——人大的审议在哪里？人大的关口又在哪里？

提到天价会议费，我觉得也是个契机，是时候反思、检讨一下名目繁多的这会议那会议了。新华社引述珠三角某市一名市直处级干部的话说，尽管中央要求压缩文山会海，目前机关会太多仍是不争的事实，几乎每个工作日都有会，有时候一天三四个会，工作就是开会，开会就是工作，“从根本上讲，会议费预算公开，压缩会议费，都得从减少会议开始，可开可不开的应该不开。”这样的事其实我们大家都听说过，有些只怕更离谱。怎么会这样？是什么导致了我们这种工作就是开会、开会就是工作的怪现状？真该好好研究一下。我想机构臃肿、形式主义盛行应该是重要原因。

天价会议费和充斥假话、空话、大话、废话的各类会议都该反思一下了！

2014年5月13日《南方日报》

◎ 公车费用高得离谱，有关部门不应沉默

最近这段时间广州各区“三公”经费陆续公开，日前有记者统计全市已公开“三公”预算的九区（市）的数据发现，每辆公车年花费最低的是花都区（2.27万元/年），而最高的则为南沙区（5.75万元/年），其中南沙区妇联的公务车更以11万元/车/年的运行维护费预算，高居目前各区已公开2014年“三公”预算的600多个部门之首。

这个数字的确让人感觉很高，印象中广州人代会审议的市一级部门公车花费预算，一般是一台车一年3.5万元，事业单位稍微少点，3万元。南沙区妇联一台车一年花11万元，至少从数字对比来看，的确显得相当突兀、扎眼。

客观地说，根据我的观察了解，妇联这样的单位绝对称不上公车大户，从公布的“三公”经费预算数据来看，各区妇联似乎也就只有一台车而已。但别的区都只有几万元，多的也就7万多元，何以南沙妇联这台车一年要花这么多钱，这是很让人费解的。遗憾的是南沙区妇联并没有对此作出解释回应，只是说部门预算是严格按照市区统一规定进行公开，对于11万元/车/年的运行费问题并未进行

回应。我认为既然社会有了疑问，还是清楚明白交代一下比较好。

这里实际上牵出了两个问题，一是“三公”经费公开的规范化问题。这几年搞“三公”经费公开，但经常曝出一些天价费用，比如天价招待费、前不久花都的天价会议费，等等。这次南沙区妇联的公车费用，虽然总数很小，但从平均来看，也算是“天价”了。出现天价的这费那费，最常见的解释就是统计口径不一，将不属于其中的费用也统计到了里面，以致就出现了“天价”，舆论一质疑，就忙不迭地去修改数据。甚至已经制定出了规范的模板，前不久花都区都还要去修改他们的天价会议费。不知道这次南沙区妇联会不会也这样呢？我们拭目以待。

其实所谓的不规范、统计口径不一，归根结底还是在于我们的预算并不民主——对于预算的审议还是流于表面、形式，所谓的“天价”，真的就是天价，真的就有这么多钱！如果严格审议，这样的“天价”怎么会出笼呢？

第二个问题就是公车改革。国家对于公务用车有了严格的规定，似乎要来真的了，有的地方，比如深圳，也有了实质性的动作，但广州似乎还在观望当中。尤其是国务院说取消副省部级以下“一般公务用车”，但广州市纪委有关负责人说我们不是“一般公务用车”，而是“相对固定用车”，让人觉得似乎在想对策、规避改革。如果真是这样的话，那就真无话可说了。

总之，南沙区妇联这台一年花费11万元的车牵扯出很多问题，这些问题或许并不局限于哪一个单位或部门，问题的解决也不是一朝一夕的事，但起码有关部门特别是南沙区妇联或财政局应该给出一个公开的解释。

2014年4月24日《新快报》

◎ 水巴成本不明，涨价难以服众

据报道，广州水巴听证会将于本月31日召开。我印象中水巴好像刚恢复没多久，怎么这么快就要涨价了？有点奇怪。

但更奇怪的还不是这，而是为听证会所做的准备。按照相关规定，在调价听证会前，物价部门要对经营者的成本进行监审。本周一，广州市物价局在官方网站公开了水巴成本监审报告，结果财税专家说“看不懂”：没有说明数字是怎么得来的，没讲清楚企业的成本结构，如燃料、人工和行政开支分别占多少比例，等等。

但这似乎又怪不得广州市物价局，因为不论是国家还是省里，都豁免了监审对象向社会公布财务报表的责任，它只需向物价部门报告，由物价部门私下对其作出评价，然后出个监审报告就可以了。如果监审对象向物价局提交的财务报表做假，那么物价局据此作出的所谓监审报告就不具有真实性，因而不能作为调价的依据，以此召开的所谓听证会也不具有任何公信力。

所以问题的关键就是两点：一是水巴公司向物价局提交的财务报表真不真实？二是物价局据此作出的监审报告公不公正？有人由此提出了第三方监督的问题。但物价局回应说按照有关规定成本监审工作本来就由物价局来承担，是政府价格主管部门的一项行政职能，而且定价成本监审前都有会计师事务所的审计并出具审计报告，“其结论的合法性、真实性、完整性均由承担审计的会计师事务所负责。”这个程序表面看起来似乎没什么问题：水巴公司将财务报表提交给有资质的会计师事务所审计，然后再提交给物价局，物价局据此作出监审报告，再提交听证会，一切安排都很合理。但这看似合理的安排却有一个最大也最致命的缺陷，那就是一切都是封闭运行，有点类似于学术上所说的循环论证，其结论很难说是可靠的：我们怎么知道这其中的两方甚至三方没有互通款曲、彼此勾连？谁能证明他们的公信力？

唯一的办法是将所有信息向全社会公开：水巴公司的全部成本数据、承担审计责任的会计师事务所的资质及其审计报告、物价局的监审报告，并且要公示，接受社会的询问——不是说群众的眼睛是雪亮的么？更何况水巴还接受财政补贴，那可是纳税人的钱哦，这样你都不向社会公布？这个过程结束后，才可以进入调价的听证程序。仅仅抛出一个监审报告，其他一抹黑，这样就去听证，怎么可能服众呢？

好在广州市物价局表示，尽管国家和省关于成本监审信息公布的规定未要求公开被监审企业的财务报表(资产负债表、利润率、现金流量表)，但今后将研究是否有必要由企业在调价前主动向社会公开三大报表。但愿早日实施——广州不是老说要先行先试么？就从这里开始吧！

2013年10月19日《南方都市报》

◎ 公积金新政还有哪些其他的合理性？

广州的公积金新政8月1日开始正式实施，新政的一个核心其实就是一个字："限"——限贷款次数（不能二次贷款）、限贷款门槛（户籍非户籍需分别连续缴存6个月、12个月，累计缴存24个月、36个月）、限贷款额度（每月10亿元）。其中限贷款门槛第一次征求意见时更严，引来社会强烈反响后才改为现在这个样子，但也比以前高了不少。新政实施后，当月额度一月之间被抢光，引来很多质疑和争议，最大的质疑就是一个月10亿元能否满足需求，对此，广州住房公积金管理中心回应称"不能仅仅从需求的角度去判断政策的合理性"。

这让我产生了很大的好奇：除了市民的需求，还可以从哪些方面去判断这项政策的合理性？这不是质问，真的就是疑问，很希望有关部门能够明示。

公积金贷款如此设限，相信大家的第一反应就是公积金没钱了。那么，广州的公积金到底有多少钱？这些钱又用到了什么地方？似乎并没有一个明确的说法。《广州市住房公积金条例》第二十四条规定"市公积金中心在保证住房公积金正常支付的前提下，可以购买国债或者委托金融机构进行保值、增值运营"，那么，到底有多少钱被拿去作了"保值增值运营"？又作了怎样的"保值增值运营"？或者还有没有用作其他用途？这些是很容易让人产生一些联想的。这一条同时规定"公积金用于保值、增值运营的比例，由市住房公积金领导机构决定”——公众显然没有决定权，但知情权总是有的吧。

此外，增值的收益又如何处理？国家2002年修订的《住房公积金管理条例》第二十九条作了规定：“用于建立住房公积金贷款风险准备金、住房公积金管理中心的管理费用和建设城市廉租住房的补充资金。”在前几天南都举办的一场论坛上，这最后一条引起了较大的争议，我也觉得有问题：廉租房是政府的一项带有公益性的项目，理应由政府出资去建，而公积金的产权属于广大市民，怎么可以将他们的钱产生的收益去建廉租房呢？除非征得了他们的同意。但这属于国家政策层面的问题，我们无权置喙，但我们却有权知道广州拿了多少这种公积金的“增值收益”去用作了“建设城市廉租房的补充资金”。

广州的公积金新政已经扰攘了大半年，在全国都引起了很大的关注。我完全同意一些人的观点：不论是从公积金以前的运作，还是这次的公积金新政，一个最大的问题就是不够公开透明，导致市民与政府之间存在相当严重的信息不对称，因此在那次论坛上我提出应该引入公积金公咨委——广州的各类公咨委尽管还有这样那样的问题，但在增加透明度这点上却是很重要的。

2014年8月7日《羊城晚报》

◎ 整治电子眼罚款乱象应斩断“执罚经济”链条

据报道，在今年广东省两会上，省人大代表郭伟光提交了关于取消财政返还、规范交通罚款的建议，广东省财政厅近日回复称，已在摸查全省电子眼的情况，“将由公安部门进行论证，并向社会公布设置信息。今年年底前，全省交通罚款的本地罚缴部分将纳入非税征缴系统，实现实时查询。”

早该这样了！

以前一到年底，交通罚款就多起来了，一些人说这是快过年了，交警要创收发奖金呢。我还半信半疑，因为经常听交警说是收支两条线，罚来的钱一分钱都不落到他们手里。后来交通罚款愈演愈烈，还出了个所谓史上最严交规，每次出门可谓“步步惊心”，一不小心就吃罚单，有些还莫名其妙，开始慢慢相信这里面的“别有用心”了。大约是两三年前，经济不振，政府财政收入压力加大，于是各地政府想法设法增加“非税收入”，甚至隆重其事地专门开会研究。而“非税收入”中的很大一块就是罚没款，这才彻底相信交警罚款的目的早已步入旁门左道了——不是为了维护交通秩序和交通法规，而是为了增加收入，既为政府，也为自己。

如此一来，在权力不受监督制约、信息完全不对称、地位也完全不对称的情况下，交警与司机就成了刀俎鱼肉了，我自己也当过好几次冤大头。所以这次省里要摸查电子眼罚款，我大声叫好，也从心底里对提出建议的郭伟光代表表示敬意！

但我对摸查的效果又有点疑问。财政厅说“将由公安部门进行论证”——他自己设置的还论证个什么呀！南沙一条下坡路限速40公里，而且在下坡路的尽头设置电子眼（我曾经过），这么明显的“坑爹”设置还不是被当地交警“论证”得振振有词！

如果真要摸查——我认为其实应该叫整治——电子眼罚款，最好的办法就是如郭代表建议的那样，彻底斩断现在的这种“交通罚款实行地方财政统收、再按比例返还”的“执罚经济”，否则，如果地方政府还指望这样的“执罚经济”增加政府财政收入、交警也指望这样增加奖金，在现时这种公权力独大的格局之下，你再怎么“摸查”都不管用。何况财政厅都说了“交通罚没归属地方”，省里都不管，更别指望地方会自断手脚了。

当然财政厅又说了：“对实名举报交通罚款违规使用的，将由公安厅、省监察厅、省财政厅联合进行查处，如发现有违反规定的行为，一律要求纠正并严肃处理。”这不是扯淡吗？外边的人谁知道他如何违规使用啊，而知道的又都是受益者，欢喜都来不及呢，举报？洗洗睡吧，你以为我们这边就都是男儿啊！还“纠正”，还“严肃处理”，都是些不着边际的空话。

至于“电子眼将定期送检”，更是南辕北辙——电子眼罚款乱象哪是什么

“设备管理问题”啊，根本就是设置电子眼的出发点不对，这种情况下人们只怕是希望这该死的电子眼多坏几个呢，还“定期送检”！你还觉得这样的“执罚经济”力度不够啊！广州沙河立交广园路从西往东上桥位经常停一台警车，里面有个警察时刻举着录像机监控来往车辆，这又该如何送检呢？

2013年8月6日《羊城晚报》

◎ 广州车牌竞价中的两个疑云

去年8月广州车牌开始一半竞价一半摇号，一年过去了，从最初的底价成交到这个月的均价2万多元，价格一路上涨，总收入也终于第一次突破1亿元。这让人不得不佩服主政者的决策英明：当初底价成交的淡定是暂时的，日后的飞涨是一定的，均价超过3万元简直指日可待。

但从一开始，广州车牌竞价就有两个疑云，一是自去年8月开始车牌竞价以来，几乎每月都有人弃号，少则三四十个，多则上百个，这次也有48个弃号。这让人大惑不解，辛苦拍来的车牌居然放弃？不管从哪方面都理解不了，何况还有2000块钱的保证金呢。这让那些没有拍到的人感到很不爽，甚至质疑弃号者的身份，怀疑他们暗中抬价，是“托”。尤其是前段时间有传一位神秘的北京大妈拥有上千车牌，更让人疑虑重重。

我觉得政府部门对此不应继续沉默，应该要有个回应，以释除人们心中的疑虑。现在手机、上网什么的都实名制了，要弄清那些弃号者的身份应该是没有任何难处的。当然为了个人隐私方面的考虑，不必公布他们姓甚名谁，但至少要调查一下，弄清并公布他们弃号的原委，这应该是不难，也是合法的，从某种意义上说这甚至是有关部门的本职工作：拍卖中有这么多的疑问，难道主持者不应该出来说句话吗？

另一个疑云就是拍卖车牌的收入都去了哪里？这个疑云也是从一开始就有的。按照去年7月份出台的《广州市中小客车总量调控管理试行办法》，汽车竞价所得收入全额缴入广州市本级财政，实行收支两条线管理，专项用于城市公共交通事业支出。但具体支出了多少，还剩多少，又将支出到哪里，有关方面一直未予披露。尤其是今年上半年广州市财政局向市人大常委会汇报称2013年计划拍卖车牌收入3.6亿元，但“限牌”导致“其他交通运输支出”从去年2537万元增长到今年计划的3.6亿元——收3.6亿元，增加的支出也正好是3.6亿元，这也太巧合了吧？此外，公共交通年初就有财政预算，车牌拍卖收入属于预算外收入，将后者投入到前者，岂不是说明当初的预算有问题？这不仅没有消除人们的疑虑，反而更让人疑虑重重！

一段时间以来，由于经济不景气，各地税收下滑，非税收入越来越多，在一些地方甚至成了政府财政收入的主力，扮演财政收入的“拯救者”角色。毫无疑问车牌拍卖收入也属于非税收入，但它毕竟还是公共财政，公众有理由知晓详情。最好的办法还是将包括车牌拍卖在内的非税收入统一纳入政府财政预算交由人大审议，一方面保证公开，另一方面在支出上也可更加合理。

2013年9月6日《南方都市报》

三 公车改革

Gong Che Gai Ge

◎ 公车应该如何改革？

近日，中共中央、国务院印发《党政机关厉行节约反对浪费条例》，明确规定“取消一般公务用车”。什么是“一般公务用车”呢？原来根据国家现有的规定，省部级以上的官员才有专车，其他的都叫“一般公务用车”，这是否意味着省部级以下领导都被列入了车改范围？《新快报》记者就此采访了广州市纪委常委、新闻发言人梅河清，他表示广州市会按照中央的统一部署来稳步推进，但这并不意味着副省级以下的领导干部就不能使用公车了，“原本就没有为他们配备专车，这不叫专车，叫相对固定用车。”

呵呵，“相对固定用车”，好拗口的新名词！

说实话我觉得中央的这个“取消一般公务用车”的规定猛了点，不是不赞同，而是觉得可行性存疑。按照这个规定，那广州怕是剩不下几台车了。见惯了各色领导坐着锃光瓦亮的专车出入，听惯了“我的司机”“你的司机”地叫，现在一下子要取消，真有点不可想象——要知道广州只要是副局级以上就都有专车专职司机的，这甚至在很大程度上成了他们身份的象征，一下子取消，怎么可能？

应对措施马上就有了，这不，原来不叫专车，叫“相对固定用车”，这不就得了么？想必其他更缜密更周全的措施也正在研究中。

真正要厉行节约反对浪费，我觉得管好两头就好了，一头是预算：严格“三公”经费的预算，不批那么多钱买车，不就行了？另外一头是杜绝公车私用。这个话题说了好多年了，有关机构也采取了很多措施，比如北斗星什么的，但效果存疑。还是那句老话：杜绝公车私用最好的办法就是在公车上涂上统一的标识，让拥有雪亮眼睛的群众一望而知是公车，看谁还敢私用？这个办法叫了很多年，最近有传出国内一些地方居然已经在使用了，这就是个很好的信号——别人可以，你为什么不可以？除了这个，其他GPS北斗星什么的都是浮云，而且也不可能个个都成为区伯。

所以，先别提“取消一般公务用车”这么宏伟的目标，如果能够控制公车乱买、杜绝公车私用，就已经是天大的好事啦！

2013年11月28日《南方都市报》

◎ 广州公车改革需要有制度支撑

7月16日，国家发布了《关于全面推进公务用车制度改革的指导意见》和《中央和国家机关公务用车制度改革方案》，按照新方案，中国取消一般公务用车，普通公务出行社会化，适度发放公务交通补贴 。记者了解到，广州市公务用车制度改革方案目前正交由广州市财政局、发改委牵头制定，这两个部门将先期开展调研，市一级公车改革将于2015年底完成。

公车改革相信公众都很赞成，包括公车在内的所谓“三公”消费早已为人诟病，所以这次国家出台这样的公车改革方案，辅之以正在开展的群众路线教育实践活动和反腐，赞成之余大家都乐观其成。当然疑虑也不是没有，盖因公车改革并非起始于今时今日，但一直雷声大雨点小，基本上最终都不了了之，不知这次会不会也像过去一样？这是人们普遍的疑虑，甚至还有“公车照开、补贴照领”这样颇为极端的说法——但愿不要这样！

这次公车改革首先必须要明确一点，就是完全不存在是否必要的问题，而是必须要改。之所以特别要明确这点，是因为广州在前段时间采取了包括安装北斗星在内的一些措施杜绝公车私用，据说效果还不错。既然如此，还有必要进行公车改革吗？相信这也是很多人的想法。答案当然非常明确：不仅必要，而且必须，因为这是国家的统一部署，不遵守不行，没有任何价钱可讲，甚至可以说安装北斗星什么的跟这次公车改革没什么关系，安没安装一律都要改。

取消副省部级一般公务用车，这对广州的冲击力度之大可想而知。不知从什么时候开始，广州的副局级以上官员（包括副局级）一律配车，这几乎成了某种身份象征。除此以外，处级甚至街镇的头头脑脑们也都配有专车，有的还相当豪华。而根据这次的车改方案，原则上只有四套班子正职可以保留一般公务用车，如此一来全广州市都剩不了几台公车了——做得到吗？说实话我不太相信，甚至有点难以想象。

《指导意见》里面留了个口子："鼓励省（自治区、直辖市）所属厅（局）正职主要负责人和市（地、州、盟）、县（市、区、旗）及乡（镇）党政主要负责人参加改革，确因环境所限和工作需要不便取消公务用车的，允许以适当集中形式提供工作用车实物保障，但须严格规范管理，不得再领取公务交通补贴，具体范围由各地根据本意见研究确定。"估计很多人会在这上面动脑筋，看能不能保留公车。正因为有这样的灰色模糊空间，所以广州市的具体实施方案就尤其重要，我们"且行且期待"看看广州会是一份怎样的实施方案。我特别期待实施方案能够明确：保留哪些人的哪几台车？没有车的要用车怎么解决？车补的标准到底如何？等等。最好形成制度，有明确、规范的程序指引，让所有公务员都知道该怎么做，让所有市民都知道公务员们会怎么做。不要都是一些大而化之的原则性空洞废话，那些一看就是不准备认真实施的。

不论最终的实施方案如何，但有一点是明确的，那就是一定不能违背国家和省的相关规定，否则就是严重的"政治不正确"了。当然上有政策下有对策，灵活变通我们特别拿手，就像去年11月份刚说要取消一般公务用车的时候马上有人说我们没有一般公务用车，只有"相对固定用车"。会不会出现这种上有政策下有对策的情况？如果出现了怎么办？这是这次车改必须要严肃面对的问题，相信也是广大市民普遍关注的问题。

另外也想再次旧话重提：将所有公务用车涂上醒目标识，让大家一眼就看出是公车，可否？这个话题已经反复提了好久，但一直实现不了，这次车改力度这么大，可否一并解决呢？反正全市也剩不了几台车了，也不会影响什么了，更不会出现像有些人担忧的大家一看是公车就吓得退避三舍的情况了，套用一句官话："条件已经成熟了。"显示点诚意，也显示一下效果，让市民更加信服一些，行吗？

2014年7月24日《南方日报》

◎ 预算不民主，车改无穷期

前天广州市人大常委会对广州市政府提交的财政资金、地铁建设情况、民办教育等报告进行了审议，有人大常委会委员对车改提出了疑问：去年广州市级100多个预算部门花费的公车购车和养护费用总共也只有3.5亿元多，为何今年的预算要给车改预留5个亿呢？怎么算出来的？

其实，我对这个问题的关注还有另外一层：这5亿元一分没花出去，年初预留的这部分资金又收回去了！这意味着什么？意味着去年底今年初准备车改，结果快一年过去了，车改原封不动！

当然财政局有它的解释，那就是中央规定地方党政机关公车改革2015年底前完成，所以今年不必着急。但中央同样规定今年年底之前要上报公车改革的总体方案，不知广州的这个方案做得怎么样了呢？听说深圳已经车改了，广州可不能落后哦，至少这个车改的总体方案要尽快出炉并公开。

公车改革最引人关注的无疑是车补，这次广州人大常委会提出质疑的也在这一点：一年的公车购车和养护费用也才3.5亿元，怎么车改反而花的钱更多了？那还改什么呀？财局的解释是去年是多预留了一点，但广州肯定不会高于国家规定的标准，也不会高于目前的公车开支——幸好今年没有车改，否则还不知要花多少冤枉钱呢。

至于公车补贴的具体数额，中央《关于全面推进公务用车制度改革的指导意见》给予了地方较大的自主决策权，但不能高于中央130%的标准。南都记者算了一笔账，按这个标准，仅仅是科级及以下干部差不多就要花4亿元，如果加上大量的局处级干部，数额差不多也接近5亿了——还是刚才那句，车改后花的钱反而更多了。

车改绝对是一件大事，引起震荡是一定的，甚至有可能改变很多人的生活方式。如果按照中央副省部级以下不配公车的规定，那么广州就剩不了几台车了，说实话我觉得这简直有点不可想象，所以我迫切地想知道广州车改的方案到底是什么样子？一是真的都能取消公车吗？再就是车补到底是多少，以及如何发放？这些都是令人关注的。

不管最终方案如何，我认为车改一定要跟预算挂上钩，只有这样才能从源头上杜绝屡禁不止的公车私用顽疾，车改也才能真正起步。而预算的制定当然绝非闭门造车，一定要公开透明，广泛征求、吸纳公众意见，并置于公众的监督之下。试想，如果预算不公开、不民主，那一定会上有政策下有对策，公众普遍担忧的类似一面坐公车一面拿车补的新型隐形福利，并非不可能出现的。

2014年10月31日《南方都市报》

◎ 广州公务车能否选用国产品牌？

日前，解放军四总部印发《关于军队贯彻落实〈党政机关厉行节约反对浪费条例〉的措施》，规定公务用车实行集中采购，选用国产自主品牌汽车。

这很容易让人产生联想：军队都用国产车了，那么政府呢？

其实早在2009年，国务院印发的《汽车产业调整和振兴规划》就明确提出，公务用车向自主品牌倾斜，从2009年开始，各级政府和公共机构配备、更新公务用车，自主品牌汽车所占比例不得低于50%。然而由于这一政策仅提出了原则性目标，并没有制订可操作性的实施细则，致使这一政策出台四年多，至今仍没有落到实处。此次军队制定公务用车的新规，估计这个问题会重新引来社会的关注和讨论。

据有关人士分析，之所以国务院的规定没有落到实处，一是对“自主品牌”有歧义；二是部分省份省内没有自主品牌汽车，扶持自主品牌的积极性较差；三是自主品牌汽车的质量还没有得到充分信任。

考诸广州，这些问题似乎都不存在，因为广州有“传祺”，既是自主品牌，也称得上高大上，据说一些市领导都坐它。但“传祺”这样的所谓合资自主品牌汽车也受到一些质疑，说是合资方为了因应国务院的那个规定采取的应对之策，将中方企业推到前台，自己退居幕后，包装出一个所谓的自主品牌，目的是继续占领中国的市场，甚至还有民族主义的考量呢。如果真是这样的话，那其他那些合资厂家则是拖了后腿失了先机了。

我认为要求党政机关厉行节约、反对浪费这个原则和出发点是没有任何问题的，为了做到这一点，限制公务用车的价格和排量就可以了，至于是不是自主品牌，则甚难界定，也难以落实。原因有很多，首先是现今全球化的时代，也没有多少纯粹的自主品牌；其次，那些合资、独资生产厂商，里面的员工也基本都是中国人啊，他们也要养家糊口，尤其是，他们也在纳同样的税。只要都在中国这个地儿上，我看不出他们跟那些中资企业有什么区别。所以与其斤斤计较于自主品牌，不如将重点放在是否国产上——只要是在中国生产的就可以了，别动不动就来个原装进口，那样纳税人就养不起了。

也许有人说人家韩国、印度、俄罗斯不也规定公务用车一律选用国产自主品牌车吗？为什么我们的政府就不可以？很多年前就看过这样的文章，说韩国满大街跑的都是现代，为韩国人的爱国情操啧啧称赞。如果国产自主品牌车完全是由中资生产、由中国人研发，并且质量可以跟外国品牌相抗衡，就像韩国的现代一样，当然可以。问题是要做到这一点，对我们来说只怕有相当的难度，否则就不会出现类似“传祺”这样的所谓合资自主品牌了。

所以我并不主张政府也像军队那样一律选用国产自主品牌车，也落实不了。何况有的地方甚至还没有自己的品牌呢，他们更不会去便宜了别人。其实用车啊消费住宿啊这些都属于细枝末节的问题，真要厉行节约反对浪费，还是从源头抓起比较靠谱。源头怎么抓？很简单，实行预算民主就可以了——钱都被纳税人掐得紧紧的，看你还怎么这啊那的！

2014年1月15日《南方日报》

◎ 从公务车停驶20%到政府每周两天“无车日”

广东省政协会议前天开幕，有委员建议每周固定设置两天的政府“无车日”，公务员通过公共交通工具出行，“既可以体恤民情，也可以缓解目前的环境污染。”

这不禁让人马上想起了本月7日广州首次启动《环境空气重污染应急预案》的事，根据规定，预案一旦启动，党政机关和事业单位的公务车要停驶20%。不过事后却引来很多质疑，最主要的就是公务车停驶20%这一条到底有没有落实、如何落实？有关部门语焉不详，只是说停驶主要靠各单位自觉，今后要实施更严格的“动态监督”。有网友质疑公务车平常也不会100%上路，即便没有启动预案，也有不少车停在车库，言下之意这个规定形同虚设。倒是市长陈建华那天坐地铁上班是实实在在的，可以确定他的车那天停驶了。当然还有其他几位领导。

反而这个政府“无车日”更具有可操作性：不管三七二十一，所有公务车一律停驶，公务员一律坐公共交通工具上下班。较之那个伸缩空间无穷大的什么20%，这个“无车日”更明确、更直截了当、更有利于“动态监督”——不仅是纪委监察机关，还有群众无数双雪亮的眼睛。

问题不在于可操作性，在于可行性：这可能吗？这个建议会被接受吗？答案其实每个人都心知肚明：完全不可能。你想啊，启动环境空气重污染二级应急响应的时候都只要求停驶20%的公务车、都还不知道这一条到底有没有真正落实，现在平白无故地要求政府每周实行两天的“无车日”，怎么可能？每月、每季甚至每半年实行两天“无车日”都不可能啦！

这个建议揭示的其实是另外一个更深层次的问题，那就是：如果我们承认汽车尾气是导致空气污染重要的原因，那么政府除了制定限牌限外这些公共政策以外，自身还能够做点什么？委员们几乎都提到了政府官员要“以身作则”，少用公务车，多使用公交工具，但实际的情况恐怕恰恰相反，不仅出行必有车，而且几乎已经达到了用车无度的地步：不仅公用，还私用，还司机用，甚至开会的时候，司机都可以在停车场几个小时地开着空调睡大觉！这哪里是以身作则呢？以身作坏则还差不多！

从公务车停驶20%到每周两天政府“无车日”，这中间的跨度确实太大了点，估计大部分市民都不会抱什么期望。官员们如果能够不再继续这样用车无度，而代之以有节制地用车，比如尽量少用，杜绝私用，就已经谢天谢地了。如何做到这一点呢？靠自觉是不靠谱的，惟愿在公车管理制度上下功夫，或许会略有成效——别的不说，先将党中央国务院印发的《党政机关厉行节约反对浪费条例》中的“取消一般公务用车”好好落实再说。

2014年1月16日《羊城晚报》

◎ 杜绝公车私用要有诚意

公车私用又成话题：1月9日晚上，广州市民区伯拍了一个公车私用的手机视频并举报，前天收到落款为“中共广州市工商局纪委”的信访答复件：已责成车主单位萝岗区工商分局纪委对违反公车管理规定问题予以通报批评，重申有关公车管理使用规定，并按当天私自用车的行车里程70公里补交了“公务车非公务有偿使用费用”共计119元。

一声叹息！

萝岗工商分局解释说是按《公车管理办法》处理的，“按每公里1.7元标准，补交了私自用车70公里的‘公务车非公务有偿使用费用’共119元。”我上网搜了一下，并没有找到这个《管理办法》，只找到一条消息说广州公车管理办法有可能在2012年9月之前出台。记得那时的确是为这个办法扰攘过一阵，公众对里面的一些规定有不同看法，过后如何已经记不清了。这次按《管理办法》处理，看来已经是正式成文了。

但是疑问依旧：公务车是可以有偿使用的吗？谁可以有偿使用？平民百姓去有偿使用行不行？每公里1.7元，便宜过坐的士，哪来的如此天大好事？最最重要的是：谁说公车私用就是有偿使用？还是“非公务”，这不是废话吗？公务用车还用得着“有偿”？

一个最大感受就是：我们看不到杜绝公车私用的任何诚意，甚至连正儿八经去监督的诚意都没有。记得那时有关部门说要在公车上安装GPS，而且所用不菲，但因为实施后台监控，效用如何让人大加怀疑。一两年过去了，实际效用如何，问问区伯就知道了。

我也发表过自己的观点：如果真要杜绝公车私用，很简单：在每台公车上写上单位名字就可以了，将公车置于众目睽睽之下，一目了然，看谁还敢私用！花钱少，效果好。如果真有诚心解决这个问题，这是最好的办法，除此以外，GPS什么的都是浮云。有人说写上单位名字会让公车横冲直撞，有特权之嫌。这真是天大的笑话，今时今日你再叫嚣一声“我是××”“我爸是××”试试？

心不诚，则事不成，如果没有诚心，我们办不成任何事、达不成任何目标。我觉得这点对公权力尤为重要。毋庸讳言，中国还是官本位，社会基本上还是一盘散沙，公权力对这样的社会具有绝对的主导力量。如果社会总是散乱不堪，一定是因为对社会起主导作用的公权力没有诚心将之理顺，从而建构起稳定合理健全的社会秩序；公权力没有为公的诚心，那除了为私，还能有什么呢？一如公车私用的屡禁不绝、屡禁不止！

2013年1月31日《新快报》

◎ 广州监督公车私用前进了一小步

报载，从今年4月起，广州市纪委将在每月的定期新闻发布会上公布全市上月度违规使用公车的情况，“给公车私用行为再套上一道紧箍咒”。

只能说，广州在处理公车私用上前进了一小步。为什么这么说呢？难道广州在全国率先运用北斗导航系统监督公车私用不算革命性的一大步？说实话，当初广州这么做的时候，我真的没感觉有什么了不起，更没有为之欢欣鼓舞，因为监督公车私用最简单、最经济的办法绝不是装什么北斗导航系统，而是在车上喷上单位的名字，或者有显目的标志，让人一望而知是公车。车载北斗导航什么的，都是浮云——何况还后台处理！你怎么让人相信你的诚意？你怎么让人相信你的效力？

后来果不其然，尽管所费不菲，但区伯的举报丝毫没有停歇，较之过往完全看不出什么分别，甚至还出现了公车私用的人贿赂区伯的丑事，让他大感受辱而委屈流泪——你以为都像你们这样毫无尊严啊！尽管这次广州市纪委的人说全市8491辆公车安装上北斗车载终端并安装日常监督管理软件后，一年节省4200万元公车运行经费，可是这些对市民而言完全没什么概念，我们看到的只是一个又一个公车私用被区伯抓了现行、各个单位忙不迭地大事化小，小事化了，甚至还出现了赔付一百多块钱汽油钱和租车费用的笑话。

这次准备在每月的定期新闻发布会上公布全市上月度违规使用公车的情况，倒真的让人感到了一点诚意和决心，也真正算得上一次了不起的进步，原因很简单：总算向公众开放了一个小口子，尽管只是一道门缝，但毕竟不同于从前的大门紧闭，性质已经不同了。虽然还留了一个“点名到单位不到个人”的尾巴，但我们也知道中国事千难万难，最难莫过于这种类型的开放了，给点耐心。

我最好奇的是以后区伯抓到的公车私用会不会都出现在纪委的每月公布名单

中？如果会，当然可见区伯所言不虚；如果不会，又是一种什么情况呢？市纪委发言人都说了，“市民在未经监督管理部门调查核实之前，不要盲目定性公车私用、采取过激行为，避免因误判影响公务、误导公众”；“并不是要求所有公车不使用时，都必须停到单位的停车场，主要还是考虑节省和方便工作。”瞧这预防针打的、后路留的，让人刚刚升起的一点信心立即疑虑重重、五味杂陈。

我想说的是：公车私用就是摧毁人心人性的过激行为，对这种行为的任何包庇、容忍、迁就就是对公众最大的误导！

2013年3月22日《南方日报》

四

城市建设

Cheng Shi Jian She

◎ 欢迎39号文公开

千呼万唤始出来，神秘多时的广州39号文终于公开了，广东省政协常委孟浩也立即在他的微博宣布将于今天上午9点30分于海心沙公园门口合适的公共场地进行公开的剃须仪式——都兑现了承诺。

首先是广州市委市政府。最早说要公开39号文是时任市委主要领导在2012年1月14日的省两会回应媒体时说的，39号文会按照程序规定来公开，“该公布的时候会公布”，但他并没有说明具体时间。其后是市长陈建华在今年1月24日市两会结束之后的新闻发布会上宣布“3月底之前会向全社会公开”。现在看来，广州市委市政府兑现了承诺。其次是孟浩，39号文一公布，他就准备剃掉留了一年多的大胡子——看似皆大欢喜。

39号文的公开，估计广州市政府可能不会提及孟浩的作用，无非说些依法公开之类的套话，但在我们这些旁观者看来，孟浩的作用功不可没。不说别的，书记市长的两次回应，都是因为大批媒体记者的“挟孟浩以追问”，孟浩的作用就跟他的大胡子一样，明摆着。其实承认孟浩在公开39号文中所发挥的巨大作用并没有什么，也完全无损于官家的面子，反而见证了官民的一次良性互动：从善如流，有何不可？只是我们的官家深受“以吏为师”的旧习影响，好像任何事都必须是由自己主导，否则权威地位就要受损似的。OUT啦，这种中世纪思维。

其实国家和省对于政府信息公开早有明文规定，广州也早在2002年底就制定了《政府信息公开规定》并于2003年1月1日开始施行，规定“本行政区域的社会经济发展战略、发展计划、工作目标及完成情况；事关全局的重大决策；规章、规范性文件及其他政策措施；政府的机构设置、职能和设定依据；政府行政审批项目；当地重大突发事件的处理情况；承诺办理的事项及其完成情况”等都应当主动向社会公开。而39号文除了“政府的机构设置、职能和设定依据；当地重大突发事件的处理情况”这两条，几乎都符合应当主动公开的条件，可是政府就是有法不依，迟迟不愿意公开。为什么会这样呢？如果政府严格依法行政，哪会有孟浩的大胡子！我相信公众更愿意见到的不是类似孟浩这样的行为艺术（当然其价值任何时候都不应低估），而是一个严格讲究法律规章的法治政府。

39号文公开之后肯定会招致很多议论，相信政府也已做好了各种回应的准备。我觉得这并不要紧，我们这个社会不就是在这种官民互动、博弈中缓慢前行的么？否则进步、文明什么的就是一句空谈。

2013年3月30日《南方都市报》

◎ 人大应当如何介入39号文？

日前，广州律师周玉忠将一份“公民建议书”通过快递寄送广州市人大常委会主任张桂芳，建议广州市人大应介入39号文的监督工作；39号文应该撤销，并追究决策者的责任，等等。广州市人大表示已收到快件，“正在研究”。

这可能是39号文公开以后社会的第一声回响。随着昨天下午孟浩委员召集的“39号文民间学习研讨会”的召开，相信这样的回响会越来越多。

人大应不应该介入39号文？毫无疑问应该介入，道理似乎都不必多讲：这么一个关乎全体市民切身利益的重大决策，人大有什么理由不介入？何况它还有那么多的问题，不管是程序上还是内容上。如果人大不介入，那就真的不好意思自称人民代表、代表人民了。

那么，人大应该如何介入呢？周玉忠律师提出了详细建议：市政府立即向市人大常委会提交专项工作报告，汇报该文件出台经过、实施的详细情况以及解决方案，并决定暂停该文件的执行；组成特定问题调查委员会，依法对广州市政府及相关部门、广日集团等单位进行调查，并向常委会提供调查报告；市人大常委会对专项工作报告或调查报告进行审议，在此过程中，应传召广州市政府及其相关部门负责人出席听证会、质询会，由相关负责人直接回答公众质疑，质询、辩论过程允许旁听并全程公开；撤销39号文，并对相关责任人员追究、后续工作安排等作出决定。

我认为这些建议都很合理，归纳起来实际上就是：39号文还需要进一步公开。目前公开的只是一个文本，但文本背后还有相当多的内幕内情有待进一步让公众知晓，比如：当初制定这个文件的初衷是什么？为什么制定、实施以后一直秘而不宣？实施过程是怎样的？取得了哪些成就、遇到了哪些问题？问题又都是如何解决的？等等。不管是从现代政治程序还是实际效果上看，只有人大才能让政府向公众回答这些问题，而这也是人大的职责所在。

至于说追究责任，我觉得现在说这些为时尚早，因为在事实全部弄清之前，我们并不能断定其中一定有差错——如果非要说有的话，到目前为止，也就是违反了政府信息公开的有关条例。所以，在做价值判断之前，应该先做事实判断，把事实搞清楚了再来评判是非对错不迟。事实还没有搞清楚就开始考虑追究谁谁的责任，这实际上已经预设其中一定有错误存在，而到目前为止，这样的预设并无什么根据。

真正的问题是人大能否介入？尽管我们国家的《宪法》和其他很多法律都已经明文规定了人大的重要职责之一就是监督政府，但实际的落实却大打折扣，以致今年的全国两会上张桂芳主任建议国家“在条件还不够成熟的条件下，可制定规范性文件，明确讨论事项、范围、内容、程序等，为地方人大常委会行使重大事项决定权提供法律保证和实践指引”，以回应“地方发现重大问题时，社会和媒体经常发出人大在哪里”的呼吁。也就是说，仅有《宪法》和《监督法》等等还不够，还必须要有专门的法律规章来为人大监督政府提供“法律保证”和“实践指引”。而这也恰恰是最大的“特殊国情”。

但是我想，国家前几年颁布的《珠三角改革发展规划纲要》已经明确了广州是国家中心城市，赋予了广州先行先试的“特权”，广州应该在这些方面勇于作一些探索，不断探寻我们国家的民主空间、实现途径和形式，否则先行先试体现在哪里？国家中心城市的地位又表现在哪里呢？

就从人大介入39号文开始我们的先行先试吧！

2013年4月4日《羊城晚报》

◎ 是什么让我们的城市规划建设如此无序？

四年前为了迎接亚运，广州荔湾区政府耗资8亿元打造西关最大的广场——陈家祠广场，但今年因地铁8号线施工，广场已经被拆了一半，围蔽成工地。有市民斥责太浪费，广州市地铁公司解释，修建广场时地铁8号线还没通过发改委审批，荔湾区政府无法预计广场建好后4年又要部分拆除。这事甚至惊动了新华社，日前以“8亿建陈家祠广场四年就拆，挥霍了谁的血汗钱”为题进行了评论。

混乱和无序是肯定的，但是我却颇感无语，因为角度和立场完全不同，辨析起来只会是鸡同鸭讲。

比如地铁公司的解释，就实在是不值一驳。2007年6月他们就宣布“8号线延长线工程得到国家发改委正式批复”，现在又说当年批复的是8号线“文化公园—万胜围”站的延长，而不是现在引发争议的陈家祠这段；目前正在陈家祠广场施工的8号线北延线，是2012年才获国家发改委批复通过……巧舌如簧，无非是想说当年花8亿元修陈家祠广场时并不知道这里将来要建地铁。那么我想请问：既然这里已经有了一个花了8亿元的广场，你为什么还要在这里规划建设地铁呢？这不是摆明了要废弃这个8亿元的广场么？

当然政府是完全不同的思路，那时一切为了亚运会，花8亿元修建陈家祠广场也是如此。至于地铁站，等亚运会开过再说！什么？8亿元的广场毁掉太可惜？那你就太小家子气了，别说区区8亿元，几十上百亿的穿衣戴帽、亚运整饰工程还不是说搞就搞！何况一拆一建之间，固定资产又投入了不少，GDP也增加了许多，这不是一举数得么？

可惜现如今民智已开，公众也有了不满，而发达的网络技术又使他们的不满还可以表达出来。于是我们看到有关人士的解释，那真叫一个慌不择言、左支右绌。但尽管如此，事实却无法改变，8亿元的广场已经被围蔽了一半变成了工地，你呼天抢地也罢欲哭无泪也罢，都无改于这样冰冷的现实。

怎么办呢？我认为追责是必不可少的，至少人大应该专题询问一下，以解答公众的疑惑。比如地铁公司口口声声说发改委的这批复那批复，你可否将这些圣旨一样的神秘批复公开给大家看一下？批复公开了也不需要你啰啰不休地解释来解释去了！

至于今后，切实防止这类事情必须要提上议事日程，否则公众可就真的“伤不起”了。如何防止？在你将规划上报国家发改委之前，请公众讨论一下，请他们选出的民意机构表决一下，会不会更好一点、更应该一点呢？我完全不相信公众会同意明知这里将要建地铁，还会花8亿元去整一个劳什子广场；也不相信他们会同意这里明明有了一个8亿元的广场，居然还要规划一条地铁线，生生将这么一个仅仅存活了四年的豪华广场毁弃掉！

2014年10月17日《南方都市报》

◎ 挂绿新城规划的修改折射出来的问题

增城市规划局7月初发布了《广州城市副中心（增城）核心区挂绿新城控制性详细规划》“优化提升”版，在新版本中，原计划投资近25亿元的大剧院、大球场项目，以及号称“全球最高”的千尺喷泉在新规划图上消失了。

这很容易让人想起增城官场的变动。记得是前年7月份吧，在增城开一个文化论坛，当时的增城主要领导人“特地”放下工作全程参与，并发表了热情洋溢的讲话，中心话题就是这个挂绿新城。因为会场恰好就在挂绿湖的边上，所以他一边讲一边还现场描述。讲的人激情澎湃，听的人也都心驰神往。没想到才短短两年，却让人有沧海巨变之感，不仅人的命运已经天上地下，现在连规划也都“优化提升”了。

这起码折射出两个问题：城市规划的权威性在哪里？城市规划的合理性又如何保证？

首先讲讲规划的合理性。以挂绿新城为例，宏伟的确宏伟，但却不切实际：广州大剧院尚且要烧钱维持，更何况偏远的增城大剧院？而增城橄榄球更被证明似乎是个失败之举，短暂的热闹之后现在怕是无人问津了。至于“全球最高”的千尺喷泉，则是一个不折不扣的形象工程、政绩工程，只怕即便没有领导人的变动，也会在最近全省的形象工程整治中下马。这些中看不中用的“规划”，除了主政领导的政绩冲动，不会有其他，也难以得到民众的支持。

这就给我们提出了一个问题：规划的合理性究竟来自于哪里？当然不是来自于领导，也不来自专家学者，而是来自最广泛的民意——公共政策的最高合理性其实都是民意互相博弈、协商、妥协，最终达成一致的结果，除此不复有其他。在这方面我们真的要学会一些现代理性，摈弃过去那种“先知觉后知、先觉觉后觉”的人治理念了。科学上的合理性可以来自于个别人的实验探索，但政治特别是政策的合理性一定是建立于广泛的民意基础之上的，这点我们必须要明确。类似那种高山造湖的“神规划”，是断断乎没有任何合理性可言的。

因为不合理，所以不权威，这两者其实是一体两面。合理性来自于广泛的民意基础，以及体现这种民意基础的一整套制度化程序，并因此而获得其应有的法律权威和地位。但我们这里基本都是领导尤其是主要领导说了算，一些决策咨询机构也难保其独立性，而必要的合法化程序甚至根本就付之阙如。缺乏民意基础，其合理性就断难保证；没有民意机构的合法性审议、表决，其权威性也就不存在。规划既不合理，也不权威，我们怎么能期待城市的持续、稳定、科学发展呢？

挂绿新城规划的“优化提升”可谓亡羊补牢之举，但愿这次收获的不仅仅是一个更新更合理的城市规划，还有相关的制度反思和制度创新，以免再次出现这样那样的反复折腾——这其中的成本是需要我们每个社会成员来承担的。

2014年7月30日《羊城晚报》

◎ 空置的亚运场馆出路在何方？

近日南都记者走访了多个亚运场馆，发现现状不容乐观，主要是好端端的场馆大都空置，按照记者的说法："场馆空置与设备优良形成鲜明对比。"

这不禁让人想起了本月4日广州市政府常务会议审议并通过的广州市加快转变体育发展方式"1+3"系列文件，包括1个主文件：《转变发展方式意见》，3个配套文件：《体育设施开放管理办法》《群众体育方案》《竞技体育方案》。按照广州市体育局有关负责人的说法，市政府出台的这些系列文件，以法规的形式将市属公共体育场馆、区的公共体育场馆，中小学、市属高校的体育场馆，统统纳入作为广州地区惠民利民公共体育场馆的优惠和惠民开放的总盘子中，具有里程碑的意义。

这个总盘子包不包括亚运场馆？显然不包括。根据南都记者的采访报道，部分处于困局的亚运场馆将问题推向区级政府部门，而区级政府机构又称与己无关，称广州市体育局才是管理者，但市体育局则表示各场馆在亚运后已移交各区。

这就出现了一个非常滑稽的局面：一方面政府在为市民寻找更多的体育设施和锻炼场所，甚至连学校的体育设施都要开放给市民；另一方面"设备优良"的亚运场馆却在闲置睡大觉。

问题出在哪里？

首先可能是一些亚运场馆太过偏僻，比如亚运城综合体育馆和亚运城沙滩排球场就属于这类，其他还有南沙体育馆、位于增城市派潭镇榕树吓村的飞碟训练中心等等，公众没有理由为了体育运动山长水远地奔波劳顿。其次是因为配套设施缺少，没有吃的、玩的，孤零零的一座体育馆，谁去呀？

当然这些都是表面，出现如今这种局面，人们会很自然地追问当初都是怎么规划的？广州体育机构一位不愿透露姓名的负责人称：“这些场馆从规划设计到动工过程，体育部门往往没有机会提供具体意见，或提出的意见根本不受重视。大型比赛之后，这些场馆的使用和维护又转交给体育部门，这时候各种问题和麻烦就出来了。有些问题本来在建设之初就可以避免，但我们只能无奈去尽力改善。”——又是一个不尊重专业、不尊重规律的案例！这也让人想起广州恒大足球的成功经验之一就是按足球规律、专业要求办事，完全避免人为的影响，所以才有现如今的种种成功。相比之下，亚运场馆显然没有做到这一点，结果现在种种后遗症都出来了。当然可能有人会说恒大是民企，可以老板说了算，而政府事务就不同了，水实在太深、太复杂。

深究原因的目的是为了避免再犯错误，除此之外还有一个最现实最急迫的问题，那就是这些闲置的亚运场馆究竟应该怎么办？总不能让它慢慢地烂掉作废吧？那可是纳税人的真金白银呢，为了亚运广州的市民承担了多少成本、付出了多少心血啊！

我认为亚运场馆应该立即向公众开放！市政府制定的《体育设施开放管理办法》都说了，公共体育设施应当全年向公众开放，没有理由那么好的亚运场馆反而不向公众开放、在那里闲置损耗。场馆收费太高怎么办？《办法》又说了：各级政府应采取向社会购买服务或对开放单位给予经费补贴等方式扶持体育设施向社会开放工作；各级财政应从本级体育彩票公益金中安排专项资金对体育设施向社会开放工作予以支持。这不就行了吗？做到这一点，就不会出现类似大学城体育中心闲置而学生却没地方打球的咄咄怪事了。

至于那些既偏远又没有配套设施的场馆，干脆折价当作房产卖掉转为他用算了，至少还可以回收一点钱，总好过既没用还要花钱养着。

2013年11月29日《南方日报》

◎ “亚运后遗症”怎么处理？

转眼间热热闹闹的广州亚运会已经过去4年有多，一些后遗症逐渐显现。日前城中媒体报道4年多前为了迎接亚运会的到来，广州启动有史以来最大规模的人居环境整治工程，涉及全市81条主干道、3万多栋建筑。然而近日记者连续走访发现，多数PVC塑料屋顶已风化颜色变淡，部分内部钢架已明显生锈，石膏夹板脱落，一些屋顶还明显出现裂缝和损毁，裸露出锈迹斑斑的钢架。更令市民担心的是，由于责任主体不明，后期维护跟不上，“穿衣戴帽”留下的“红屋顶”还在进一步老化，如果不加以维护可能出现脱落，存在安全隐患。

出现这样的情况，最直接的原因当然是亚运。当时举全市之力，一切为了亚运，真正做到了一些官员最喜欢挂在嘴边的“不惜一切代价”。如果那时有人忧虑资金，或者担心后续的维修保养，恐怕会遭到领导的痛斥，大者政治不正确，小者能力有限，甚至“不识做”，影响日后的仕途。

这种不计前因后果、只求一时辉煌的行为会导致什么样的后果？不就是我们亲眼所见、层出不穷的“亚运后遗症”咯！前有某些偏僻亚运场馆的荒废，继有天价陈家祠广场的毁弃，现在又来了当年“穿衣戴帽”工程的衣破帽毁、损坏脱落——这个可能涉及面更广、持续性更久，危害性说不定也更大！因为不知找谁修，甚至将其全部拆除消除隐患也可能不知找谁！

反思是必须的：类似这种明显劳民伤财后患无穷的面子工程政绩工程是怎么能够顺利开展的？你千万别说这是马后炮哦，事实上“穿衣戴帽”一开始就争议、担忧不绝，有市民当年5月就直言：“广州‘穿衣戴帽’工程的目的是为了亚运会，但亚运会一过呢？不禁要担心整个‘穿衣戴帽’的一些隐患如何处理。”这些“隐患”包括：“衣帽”所有权谁属？“衣帽”发生意外时责任归谁？日后维修问题由谁负责？等等——正是我们眼下面临的问题。但显然市民的这些担忧对决策没有丝毫影响，大张旗鼓的“穿衣戴帽”工程轰轰烈烈地推进、完成，直至今日留下一堆乱麻摆在我们面前。这样的决策到底依据一个什么样的程序？有没有问题？有什么样的问题？这是所有人都必须要认真加以反思的，否则的话相同的戏码只会不停地重复上演。

如果说制度的反思尚且遥远，那么问题的解决则迫在眉睫，否则一旦风起“衣帽”脱落伤害人命就是大件事了。其实亚运刚过一年的时候南都就报道过“穿衣戴帽”一年后的各类问题，广州市建委当时回应已关注相关报道：“虽然仅是个案，但会引起重视，如果被发现的问题呈现普遍性，建设部门将牵头深入排查。”两三年过去了，“个案”已呈现为“普遍性”，但这次建委的答复却是亚运人居环境整治工程由市里牵头，但拆分成了很多个小项目，具体由各区负责招标施工，“后期的维修实行属地原则，下放至区街具体负责，建议向区建设部门和项目办反映”。反映的结果毫无意外是踢皮球。

解铃还须系铃人，我认为当年是谁搞的“穿衣戴帽”，就应该由谁来负责手尾——不管是维修抑或拆除；既然当年是“市里牵头”，现在就应该还是由“市里牵头”来解决。这不仅关系到市民的日常生活，也关系到一个法治政府的信用，否则的话亚运的辉煌就会被我们的不守信用、推诿塞责慢慢销蚀殆尽了。

2014年12月26日《南方都市报》

◎ BRT绩效不如公交快速道为什么还要建？

日前，广州市审计局局长张杰明在接受媒体采访时说，BRT比公交快速道快不了多少，但是造价就高得多：BRT的造价是一公里8000万元，公交快速道一公里80万元，从绩效方面看，BRT不如公交快速道，“但领导不一定接受这样的观点，为什么还要搞呢？他肯定有他的考虑”。

在这里我很想再次向张杰明局长表达敬意——之所以说再次，是因为已经向他表达过好几次了。之所以要表达敬意，毫无疑问是因为他直抒了胸臆，尤其是这胸臆有可能还跟领导所期求的并不一致，而且他也知道，但还是要说出来，这似乎并不符合我们这个社会的官场文化哦。或许是我庸人自扰吧，但愿张局长的诚实不要给他带来什么麻烦——好在这是在广州，领导基本上也都还开明。

向张局表达完敬意，接着说说我的疑问：BRT每公里造价是公交快速专用道的100倍，而且前者也并不见得就快多少，按照张局的说法，绩效方面还不如公交快速道，但领导还要搞，他的考虑到底是什么呢？他到底是怎么想的？尤其是前不久风闻广州还要修很多BRT，这就更让人好奇了。这样的疑问相信很多人都会有，领导有没有可能出来说一说自己的真实想法，像张局一样直抒胸臆？果真如此的话那真是善莫大焉。先期待着吧。

在领导说出他的“考虑”之前，我们且先来度一下他的“君子之腹”。前不久看过一篇报道，说国内某大学跟国外的有关学术机构做了一个课题，得出一个结论：中国的市长升官的速率跟他修的道路成非常强烈的正相关关系，也就是修的路越多越长，他升迁的速度就越快。课题有很多实证的研究，还有大量的数据支持，可不是空口说白话哦。

这样一来领导的“考虑”就很清楚了。但问题又来了：为什么修路越多升迁越快？显然是因为修路越多他的领导越喜欢，但这又是为什么呢？原来每修一条路，必定有大量的投入，因此也必定产生大量的GDP——现在这几乎成了考核官员的唯一依据，那些热衷修路的官员能不升迁吗？其实他们热衷的也不仅仅是修路，其他一些所谓的市政基础设施都在他们的喜好之列，有时候简直让人感觉他们在挖空心思上项目。有些项目正合民众所需，那就皆大欢喜，比如地铁；有些项目跟民众的需求之间有点出入、脱节，还有的项目可以有另外的更好、更经济的办法，但因为那些更经济的办法投入不多因而产出也不足，所以还是弃之不用，比如BRT、快速公交专用道。至于这些项目的钱从哪里来？如滚雪球一般越来越庞大的政府债务怎么办？那就只有天知道了。

当然这只是我的一孔之见，甚至还不知对不对，所以还是希望领导出来亲自说一下自己的“考虑”比较好。作为老百姓，不管是什么项目，只希望自己能够得益就好了——除了对项目成果的享受，也还包括自己的生活少受干扰、自己纳的税少浪费。

2013年10月25日《羊城晚报》

◎ BRT更安全？这个理由太牵强

这两天广州兴建BRT的讨论再起，前天发生的广州大道敦和站公交车爆燃事故似乎给兴建派增添了一条更充足的理由——广州首条BRT技术顾问单位广州现代快速公交和可持续交通研究所日前表示，BRT的封闭式站台可以实施进站安检，这一点普通公交无法做到，同时站台视频监控也可以做到不留死角，安全防范力度更大，结论是“BRT安全性能强于普通公交”。

在这个节骨眼上抛出这个理由，真可谓“不失时机”，但这个理由实在太过牵强：姑且不论现在的BRT公交线路只有部分使用封闭式站台、一头一尾还有很多站台跟其他公交线路完全一样属于开放式，而且BRT公交线路也只是少部分，即便都安全，但对于全广州而言只怕连统计学的意义都没有。除非所有公交线路从头到尾都使用BRT，否则“BRT安全性能强于普通公交”完全不足以成为支撑广州兴建另外的BRT线路的理由，何况其安全性是否就强于普通公交也实在难说。这样的一个理由，反而让人感觉到一丝丝理屈词穷、强为之说的意味。

广州到底应不应该再建BRT？这个问题现在真是公说公有理婆说婆有理。值得注意的是这两天广州现代快速公交和可持续交通研究所接连发表了BRT如何如何优越的报告，似乎是在为广州兴建新的BRT造势。果真如此的话，该不该建的确是值得大家关注、讨论的。

BRT或许有这样那样的好处吧，但我们不应忘记前年广州市审计局对BRT做的那个审计报告，审计报告的一个关键词我认为是“性价比”：投入了那么多的钱，却只得了这么一点点好处，值不值？——这还没有将市民尤其是沿街商铺所遭受的影响和损失计算进去！我不是专业人士，无法提供专业的论证，只是感觉到广州这么大、人流这么多，熙熙攘攘嘈嘈杂杂，经不经得起这样接二连三的这项目那工程的折腾？消停一下，让大家清静清静行不？

其实现在讨论BRT，不论是性价比，还是新近加入的什么安全性，都是鸡同鸭讲，因为政府的用意，原本不过是设立一个项目、增加政府财政投入，最终目的是带动GDP。正是这样的一种经济增长模式，才使政府投资冲动日趋强烈、欲罢不能，类似BRT这样的大型城建项目也不得消停。

2014年7月18日《南方都市报》

◎ “地下广州”会给我们带来什么？

广州准备大举“深挖洞”了。9月26日媒体报道“海珠广场将建大型三层地下空间”；27日是“掘地30米建5层巨无霸地下城”，说的是金融城；28日是“天河路商圈将建地下连廊”，天河城、正佳广场、万菱汇、太古汇等等都将连成一片。这么多这么深这么大的地下空间，以致陈扬老师说“地下一个广州指日可待”，当然他并不是热切期盼欢欣鼓舞，反而有点忧心的样子。

开发这么多的地下空间毫无疑问是为了进一步开发土地资源，说白了就是找更多的地、卖更多的钱。地上的地卖得七七八八了，那就只好找地下的咯——当然也不排除未来会向空中发展，但那需要更高的技术、更多的投入。

多年来国内外学界一直在讨论“中国模式”，我这个经济学外行看得晕头转向也没搞清楚“中国模式”到底是什么，但我觉得讨论“中国模式”一定不能忽略一条最根本的“国情”，那就是土地国有，如果忽略了这一点，任何对“中国模式”的定义都是不准确的。因为土地国有，政府就可以卖地赚大量的钱，然后将这些钱投入到一些大项目中——主要是基础设施比如道路桥梁之类，产生很高的GDP，同时解决就业这一中国最大的民生和社会问题，也顺带解决了很多官员的政绩问题。当然也有先找银行贷款搞建设再卖地还钱、再贷款再卖地的情况——而且这种情形现在越来越普遍、急切了，以致中国各地的债务也越来越高。银行为什么那么放心地将钱贷给政府呢？还不是因为政府握有土地这个最大、最值钱的抵押物？总之土地国有是一切“中国模式”的基石，现在又在搞新型城镇化，这个基石发挥的效用必将更大、更显著了。

广州也不例外，前几年提出“大拆大建”算是更为明确、坚定、快速地进入这个发展模式，成绩也有目共睹：城市更漂亮气派了，也更大了，人们的生活也的确便利了不少。现在又要大举向地下发展，估计用不了多久一个又一个令人赞叹的地下城会出现在人们的生活中。至于有人担心技术上有难度、会出问题，比如广州地下溶洞多、水多什么的，我想这个不用担心，《2012》里面都将诺亚方舟交给我们中国人建造，只要想做，我们什么做不出来呀？

之所以说地下城令人赞叹，那是因为我第一次进入公园前地下空间的时候就已经赞叹过一回了：真不知这么大这么漂亮这么多层的地下空间是什么时候、怎么建的。记得几年前带一位武汉来的朋友经过临江大道隧道，他居然赞叹说这真是现代化的发达城市才有。当然现在他肯定不会再这样赞叹了，因为武汉也成了“现代化的发达城市”，那条长长的东湖隧道早已让我“找不到回家的路”了。

不过一向淡定实在的广州人是不屑于显摆什么的，他们只关心一件事：挖这么多地下城，会给我带来什么好处？逛街的地方更多？有更多休闲娱乐的地方？更不怕刮风下雨？这些“地下活动”都算是吧。除此以外，我们也还是可以对地上的生活有另外的冀望的，那就是提供更多的发展机遇、解决更多人的就业、将赚来的钱更多一点地投入到民生，比如教育、医疗、社会保障，等等。要不挖这么多地下城干什么呀？至于建造过程中带来的不便和麻烦，比如好不容易解封的海珠广场又要围蔽、沿街商铺生意受损、交通拥堵什么的，就算是为了未来的美好付出的代价吧，反正是没办法的了。而且较之新近的一些人一些事，我们已经够幸运的啦！

2013年9月30日《新快报》

◎ 令人忧心疑虑的深隧工程

媒体报道，中国内地首个地下深层隧道项目——广州深隧东濠涌试验段环评日前已获审批。看来深隧的开建已经不可阻挡了。

从一开始动议，这个深隧工程就充满争议，有老工程师说“深隧只是一条深埋的储污管道”，“河涌防潮排涝工程让位给景观旅游，再建深隧是舍本逐末”。其他质疑的声音还有不少。但这些都无改于深隧工程按照计划稳步推进：今年底深隧东濠涌试验段将动工建设，预计明年6月完成，1.77公里的深隧加上配套1.39公里的截污管道，估算投资7.7亿元。现在环评通过了，算完成了一个必要的程序。

其实想象一下，这个深隧还是挺诱人的，“落雨大水浸街”的时候，水就哗啦啦全部顺势流到深埋地下、容量巨大的深隧里面去了，不就解决了恼人的水浸街问题么？这可是困扰了广州几代人的麻烦事哦，而且看上去似乎一劳永逸。

但是，问题又来了，如何保证渠道畅通——如何保证这些水都畅通无阻地流向深隧？如果水能够很畅通地流入深隧，当然毫无问题；问题是：如果水能够很流畅地流动，还要深隧干什么呀？水浸街不就是因为水流不畅吗？

再就是，深隧装满了怎么办？这么一个庞大的深埋地下的“储污管道”，怎么清洁啊？如果不能清洁，那不就慢慢淤塞、慢慢作废了吗？这些疑虑可能完全是一个外行的杞人忧天，引来行家的嘲笑和讥讽。前几天刚好跟几个广州的水务从业人员相聚，没想到他们也有同感。

我觉得投巨资建深隧其实是一件相当冒险的事。首先深隧绝不是在地下深挖一条管道这么简单，它是一个庞大的系统工程，仅凭我这个外行的想象，就至少涉及集水、储水、出水这么几个环节，其间还有管网维护、设施清理等等许多小的环节——尤其是深埋地下、装满污水的这么个大管子如何清洁，还真是外行人想不出来。这无数的环节每一个出了问题都会导致整个系统瘫痪。这要维持下来，保证系统正常运转，要持续投入多少人力物力啊！

再就是先前500亿元投下去都没治好广州的水，现在搞这么个深隧就能解决问题？相信这是很多人的疑虑。要是没搞好，那得承担多大的责任、又该如何面对广州上千万的市民啊！当然水务从业人员说这完全不是问题，到时拍屁股走人，完全不必承担和面对。

呵呵，我又是外行了。

2013年8月30日《南方都市报》

◎ 高架桥下的水泥锥应依法解决

广州高架桥下面的水泥锥再次引来关注，以致刚成立一个月的广州重大城建项目公众咨询委员会(简称公咨委)也站了出来，日前，他们和水泥锥涉及的各政府部门座谈并到现场调研。尽管有委员在座谈中认为水泥锥让广州没有脸面，但仍没有部门表态愿意负责铲锥，按照南都的现场特写，政府部门“各有说法，就是无人肯负责”：规划局说应该搞绿化，市政园林局说应该用作环卫工具房，可惜负责环卫设施的市城管委没有参会，否则还不知这皮球要踢到哪里。

人们可能会觉得奇怪：这么多水泥锥，难道就不知当初是谁建的？难道不应该谁建谁铲吗？我想这可能有点一厢情愿：搞清是谁建的肯定不是问题，但铲不铲则不一定；而铲不铲的决定权完全在于领导，你想想，如果领导想铲，还有哪个部门敢踢皮球？记得当初水泥锥第一次成为全城热点的时候我写过一篇“广州锥问”，结果说这个问题不允许讨论了——连讨论都不许，更遑论铲除！

强烈主张铲除的是市民，认为有失广州脸面。的确，那一片密密麻麻的水泥锥真的很难看，感觉就像扎在我们身上，同时也展示着这个城市的价值诉求和人文品位，塑造着广州的城市形象。但这些都只是民意，而政府考虑的是管理的便利，至于人文啊形象啊什么的，谁会有心思去考虑呢？没指斥讥讽你小资情调已经算是时代的进步了。很显然，像无数公共事件一样，民意又一次撞上了官意的墙，按照南都的说法，是碰了个“软钉子”。

不过说实话，看到这个新闻，我最初的感受反而不是政府有关部门的推诿塞责，而是对公咨委以这样的方式介入的合法性的疑问。按照我的理解，公咨委是政府部门内设的一个决策咨询机构，如果他们关注水泥锥，正常的做法是自己去调研，然后写出调研报告、提出明确的建议送交有关部门，供政府决策参考，而不是这样召集政府部门座谈，这应该是人大的工作：人大根据公众的诉求和意见召集政府有关部门询问或质询、政府有关部门去落实解决，如果有需要的话政府请公咨委帮忙出谋划策——这才是合理的权力秩序。

对高架桥下水泥锥问题的解决，我很期待《广州市城市桥梁桥下空间占用管理办法(征求意见稿)》。据说《办法》收集到不少公众意见，正进行全面梳理，待基本完善后将报市政府审批。按照程序，相信这个《办法》会提交人大审议。衷心希望这个《办法》尽早出台，然后一切照此办理，当然前提是不要跟别的条例规章发生冲突，否则又会导致混乱。

2013年6月15日《南方都市报》

◎ 永不停歇的广州“锥问”

今年5月底和6月中，中山大学一女生曾就广州天桥底下的水泥锥现象两次“锥问”广州市政府，要求公开全市水泥锥的数量、管养单位等信息。日前，广州市政府给了她答复，告知全市有4处水泥锥，分属两公司；目前没有水泥锥的具体处理方案以及具体处理日程；水泥锥属于公共设施，公众不能随意破坏，否则将承担相应的法律责任。

我觉得这里面包含好几个方面的问题。

首先是程序，我认为政府在处理这位同学信息公开申请的过程中，程序上没有什么问题：在规定的时间，有问有答，很详尽，甚至还去做了一些额外的查询——尽管这已经超出了属于应该公开的“现有的、完整的”信息范围。

其次是立场，政府也已经明确告知：暂时没有处理方案；这是公共设施，任何个人不得随意处置，否则要承担法律责任。我觉得在告知立场这方面，政府也已经做到了，而且少有地明确，而且作为公共设施，任何人破坏也的确要承担法律责任。

当然分歧也正在这里：政府认为应当保留，但包括这位中大女生在内的一些市民认为应当铲除，各自有各自的理由。我觉得这也没什么：政府在一件事上与一些市民立场不同甚至迥异，也正常、也可以。至于这位同学说有领导曾经承诺会铲除相关水泥锥，“近期市长陈建华也曾表态会对这些水泥锥进行处理”，我认为从法治政府的角度来说，这些表态其实都算不得数，只有按照某种规则、程序开会决定了才算数。

至于一些道义的谴责和说辞就更不构成强逼政府作为的理据了，比如“卑鄙”、“不人道”之类。政府行政的唯一依据应该是规则，以及根据某种规则、按照一定的程序集体作出的决定。

其实这件事凸显出来的最根本的问题是民意如何与官意形成制度性的对接、互动。事情已经相当清楚：市民从人性、城市形象等角度，认为应该铲除那些水泥锥；而政府从城市管理的角度，认为应当保留。目前不管是网络吐槽还是一些行为艺术，民意基本还处于隔空喊话，没有与官意有任何实质性的对接——中大女生的政务信息公开申请算是与官意接触了一下，但还是碰上了一堵墙，没有进入到里面去。因此，民意如何进入，与官意发生实质性的互动，则是包括此次在内的近期广州一系列“锥问”提出的最大课题。

在这样的节骨眼上，我觉得人大不应该继续缺席了，汹汹民意本来只应该反映给人大的——作为体制性的民意机构，不向人大反映向谁反映呢？按照程序，人大会根据市民的意见展开广泛的调研、咨询，然后开会形成决议，交由政府去执行。当然，这个决议有可能是铲除水泥锥，也有可能是保留。但不管是哪一种，都是民意机构根据民意所作出的决定，所以都具有合法性——也许可以说是唯一的合法性。但现在由于人大缺位，市民与政府隔空喊话，结果民意不伸，政府也常背骂名，社会更有自行了断、失去控制之虞，如此一来，安全、稳定的社会秩序怎么可以建立得起来呢?

可以断定，这样的秩序一日不建立，类似的广州“锥问”就一日不会停歇。

2013年6月27日《羊城晚报》

◎ 最是依法行政难，左支右绌总锥心

我们这个时代总是经常上演一些连小说家都虚构不出来的活剧，比如广州高架桥下的水泥锥。

大约从去年开始吧，这些为驱赶流浪汉、刺人眼球的水泥锥引发全城诟病，“锥问”不已。今年5月，中大传播与设计学院大一学生朱晓珊就水泥锥该如何处理向市政府申请政府信息公开，市政府回函答复这些水泥锥属于公共设施不能随意破坏，否则将承担法律责任。不过就在上周，广州多处高架桥下的水泥锥都被铲除了，然而却没有任何一个政府部门承认是自己做的“好事”。这再次引来朱晓珊和中大另外一位男生的“法律行动”，日前，他们来到广州市政府大门外，致电市公开办，要求公开是谁铲掉了水泥锥，还送了一面锦旗，上书“广州政府察民情，勇做好事不留名”。一名年轻的工作人员接受了他们的材料，却拒绝了锦旗，表示“会按照法律规定，在15个工作日内答复”。

市公开办将如何答复?我感到非常好奇。当初言之凿凿说水泥锥是公共设施不能随意破坏，结果还是铲除了，这样的前后矛盾如何才能圆场?采取一问三不知来个无可奉告?那也不行，保不准会有市民去报警，请求警察来查个落实。说是无业游民或临时工干的?那更加不行，监控摄像头密布，这么一大片的“公共设施”

怎么可能就给人轻易破坏掉了呢？一会说是公共设施不能随意破坏，一会又将其铲除掉；铲除掉算是顺了民心民意，本是好事一件，却又来无影去无踪“悄悄地干活”、“勇做好事不留名”，难怪专家说有关部门在这件事上“进退失据”。

专家说的一点都没错，有关部门在整个事件的处理上的确是无章可循、无规可依，显得杂乱无章、左支右绌，现在又被充满现代理性精神且有责任、敢担当的年轻大学生穷追猛打，这大约是很多官人们没有想到的吧。

我认为从一开始这件事就应该进入法治的程序和轨道。首先当民意汹汹、全城“锥问”的时候，作为民意机构的人大就应该介入，由相关的专委召集市政府有关部门展开询问，请他们对水泥锥的所有来龙去脉作个解释交代，并尽快研究解决办法并上报人大。人大经过广泛的民意征询以后再来审议、表决市政府报来的解决办法：该保留就保留，该铲除就铲除，而取舍的唯一依据就是民意。整个过程都依法依规办理，并且全程公开透明，没有谁需要躲躲闪闪，更没有谁需要像鬼子进村似的鬼鬼祟祟。

然而实际的情形却是一片混乱，按照专家的说法，“进退失据”。出现这种情况，从小的方面来说，显然是人大没有及时介入；从大的方面来说，则是我们的行政基本上谈不上什么依法行政——至少从这件事上看是如此。当初建水泥锥，想必是某些人拍脑袋的产物；所谓“公共设施”“不能随意破坏”的回应，如果没有为“领导”这个中国永远的尊者“讳”的考量，也是想当然；而后来的铲除，显然是迫于汹汹舆论的压力而不得已而为之；而“勇做好事不留名”，更彻底暴露出有关部门在这件事的处理上的毫无底气、虚弱不堪——他们完全无法为自己的行为找寻到任何正当性的支撑。

他们缺的到底是什么呢？不是别的，就是作为一个法治政府一切行政行为依据的法律规章，以及将其落到每一个实处的细致程序。正是因为缺乏这样的法律规章和程序，所以一切行政行为才充满人为的随意、随机、想当然，面对权利意识高涨、充满现代理性的公众，才显得那么慌慌张张、不敷应对，真正是：最是依法行政难，左支右绌总锥心。

2013年12月12日《新快报》

◎ 路灯“失明”的确应该高度重视

据城中媒体报道，广州好多城中村的路灯自亚运之后就长期不亮，原因据说有两个：一是电线被盗，据说有113公里长，导致4107盏灯不亮；二是城中村用电模式复杂，有些甚至不具备用电条件。

我相信这些都是事实。线路被盗早已不是什么新闻，而对城中村的用电模式如果是外行搞不清楚，但相信大家对城中村那密密麻麻杂乱无章的电线都有印象，其“用电模式”之复杂可见一斑。

但我觉得这些都不应该成为路灯继续失明的理由。首先，媒体都说了，路灯是亚运以后才失明的，表明亚运前、亚运中这些路灯都是亮的，那时就没有盗贼了吗？那时的用电模式就不复杂吗？那时就具备用电条件了吗？我想主要还是因为亚运后大家的劲都松了，于是路灯也跟着熄了。所以我很想呼吁继续保持亚运精神，那时的城市管理和服务的确是高标准的，高标准的城市管理和服务不应该是为了一个亚运，而应该是为了千千万万的市民。

其次，路灯失明，道路黑灯瞎火，我马上想起了去年一个女大学生就因为20米没有路灯的道路而被抢、被害的事——那还是在一个小区的门口。城中村的情况只怕更复杂，这种事的几率只怕更高。我们不可以出了事再亡羊补牢，逝去的生命是再也补不回来的！

好在经媒体报道后，广州市建委也很重视，紧急召集市照明建管理中心、路灯管理所等相关单位负责人，召开协调会，督促业主单位认真做好整改。有关领导还要求与会人员要高度重视，树立一个目标，要有紧迫感、有责任心，加大移交工作力度。我想只要领导重视了、领导有责任心和紧迫感了，大家就都会重视，就都会有责任心和紧迫感，否则就不会有亚运前后的亮堂了。

再多说一句：这次又是媒体曝光以后才引起了领导重视，这几乎已经成为固定套路了。假如不是媒体曝光，是不是就懒得理、路灯继续失明、道路继续黑灯瞎火？所以我觉得在整治好路灯失明问题的同时，也该反思一下为什么总要媒体曝光以后才开始动作。尽管建委这次公布了24小时值班电话，并且鼓励市民随时投诉，但我相信电话绝非此时才设、市民也绝非没有打过电话，只怕是打了白打而已。但愿以此为契机，以后不需媒体曝光，市民一个投诉电话过去立马就有人来修整。

路灯非小事，领导当重视！

2013年6月4日《新快报》

◎ 希望对全市路灯来个大检查

继前两天媒体报道了广州城中村黑灯瞎火以后，昨天媒体又报道了广州的路灯乱象，只不过不是“失明”，而是“亢奋”：东风东路708号绿化广场短短10米长的一条园路，却集中了18盏灯，从图片看上去，哪像是路灯，更像是商家在做灯饰展示，而旁边的健身区却没有一盏灯。有关部门说，这样的设计经过了专家的评审——我很想知道是哪些专家通过了这样的评审？够不够胆站出来跟大家做个解释？此外，专家什么时候变得这样一言九鼎了？

联想到早前媒体报道的增槎路240盏灯十余年黑灯瞎火，经过媒体报道以后建委主任亲自督办之下两个月亮灯的事，可想而知全广州的路灯问题不知凡几。

仔细考量，很多问题似乎都跟亚运会脱不了干系，比如城中村路灯改造，亚运之前，拼命赶工，采取各种“非常规”的办法拼命让它亮起来，按照一位内部人士的说法：“施工单位各出奇招，有的直接拿发电机来发电，有的甚至从附近小区的物业管理处那里借电，反正就是为了撑那么几天。”结果那几天的亚运一过，立即熄火。而东风东路绿化广场园灯的过度“亢奋”，难道就跟追求全城亮堂堂的亚运没关系？至于东风路上的天价中华灯，更直接就是亚运的产物，舆论叨攘过好几阵，但现在只怕也都忘了。

记得亚运之前全城大整饰的时候，城中有识之士就反复说整饰的目的绝不仅仅是亚运，而应该是为了千千万万长居于此的市民。现在看来，不可谓没有先见之明，否则就不会出现辛苦装灯只为撑那几天的种种荒唐了。

不管怎么说，亚运早已过去，但亚运留下的手尾却还在。我们不可只顾自己玩得高兴，却全然不顾一路垃圾、手尾，否则，我们跟心智稚嫩的幼童何异？我们又有什么资格大谈责任、服务？亚运虽已走远，但我们的兴奋点却不可那么快就转移，只因其手尾还在，我们的工作就尚未完工。

因此，必须对全市的路灯状况来一个大检查，彻底找出各类问题，并切实加以解决，而不要等到媒体曝光一处才去解决一处。一次两次可以，如果经常这样就不好了：这不就是活生生的慵、懒、散吗？

2013年6月6日《新快报》

◎ 康王路地陷的处理考验社会的组织化水平

有段时间好多城市发生地陷，没想到这次轮到了广州。当然广州也不是没有过，只不过以前都发生在像金沙洲这样比较偏远的地方，感觉离自己还挺远。但这次是在康王路闹市区，估计那天晚上很多人都躺在床上侧耳静听了一下自己房屋的动静。

相关的工作也都立即展开，至少到目前来看，一切都还显得有条不紊：交警封路，地质监测，损失评估，水电气各部门齐动，确保一切畅通，等等。我觉得这其中最重要的是广州地铁承担了责任，如果地铁不担责，那市民可就真麻烦了——你总不能叫那些受损的居民们去请有关机构来证明责任谁属吧？中国的老百姓最怕的就是这类的扯皮拉筋，何况面对的还是广州地铁这样的庞然大物，力量完全不对等。

承担了责任，后续工作也马上相应展开，首先是临时补贴，按照地铁公司负责人的话说，“要优先解决受灾群众的吃住问题”。这个无疑是对的，毕竟吃住最紧要，何况马上要过年了，而赔偿问题则要“一步一步来”，也合情合理，一些商户也表示了理解。

当然问题也不是没有，比如领补贴要核实，程序就很复杂，费时费力。但这似乎也没办法，谁叫我们这个社会信用低下呢？为了防止弄虚作假，只好采取一些繁琐的办法，这又是一个信用低下导致社会运转效率不高、成本却很高的例子。每家商铺补贴5万元，如果商铺是夫妻档当然没问题，但如果有很多工人，这5万元够吗？可否区分不同的情况分别对待呢？这是需要从细节方面考虑、提升的又一个问题。

解决好临时安置，让大家过好年是当下的紧迫工作，其实赔偿才是大头，但既然已经说了要“一步一步来”，似乎也不好在这里说什么。不过我注意到地铁公司总部相关负责人称，赔偿将分不同区域、不同类别进行，将优先处理完全塌陷档铺及因地质变动需拆除档铺的赔偿问题，“地铁方已与区政府达成初步共识”。为什么是与区政府而不是受损的商户或居民达成共识？这是需要密切关注的，我们且拭目以待后面的工作如何开展，但愿一切顺遂。

广州正在搞新型城市化，城市化就是告别传统社会的散乱、无理、无序而步入高度的社会化、组织化，这次康王路地陷也算从一个侧面考验了我们社会的组织化水平。处理还没有最后完结，考验也还在继续，我们且看最后会是一张怎样的答卷。

2013年2月1日《南方都市报》

◎ 希望海珠有轨电车本身也成一道风景

海珠有轨电车已经说了一段时间了，最新的进展是公布了设计图，看上去很漂亮，的确如媒体所说："充满时代美感。"

说实话，最早听说要建海珠有轨电车的时候，我是有点向往的，你想想：环岛、闭合线路、观光、有轨电车……这几个关键词就让人产生很多遐想。何况海珠区风景别致，除了如串的人文景点，还有都市难得的自然风情：万亩果园、大小湖泊、沿线各类农家美食，等等（我曾经专门徒步走过新滘路）。现在看到这么漂亮的设计图，就更加巴不得快点建成了，到时一定来个环岛一日游。

先行建设的试验段是万胜围到广州塔却不太符合我的想象。刚听到海珠要建有轨电车的时候，我马上想到的是珠江后航道，印象中后航道沿线基本上还没怎么整饰"开发"，有些地方还堆着河沙，很凌乱，正好趁机将之整饰一新，将环岛道路修通，两旁种上各类亚热带植物，使海珠真正成为一个岛。而万胜围到广州塔这一段已经很漂亮成型了，道路宽阔，绿草如茵，绿树成林，在这里修建有轨电车，这些势必遭到毁弃，让人心疼。何况沿线还有很多居民楼盘。因此可否请有关部门考虑考虑，将试验段重新划分一下。

到底有无必要修建有轨电车，社会上有些议论。对于政府的这类行为，我觉得我们如果从中国的经济增长方式这个角度去看，会看得更加清楚。我是经济学的外行，但对于我们中国的经济增长方式，也慢慢摸出一些门道，那就是投入产出。最好的投入当然是工业投入，所以各级各地政府的一大工作就是招商引资。但招商引资要求爷爷告奶奶，耗神费力不说，还难以马上见成效。最省时省力的就是政府投资，尤其是基础建设，真正是多快好省，而且政绩看得见摸得着。投资要"师出有名"，所以确立投资项目成了政府绞尽脑汁的中心工作，广州的这"城"那"城"，这"湖"那"湖"，还有现在据说一拥而上的近20条有轨电车，估计都不脱这样的套路。

由于初衷原本就不是实际需要，而是政绩需要，特别是GDP，所以一些项目就与公众的意愿有些出入、错位，会遇到阻力，典型的就是白云山隧道工程。如果能够在政绩和公众的意愿之间寻找到平衡，就是最佳的结果了。至少到目前来看，我认为海珠有轨电车这个项目还算不错，政绩与社会的实际需求之间有些契合、交叉。

尤其是，在今年1月的广州两会上，广州人大常委会主任张桂芳说要对海珠有轨电车先行审议，这在程序上就很合理了，人大正应该代表公众对海珠有轨电车的方方面面进行审议，公众的意见也都可以也应该通过人大这个民意的体制性表达平台反映上去。我们希望看到这个程序的每一个进展。

总之，海珠有轨电车的其中一个功能是观光，希望它本身也能成为一个风景，不仅外表漂亮，而且它的建设也符合现代社会的组织原则，成为民意作主、官民良性互动的标志性产物。

2013年3月8日《南方都市报》

◎ 涵洞吞人的悲剧何时不重演？

一场豪雨，广州又发生悲剧，这次出事的是科韵路涵洞：一位推自行车的中年妇女连人带车被激流冲走，找了半天，车找到了，人却不见踪影。

搜救过程南都的报道很详细。实话说，晚上9点出事，9点20分警方、消防人员及120医护人员就到达现场，9点55分天河区“三防”办就紧急抽调天河区市政维修队5名内涝抢险队员至现场，穿戴照明与涉水装备循明渠往下游搜寻落水者。到此为止整个过程不能说不迅疾，但后面的事态就难说满意了：苦寻不着，必须挖开排水暗渠；但开挖必须要有详细图纸，详细图纸则在管理单位广州北环高速有限公司处，北环高速公司则表示并不清楚事发地点是否属于其管辖范围，这边厢天河区建设和水务局方面又表示“由于地头是北环公司的，在取得他们同意之前，不敢贸然开挖”。一直到5日上午，北环高速公司同天河区“三防”办人员进行开会协商，到下午3点20分，市政维修队人员才在警方协助下开始了挖掘工作。此时距出事已过去了42小时。

好一副扯皮拉筋、推诿塞责图，让人不由想起“竟无一人是男儿”这句当下的流行语。整个过程我们没有感受到急切、关切，看到的是姗姗来迟，听到的是“产权毕竟属于人家，没有得到对方同意，我们也不敢有什么动作”的冷漠机械，更有北环高速“责任划分要等官方认定”的官式生硬、搜救人员“我明天还要上班”的常见冰冷。难怪有家属说 “广州太冷漠了。我家小孩以后就是饿死、饿翻，这辈子也绝不到广州来打工”。

相信这是气话，广州也并不都像他见到的这么冷漠。但对他而言，眼前所见就是全部的真实，毫无置疑之处，而我们这些长居于此的人则有责任去审视整个事前事后。据周围居民介绍，涵洞每天来往2000人次，不走涵洞就必须要冒险穿过车水马龙的科韵路，“严格来说，我们没有回家的路”。好一句“没有回家的路”，广州这么庞大的规划、建设、市政部门，你们听到了吗，在汇景新城这样并不算偏远的地方，市民居然没有回家的路！

又有负责人说了：“城市里有很多东西不那么完美，虽然不是故意要做成不好的样子，毕竟管理再完善也不能保证没一点遗漏，市民的安全意识非常重要。” 巨细难悉究或许也是实情，但事故发生以后你们的身影在哪里、你们的急切关切在哪里、你们的反思问责又在哪里呢？这些我们都看不到，看到的都是同样的悲剧一再重演。他还说：“公共排水设施管理方，本身要加强管理，起码不能有明显隐患，该管的要管到位，这点没什么好讲的。”对啊，既然知道这么说，为什么还要将过错归咎于市民的安全意识呢？世上哪有人愿意冒险自蹈死地？！

2013年6月7日《南方都市报》

◎ 变电站建设不要陷入“邻避”困局

广州准备在2015年前建131座高压变电站，多集中在番禺、白云、海珠三个区。看到这个消息，马上想起了垃圾焚烧厂的“邻避”困局：都知道要建，但都不希望建在自家门前。事实上，广州因为建变电站引起的一些小规模事件也曾见诸媒体，我自己也接到过白云区一个小区业主的信，强烈反对变电站建得离家太近。而同德围变电站至今还陷于僵局，以致政协委员韩志鹏感叹自从担任同德围咨委会主任以来，深切感受到政府搞变电站建设真的不容易，“有部分街坊陷入闻电色变的误区”。现在广州一下子要建一百多座变电站，难度之大可想而知。

大家担心的主要还是环保问题，一是噪声，二是看不见摸不着的辐射。这两样担心都有道理，试想一下，如果耳边有座变电站日夜轰鸣作响，绝对是个灾难。辐射更是可怕，尤其是对孩子。但据广州市经贸委有关领导说：“根据供电部门的专家说，变电站噪声等影响都是非常小的。”怎么样才算影响小呢？对很多都市人来说，万籁俱寂中的一个水滴声都让人抓狂！更何况还有那传说中的可怕辐射！

跟垃圾焚烧一样，相信国外在消除变电站噪声、辐射等方面有很高的技术，问题只在于我们做不做得到：我们在为居民着想方面有没有他们那么用心？有没有他们那样舍得投入、精细管理、高标准严要求地监管？这些都是未知数，也是大家最大的疑虑。

现在民意越来越受重视，像以前那样不顾民意强拆强建是越来越少了——至少广州是这样，相信变电站的建设也会充分听取各方意见，不会霸王硬上弓。我很希望有关部门在听取意见的时候不要过多地强调什么必要性、迫切性，而是多讲讲为了消除噪声辐射打算怎么做，这样更靠谱——当然前提是尽量离民居远点，再远点。至于经贸委有关领导所谓“整体利益和局部利益”什么的，以及官方在这种场合最爱讲的“大局”之类，就不要再说了——每个个体就是整体、就是大局，离开了每个个体，一切都是空的。反而那些旨在消弭个体的高妙说辞让人感到某种道德暴力，其实何尝不是另外一种强制?

沟通协商以及最后协议的达成，其先决条件是诚信，否则一切都不可能。而这其中政府的诚信又是重中之重，所以在“妥善处理建设变电站与居民之间的关系”的过程中，政府有关部门不要有任何忽悠之心——在政府垄断资源、政府与居民信息完全不对称的情况下，这是经常会发生的事，对有关部门而言也是轻而易举的事。任何的忽悠或侥幸，都只是将矛盾推到将来，这绝不是负责任的态度和做法。所以，政府在跟居民沟通的时候，应该将真实的情况全部说出来，而不应该有任何保留。其实今时今日想有所保留也做不到，说不定那么多居民里面就有一位电力工程师或大学教授，他随便一上网就穿帮。不管怎样，政府都不应该心存忽悠之心。

政府的方案还提到，要全面提高重要用户电力应急自保能力，“比如说地铁、机场、金融机构、媒体，没有电的话就会引起社会的恐慌或者是失控，家里没有电影响相对就会比较小一些”。据悉，重要用户有200多家。但愿这200多家“重要住户”里面有医院。至于说家里没有电影响相对小一些，相比于那些“重要用户”也许的确如此，但试想一下如果炎炎夏日或春节期间停电，也不是一件好事，影响其实也够大，所以也还是要相当重视才行。

总之，根据过往的经验，广州一下子要建这么多变电站，反对是不可避免的。我觉得有反对声音不可怕，也正常，关键是政府要心存善念，真真正正为居民着想，而不是整天想的是如何尽快完成任务对上有交代，甚至为此不惜采取欺、瞒的手段，如果是这样，事情只会变糟。其实，广大市民也绝非刁民，任何一丝的善意他们都会体察到——何况还来自政府!

2013年7月31日《南方日报》

◎ 海珠桥大修：别失了广州的脸面

八十高龄的海珠桥经过十八个月的大修，终于马上要在9月1日开通了，这真是一件盛事。没曾想就在这全城欢欣、盛情期待的节骨眼上，出了一些看似瑕疵的小事，引来很多扰攘议论，主要是由国民党元老胡汉民题写的“海珠桥”三个字是应该从左到右呢还是应该从右到左？再就是记载此次大修的碑文不仅文理粗糙毫无文采，甚至还有些错别字和文法错误！

相比起工程浩大所费不菲的维修，这的确算不得什么大事。但这些瑕疵却又犹如漂亮姑娘脸上的一个小瘢痕，你说严重不严重——假如不妆扮得那么漂亮，也许还看不出来；但在如花的容颜衬托下，这个瘢痕就更扎眼啦！

我非常同意@GZ老鬼的意见：“随便找个人写三个字，怎样装都无所谓。既然是胡汉民题写的‘海珠桥’三个大字，重新回归海珠桥，还原历史就必须尊重历史，该是怎样就怎样，否则就别打还原历史的旗号！”就该这样！没错，我们现在的书写和阅读习惯跟以前不同，以前是从右到左，我们现在是从左到右。但既然用的是以前的人写的字，毫无疑问就应该原样照搬。如果要照顾我们现在的阅读习惯，就不要用以前的人写的字，随便找个人写就可以了。你又要用以前的人写的字显示历史，却又改变了原来的样貌，只能是逻辑混乱、贻笑大方，不仅显示不出真实的历史，反而失去了对历史应有的尊重，凸显出来的只有混乱的心智。

除此之外，落款“胡汉民”三个字也必须添上去，没有别的理由，因为这就是当时的情形，题字跟落款是一个整体，不可分割。你用他的字，却又是改变格式，又是省略落款，我在这中间看不到任何对历史的敬畏，有的只是对历史随意宰割裁剪的狂妄和轻浮。

毫无文采且充斥文法错误的碑文也是如此。我就不解了：广州这样一个历史文化名城中不说衮衮硕学无数，要找也是可以找到的啊。修桥立碑这么大的一件事，为什么不请他们来撰写碑文呢？要知道这个碑文可是要被无数人观瞻且会传之后世的哦！现在可好，这么一篇大白话，还有许多标点文字错误，这怎么拿得出手么？怎么跟以前的那些文气十足的碑文并列么？

陈扬老师说镇海楼和海珠桥是他心目中的广州地标。的确，记得20世纪80年代我还没来广州，看到妹妹和她的同学在海珠桥边拍的一张照片，立即对从没来过的广州亲切可感了：不错，真的是广州。如果说海珠桥是广州的地标，那上面的这些字和碑文则可谓是广州的脸面了，结果我们却整成这个样子，你叫那些有点历史感的人、那些港澳台同胞和海外侨胞怎么想？只怕他们对我们的粗鄙、轻浮、狂妄又多了一层体认！

别失了广州的脸面！

2013年8月28日《新快报》

◎ 亲情逼迁何时休？

近日广州媒体曝出增城亲情逼迁的事：增城准备修一座挂绿湖，要征很多地、拆迁很多房屋。与一些地方的暴力拆迁不同，增城采取了亲情逼迁，就是让一些政府公务员或教师去做他们的亲戚的工作，按照一个居民的说法，天天来家里做工作。“有时还不止他们，连他们的上司、上司的上司都来了，最多的时候20来个，一屋子人。”“被亲人逼迫的滋味很不好受，尤其还是逼着你放弃房子，人都是要讲感情的。”而那些公务员或教师压力也很大，“没搞定就不用再回去上班”，以致有人自掏5万元腰包给亲戚，“这才完成任务回到单位正常上班”。

其实这也不是什么新鲜事了，以前到处都有，尤其是一些中原省份，没想到广州现在也这样了。

看到这样的新闻，首先想到一个词：连坐，尽管不是犯罪，但性质差不多。另外就是想到了那位美国的“叛国者”斯诺登：要是美国政府给斯诺登的父亲施压，要他去动员斯诺登回来，会怎么样？相信会受到老斯诺登的迎头痛斥。老斯诺登的理据和底气又何在呢？估计是第一，斯诺登的所作所为跟我没有任何关系，我没有任何义务去动员他回来；第二，我没有违反任何法律，政府没有任何理由给我施压；第三，我的权利受法律保护，因此对政府的施压完全可以嗤之以鼻、不予理会。也许正是因为这样的理据和底气，美国政府至今也没有对老斯诺登采取“连坐”措施——相信今后也不会。

那么，为什么这一套在我们这里行不通呢？亲戚拆不拆迁跟我何干，凭什么要我去做工作？而且不做还不行。我没有违反单位的任何规章，凭什么（不完成动迁任务）就要我下岗？最关键的是：凭什么要我去做这样的事？为什么我不能拒绝？估计很多人会在心里这么想，但估计没有一个人敢这么说，尤其是当面对领导说——换了是我也不敢。

为什么会有这么大的不同？我想无非是因为我们政府的权力实在是太大了，大到为所欲为的地步；与此相应，我们公民的权利太弱了，弱到与政府的关系几成刀俎鱼肉；我们的社会是个权力社会，而不是权利社会：一切都是权力说了算，而不是权利说了算。

也许有人说了，为了加快建设步伐，政府难道不应该这么强势吗？——就像有关领导说的：“强势宣传发动和教育引导，强势引导公职人员带头拆迁，强势实施奖惩措施。”也许吧。但是这却昭示了另一种价值取向，那就是：为了政府的某种宏伟蓝图，个人的权利是可以被“强势”牺牲的、轻视的、不必那么尊重的。有了这样一种价值取向，那么公权力的横征暴敛、巧取豪夺、贪腐弄权、草菅人命等等就都是自然而然的了。如果任由这些东西充塞天地之间，宏伟蓝图？下辈子吧！

针对公务员或教师对这种亲情逼迁感到压力，有领导说“这是一种思想落后的表现”——恐怕只有“文革”中常见的那种大义灭亲才是他们心目中的思想先进吧。

2013年9月4日《羊城晚报》

◎ 写在地铁六号线开通之际

12月28日广州地铁六号线开通，说实话作为一个广州市民我感到很欢喜，甚至还有点自豪，毕竟广州又多了一条地铁。带来的好处也显而易见：29日我的几个朋友本来坐二号线从白云区到海珠区，半途计划生变，立马在海珠广场换乘六号线到了沙河顶，大家纷纷慨叹真是太方便了。记得多年前一位经常游走于欧美的朋友说过所谓现代化其实就是方便，根据我的个人体验，地铁正是广州最让人感受到现代气息的一样东西。

当然，六号线也一直话题不断，从线路站点设置到中间的拆迁补偿，甚至还发生过很多次地陷。还有建设时间——等到开通了我们才怵然惊觉六号线居然花了8年的时间！11月初市长陈建华在向人大代表通报政情的时候提到六号线，说它有可能是广州最拥堵的一条地铁线路，因为专家坚决不同意搞六节车厢，“最后专家说了算，还是四节车厢，”“如果这个地方能搞六节车厢或八节车厢，可以接受很大的人流量。”结果这番话又引来城中诸多口水，有人质疑专家什么时候拥有了这么大的权力可以说了算？还有人要求那些坚决不同意搞六节车厢的专家出来走几步，云云，很是热闹了一阵——只差没有将他们“人肉”出来了。当时我也在现场听到了陈市长的这番话，也感到有点诧异。我猜最后选择四节而不是六节车厢很可能跟拆迁有关——谁都知道城建最大的麻烦就是拆迁。这不，六号线都开通了，但还是有两个站因为拆迁延误无法开通而要飞站，引得城中媒体反复提醒准备享“头啖汤”的市民千万别计划在这两个站上下车。

但不管怎么说，开通了总是好事，尤其是这条线路横跨广州的三个区，连接好多人流密集的商业网点和大型居住区，给人们的生活出行带来的便利和影响相信会立即显现。但另一方面，这条出身“坎坷”、屡经波折的六号线也给城市规划、建设提出了很多课题，尤其是：地铁要怎么样才能更好地适应城市的发展和公众的需要?

在大城市，地铁日益成为最重要的公共交通工具，这是毫无疑问的。在政府这一面来说，地铁恐怕还肩负着城市发展指挥棒的角色：政府希望城市向哪里发展，就将地铁修到哪里去。从这个意义上说，地铁不仅承载了市民个人出行的需要，而且还承载了政府对城市未来发展的远景规划。如果规划对路，政府的愿景与公众的需求相符，自然就皆大欢喜；反之，则带来问题种种。比如地铁三号线一直拥挤不堪，有的站点甚至被冠以“壮士专用”和“烈士专用”的称呼；而四号线很长的距离门可罗雀、稀稀落落，两相比较，说明我们的城市规划是出了点问题的。

刚刚开通的六号线也是如此：为什么要用一条线将这么多的大型商业网点、商住楼盘串联起来？明明要经过人流如此密集的商业网点、大型居住区，为什么却只安排四节而不是六节、八节车厢？果真是专家说了算？为什么还没开通就出现了“超前性、预见性不够”的咄咄怪事？地铁规划建设的“超前性、预见性”究竟靠什么来保证？等等。

我认为这些都是应该要好好反思、检讨、总结的，尤其是广州的地铁建设还处于方兴未艾、热火朝天的时候，更应该科学合理地规划。记得二号线刚开通的时候很多人不解为什么一些站点设在黑灯瞎火的旧白云机场里面，而不是设在人流密集的新市、新市墟？结果房地产专家说这是为了让旧白云机场的地价升值。这真是一语点醒梦中人，这样的“深谋远虑”我们这些普通市民谁能想得到呢？当然现在大家对政府的土地财政认识得越来越清楚了，对政府的一些作为也看得越来越明白了，惟愿在政府的土地财政诉求与公众的出行便利之间达至更好的平衡，毕竟地铁的首要目的是方便公众的出行，而不是用作政府土地财政的工具。

2013年12月31日《南方日报》

◎ 黑漆漆的城中村路灯与明晃晃的“光亮工程”

昨天城中媒体再次报道了广州的路灯困局，主要是两点：一是一些城中村的路灯自亚运前建成以来一直亮不了；二是珠江两岸的光亮工程太亮了，到晚上11点房间还是亮晃晃的，市民大呼受不了，尤其是老人和孩子。

我认为这一路灯困局或曰乱象反映了我们的城市化水平还很低。

当初为了亚运，一些城中村赶急赶忙建起了路灯，结果却发现很多根本不具备亮灯的条件，有的甚至连电源点都没有！亚运之后城中媒体曾经集中报道过，舆论也广泛质疑，没想到亚运早已经成为历史，这个手尾到现在还没解决。

这说明什么？表面上说明政府有关部门的行政效率太低，更深层次看，其实说明我们的社会化水平太低。去年我曾经写过一篇文章，叫“城市化的文化考察”，主要观点是所谓城市化其实就是高度社会化，尤其是跟自然原始、很大程度上处于散乱状况的乡村相比较，就更明显。在高度社会化的状态下，人人各居其位、各尽其责，包括政府在内的全社会组织严密、运转有序。

以这个标准来看，显然我们做的还相当不够，比如一些城中村的路灯，这么长时间了居然还是个摆设，显然是其中的某个环节出了问题；问题出了这么久居然还没有解决，显然是解决问题的机制本身就有欠缺，以致运转不灵。

怎么样才能有效运转呢？广州市建委直属的广州市照明建设管理中心表示将加快步伐开展城中村路灯复明和管理工作，并承诺将城中村路灯建设完成情况列入单位和个人考核当中。看到他们的表态我第一反应还以为是将城中村的路灯问题纳入城市建设的整体规划通盘解决，没想到还是落实到人的老一套，也就是说，还是“人治”的老套路，而不是“法治”的新篇章。“人治”解决得了吗？事实上这样的表态以前也有过，而其结果我们也并不陌生。还是多从“法治”方面着眼着手吧！

至于珠江两岸的所谓“光亮工程”亮瞎眼，其实也不是新鲜事，也是个老问题，媒体以前也报道过多次。记得那时反应比较强烈的是珠江新城的住户，这回是滨江中路朗晴居的居民。说来好笑，灯老不熄，居然是“因为控制时钟处于损坏状态”！这样的技术水平配得上当今的科技时代吗？问题一再出现却迟迟得不到解决，任由里面的老人小孩深受其苦，这样的行政效率和水平，也可以叫城市化？！

中国正处于深刻的变局之中，尤其是以微信为代表的最新网络工具的出现，真的在彻底改变着我们的“中国三观”。从政府这一面来说，转变职能，改变作风，真正将千百年来挂在嘴边的“为民”落到实处，而不是成为某种政治姿态或口实，也许是今后唯一的路向，否则真的就跟不上这个变局的时代了。如何“为民”？很简单：路灯该亮的亮，该熄的熄，而标准则一切以民众的需求为依归，而不是某种身外之物的宏大叙事，比如亚运，比如城市形象。

2014年2月11日《新快报》

◎ 光鲜靓丽的人工沙滩背后存在很多问题

据报道，近日从化水利水电建设管理中心建设的从化流溪河人工沙滩项目重启，项目开始环评：从化风云岭主题公园项目一期位于街口，占地278亩；园内将购海沙建设人工沙滩，引流溪河水作为人工水池的水源；人工沙滩建成后仅是景观摆设，池水不能游泳。

广州要建人工沙滩其实已经有几年了，2011年底广州市政府通过的《广州2012年城市建设亮点项目》中就包括5个人工沙滩泳场，其中之一就是从化新温泉人工沙滩泳场（流溪河胜利坝），计划在流溪河河心岛上建设长约700米、宽80–140米的人工沙滩，设置浮标以及警示牌，增加更衣室、停车场、体育休闲会馆、餐饮休闲设施以及SPA休闲会馆等配套设施，同时新建高水隐堤，建设进水和排水水闸等设施。这个项目原计划2012年底最迟2013年建成。

这些项目曾经引起很大争议，主要是劳民伤财、耗资巨大，中看不中用，就搁置了。这次重新启动的从化流溪河人工沙滩项目应该不是原先那个从化新温泉人工沙滩泳场，因为前面那个可以游泳，现在这个不行；前面那个是2012年的“亮点”，而现在这个是2013的“重点”，一年之隔，“亮点”与“重点”，当然不同的了。

建成之后至少头一两年的光鲜靓丽是肯定的了，但问题也一箩筐，比如还在环评，就已经开工建设了——程序呢？其实这类问题不知出过多少回了，我发现有关部门的行政行为当中，如果存在明确的行政对象，还是很讲程序的，因为那是要担责的，严重的甚至吃不了兜着走。但这类自己主导的、行政对象不明确的，或者说是“人民”、“群众”这类的集合概念，程序在他们那里基本上就是个笑话。严重缺乏法治意识是肯定的，尽管国家领导人三令五申强调“政府所有行政行为都要于法有据、程序正当”，但由于缺乏强有力的约束和问责机制，要他们做到这一点，真比登天还难。

再就是建这个东西到底有什么用？从化环保局回应说是“民生工程”，但根据我们的生活经验，我们的政府什么时候真正考虑过民生呢？动听的言辞背后什么时候不是“别有用心”、深谋远虑呢？以我的理解，只怕是为了整治环境、卖个好地价吧？环评报告都显示了，这个风云岭公园周边住宅小区已经不少，西面相距5米为荔景苑住宅区，西北面相距60米为荔枝花园住宅区，北面相隔30米为温馨家园住宅区，东北面相距60米为月贝湾住宅区，东南面隔流溪河相距300米住宅楼群，西南面隔流溪河相距约150米为海塱新村住宅区。当然，卖地起楼，吸引很多人来住，再给他们建个人工沙滩公园，看上去也的确很“民生”，但这难道是政府应该做的吗？那么多的鳏寡孤独都忙不过来呢！此外，环评报告书说总投资约2950万元，但项目施工单位的合同上是2446.32万元，中间有几百万元的差价呢，这又是怎么回事？

广州市民或许懒得去关心这些，但流溪河却是他们的生命之水，不关心不行。报道说从化街口溯流而上的流溪河河道被大量开发成工地，不少山开挖，河口每百米就能看到正在开工建设的工地，地产开发后大范围裸露的红土随着暴雨流入河中，雨天流溪河上游就成“黄河”。当地居民介绍，流溪河水质相比从前变差很多，一到下雨天河水就浑浊不堪，已经不适合游泳，“也不再食用河中的水，吃的水是山上下来的。”这就是大件事了：你叫市区的居民吃什么水？总不成也去吃越秀山白云山这些“山上下来的”水吧？

2014年4月10日《新快报》

◎ 住宅配建车位缩水，公众疑虑如何消除？

6月11日广州市法制办公示的《广州市城乡规划技术规定（试行）》（征求意见稿）显示，中心城区新建住宅每100平方米住宅配比的停车位将从原先规定的1.2–1.8个降至0.8–1.2个，缩水超过20%。之所以缩水，是因为有开发商对2012年规定的中心城区新建住宅每100平方米配建停车位1.2–1.8个有过质疑，说“大部分家庭都不会买超过一辆车，而且现在广州开始限购，每个家庭配1.2–1.8个车位的标准明显偏高”。

这个质疑看上去似乎不无道理，但我还是有些疑问：新建住宅配建多少车位，难道不是根据市场需求而定的吗？市场有什么样的需求，开发商就配建多少车位，这原本是一个市场行为啊，似乎不关政府什么事——十八届三中全会都说了让市场在资源配置中起决定性作用。但现在我们看到发挥决定性作用的不是市场，还是政府，我实在不知道政府这样做的合法性依据在哪里。

当然，也许有人说政府正是基于市场作出这样的规定的。果真如此的话，政府不免越俎代庖了，因为对市场的敏感，还有谁比得上开发商呢？

只有从另外的角度，才能理解政府为什么这么做。由于配建停车场大都在地下，建筑成本高昂还要加收土地出让金，导致配建停车位的利润低于住宅利润，目前开发商普遍不愿意多配建停车位，这意味着这一改动直接在立法层面帮开发商减负了。由于目前政府依然高度依赖土地财政，而土地财政的一个先决条件就是开放商积极拿地，因此，保护甚至鼓励开放商拿地的积极性就显得至关重要，而新建住宅小区配建停车位的减少，或可视作这项工作的重要部分。

考诸另外一个事实，政府的这一用心就更清楚了。在这份征询意见稿中，开发商被满足的诉求不仅包括减少配比停车位，公建配套验收条款的删除也是之一。按照原来的规定，独立设置的市政公用设施和公共服务设施必须在规划地块建设总量完成50%前建设完毕，其中垃圾压缩站、变电站、公共厕所、综合医院、卫生服务中心、卫生站、消防站、派出所、燃气供应站、公交首末站等设施应在住宅首期工程预售前先行验收，取得“建设工程规划验收合格证”。然而，在这份征询意见稿中却将“在住宅首期工程预售前先行验收”条款删除，仅保留了“同步报建和同步验收”条款。征询意见稿给出的删除原因是2014年广州市政协十二届三次会议提案第3055号唐激杨等提案人反映，因建设时序的要求客观上延迟了商品住宅上市的时间，延长了房地产企业资金回笼的时间，增加了房地产企业的资金压力和经营成本，甚至赶工期导致公建配套质量差，才作出了这一变动——这就直接在牺牲公共利益了，政府保护开发商的拳拳之心跃然可见。

当然我们不能阻止政府对开发商的如此保护和关爱，我们关注的只有一点：这样一个重大决策的出台，要不要经过人大的审议表决？人大不是有城建环资委吗？他们要不要在这个问题上履行自己的职责、行使自己的职权？如果没有经过这一个程序，如何能够说明这个决策是有民意基础的？如果没有民意基础，又如何说明这一决策是合法的呢？

2014年6月14日《羊城晚报》

◎ 应该如何整治形象工程？

近期广东全省各级各部门陆续出台方案整治“形象工程”和“政绩工程”，

据说这个整治行动将深入镇一级，省里组成了6个专项检查组分头前往各地市和省直部门展开走访和抽查。

一直以来我都有个观点，就是形象工程、政绩工程什么的其实也属于以权谋私，只不过不像贪污腐败那样直接装入自己的腰包，而是为自己的政绩涂脂抹粉，目的是为了更好更快地升迁——这不是以权谋私是什么？所以这次省里花这么大力气整治形象工程和政绩工程，我举双手拥护。

整治的第一个问题就是如何判别形象工程。相比于以往相对模糊的描述，此次整治形象工程、政绩工程有了比较清晰的“五条标准”，涵盖民意、程序、效能、超标、弄虚作假等等。但是我很担心如此一来，很多真正的形象工程就不被当作形象工程了，因为以往我们经常干这样的事，用一套繁复的什么指标体系、测评标准之类，结果简单的事反而搞复杂了，有时候甚至指鹿为马、南辕北辙，与客观事实大相径庭。

什么是形象工程？很简单，就是高大上，却华而不实——没什么实际用处。当然这里的实际用处是针对公众而言，对主事者当然有很大用处的，否则干吗要叫形象工程、政绩工程呢？正因为形象工程如同瘌痢头上的虱子——明摆着，所以省里一说要整治，立刻就有网友罗列了一大堆广州的形象工程，估计都不需要怎么细想。其他地方想必也都差不多。

如何整治？我认为要分三种情况：已经建成的、正在建设的、准备开工的。已经建成的的确如有人说的不能简单拆掉，因为花了那么多钱、搞了这么大一个物事，拆除又是一番折腾、花钱，最好是引导它转为“民用”，看能不能让公众从中获得一些好处，比如降低票价，或干脆开放给公众，等等。正在建设的能停工就停工，不能停工的看能否降低规模或改变用途，总之，使之从为领导服务的形象工程转化成为公众服务的大众工程，出发点不同了具体实践肯定也会跟着发生转变。至于那些准备开工的，当然是毫不犹豫叫停了，否则整治什么的就是空谈了。

那“五条标准”我认为最重要的是前面两条：民意、程序，其他那些都是空的、虚的，根本招架不了官员的巧舌如簧。依据前面两条标准，就必须要追究所有这些形象工程、政绩工程是怎么出台的？出台的时候有没有听取民意？又是依照什么样的程序听取的民意？只有将这些搞清楚了，“追究相关人员责任”什么的才不至于是一句空话，在此基础上的制度反思、制度建设也才能次第展开。否则的话，就又会将一切归咎于思想认识不足、群众观念淡薄之类的废话，整治云云也落得个高高举起轻轻落下的闹剧——说不定整治形象工程本身也沦落成另一种形象工程。

2014年7月21日《新快报》

五 城市管理

Cheng Shi Guan Li

◎ 我们的社会性有多低，城管执法就有多难

南方报业传媒集团历时3个月推出“城治”大型系列报道，前天以一场讨论热烈的论坛收官，论坛主题为“十八届三中全会背景下理顺城管执法体制的思考：探索城市管理和谐之道”，邀请了一些知名的专家学者、人大代表，广州城管方面的领导也有参与。据说会上还爆发了相当激烈的“焦点争锋”，主要是要不要设立城管警察，有人主张设立，有人反对。

首先我认为南方报业传媒集团的这个“城治”大型系列报道非常有意义，它相当于一次很有价值的调研，掌握了大量的第一手现场材料，摸清了很多实际情况，对于政府的管理和学者的研究都相当有价值，也让我们得以一窥广州街头小贩的全貌。

说回正题，其实我对现阶段的城管执法一直很悲观，不是说他们做得不够，而是说在现有条件下他们再怎么做也难以达到理想的效果。今年4月南都搞了一个“坐下来谈一谈”，主题就是城管与小贩，我也参加了，就表达了类似的观点，只是希望城管执法能够守住“四不”（不打人，不骂人，不伤人，不死人）的底线就好了。

之所以这么悲观，完全是基于对我们这个社会的社会性发展水平的考量。“社会性”这个概念我最早是从梁漱溟先生的一些著作中学到的，特别是他说的“中西之别就在于社会性发达与否”（大意）。按我的理解，所谓“社会性”，从个人这一面来说，就是知道有他人、有社会、有很多社会规则，知道要去尊重并遵守这些规则；从社会这一面来说，就是制定了很多规则，当然这些规则不是潜规则，而是为了保障社会成员的生命权利和生命尊严，是出于公平正义的目的。

以此来衡量我们这个社会，就可以知道问题之所在了。在社会层面我们并不

缺乏规则，却并不都是出于保障社会成员生命权利和生命尊严的公平正义的目的，有之也往往难以施行，取而代之的是各类潜规则大行其道，一个直接后果是规则的权威性荡然无存。在个人层面很多人视规则如无物——甚至包括很多制定规则的人，人人自以为是、自行其是，真正如魏晋人所说的“各是其所自是”，小者如随地吐痰、乱扔垃圾，大者不就是层出不穷的贪腐弄权。两项交互，整个社会就形同孙中山先生所说的一盘散沙。这样的社会要形成规整的社会秩序，谈何容易！

这样的不容易就全部反映在城管执法上：一是欲求（城市）社会秩序的一线公权力，一是处于毫无社会组织形态、近乎散兵游勇的无数民众，两者短兵相接、直接面对，于是各种矛盾、冲突、纠结在所难免。如何解决？在目前中国这样的社会发展水平下，说实话我看不到什么希望，也不知道有什么好的办法。

设立城管警察，其实质是强化国家暴力机器，企图通过更强力的国家暴力来规范社会成员的行为。如果“不听话”的社会成员是绝对的少数（比如犯罪），当然毫无问题；但如果“行政相对人”铺天盖地、绵绵不绝（不管小贩还是违建都是如此），这样的国家暴力只怕引发更大的社会冲突——何况公权力自身都没有做到“打铁还需自身硬”！不管是从社会成本、经济成本还是从后果来说，这都是得不偿失的。

一些学者主张柔性执法当然凸显其善意的人性考量，但是设想一下，在强大的生存压力下（南都的调查说迫于生存而做小贩的占绝大多数），有多少人会屈从于柔性执法下的道德愧疚和自觉呢？其他如设立疏导区也是如此：一批人进了疏导区，肯定又会有不知从哪里来的人迅速占领摆摊的“黄金通道”。领取牌照也是一样：在“社会性”发达的法治国家和地区，不许乱摆卖就不乱摆卖；说要领牌照就去领牌照；无牌无照经营就触犯了刑律要负刑责——执法没问题，毕竟那样的“行政相对人”是那么的少！可我们这里呢？不许乱摆卖？要领牌照？谁听呀？谁信呀？

我注意到市城管委主任危伟汉说要将“环保、交通、治安、食品安全、知识产权等各方面的法律法规综合起来执行”，言下之意希望这些不要都压在城管一家身上，其他部门也是有责任的。说实话我深深体会到他的无奈，但却并不同意他的观点：小贩乱摆乱卖首先违反的是侵占公共道路资源，而这就归城管管，至于其他的“环保、交通、治安、食品安全、知识产权”还有偷税漏税什么的，其实根本就不涉及的，否则他不就合法化了？

据说国家准备出台《城市管理行政执法条例》(暂定名)，我很期待这部条例能够发挥作用。但我还是认为，城管难题是中国社会性整体不够发达的难题，而不在于一些技术性的枝枝叶叶，必须从社会转型和社会公平正义的角度出发去审视这个问题并寻求解决之道，如果不从这个角度出发，我们只会是原地转圈圈。这两天在网上读到李承鹏访问台湾的一些文章，其中说“制度变了，人心就会变”，我以为是相当有道理的。

2013年12月21日《羊城晚报》

◎ 城管“两亿考评”解决得了城市管理中的老大难问题吗？

近期，广州准备重启经过修改后的城管“两亿考评”。这一考评方式在去年年中实施，目的是改变广州基层区市在城市管理工作上“先拿钱后办事”的作风，通过指定的城市管理指标去考核基层区市能力，经过考评后，才能以奖励形式获得原本可先行划拨的城市维护资金，总共2亿元。

方案刚出来的时候引起了一些争议，主要是城市管理本来是政府的分内事，为什么还要额外奖励。城管委马上澄清，说并没有额外拨钱，还是原来的钱，但改变了给付方式：做了事、经过了考评，才能拿到相应的钱。而且根据难易程度，各区市还有不同的标准、不同的系数。这次全市统一为一个标准，不再区别对待。方案实施了近一年被叫停，原因倒不是社会的争议，而是因为省里的一份《关于从严控制和清理各类考核检查评比表彰活动的通知》文件，为了不抵触于是叫停了。这次重启是如何解决与省里的文件相抵触的，却没有什么交代说明。

看到这个考评，我的第一感觉是机关的城管轻松了，而基层的城管就麻烦了。机关的城管干部只需拿着这个考评标准明检暗访就行了，而基层城管就要搏命了——除非他不要钱；他不要钱还不行，除非整个团队尤其是领导都不要钱，但这几乎是不可能的。

为什么要用搏命这个词呢？因为城市管理的确千头万绪，太难了。别的不说，就说小贩（在考评里面属于“流动商贩管理”），在很多场合我都说过我简直看不到当下解决这个问题的出路：发牌发证？定时定点？说起来容易，其实都没用，因为有无数来自四面八方的人盯着城市的“黄金通道”，清理了一批，马上又有另外一批来填补空白，防不胜防。发牌发证？来无影去无踪，且源源不绝，怎么发牌发证啊！这么难甚至可以说无解的事，一股脑地通过考评压向基层城管，能够解决问题吗？怕只怕问题解决不了，反而激发他们跟小贩更大的冲突。再就是违建（不知属于“市容及市政设施管理”呢还是“城市景观管理”），此起彼伏，按下葫芦浮起瓢，哪里管得过来？就像二沙岛宏城花园违建别墅，2010年被大张旗鼓轰轰烈烈整栋拆除，结果前不久居然取得了合法手续又开始复建！这个样子你如何考评？还有诸如水域环境管理、生活垃圾分类管理等等，不说也罢。

所以，企图将一些几乎是无解的难题通过考评这样的方式硬压给基层城管，我觉得对他们似乎并不公平。另外一方面，假如没有考评，基层城管是不是就敷衍塞责、应付了事呢？我觉得也不能完全排除这种可能性。这真是一件让人纠结的事：硬压给他们不公平，但受到公平对待的时候又不珍惜。现在很多足球俱乐部都有高额的赢球奖金，但球员都说了，他们是职业球员，不管有没有奖金都会全力争胜。我们的城管队员有没有这样的职业精神和职业尊严呢？如果有，还用得着费事这样考评吗？考评是因为他们不认真做事，还是一些事再怎么认真都无法做好呢？似乎两者都有，从改变“先拿钱后办事”的作风来看，似乎前者的可能性还更大一点。如果一项规章的理据本身就存在如此巨大的模糊性，这样的规章实施起来会有多大的效果，真是好难讲。

但现在考评要重启，说这些其实也没什么用处了。唯一希望的就是所有人都受到更为公平一点的对待，尤其是基层城管。当某些考评不合格或要扣分的时候，领导们也许应该客观一点，一些事——比如乱摆乱卖——其实是无法一下子解决的，否则你来试试？我想如果基层城管们受到更为公平的对待，那么他们执法的时候兴许就会对小贩或他们口中的“相对人”会好一点吧。

2013年8月27日《羊城晚报》

◎ 城管与小贩的“四不”原则

最近一段时间，因为几起影响很大的冲突，城管与小贩又成为热点话题。媒体也充分发挥自己的优势，搞了几场座谈会，让城管与小贩坐下来面对面地对话，我也参加了其中的一场。

关于城管与小贩，我有一个总的看法：只要我们国家还存在城乡差别和地区差别，就一定还存在小贩；只要还存在小贩，就一定会有城管与小贩的矛盾、对立和冲突。城管与小贩的这种矛盾、对立和冲突集中地反映了我们这个社会的几乎全部问题和特质：我们这个社会有多么分裂、是多么的一盘散沙、法治精神是多么欠缺，那么城管与小贩的矛盾、对立和冲突就有多激烈。只要我们国家当今的那些社会问题不解决，城管与小贩的冲突就没法解决。

每当有事发生，社会舆论几乎一边倒地站在小贩那一边，小贩几乎具有天然的道义正当性：按照惯常的说法，我不偷不抢，靠自己起早贪黑赚点辛苦钱养家活命，有什么错？何况有些小贩还给社会捐钱、有的还有远大理想——据说李嘉诚就是从做小贩起步的！

这其实涉及一个行为正当性的衡量标准问题：我们以什么样的标准来评判一个行为正当或不正当、对或不对？传统社会不说了，在现代社会，衡量一个行为正当与否的唯一标准不是别的，就是看你的行为有没有侵犯到他人的权利。如果你侵犯了他人的权利，不管你的动机和结果是什么——哪怕是为了生存，都是不正当的。

小贩侵犯了他人的权利吗？当然。小贩对他人权利的侵犯不是什么偷税漏税、贩卖假冒伪劣甚至有毒有害商品，而是侵占了公共道路资源——小贩之成为小贩，就在于此。只是因为这样的侵占对他人不会造成直接的危害，还由于我们这个社会侵占公共资源的行为比比皆是，其程度与小贩相比很多更是天壤之别，所以人们才不怎么在意小贩对公共道路资源的侵占。但从法理上，两者其实是没有什么区别的。所以，小贩从一开始就是违法、非法的，是必须要加以管理甚至取缔的。从这个角度来说，城管真的是具有法理的正当性的。至于是由城管还是警察来管，则是另外一个话题，可以另当别论，但小贩应该要管理，则不应有任何异议。

问题其实不在于小贩该不该管，而在于怎么管；更进一步，怎么管才可行、才有用。专家们提出了很多办法，最典型的就是疏导结合：划出一块区域，供小贩集中摆摊。广州其实也搞过，据说现在还在搞。我觉得这几乎不可行：姑且不说小贩愿不愿意去那些区域（一般都不会是旺地）、愿不愿意跟官家打交道，即便都去了，那空出来的“黄金通道”也会立即被别的不知从哪里冒出的小贩占据，一切又要从零开始。很多人经常举香港和美国的例子，但我觉得完全不具有可比性，他们那里小贩人数比例少、人员相对固定，最重要的是，他们的社会是透明的，每个小贩都登记在册，可我们面对的却是一个完全不透明的群体，怎么比呢？对话也是，连对话的对象都不确定，对话如何开展？

城管就没错吗？当然不是！网上时常可见一些城管执法手段、态度之恶劣，真的跟土匪无异。城管几乎得不到任何道义的支持，这是最主要的原因。执法是不是一定要这样呢？是不是一定要居高临下盛气凌人才算是执法呢？才算是有威严有面子？任何不从、质疑都当作是忤逆而要加倍报复性惩处？只能说，他们虽然是在执法，但血管里流动的还是皇权专制的法，而不是现代法治的法，我们这个社会现代法治精神的欠缺在城管执法过程中体现得异常鲜明。

正是因为这些原因，我真的看不到城管与小贩的关系有什么改善的前景，也看不到有什么办法可以解决这对猫鼠矛盾。唯一的解决办法是彻底消除小贩，或者说，将其数量减低到点缀的程度——就像一些人向往的所谓街头人文风景，但现阶段可能吗？所以，我唯一期望的就是两者的冲突对立不要突破我们的道德心理底线：不死人、不伤人、不打人、不骂人，尤其是不能伤害到老人、孩子和妇女。如果有一些媒体或社会组织能够经常将两者召集起来座谈恳谈一下，各述衷肠，达成更多的谅解，就更好了。

2013年4月10日《新快报》

◎ 再谈城管与小贩

城管与小贩真是个老话题了，但只要还有小贩、还有城管，这个话题就会一直持续下去。有城管队员曾在微博上说小贩更多的是发家致富，而媒体的调查是半数月收入两三千。我觉得如果是澄清小贩的收入这样一个事实当然无可厚非，但如果企图以此做某种正当性辩护、并作一些价值判断则大可不必，而且还偏离了矛盾焦点：难道他摆摊是为了发家致富就不正当了、而为了养家活命就正当？当然不是！我在很多个场合都说过：小贩摆摊最大的问题是侵占公共道路资源，这跟他为什么摆摊、收入多少、有没有贩卖假冒伪劣或有害商品等等都没有什么关系。你月收入一万是侵占公共道路资源，收入一千甚至亏本难道就不是了？卖假冒伪劣有毒食品是侵占公共道路资源、卖的东西平靓正难道就不是了？道理不是这样讲的。好在很多小贩其实很有觉悟，也意识到了这个问题：“毕竟自己也是违规经营，那还说什么呢！城管也是执行上级任务而已。”

既然城管是执行上级任务，但为什么不仅得不到大家的同情、理解、支持，反而总是受到一片谴责呢？有人希望城管执法时将“枪口抬高一尺”，但有城管认为这是“以冠冕堂皇的借口把城管往渎职的坑里踹”。话有点绝对，却也有他的道理：执法就是执法，要的是符合法律要求的结果。但你执法的时候可不可以让我们看到一点人性的光辉？让我们看到你的同情、善良？我相信哪怕有一丁点这些，就不会横眉冷对、粗言恶语、暴虐无忌了，也断不会有那么多的冲突——有的甚至令人不忍再睹！尤其是面对妇孺。是不是一定要这样才能完成执法任务呢？如果是，那我无话可说。我疑心跟很多公权力机构一样，很多城管内心深处还存在根深蒂固的皇权心态，任何不从、质疑、抗拒都被当作是一种有失颜面的忤逆而要报复性地加倍惩处，否则就很难解释一言不合即警棍伺候的野蛮行为。

当然在现在这个自媒体时代，我也相信情况好了很多。但我很希望情况的好转不是因为某种外部的压力和约束，而是来自于内心世界的转变：多点理解、同情、尊重吧，毕竟小贩也不是什么十恶不赦的危险分子，脱下制服，大家其实都一样。

城管的最大难处在于执法不奏效，这绝不是因为他们执法不力，而完全是因为小贩源源不断且来历不明，真的像古诗所说："野火烧不尽，春风吹又生。"这是我们国家现阶段的发展水平、社会结构、社会现状决定了的，这些不改变，就一定还会有小贩，就一定还会有城管，就一定还会有城管与小贩的种种故事，包括冲突。这真的无关执法力度，也无关管理水平。

许多人献出种种计策，最典型的比如说给小贩发牌照，规范经营。可是这真的只能说说而已，你能将他们"规范"得远离类似天河商圈这样的"黄金通道"吗？即便他们远离了，新的不知从哪里冒出的又马上占据了，一切归零，故事从头开始。你也许会说，人家香港、美国不做得好好的吗？可是他们那里的小贩数量数都数得过来，最重要的是"规范"了这一批不会再来下一批、下下一批，不可比的。

至于说城管在解决小贩问题上一味地管理、管制，甚至是消灭，却没有考虑到小贩的生存空间，"没有承担起经济发达地区对经济落后地区的帮扶义务"，就更是离题万里了。小贩侵占了公共道路资源，城管收回，他们之间的关系其实非常简单，跟帮扶什么的完全扯不上边。如果真的要这样帮扶，只怕将广州的大街小巷全开放给小贩也不够啊！这终归是一个侵占与收回公共道路资源的法律原则问题，跟帮扶什么的毫无关联，也无涉消灭这样恐怖的字眼。

所以，关于城管与小贩，我其实是比较悲观的，至少目前看似无解。如果有高人妙计，就快点献出来。我所希望的只是“四不”：不死人、不伤人、不打人、不骂人，仅此而已。倘若能够经常坐下来恳谈一下，彼此谅解一点、尊重一点，就更是善莫大焉了。

2013年4月17日《南方日报》

◎ 拆违行动必须依法执法

据报道，近日，萝岗区城管执法分局花费56万元采购了拆违行动安保服务，提供安保服务人员的性质与城管协管员不同，不属于该分局工作人员。看到这条消息，估计很多人的第一反应是这不就是临时工吗？而且通过购买，临时工还更加名正言顺、更有规模了，层出不穷的“临时工之恶”会不会更加泛滥、更加严重？相信这是很多人的担忧。

这次萝岗区城管局采购“拆违行动安保服务”，据说主要是因为人手不足、执法力量不够。我觉得这很可能是实情，除了人手少以外，违建可能的确是太多了，真正是“野火烧不尽，春风吹又生”。长期以来，城管在人们心目中都没有什么好印象，前不久还传出一个城管总也谈不上对象的事。但是有时候看到街边那些凌乱的乱摆乱卖，我常常想不要城管行吗？如果没有城管，估计顷刻之间道路就会被占领。有城管就有执法，有执法就有冲突——问题就在这里，为什么执法一定会产生冲突呢？除了城管态度粗暴，我们自己是不是也不太尊重法律、遵守法律呢？中国社会自古以来都是一盘散沙，其表现之一就是视规则如无物，自由散漫。这样的社会只会催生强权，因为只有强权才能镇得住这无数蚂蚁一样四处乱窜的人——用我们老家的一句话，叫酸萝卜要醋腌，也就是一物降一物的意思，只有如此才不至于天下大乱。一方面是视规则如无物的“相对人”，另一方面是为了维护规则和秩序的城管，能没有冲突吗？

违建也是一样。按照萝岗区的说法，今年以来，随着中新知识城开发建设的不断发展，少数村民无视国家政策和国土、规划等法律法规，趁机顶风抢建各类违法建设，以非法博取征地拆迁补偿费用。哪止少数呢？否则也不至于要花那么多钱去买“拆违行动安保服务”了——何况违建的“当事人”往往还手握家伙的，比不得街头小贩的近似手无寸铁。

但这样一来会不会出现我们早已见怪不怪的“临时工之恶”呢？这的确是很让人担忧的。尤其是，据说临时安保人员与城管执法分局不存在任何人事工作关系，“提供安保服务人员的性质与城管协管员不同，不属于该分局工作人员”，比临时工还临时工，如何规管？如何避免出事？一旦有事怎么办？更加让人不安的是，据有关负责人说，临时安保人员基本上是无偿的，“区城管执法分局向派出单位支付的经费主要用于临时安保人员运送车辆的租金、饮水、误餐和加班费（因安保人员均由其单位从各外派公司临时抽调）。工作结束后，安保人员由其单位自行带回。”也就是说，这些临时安保人员与城管执法分局甚至连一丝金钱上的关系都没有。撇得如此一干二净，似乎是在为今后一旦有事推脱责任作准备哦！

这真是一件值得关注的事。如果通过采购这种拆违行动安保服务，一方面拆违工作顺利推进，另一方面却导致很多冲突甚至流血事件，那么我觉得这么做就是不成功的，而且城管执法分局也一定难辞其咎，绝不会因为你没有向那些“临时安保人员”支付一分钱工资或酬劳就万事大吉！

好在据说多数情况下，难度不大的强拆行动现场，都是区城管执法分局自行解决，凡组织的联动力量，均不参与拆违执法，只是负责疏导交通、维护现场秩序等等。那么还有少数情况又如何呢？而且到底哪些是多数哪些是少数？谁说得清！否则也不会出现“几乎每次拆违都会遇到阻扰”的事了。

所以，不管是用什么方式执法，不管是正式城管还是一直身披“临时工”名号的协管员，还是关系比临时工更疏远的“临时安保人员”、“社会联动力量”，依法执法才是关键。如果一旦出现执法违法，出现流血冲突，那么一定要追究有关人士的责任，而城管执法当局一定是首当其冲，这是没有什么商量余地的。另外也提醒提供这种安保服务的人员和机构一句，既然是买卖，就应该签订好合同，免得到时候吃不了兜着走。

萝岗城管执法分局表示：“多年来，我区安保等联动力量在参与协助拆违施工现场外围安全秩序维护工作中，从未与违建当事人发生过任何冲突，实现了和谐拆违。”但愿这种“和谐”的局面会持续下去，最好探索出一条行之有效的萝岗“和谐拆违”模式在全市推广。

2013年10月16日《南方日报》

◎ 违建举报人不愿领奖说明了什么？

今年7月底，广州市白云区出台了《查控新增违法建设举报奖励暂行办法》，对违建举报人实行奖励。据白云区城管有关负责人说，《办法》实施至今，每周约一二十宗举报线索，其中符合奖励条件、首次发现的线索至今有十多条，却无一人敢去领奖，甚至连姓名都不愿意留下，“好不容易说服一位举报人办好领奖手续，但对方听说要来政府大院领奖，又不肯来了。区里拨了30万元专项奖金，现在发不出去。”

这说明什么呢？说明人们举报违建，初衷并不是为了奖金，而是出于公义，或公愤！但既然可以领奖为什么又不去呢？还不是怕打击报复！但《办法》里面又明文规定相关部门将依法保护举报人，对举报人姓名及个人信息采取保密措施，为什么还是不敢去呢？还不是不信任政府——谁知道里面有没有“利益相关者”通风报信？这样的事又不是没有过！

所有这一切其实都只说明了一个问题：严格执法、公平公正执法才是关键，有奖举报什么的都是浮云。

违建需要举报吗？我一直对此感到非常疑惑。按说每个街镇都有城管，对自己辖区的每个角落应该都很熟悉，新增了违建，哪还需要什么举报呀？要有举报才去执法，说明执法动力和底气实在太不足了！至于为什么如此欠缺执法动力和底气，恐怕只有他们自己才知道了——说不定一不小心踩了某位特权人士的“地雷”，有了举报，至少可以将责任推给“群众”。

而且《办法》针对的还只是新增的违建，那已有的违建呢？白云区一直是违建的重灾区，前不久还发生过殴打记者的事，处理得怎么样了呢？如果对现有的违建尚且束手无策，叫人如何对新增违建的查控产生信心？还奖金呢，能够根据举报线索马上去执法就已经谢天谢地啦！所以，有关负责人先别提什么奖金，人们更关心的是那十多条“符合奖励条件”、“首次发现”的违建线索，有没有去执法呀？执法的情况又怎么样呢？那些举报了但没有去执法的又是什么情况？能否向举报人说说不执法的理由？这才是举报人最关心，也最能激起人们信心的事！

据说白云区有关部门准备研究能否简化举报人领奖手续，如只提供地址，相关部门通过邮局寄出奖金，由举报人本人签收，不一定要到政府部门领奖，“匿名保护这点，我们要做得更好才行。”这样做的效果如何，且让我们拭目以待——在一个彼此知根知底的熟人社会，我对这类事总是不敢太过乐观。相信不仅对举报人、而且对广大的公众而言，也许有关部门“要做得更好”的恐怕并不是什么奖金的领取和发放，而是更加严格、公平公正的执法！

2013年10月10日《羊城晚报》

◎ 环卫工戴草帽影响了谁的“市容”？

今年春节期间，一帮年轻人请环卫工吃年饭，引来全城关注。这个周末，几乎还是原班人马，加上网上报名加入的志愿者，发起了给环卫工送清凉的活动，在广州越秀、海珠、荔湾、天河四区向环卫工派发瓶装饮用水。

我觉得他们不仅给环卫工送了清凉，也给我们送来了清凉，让我们在这个苦逼闷热的盛夏感受到了人性的力量和执着，沁人心脾。我们的社会需要这样的正能量。

之所以对这样的正能量如饥似渴，当然是因为我们周遭的负能量实在是太多了，这不，有环卫公司就认为环卫工戴草帽影响市容，不准他们戴。

真不知是谁做的这个决定！作为一个市民，我完全不觉得环卫工戴草帽影响了市容。在我心目中最影响市容的是那永远也治不好的臭水；是一些特权车横冲直撞；再就是某些人的粗声夹恶趾高气扬，尤其是对弱者和记者；还有就是为了应付检查的一系列弄虚作假。环卫工戴草帽不仅不影响市容，反而是城市的一道风景，比那气派的楼堂馆所和那些虚头巴脑、满口空话的标语什么的好看多了。

即便你觉得戴草帽显得土气影响市容，那你为什么不给他们准备一个既能遮挡阳光又不影响市容的帽子呢？他们戴草帽影响市容，你又不为他们准备不影响市容的帽子，要你有什么用？难道就是为了来指手画脚这不准那不准吗？我反而觉得强迫环卫工不戴帽子头顶烈日扫大街，这里面的铁血心肠更影响市容。记得以前对环卫工的着装也有类似的规定，给他们制作的衣服密封不透气，令他们叫苦不迭。舆论关注过一阵，也不知现在改了没有。一面是环卫工头顶烈日挥汗如雨，一面是空调车呼啸而过，你觉得这样的市容很好吗？

不知为什么，一些人那么追求市容，为了市容甚至连人性都不顾，简直到了病态的地步。我很有点疑心这些人其实都来自乡土，天生自卑，因此必欲去除身上的土气，让人完全看不出他的乡土来历，否则就现了、露了，好不容易端着的架子顷刻坍塌了。殊不知越是掩饰越是装，反而越是暴露了内里的虚弱不自信，以致经常丑态百出。所有的高贵哪个不是来自于那心底里的生命情怀呢——对生命权利的尊重、对生命尊严的体贴，以及由此而生的人性光辉，一如这些春节请环卫工吃年饭、夏天给环卫工送清凉的广州仔女，这才是最靓丽的市容啊！

2013年8月20日《新快报》

◎ 又见“无根树”，去年的“四条措施”呢?

前几天的一场暴风雨，又使广州的“无根树”露了形，按照媒体的说法，这些“无根树”倾倒、砸车、堵路——幸好没有伤人。

其实广州的“无根树”已经不是什么新鲜事了，去年7月台风“韦森特”致广州城区数百“无根树”倾倒，曾经引发全城热议，有关部门也信誓旦旦要采取相应措施：一、对盆栽树进行全面检查，有潜在倒伏危险的进行清除；二、对存有的盆栽树，按需求进行修剪，减轻树身重量及树冠通透性，同时作好安全监管；三、组织专家研究盆栽树的倒伏原因(树种及容器过轻)及处理方式；四、到中山考察容器苗，出相应方案，在以后有不能满足种植条件的地方进行运用。结果呢？外甥打灯笼——照旧。

对此，政协委员韩志鹏认为一定要严厉问责，车的损失，人的损失，“这简直是视市民生命如草芥。”问题是，谁来问责？问责谁？通过什么样的渠道、程序来问责？

到目前为止，广州的“无根树”还没有造成人员伤亡，这真的是天大的万幸。媒体这两天都在广泛报道长沙坠沙井女孩的遗体在几十公里以外被发现的事，真的让人很痛心，几乎无法去体验、感受孩子父母的心情。对于芸芸众生而言，这也许是个小概率事件；但是对于那个女孩和她父母而言，就是塌天了。

所以，有关部门必须立即行动起来，不要出现类似的悲剧，不要让一个家庭塌天。当然，措施是现成的，去年就有了一二三四条，问题是怎么今年又倒了呢？是措施不完备还是执行不到位？必须要深入检讨，必须要有最起码的责任伦理，不能空口白话说说了事。

问责也需要考虑，尤其是决不能等到死了人才去问责，那时就晚了。毋庸讳言，我们现在还缺乏问责机制，就是连形式上的问责机制都没有，问责从何开始呢？但总书记都给了广东三个定位、两个率先，那就先行先试吧，探索一下行政官员的问责机制，否则一而再再而三地出事，一切都是废话。

旧有的行政资源还是可以发挥作用，那就是领导负责，一级管一级，直至最高领导。就是这么一个“无根树”的问题，居然一年两年都搞不好，有没有人批评过谁？有没有人受到过什么批评？

据说园林部门也有苦衷，比如地下管网复杂，难以让树根自由生长；人行道狭窄，也不可能给树根留很多空间。表面看似乎不无道理，但我想这些技术性的难题根本就不是什么问题，那么多专家、那么多的树种，我就不信会找不到一种适合广州种植生长、有根的树！恐怕还是个态度问题、工作责任心问题，以及这背后的机制缺陷问题。

广州的台风季马上来临，快快采取措施吧，否则就晚了——不是指你们的乌纱帽，而是那些因为你们的某些工作怠惰而受牵累的不幸市民，比如长沙的那位女孩。

2013年5月23日《新快报》

◎ 建业大厦一把火烧出多少问题

15号傍晚广州建业大厦失火，有两点令人惊讶：一是火势猛，居然烧通顶，整栋大楼几乎完全陷入浓浓烈焰当中，以致有网友说像拍电影——在城市里的确甚少见到这样的情形；二是持续时间长，居然烧了十几个小时，很多消防车都灭不了，而且当天还下着不小的雨，这也相当少见。当然影响也不小，当天晚上就有外地朋友发来微信关切询问。

起火原因或许现在还没完全搞清楚，但整件事却大致有了个眉目：建业大厦兴建后遭遇金融危机，烂尾；建业公司委托信龙公司对大厦进行改造和管理；信龙公司对大厦进行了玻璃幕墙、水、电、电梯建设，室内消火栓系统、火灾系统等已安装完毕，但是由于大厦南面、西面消防车道上有围墙、临时变压器和通信、电力架空线路影响到消防车道的使用，致使大厦未取得《消防验收合格意见书》；信龙公司将大厦出租用作仓库等用途，主要储藏鞋类和服装等大量易燃商品；业主投诉大厦内电线乱拉甚至有员工在大厦内明火煮食等消防隐患；公安部门提请越秀区政府牵头开展以消防为重点的综合整治；10月31日下午越秀区一位副区长带队对建业大厦进行督导检查，要求“落实属地责任，加强对建业大厦消防整改的监管力度，指导该大厦管理公司开展消防隐患整改”；12月15日晚，建业大厦烧通顶，业主投诉中重点提及的大厦西面和南面正是大火的始发点；16日上午，广州市副市长谢晓丹痛斥“失火的建业大厦消防整改有什么用？！有没有腐败？当官不能太潇洒！”

之所以不厌其烦地罗列这些，主要是想跟大家一起看看究竟哪个环节出了问题。说实话我首先想到的还不是政府的责任，而是我们这个社会实在是太一盘散沙了，一个最主要的表现就是社会成员完全视规则如无物，一切自以为是、自行其是。有句俗话，大意是“法律如果不被信仰就是一纸空文”，如果人人都无视、也不遵守任何规则，各自为政，我不知道有什么样的强力国家机器可以使这些人变得规规矩矩、形成并遵守某种秩序。比如建业大厦，信龙公司在并没有取得《消防验收合格意见书》的时候就将大厦出租，显然严重违反了消防安全法律的有关规定，这是毫无疑问的。而“老百姓投诉了几次，开了无数次会，领导去督查，发了整改通知书，整改了业主也不听”，正是社会一盘散沙的典型表现。

社会一盘散沙，对其监管固然难于上青天，但政府是否就可以因此推脱责任呢？显然不能。一栋烂尾楼，没有经过消防验收，没有取得合格的消防证书，堆放了大量的鞋类衣物，里面还乱拉电线、抽烟，甚至明火煮食，这样的消防隐患任何人都可以看得出——何况业主还投诉过！这样的情况是怎么允许它发生、存在并持续这么久的？！“落实属地责任，加强对建业大厦消防整改的监管力度，指导该大厦管理公司开展消防隐患整改”云云，这种云里雾里的官话少说两句行不行？你要做的不是“潇洒”地背着手在这里指手画脚说些谁也听不懂的官话废话，而是立即组织人力物力将大厦的所有货物清除干净！

一把火，映照出我们这个社会的多少本来面目！社会固然散乱，但公权力却必须挺立，不可也是一盘散沙，否则何以担当领导者的角色？何以维持基本的社会秩序、保障基本的社会安全？火是熄灭了，但反思和应对、处理却应该是刚刚开始，不是刑拘几个人就了事的——跨部门的联合调查委员会准不准备成立？各级人大的问责程序有没有打算启动？等等。如果这些都没有，那就等着第二把这样的通天大火吧！

2013年12月20日《南方都市报》

◎ 减少施工扰民也是民生工程

昨天城中媒体广泛报道，到目前为止广州市中心城区共有63处占道施工正在进行之中，按照地域来区分，以白云区13宗为最多；按照项目类型来区分，排名前三位的分别是轨道交通（地铁）26宗、路桥17宗和电力6宗。特别值得注意的是，这63处工地，没有一宗属于今年第二季度占道施工计划，大多数均属于去年甚至前年计划外的重点工程类项目，如轨道交通（地铁）。反观今年第二季度计划的132宗项目，至今半月过去，只有沙太南路“风行牛奶”一宗施工并完工。

关于城区的占道施工扰民，相信每个人都深有体会，有的甚至还有些辛酸回忆。记得2010年亚运整饰，全城开挖，那年正好是南非世界杯，一天晚上是英德大战，10点开波，结果晚上9点多还堵在路上，当时那个急啊，至今想起来还心有余悸。

之所以提及这，是因为今年又是世界杯年，转眼4年过去了，据广州市交委有关人员统计，亚运前全市开挖数量为1100宗，今年每季度开挖数量均控制在100余宗。“整体来看，亚运后广州市每年占道挖掘项目是逐年减少的。”我相信这是实情。但是正在开工的不是计划内的，计划内的100多宗只开工并完成了一项——老百姓不会理会你写在纸上的这计划那计划，他们只关心正在开工的有哪些？给他们的工作生活造成了多大的影响？比如说，虽然每个季度控制在100

余宗，但你总是不能按计划完成，累积下来，那得是多大的一个数目啊！

关于道路施工围蔽，以前总觉得是暂时的，忍一忍，等完工就好了。有一天突然想到，很可能这并不是暂时的，而是一个常态，甚至可以说是“永久的”。之所以有这个“深刻认识”，主要是对我们国家现行的这种经济增长方式有了一些直观的了解：我们国家的经济增长方式中的很大一部分，靠的就是政府主导的固定资产投资，比如在国家是高铁，城市不就是地铁咯。只要这种经济增长方式在持续，那么“大拆大建”就是一种常态，最典型的就是海珠广场：好不容易地铁施工结束、曾引来市民诉讼的工地围蔽拆除，结果没多久又说要建一个巨大的地下空间、又要围蔽！

既然是常态，那么就一定要做常态化的规划，万不可老是一些临时性的措施。不管从哪方面来说，工期总是越短越好，据施工单位负责人说，工期严重滞后的最重要原因，还是管道迁改以及交通疏解难。根据我的了解，恐怕还要加上拆迁补偿这一条。那么，有没有可能在施工围蔽之前，先将这些工作都做好，不做好就不围蔽、不施工呢？我们经常看到一些工地围蔽很久却不见动静，给市民徒增烦忧。此外，既然是常态而不是一时半会，那么就很有必要建立长效机制，组织多部门在全市范围内统一协调规划，尽可能将施工扰民降到最低限度——这难道不也是一项重要的民生工程？

2014年4月18日《南方都市报》

◎ “五类车”屡禁不绝说明了什么？

前天广州市人大常委会组织部分人大代表兵分五路，对广州公安交通管理工作进行了视察，代表们明察暗访了天河、海珠、白云、荔湾，想不到的是各区交警都针对“五类车”大吐苦水，按照广州交警支队一位领导的说法：“十年都没管好‘五类车’”，“现在民警是在流血流泪，但是也无法根治‘五类车’。”

我相信这完全是实情。几乎是隔一阵子我们就会在媒体上看到交警整治“五类车”的报道，有时候声势还很大，引起的冲突也时有耳闻。人大代表政协委员关于整治“五类车”的建议、提案也经常有，实际效果如何呢？的确是“十年都没管好”。

为什么会出现这种局面？恐怕不能简单地归咎于政府有关部门的处治不力，必须要有更加宽广的视野。“五类车”之所以屡禁不绝，至少有两个最直接的原因，一是市场需求旺盛，二是社会成员的法治意识不强。有需求就会有市场，这是一条亘古不变的真理。不管是专业市场，还是城市偏远地带的“最后一公里”，“五类车”都大量存在，就是因为实在是需求旺盛——实不相瞒，我自己都坐过，在康乐村里面，再就是我家附近地铁站的出口。

难道需求大过天？这就涉及第二个原因：社会成员的法治意识。毫无疑问“五类车”非法，但没有多少人理会，为什么呢？ 这类“非法”始终不会死人伤人，只是会影响、破坏城市的社会秩序。对这类“轻度”的违法行为，以我们现有的法治意识，是根本不以为忤的——我一不偷二不抢三不贪，靠自己的辛劳赚点小钱养家糊口，你还说我违法？！

但始终是非法，有诸多成文法律条文为证。既然如此，为什么包括交警在内的有关部门不去管？管过，但“十年都没管好”，为什么呢？因为“野火烧不尽，春风吹又生”，源源不绝，收缴一批，跟着又不知从哪里冒出来新的一批，管得了、管得来吗？因此，“五类车”的屡禁不绝，反映的其实是我们这个社会的整体发展水平：生活质量低下、法治意识淡薄，兼且区域城乡不平衡、官民不平等，要一下子禁绝，只怕神仙也办不到。

有代表提出通过加强政府的公共服务，把“五类车”挤出运营市场，比如通过规划更多线路、加密更多班次解决“最后一公里”问题，在专业市场内部开设电瓶车来替代“五类车”，等等。加强政府公共服务这个思路毫无疑问是正确的，我的疑虑是要加强到怎样的程度，人们才会舍此就彼？“最后一公里”还好点，在专业市场里面，只怕只有免费的运输服务才能将“五类车”挤出去吧？

比较现实的做法，我认为“五类车”的营运，要严格控制范围，比如专业市场，一律不得上市政主干道。再就是所有运营的车辆，必须要有合法的资质证明，否则在任何区域都不得从事营运。不希求一步到位，从能做到的做起，假以时日或许会稍有小成。但这也需要公众的配合，慢慢培育社会规则意识。如果大家还是一如既往地一盘散沙，只要不杀人放火或刀剑及颈就为所欲为，只怕再过十年、二十年也依然管不好“五类车”。

2014年6月19日《新快报》

◎ 立法允许马路边摆临时食品摊点不可“一刀切”

前天广东省人大常委会法制工作委员会公布《广东省食品生产加工小作坊和食品摊贩管理条例（草案修改征求意见稿）》，修改稿相比此前意见稿新增了允许定点定时摆摊的条款，即在规定时段内，食品摊贩在临时指定的城市非主干道两侧经营，不会被认为是“乱摆卖”。

我的第一反应是这怎么可以！同样是城市，广州、深圳怎么能够跟其他那些地处偏远、人流稀疏的城市相提并论？以广州为例，只要有些人流，立马就会有各类摊贩相伴而生，其中就有很多食品摊。我家附近的地铁二号线，本来一些站点在看似“荒凉”的白云新城里面，可现在地铁站外面的马路俨然已成街市，特别是一到晚上，灯火通明，热气腾腾，颇为热闹。

《条例》有两个关键词：规定时段、指定区域。但我疑心这个《条例》根本就不适用于广州，因为广州这样的大城市，即便不规定、不指定，食品摊贩也随处可见，那些规定、指定又有什么意义？又有哪个街道、乡镇会去规定、指定呢？那还不乱套了？深圳估计也差不多。

这个《条例》也让人想起广州以前搞的小贩疏导区。广州前几年尝试搞小贩疏导区，但效果似乎并不如意，今年4月份还有媒体报道小贩见车就跑、两百米外疏导区无人愿进的情形。小贩之所以不愿意进，是因为疏导区成本上升（要交管理费）、效益下降（疏导区比较偏远，人气不旺），如此谁愿意进去呢？尤其是，自己进去了，腾出来的那些“黄金通道”立马被其他小贩占据，这样的亏本生意谁做？这次《条例》所称的临时指定区域，范围似乎比疏导区更宽广，但效果如何？至少在广州，相信不会很乐观。

如果广州没有街道、乡镇去规定时段、指定区域让小贩摆卖食品，就只能说明这部《条例》并不适用于广州这样的大城市。另外一个问题就是：遍布广州街头的小贩到底该怎么办？这个问题讨论过很多次，人们也想了很多办法，结果无一例外都不行。我认为这个问题暂时无解——至少目前是这样。城管与小贩的街头“游击战”典型地体现了当今中国公权力与社会、或者说治人者与治于人者之间的生存情状，在一定意义上甚至可以说是现如今中国政治生态的典型表现。只要我们的治理理念、社会结构不发生改变，那么这种情形就不会有变化，城管与小贩的街头“游击战”就会持续下去。

2014年7月4日《南方都市报》

◎ “网格化”管理中的信息共享难题

广州即将全面推行社区“网格化”管理，“网格化”管理的前提条件之一就是必须要对每一个“网格”内的信息充分掌握，否则管理就会沦为空谈。为此，广州将安排全市2万名网格员采取“扫楼”等做法对网格内的人、地、物、事、组织等信息进行重新采集。面对这项颇为庞大的工作，一些网格员感到压力山大。但另外一方面，公安、计生等政府部门对人口信息的收集早已在进行，并且相当完善。由于数据并未充分共享，以致网格员们不得不另起炉灶，耗费大量人力物力不说，还可能信息并不完整。

其实，类似这样的“信息孤岛”广州早已存在，早在10年前，广州市政协就召开过社区信息化专题座谈会，多位部门领导提出要通过立法保障社会管理的信息化建设，避免“信息孤岛”，认为“信息化如果只服务于管理者，必然造成信息孤岛现象，只有服务于人民才能真正解决问题。”10年过去了，显然这个问题并没有得到改善，以致前不久引发热议的“人在证途”困境，再次提及这种“信息孤岛”顽疾。

之所以出现“信息孤岛”现象，除了一些部门将这种自己辛苦得来的信息当成私家物事视作珍宝，恐怕还有一个更为根本的原因，那就是避免承担责任。这些责任可能来自两个方面：一是一些隐私、隐秘信息泄露导致不良后果，严重的甚至有可能吃官司；二是万一信息错误，后果也十分严重。为此之故，干脆自家信息自家用，你要你去收集好了，“信息孤岛”于是形成。

针对这种现状，有关领导在月初“网格化”全面启动时表示广州将建立一个跨部门、跨层级的互联互通、融合共享的网格化基础信息数据平台，全市各区要共享公安、人社、民政、卫计、房产、城管、气象、党建和来穗人员等信息资源，将网格内的人、地、物、事、组织等信息全部纳入数据库管理，实现社区管理和服务数据统一采集、动态管理、共建共享。但从如今网格员的压力山大来看，这种“网格化基础信息数据平台”的建设并不理想。

如何破局？本月初的“网格化”全面启动大会上，市长陈建华明确表示，除保密信息外，凡是不提供信息的部门，就一律不提供财政拨款。“因为这些服务是财政购买的，政府的职能部门都不提供服务，不提供信息，那就不提供购买了，停止财政拨款。”道理固然如此，但要真正落实，恐怕还是有赖于制度建设。制度建设在技术上我认为完全不存在问题——连网格员都人手一台平板电脑了，问题恐怕还是在于某些部门主政者的思想观念方面，也就是10多年前政协会议上人们说的，“信息化到底是为管理者服务，还是为人民服务？”如果我们收集信息是为了方便对社会进行管控，那当然就秘不示人、视为珍藏了；反之，如果是为了更好地服务市民，还有什么理由不拿出来共享呢？

2014年7月19日《羊城晚报》

◎ 限购船票非长久之计

据报道，由于珠海各海岛开发逐渐完善，吸引了越来越多游客到珠海进行海岛游，海岛乘客增长的同时也对珠海主要经营海岛航运的香洲港客运站造成了一定的压力。18日，记者从珠海万山区港务有限公司官网获悉，为缓解旅游旺季旅客购票难问题，香洲港客运站自2014年8月22日（周五）起，每人限购3张船票（含小童）。

又是限购，不过这次不是房子，也不是火车票，居然是船票，对于我们这些局外人来说，颇感新鲜和意外。看到报道，我第一时间想到的竟然是十八届三中全会提出的“使市场在资源配置中起决定性作用”：船票紧张说明市场需求旺盛，要做的是赶紧提供更充裕的运能去满足市场需求，而不是去限购、抑制市场需求。

当然这样做也可能会遇到一些实际的问题，比如放开游客进入会不会使那些海岛不堪负荷？从报道来看似乎不存在这个问题，提及较多的是游客蜂拥而至严重影响了海岛居民、驻岛部队官兵和相关驻岛单位人员的正常进入。但我觉得这个问题似乎更好解决：对这部分人实行专窗专卖、专船专运不就行了吗？据说限购的目的主要是为打击“黄牛党”，但试想如果不是运能不足票源紧张，哪会有“黄牛党”呢？

有网友提议“放开运营权，让更多民营资本进入”，我觉得这个意见值得重视。十八届三中全会提出：“支持非公有制经济健康发展”，“坚持权利平等、机会平等、规则平等，废除对非公有制经济各种形式的不合理规定，消除各种隐性壁垒。”如果政府一时无法解决这个问题，正可以让民营资本进入，一方面解燃眉之急，另一方面创造税收、增加就业，一举数得。

去年我经过珠海进出过澳门一次，今年夏初又去过一次横琴，一个最突出的感受就是珠海离澳门真是太近了，近到一墙之隔！最近几年经常从报章上读到有关横琴开发的消息，知道横琴已经成为国家级新区，定位为粤港澳合作示范区，横琴也成为一块投资热土、发展旺地，吸引了全球眼光。目力所见，横琴也处处显现出热火朝天的建设景象，一些著名的企业和机构比如澳门大学、长隆集团也已入驻，显得欣欣向荣。

横琴的发展必定带来珠海的整体发展、提升，正如媒体所说，以生态文明统领城市、产业发展，以现代服务业构筑能参与国际高端竞争的产业结构、以统筹理念实现经济环境民生共赢的横琴，将是珠海“建设生态文明新特区、科学发展示范市”的重要引擎和突破口。横琴“面向世界，优先港澳”，被称为全国唯一的粤港澳紧密合作示范区，从大的方面来说更丰富了“一国两制”的实践内涵，具有相当深远的时代意义；从小的方面来说，必定使珠海成为一个更开放、更发达、战略地位更加重要的现代国际化都市。

在这样一个宏观背景下，香洲港客运站的限购就显得格格不入了，说得难听点，那明显是一种计划经济时代的小家子作为，与现如今的大发展、大视野完全不相适应，也不符合珠海的未来形象。因此，如果说限购是一种当下不得不为之的临时应急措施，那么从长远计，珠海必须要尽快规划建设能够满足市场和社会需求的现代化客运港，如此方不负“全国唯一的粤港澳紧密合作示范区”的美名。

2014年8月26日《南方日报》

◎ 生鲜改冰鲜，不要搞得一地鸡毛

5月1日起，广州将实施冰鲜鸡试点，实施家禽“集中屠宰、冷链配送、冰鲜上市”的模式，试点区域包括番禺区大学城片区、天河区珠江新城片区、荔湾区（除芳村外）及越秀区。日前记者走访了一些试点片区，发现尽管部分市场已有区级牵头部门到场踩点、调研，但总体上大家还是按兵不动，甚至至今仍有不少试点区域肉菜市场没接到通知，不管是档主，还是市民，都问题一箩箩，而对于这些老百姓比较关心的话题，至今未得到有关部门的正面回应。

广州向来“无鸡不成宴”，而且一定要吃现宰现杀的生鲜鸡，现在一下子要将生鲜鸡改成冰鲜鸡，借用世卫总干事陈冯富珍女士针对香港的说法，市民就要改变“食活鸡的文化”——谁都知道，文化这东西是最难改变的，来一场革命都不行。

但改变应该是大势所趋的了，一是各类禽流感频发，而且研究表明禽流感的确跟“禽类暴露史”密切相关，主要是批发市场和菜市场。再就是城市越来越现代，那种血淋淋水沥沥、一地鸡毛的火热场景，确实更适合出现在更“天人合一”的乡野村落，而不是现代都市。

怎么改变？市民固然难以想象用冰鲜鸡去煲老火靓汤、做白切鸡，但说实话，如果市场上只有冰鲜鸡，也只好如此了，慢慢就会习惯的了——以广州人对吃的专注和讲究，说不定会发展出新的冰鲜鸡菜式呢，否则何来“食在广州”的美名！

真正有问题的是另外一方面，就是这只鸡在上餐桌之前的这一路行程：养殖、供应、生产、配送、销售，可以说，终端从生鲜变成了冰鲜，那么前面的每一个环节都必须跟着变化，真正是牵一发而动全身，说一只鸡、千条线，并不算夸张。

现在市民的一些质疑，可以说就伴随着这只鸡的一路行程：为何未公开招标就选中三家供货商？同样是入口，广州冰鲜鸡的加工标准可否跟供港冰鲜鸡一样？冰鲜鸡的运输可否跟香港冰鲜鸡的运输一样丝丝入扣、没有一点罅漏？转卖冰鲜鸡，涉及成本的增加、客源的流失等等，档主的利益如何保证？还有，现在只是试点，隔壁市场就有生鲜鸡卖，全面铺开以后还会有走鬼，不管来路正不正，生鲜鸡一定会继续存在是肯定的，如何跟他们竞争？

这才是眼前最急迫需要面对、解决的问题，但是很遗憾，离5月1日只剩几天了，没有人来给个说法，档主们依旧蒙查查一头雾水，甚至是“卖一天算一天”。而当记者去政府有关部门去寻求答案的时候，却遭遇踢皮球：从农业局到食安办，到经贸委，兜了一圈又被踢回到农业局——这不是一个现代城市政府应有的组织水平和工作作风。

从生鲜到冰鲜，对社会的运作模式其实是个巨大的冲击、改变，牵扯到方方面面，绝非一纸命令就可以奏效，也绝非短短几天工夫就能够坐言起行的。如果不能收回成命设立适应期，就应该赶快制定出详尽的实施方案，对每一个环节都必须要有清楚明晰的指引，并且派人深入试点区的各个点去指导实施，否则到头来落得一纸空文，对政府公信力又是一个打击，毕竟时间已经不多了。

2014年4月25日《南方都市报》

◎ 禁售活禽，关键是可行性

前天广东省食安办主任、省食药监局局长段宇飞透露，将在前期试点的基础上，于明年1月1日起正式在全省推行活禽禁售或限售管理办法，涉及地区为珠三角各地级以上市城区和具备条件的其他人口密集的地级市城区。

对这个政策说实话我是拥护的，而且我也相信这是一个趋势——我们无法想象一个现代化的国际大都市里面鸡鸣鸭叫、污水横流。但问题是：做不做得到？

段局长说全省范围内的活禽禁售、限售要在前期试点的基础上进行，那广州前段时间的试点情况如何呢？今年5月5日广州正式开始家禽“集中屠宰、冷链配送、生鲜上市”试点，当时说的时间是6个月，结果到了9月23日，又决定延长到年底。之所以要延长到年底，是因为试点4个多月，生鲜鸡销量逐渐滑落，不少档主都悄悄售卖光鸡平衡收支，以致政府有关部门不得不修改原来的方案，采取“生鲜为主、光鲜补充”的所谓过渡期措施——显然广州的试点并不算成功。

广州的试点尚且难言成功，其他地方就更加不乐观了。这么一个不算成功的试点，又怎么可能成为日后在全省推行活禽禁售、限售的基础呢？更何况广州市政府发布的《关于在部分区域开展家禽集中屠宰、冷链配送、生鲜上市先行试点工作的通告》中有这么一条："相关法律、政策依据变化或有效期届满，根据实施情况依法评估修订。"实施情况不尽如人意，"依法评估修订"也不见踪迹，结果现在就准备要在明年1月1日全省推行了——老实说在这个政策的制定、实施的过程中我看不到多少现代政府运作所应具有的科学、严谨。

经常听到有人指责别人说不切实际，我觉得在禁售、限售活禽这点上，我们的政府有关部门也不太切实际。一是多年的生活方式、习俗哪能说改就改？何况牵涉的又不是个别，而是一个庞大的群体。二是普遍来看这个庞大群体的社会规则意识欠奉，你不让售卖活禽，但就是有人悄悄地在台面下买卖，你奈他何？你可以指责他们素质低下，但这就是你推行某项政策必然要面对的现实，对于政策的实施来说，素质低下之类的指斥、责难可以说毫无意义。

现阶段比较现实的做法，我认为政府主要还是倡导，跟大家摆事实讲道理，而不是动不动就一纸通告不许这样不许那样，那是行不通的。此外就是在一些中心城区做试点，再缓步推广开来。"一刀切"地在某月某日全省推行，注定了到头来成为一锅夹生饭，反而不利于真正切实有效地推行。

2014年11月7日《南方都市报》

◎ 电动自行车解禁，希望这次做得漂亮些

日前，广东省政府发布了《广东省电动自行车生产企业及产品目录管理办法》，将实行电动自行车准予登记上牌目录公告制度，符合相关条件的电动自行车产品可申请进入目录，进入目录的电动自行车可登记上牌上路行驶。

这是否意味着广州的电动自行车要解禁了呢？事实上国庆长假期间，广州市

政府在回复省政协委员杨中艺的有关提案时就告知广州市准备成立电动自行车管理工作联合协调办公室，牵头研究确定是否在广州推广符合国家标准的电动自行车。现在省里又出台了这样一个规定，更让人觉得广州电动自行车解禁在即。

广州“禁电”始于2007年，在2006年下半年就开始酝酿出台有关政策，很引起了一些扰攘，甚至还引发过官司。那时我刚当选市人大代表，还没正式参加过一次市两会，不知怎么也卷进去了，而这也成为我参与的第一件公共事务。在2007年1月底召开的广州市十三届人大一次会议上我提了3个建议，其中一个就是《关于举行公开听证会、确保广州禁止电动自行车的民意基础的建议》。那时跟一些电动自行车生产企业、商户、用户都有些接触，感觉有关部门主持召开的“禁电”听证会似乎并不具备广泛的民意基础，一些直接利益相关者都没有参与，因此主要是从公共政策的民意基础这个角度提了这个建议，也得到一些代表的联署附议。

这次广州准备对电动自行车解禁，我的出发点还是跟几年前一样：要有广泛的民意基础。之所以旧事重提，一是因为过去这么多年了，我们的公共政策的制定在合法性程序上还是没有完善，民意并没有通过具有法理性的制度化程序成为公共政策制定过程中的主导因素，行政主导还是无处不在，包括这次也是如此。二是因为电动自行车不管禁还是不禁，都会有不同的看法、产生很多各种各样的社会问题，所以的确需要广泛听取各方面的意见。

正如很多人所说，广州“禁电”这么多年，其实一直是禁而不止，交警部门也说过要“人性执法”，在大型小区或一些偏远地带“眼睁眼闭”。这次准备解禁，其实也是个机会，一方面对过去的“禁电”政策进行反思修正，另一方面对当下电动自行车使用的实际情况进行进一步的规管，使之更加符合规范。

解禁以后电动自行车大量上路是必然的，人们最担心的主要有两点：安全和交通拥堵，前者包括交通安全和路人的生命财产安全——会不会又出现从前人们闻之色变的飞车抢夺？至于后者，几年过去广州的汽车不知增加了多少，现在又来一堆电动自行车，交通岂不是更加拥堵？也许还有很多其他意想不到的情况。这些都是需要事先仔细思量斟酌的。

尤其是，几年过去了，我们的社会也进步了不少，社会的理性水平也大幅提升，体现在社会公共事务也就是我们常说的政治方面，就是公共政策的制定、出台应该更加符合现代社会的理性标准和要求——这几年广州都成了文明城市了，但愿这次电动自行车的新政策可以比以前做得漂亮一些——不管是制定，还是执行。

2013年10月11日《南方都市报》

◎ “禁电”必须实事求是

近日广州出台《非机动车和摩托车管理条例（草案征求意见稿）》，针对非机动车和摩托车的生产、销售、供油、通行和停放管理，《条例》首次做出“禁售”、“禁油”、“禁行”、“禁停”、“禁坐”等规定。消息一出引发多方关注，部分依赖电动自行车生活、工作的人群明确对此措施表示反对，甚至有快递员称如果“禁电”将立刻辞职。

事实上“禁电”（禁止电动自行车上路）的决定并不是今日才作出，早在2006年就有了，当时引起了很大的争议，还发生了好几起行政诉讼，引来国内外媒体的关注。至于实施效果，一言以蔽之：禁而不止，以致今时今日电动自行车随处可见。尤其是这几年电子商务蓬勃发展，使电动自行车获得了新的用武之地，快递员身穿制服骑着电动车运输大件小件商品货物穿梭于各大建筑之间甚至成为城市的一道风景线，至于小区送快餐的、大型批发市场送货的就更不用说了。

正因为这样禁而不止，所以政府才出台了这个新的规定，而且还采取了一些新的措施。仔细考量，这些措施的实质其实是动员甚或强制社会的其他力量来参与辅助执法，比如“禁售”、“禁油”、“禁停”、“禁坐”，都属此类，目的都是为了“禁行”。

这就产生了一系列的问题：这样做合不合理——社会的其他力量凭什么要参

与你的辅助执法？这样做的法理依据何在？比如说，加油站只管加油，他的义务是为消费者提供合格的油品，再就是确保消费者加油时的安全，至于其他，则不在他的职责范围之内。你凭什么要他不能给某类车加油呢？这其中的法理依据是大可商榷的。此外，“禁油”势必导致车主与加油站之间的矛盾，其实质是将执法者与执法对象的矛盾转嫁给了社会其他成员，完全没道理不说，还徒添社会不安定因素。其他“禁售”、“禁停”、“禁坐”什么的也都类似。

再就是能否达到目的？禁了这么多年禁而不止，现在采取了新措施就能行吗？这是大可疑虑的。还是举“禁油”为例，我大可以拿个油桶来加油，或者开一台汽车加满油回去之后再过到其他车上——办法实在是太多了。

现在的情况已经非常清楚了：一方面是庞大的社会、市场“用”的需求——很多甚至是刚需，一方面是政府“禁”的需求，这两者之间如何协调、平衡？这就是摆在我们面前的课题。政府近10年禁而不止，而现在的新措施又面临诸多质疑和挑战：法理的正当性、措施的合理性、执法的有效性等等。面对这汹汹民意，不知政府当如何自处？

好在现在出台的只是“草案征求意见稿”，接下来应该会有一系列的听证、座谈会等等。真心希望政府有关部门能够广泛、充分听取民意，实事求是地制定政策，否则政策出台却无法执行，不仅浪费社会资源、增添社会成本，对政府公信力也是一种损坏。

2014年10月14日《羊城晚报》

◎ 公园应该如何管理

近几年，广州的公园经常成为话题，主要是一些公共设施改为私人会所或餐厅，再就是噪声污染。为此广州市准备制定《广州公园条例》，日前广州市法制办召开新闻通气会，为媒体记者解答《广州市公园条例（草案征求意见稿）》的相关问题。

其实类似的规定广州早就有了，1988年5月31日广州市人民政府颁布《广州市公园管理规定》，1998年3月1日废除，同时颁布施行《广州市公园管理条例》。不管是条例还是规定，里面都有保持公园安静整洁、不得随意从事商业活动的规定，98版《条例》第二十三条甚至还明确规定“公园内供游客游览、休憩的亭、廊、榭、阁等园林建筑不得改变其用途”，结果呢？结果就是公园不断被各类餐厅会所蚕食，甚至还上了《人民日报》，以致现在又不得不再制定一个新的公园条例。先前的规定条例都不管用，这个新条例就会有用吗？

说实话，在公园绿草如茵、浓荫蔽日的幽静餐厅用餐，的确是件很惬意的事，但的确又于理不合、于法无据，道理非常简单：公园都是公共财政建的，目的是为了让人休闲。你开办餐厅，毫无疑问是侵占了公共资源、擅自改变了一些设施的用途。深一点看，其实是用公共资源谋取私利，这就是相当严重的问题了。市法制办有关负责人在解答《广州市公园条例（草案征求意见稿）》的相关问题时说，对于违规建会所、高档餐厅的“公办”公园，其管理人员如有徇私舞弊、玩忽职守等行为的，可以行政追责——对于在属于公共领地的公园建会所、餐厅，难道还有违规与不违规之分？

类似的漏洞还有“高档餐厅”之说。我们的一些法律就是这类定语太多了，以致给了执法者很大的伸缩空间：什么样的餐厅属于“高档”？由谁来决定哪些“高档”哪些不“高档”？这些都是一些相当模糊的地带，让人难以对这样的法令寄予多大的希望。据说会有相应的细节来规定说明，唉，到时候肯定又是一堆复杂的指标数字。

与之类似的还有噪声，也是说不同的公园情况各有不同，“环境噪声标准不‘一刀切’由公园管理机构设定”。皮球踢给了公园管理机构，但你都说了情况各有不同，有的靠近学校有的靠近医院有的靠近写字楼办公区居民区，你叫他们如何制定这个噪声标准？公园管理机构制定的这个标准又怎么会有权威性？其实这个标准就在公众，当他们不能忍受时一定意味着噪声超标，超标了就会投诉，只需认真对待、处理、解决好他们的每一次投诉——就像纽约中央公园前段时间发生的那样——不就行了?

去过国外的人都知道他们的公园真的是一个欢乐喜感的地方：打球的游戏的跑步的晒太阳的散步的等等，好一派安宁祥和丰富多彩。我想他们能够做到这一点一定是有非常明确的指引：能够做什么不能做什么，绝不会留有一个又一个的灰色空白地带，想不诱人钻空子都不行，以致过个十年八年只好再来一部这规定那条例。

但愿不要再这样耗时耗力了!

2013年9月26日《新快报》

◎ 公园的噪音扰民的确应该依法制止

广州市公园条例已经列入广州市人大常委会明年的立法计划，其中拟对公园噪音开罚。日前，广州市人大代表法制专业小组走访流花湖公园、越秀公园等，对市民进行现场问卷调查。有关负责人表示，下一步将根据调研和委托社会组织进行调查获取的信息，制定好相关条例，在正式处罚前也将做好充分的宣传教育。

今年以来，有关广场舞噪音扰民引起的冲突不时耳闻，甚至出现了泼粪便、放藏獒、开猎枪这类相当骇人的情形。流风所及，甚至波及大洋彼岸的美国，一群在纽约布鲁克林日落公园跳广场舞的中国大妈惹来了警察，领头的被戴上手铐带走，搞到要出庭应诉。

这件事给身处转型社会的我们提出了一个相当迫切的课题，用学术的语言说，就是我们应该如何建构社会的组织原则。通俗点说，就是人与人之间应该如何相处。

按照西方“人各自由，以他人自由为界”的理念，跳舞当然没问题，但到了扰民的地步就肯定不对，这是没有任何价钱可讲的。他们的社会是权利社会，权利就是社会的最高价值，一切都必须服从这个价值。与之相关，衡量行为正当与否的唯一标准就是看你的行为有没有侵犯到他人的权利，如果有，不论是出于多么崇高伟大的动机都不行；如果没有，爱干吗干吗。他们也不会通过苦口婆心的什么道德教育来教导你尊重他人的权利，而是通过法律来保障每个人的权利不受侵犯，而这几乎就是法律唯一的功用——保护权利，而不是我们通常所说的打击犯罪什么的。

但我们中国人却没有什么权利观念，按照梁启超的说法："吾民自数千年来祖宗之遗训，即以受人鱼肉为天经地义，而权利二字之识想，断绝于吾人脑质中者，固已久矣。"缺乏权利观念，一方面固然习惯于"受人鱼肉"，另一方面也不懂得尊重他人（的权利），很多时候几乎就是完全无视他者的存在，比如随地吐痰、高声喧哗、随意加塞、四处攀爬涂刻等等，不一而足，显现出来的肆无忌惮、不可理喻总是成为破坏安宁秩序的危险不确定因素，让人心生厌恶、戒备和鄙弃。纽约的中国大妈跳广场舞被抓，固然可以说成是中西文化的冲突，但其实质还是你的行为侵犯了他人的权利，因此也就触犯了刑律而要承担相应的法律责任。

这样的观念日益"西学东渐"，所以广州才准备制定公园管理条例来对噪音进行管制，应该说出发点是完全正确的。需要讨论的或许是到底会不会产生效果？广州人大法工委有关负责人说公园噪音可能要由公园的管理部门来管，这就让人对其效果产生不小的疑问：公园管理部门不是执法机构，管得了、管得来吗？而且既然已经触犯了法例，就应该进入相应的司法程序，岂是区区一个"管"字解决得了的？又不是幼儿园的小朋友！我想既然是执法，还是应该学习美国，由警察来负责第一个程序，否则不仅无助于保护受侵犯市民的权利，也很可能有损于法律的威严，到头来两头落空。

2013年11月14日《羊城晚报》

◎ 公园购买摄像头的经费须透明

前天，广州市林业和园林局发布采购公告，拟花7400万元为广州重要公园添置941个摄像头，同时建设30个森林防火视频监控系统。消息一出引来众多关注，人们普遍关心会不会存在浪费？官方回应不存在浪费，比如折旧的需要更换，再就是新增设备以便全覆盖，等等。

我认为造成浪费有两种情况：一是这钱该不该花？二是如果该花的话有没有买贵？

什么是该花的钱呢？当然不是某位领导突然想起来说这个有必要那个有必要，而是经过年初两会时人大批准了的预算，列入预算的就该花，没有列入就不该花。前不久市人大调研市政府各部门今年预算执行情况和明年预算编制情况，我也参加了几次。有一个较为普遍的现象，就是今年预算执行力度不到位：该花的钱没有花出去，有的执行率甚至是零。原因各种各样，也的确存在一些客观原因，还有的就是因为没到年底，还没有最后结算——事是做了，只是钱还没有付。

林业和园林局这次花这么多钱给公园买摄像头，我不知道是属于哪一种情况。如前所述，这笔钱该不该花？我认为要看年初有没有这一笔预算，如果有的话，那么现在就应该花，而且还要赶快花，否则就是工作没有完成，当然也就不存在浪费；如果没有这一笔预算，那么就不仅仅是浪费这么简单了：预算都没有，怎么凭空多出这么一件事来的呢？果真如此的话，纳税人的钱岂不就成了无掩鸡笼？而且钱从何而来？这些都是要交代清楚的。

至于有关负责人说的折旧更换啊、公园区域全覆盖啊等等这些必要性，我认为都不是根本——如果有必要当初就应该列入预算；如果没有列入预算就证明没必要，属于违规乱花钱。什么？当初没发现现在才发现有必要？这么扯的理由相信应该没有人说得出。

至于第二个问题：如果这笔钱该花，有没有买贵？这个问题我认为属于执行过程中的细节。这么一大笔钱我相信一定是要经过政府招标采购的，为了回应公众的疑虑，我认为市林业和园林局还有其他一些相关部门很有必要公布一些信息：中标公司是哪一家？这么高的价钱是怎么定的？质量如何？使用期限有多久？等等。只有这些都清楚了，公众才会释然，而不会产生各种联想。作为一个法治政府，其实公布这些信息不仅必要，而且完全应该！

2013年12月6日《南方都市报》

◎ 公园不是“唐僧肉”

近段时间城中媒体广泛报道了广州文化公园景点“汉城”被违规改建为电器城的消息，日前政协委员韩志鹏来到文化公园，就景点被侵占的情况视察了解，激动之时对公园管理方严厉：直斥“你们真的不能这样，文化公园还有没有文化？”

文化公园当然是有文化的，除了琴棋书画等等之类的所谓高雅文化，这件事也是凸显出了另外一种“文化”，至少有二：一是所谓的“公”就是唐僧肉，个个都想去分一杯羹；二是几乎没有什么规则法律意识。这些难道不是文化？而且似乎更加根深蒂固呢——文化可不仅仅只是那些好看好听的东西哦。

其实文化公园的这次事件并不新鲜，类似的消息我们早已耳闻多次，比如珠江公园里面的红酒吧、天河公园中的动静界健身美容尊尚会所、东风公园里的婚姻登记处，以及越秀公园里面的幼儿园或曰“启蒙中心”——那次也遭到过韩委员的“痛批”，但不知后来结果怎么样了。

公园何以至此？还不是因为是“公”园吗？这里面的阴暗心理不去管它，我们只想说：现代社会，不管是什么人什么机构，都必须要依法依规行事，否则就不是现代社会而是丛林了。事有凑巧，就在文化公园“没文化”的事儿闹得沸沸扬扬的时候，前天《广州市公园条例（草案）》在市人大常委会一审，其中第二十条明确规定：“政府管理的公园，禁止建设会所、酒吧、夜总会、酒店、宾馆等与公园功能无关的商业服务设施；禁止将亭、台、楼、阁等园林建筑改建为商业服务设施。”电器城？当然更在禁止之列了！

当然文化公园的有关领导在韩委员的“严厉”斥责下也表明了诚恳的态度，除了“向广大的市民、媒体表示诚恳的道歉”，同时表示“汉城”将于明年6月收回之后进行重新调整规划，到时“可能会以座谈会、问卷或网上等方式邀请市民参与监督”。这倒颇符合《广州市公园条例》第二十条的规定：“本条例实施前已建成不符合前款规定要求的设施，公园管理机构应当在本条例实施之日起五年内予以拆除或者整改。”——五年？人家明年就拆除！是不是更应该表扬呢？

除了“五年拆除”的这个规定让人纳闷，《条例》的另外一个规定也让人不解——第三十二条：“在政府管理的公园内，商业服务经营项目实行承包、租赁、合作经营等经营方式的，应当符合本市国有资产管理的有关规定，按照公开、公平、公正原则，通过招标投标、拍卖等方式确定经营者。”“经营者应当证照齐全、符合规定，并遵守公园管理制度，接受公园管理机构和相关行政管理部门的监督管理。”按照这个规定，电器城什么的也不违规啊！这么大的一个模糊、灰色的规定会导致什么后果？这体现出的又是一种什么样的文化呢？

看来，“没文化”的可能远不止文化公园呢。

2014年8月28日《新快报》

◎ 公园的生存问题是个伪问题

广州文化公园内的公共景点接连被商业侵蚀的事还在继续发酵，有专家表示我们也需要思考一下公园的生存问题，要维持公园的生存，财政是否足够？“有可能政府的公园财政支出是够的，公园出于私利要出租物业挣钱。”

我觉得在法治社会，衡量任何一种作为的唯一标准只应该是法律，而不是其他，公园本身因其公共属性更当如此。正在审议征求意见的《广州市公园条例》里面明确规定：“任何单位和个人不得改变划为永久保护绿地的公园用地的使用性质。”“政府投资建设和管理的公园，禁止建设会所、酒吧、夜总会、酒店、宾馆等商业服务设施，以及有碍公园景观或者与公园功能无关的建（构）筑物和其他设施；禁止将亭、台、楼、阁等园林建筑改建为商业服务设施。”——这其实已经说得相当清楚了。

不搞商业设施，公园如何生存呢？事实上在2009年7月1日广州公园免门票以后人们对此就有过担忧，不是担忧公园活不下去，而是担忧公园少了门票收入这一块后，要么压缩公园维护开支令环境服务变差，要么积极划地出租经营场地，令公园绿地进一步缩减、公园商业气氛越发浓厚。现在看来，前者尚没听闻，而后者这几年则不绝于耳，文化公园不过是最新的例子而已。

不担忧公园活不下去，是因为公园作为一项公益事业，自有财政拨款来“养活”。在这方面《天津市公园条例》可资镜鉴，其第四条明确规定：“各级人民政府应当将公园事业纳入国民经济和社会发展计划，足额拨付公园建设、养护和管理所需经费，保障公园事业的发展。”据说在天津各大公园取消门票以前，门票收入几乎占到公园收入的60%，而广州公园门票收入平均占到公园总收入的25%，相比于天津少多了，可惜正在审议的《广州市公园条例》对此反而没有一个明确的说法，第四条只是说“本市公园事业的发展坚持政府主导、统一规划、规范管理、群众参与、社会监督的原则”。建议也像天津那样明确规定由政府足额拨付公园费用。

当然《条例》没有说并不表示就没有拨款，我相信政府对公园的财政拨款只会增加，绝不会减少，尤其是取消门票以后。所以考虑公园的生存云云，基本上是杞人忧天。

其实这次文化公园暴露出来的问题，以及前几次其他一些公园暴露出来的类似问题，都与公园的生存毫不相涉，反映出来的是总有一些人时刻琢磨着利用公园的丰厚资源生财牟利。但愿《广州市公园条例》尽快出台，可以刹住这股歪风，让公园的运行步入法治的正途。

2014年8月29日《南方都市报》

六

广州交通

Guang Zhou Jiao Tong

◎ 广州“限外”要思量

广州终于要限行外地车了。前日下午，广州市交通工作领导小组办公室发布公告，将于4月19日举行“限外”方案听证会，公众可通过报名、选出代表的方法参加听证。不过，听证会将只征询对“限外令”的意见和建议，不对方案的执行进行表决。

这真是一件很怪异的事，一面在搞珠三角一体化、年票通用、广佛同城，一面在“限外”，这两者之间的悖谬如何解释？

我的第一感觉，“限外”是“限牌”的后续动作。去年广州突然抛出“限牌令”（我觉得说“限”并不准确，是拿出一半拍卖一半摇号），令一些人措手不及，很多广州车主于是转而到周边城市比如佛山、东莞上牌，使“限牌令”的执行大打折扣。作为跟进或弥补，于是又有了这次的“限外”：我不让你进来，看你怎么上外地车牌。

当然这只是我的“小人之心”，官方给出的理由是缓解交通拥堵、降低汽车尾气污染等等，跟“限牌”一样。可是你想想，外地车又能添得了多少堵呢？就像相关部门负责人说的：“抽样时间内外地车牌流量占总数的10%左右，但是也很难说限外之后，市区交通车流量就会下降10%。”这就像夫妻吵架，一方给出的不是真实的理由，你跟他争辩半天都是白费工夫。

因为“限牌”扯出了“限外”，“限外”又会扯出什么？我觉得这是大可探究的。公告明确了不受“限外令”约束的外地车辆种类：执行任务的军车、警车、消防车、救护车、工程救险车、持道路运输证件的客运车辆（不含租赁小汽车）、港澳号牌、使领馆号牌车辆。可是公务车呢？广州是省城，每天会有多少外地公务车要进来？难道一个外地市长的专车也不让进？当然公告说了，是在特定的时间地点“限外”，可是如何才能拿捏得准这个时间？还有就是，要付出多少人力物力去围追堵截啊！这不是更进一步提升了社会的运作成本吗？……总之，我感觉“限外”会导致很多其他的后遗症，有些可能是我们现在都还无法预知的。

这次“限外”不像上次“限牌”那样突然抛出，要举行一个听证会。可是听证会只能提建议，不能否决，这叫个什么听证？听证代表15名，其中10名摇号产生，那另外5名呢？他们可占了三分之一哦，而且还都是一些有身份的人，比如专家、人大代表、政协委员，如何确保他们的公正性？

不过也有一个亮点，那就是申请人没有地域户籍限制，这意味着受限外令影响的佛、莞、深等地市民均可以申请。因此我也呼吁这些城市的市民赶快来省城参加听证会，毕竟你们才是真正的利益相关者——再不来就“限”了。

2013年3月21日《南方都市报》

◎ 限来限去何时休？

日前，广州公布了限行外地车的听证方案，引来社会的强烈反响，尤其是佛山反应激烈，媒体甚至用了“广州限外，佛山怒了”这样的说法。佛山的人大代表继前日指斥广州“以一己之私扰乱珠三角”之后，再次批评“广州限外都不是以人为本的政策，于法于理于情都不妥当，更没有尊重佛山和其他城市民众的权益。在广佛同城的大背景下，广州限外简直是一个笑话”。他们还打算联名上书，呼吁广州限外、佛山应该例外。

但我觉得他们的建议一开头就搞错了方向：“广州限外本意是治堵。”哪会呢？以前说是为了治堵，这次终于将实情道出：“限外是为了确保限牌效果。”去年限牌，没想到广州人并没有像政府期待的那样大撒银子“踊跃”参与车牌拍卖，反而都跑到佛山上牌去了，以致车牌都以底价成交，与上海车牌的不断攀升大相径庭，预期的收益不说落空，也是大打折扣，令人失望。为了堵住这个“政策缺口”，于是而有现如今的限外。至于对佛山例外，这也几乎不可能：对佛山例外，那东莞中山不都跳起来了！歧视的指责只怕都扑头盖脸地过来了。我感到很好奇的是：限外又会产生什么意想不到的后果？会不会跟着又有其他的后续跟进、补救措施什么的？果真如此的话，够领导们忙乎的。

综观这类政府行为，一个字：限，不准这样不准那样。尤其是在珠三角一体化、广佛同城言犹在耳的背景下，这个大大的“限”字就显得非常突兀，以致网上充斥着“以邻为壑”、“画地为牢”、“故步自封”等等之类的言论。如何解释这两者的背离、纠结，还真不是一件容易的事。

国家领导人多次提出要正确处理好政府与社会、与市场的关系，深圳市委书记王荣在今年的省两会上也说改革要在不断完善政府与市场的关系当中进行。最近发生的一些事，比如广州的限牌限外，真的让人感觉这些论断大有深意、大有来头。汽车买卖完全是市场行为，政府可以去限吗？外地车不准进城，这又是哪门子的道理？也许唯一可以理直气壮说出来的理由是人家北京上海也如何如何。可是广州不是号称中国市场经济最发达的地方么，是什么时候开始不再勇立潮头变得亦步亦趋了的？

但愿这次限外不会又有什么意想不到的后果，以致又要亡羊补牢似的跟进、补救，倒不是考虑什么政府的公信力和管治能力什么的，而是不希望社会又要付出更多额外的成本、代价：你以为那些停车场、耗费的时间精力等等都是免费的呀？

2013年4月12日《南方都市报》

◎ 广州有责任将限牌限外的影响降到最低

前天，广州党政代表团访问佛山，市长陈建华特别提到“广州限牌限行，请佛山支持”——比较准确的表述恐怕是“限外”：广州先是限牌，结果很多市民跑到邻近的佛山上牌，使广州的限牌政策大打折扣；不得已，广州于是“限外”：在规定的时间和路段禁止外地车通行。结果引来一片哗然，尤其是离广州最近的佛山反应最为激烈，原因无他，实因广佛同城不说达到了你中有我我中有你，也早已血肉相连，这一“限外”，你叫那些经常往来广佛两地的市民怎么办？

办法当然是有的，那就是坐公交，陈市长也说了：“限行不是为了治堵，而是为了公交优先，也是为了今后的不限牌、不限行。”他还做了个计算：今年底，广州的公交出行率可达到60%，到2015年，将可达到70%，“如果一个城市公交出行率能达到70%甚至75%以上(香港是80%)，它就可以不限牌不限行”。问题是这个公交出行率是怎么来的呢？假如人们都是因为限牌限行不得已坐公交，那么这个公交出行率的统计有意义吗？如果不限牌限行了，人们会不会都去买私家车，那时公交出行率还会有这么高吗？香港的公交出行率达到80%，但并不是限牌限行的结果，而是人们自然选择的结果，我们跟它不可比的。

但现在说这些都没什么意义了，因为政策已经定了，也不可朝令夕改，为今之计，就是像陈市长说的：“把影响降到最低。”对此我深以为然，不为别的，只因为这是广州的责任：广州是全省人的广州，你凭什么“限外”呢？如果你非要“限外”，你不来降低影响，谁来降低？

如何将影响降到最低呢？我觉得首先还是要安抚，就像这次到佛山一样。但安抚对象绝不仅仅只是佛山，也绝不仅仅只寻求佛山的支持，还有全省所有地市。大家都尊广州为大哥，结果你一纸令下，将小弟们关在门外，实在有失大哥风范，也伤了大家的心。记得限外令甫出，即有深圳网友上书呼吁抵制广州车入城。前不久去清远，当地官员也颇有不满，表示以后要么去香港要么去佛山购物，不来广州算了。所以，作为大哥，安抚一下大家是非常有必要的，这也是一种尊重的表示。

安抚之后要有切实的动作。其实“限外”令一出广州就作了相应的安排，在一些城市边缘特别是广佛交界的地铁站设了停车场，但好多停车场却又设在限行区以内，让人挠头。这都是工作不细致、人性化不足的典型表现，只怕更令人受伤。

另外就是加紧修路，让大家觉得不开车也无所谓，反正坐公交一样方便——说不定更省事。相信这是最理想的效果，也肯定是政府一直追求的最佳结果。现在全国各级各地政府都热衷于基础设施投资，正好乘这个机会大力投资与周边城市衔接的公交地铁，既满足了大家的出行需要，也满足了政府的GDP追求，可谓一举两得。好在这方面的工作广州早已开始做了，据陈市长介绍，广佛交通衔接的一个重要方面体现在两市轨道交通的接驳和建设，以后“南海、顺德、禅城都有轨道交通直接和广州的地铁连接”。果真如是，则善莫大焉。但广佛之间的断头路却有点麻烦，主要是因为广州这边的拆迁费用远远高过佛山，相信这也是实情。但事在人为，就像广州老市长黎子流当年所说：“办法总比困难多。”

陈市长还说到2015年广州的公交出行率将可达到70%，言下之意，是不是说到那时广州就不限牌限行了呢？这不仅没让我兴奋期待，反而马上想起了阿克顿勋爵的另一句名言，大意是：这个世界最危险的事之一就是向人们许诺将来的幸福。尤其是在今日不知明日事的当今中国社会，说实话2015年都是一个太过遥远的存在。还是着眼于当下吧：那每天起早贪黑奔波于广佛两地的无数候鸟，如何让限牌限外给他们带来的不利影响小一点、再小一点。

2013年6月6日《南方日报》

◎ 也来说说停车费涨价

最近一段时间广州全城的本土“社会关切”毫无疑问是停车费涨价，官方给出的理由是为了治堵，但这个理由怎么看怎么牵强：你怎么知道一涨价车就少了呢？尽管去年市交委调查数据说当停车费上涨1倍，车主会改变出行习惯；停车费上涨2倍，车主会选择不开车进入中心城区，但前天《南都》的调查却发现67.2%的受访者表示不会因为停车费涨价而减少开车。我也问过一些朋友，他们说那还不简单，叫老公或老婆坐在车上等，警察来了再开车兜圈圈！而且，从逻辑上来说，如果是为了治堵，干脆涨100倍算了，或者如专家所说，干脆将中心城区的停车场全部关闭，岂不更能达到治堵的目的？而且，既然是为了治堵，那么住宅小区停车费也上涨又唱的是哪一出呢？同样的道理，住宅小区不仅不应涨价，反而应该降价或免费才对啊！

前天有人在网上发布了一份万言书炮轰这次的停车费涨价，直指停车费涨价根本不是为了什么治堵，而是为了还债。想想广州亚运之后巨大的债务窟窿，以及这两年广州日益强化的土地出让力度，不能说没有道理，事实上在一些私下场合很多人也都提到了这一点。所以我觉得首先是官方出了一道错题，然后很多人在一个错误的方向上寻求解答，甚至探究起治堵的方案来了——这些都有点南辕北辙。我也感到非常奇怪：政府为什么不明说涨价就是为了增加政府财政收入、用来舒缓还债压力呢？毕竟政府欠债还钱既正常，也正当啊！

从另外一个角度，这件事再次将一个老问题摆在我们面前：作为一个社会整体，我们究竟靠一种什么样的机制来决定一件公共事务？政府决定涨价，然后政府来主持召开听证会，其公信力早就饱受诟病。此外，政府的权力边界究竟在什么地方？如果一些停车场是由私人出资兴建，政府究竟有没有权力去决定它的价格？前天广州停车场协会召开了一个研讨会，提出住宅这部分应该完全按市场标准来定，政府不要限价，涨多少由小区多数业主说了算，这样既公平、又矛盾少，还符合市场规律——这难道不是天经地义的？！十八届三中全会都说了让市场在资源配置中“起决定性作用”，请问在这次停车费涨价的扰攘中，市场的身影在哪里？我们几乎看不见，看见的都是政府那只有形的、无处不在的大手。

在前不久召开的全国两会上，广州市人大常委会主任张桂芳提出应建立人大回应社会关切机制：“全国人大常委会应就人大工作如何回应社会关切问题专题研究，出台具体措施与机制。”广州当下最大的“社会关切”就是停车费涨价，人大可否回应一下？尽管全国人大还没有出台“具体措施与机制”，但广州作为国家中心城市和一向号称的改革开放排头兵，可否先行先试一下呢？

2014年3月21日《南方都市报》

◎ 且看停车费上涨会带来怎样的震荡

今天广州停车费正式开始涨价，其中咪表第一档收费达到国内最贵水平：16元/小时。根据前天南都记者的走访，发现路边停车场最积极，咪表位早就在调试系统就等时间一到立即涨价；跟咪表最高限价齐平的商业停车场却观望情绪浓厚，因为怕吓走顾客，暂时不敢乱涨。不过停车场协会有关负责人分析称，虽然商场怕赶跑客流，但如果咪表大幅涨价导致大量车进商场，进而引发排队，商场也有可能会跟着调价。此外，住宅停车费也会大涨，车主会不会将车开出去呢？但又能开到哪里呢？

不管市民有多少牢骚，广州停车费大涨看来是确定无疑的了。上涨停车费的目的据说是为了治堵，有关部门甚至还拿出了一些数据，说停车费涨多少路上的车就会少多少。今天停车费已经上涨了，我们很快就可以知道是不是这样了。如果是当然说明他们工作做得到位，万一不是，又会引来什么样的口吐莲花巧言令色？

要正确处理好政府与市场的关系，这已经成为人们耳熟能详的公共政治话语了。怎么样才算处理好了这两者的关系呢？不得而知，但这次广州涨停车费，却让我们看到了政府与市场事实上是一种什么关系——毫无疑问还是阿爷与仔仔的关系。最明显的，除了路边咪表最积极，其他一些商业领域居然很多都持观望甚至消极态度！餐饮人士认为现在餐饮行业面临着巨大的压力，“政府出台停车收费涨价的规定，势必对餐饮消费造成更大的压力”。零售业者甚至认为“停车收费涨价无疑会让商场雪上加霜”。这可算是市场的声音吧，较之物价局在整个过程中的不遗余力，政府与市场至少在停车费涨价这件事上的反差实在是太大了。国家领导人反复强调要简政放权，停车收费的定价权为什么不可以放开给市场呢？要知道广州当年的改革开放就是从物价放开破局的哦，而且带动了全国！何况十八届三中全会都说了要让“市场在资源配置中起决定性作用”！

停车费涨价关乎每个人的切身利益，开车的不开车的都“难逃天地之间”，不可谓不是“重大事项”，但人大似乎再次失声，不见踪影。据说广州人大正在积极调研如何健全人大常委会讨论决定重大事项制度，但愿这个制度早日出台，真正能够在一些重大事项上代民众发声。

停车费涨价就像丢入池中的一颗石子，激起涟漪是肯定的。唯愿涟漪不要太大，带来涨价的连锁反应，果真如此的话，大家可就真吃不消了——不仅钱包受不了，精神上心理上只怕也受不了。

2014年8月1日《南方都市报》

◎ 应尽快对停车费涨价进行绩效评估

广州停车费从8月1日开始涨价，说是为了治堵。有媒体记者从7月下旬就开始搜集官方每天发布的交通拥堵指数，发现整个8月广州中心城区晚高峰交通拥堵指数明显呈上升趋势，说明中心城区的交通拥堵反而恶化了——停车费涨价治堵并没有达到预期的效果。

对此广州市交委有关人士说是因为时间太短，“目前涨价实施才一个月，对于一项交通管理政策来说还很难完全发挥作用，而且七八月属暑假期间，对交通拥堵指数也可能有影响”。据说目前政府部门也在密切跟踪广州交通拥堵的变化，将会有一个全面综合的绩效评估。

停车费刚涨的时候，路边咪表停车大减，广州市物价局有关人士的说法是“停车少就证明达到效果了，涨价就是为了让车少进中心城区”。记得当时我还在心里嘀咕了一下：这逻辑也太混乱了，停车少并不意味着车少进中心城区啊，我开车在路上兜圈子行不？我乱停乱放行不？一个月下来果然如此，按照媒体前天的报道，由于乱停车的现象增多，反而给路面交通“添堵”！

今年三月全城热议停车费涨价，广州物价局在回应质疑时说：“预测两个（停车费涨价）方案实施后，近期中心城区交通流量将分别下降11.2%和11.9%，主干道车速将分别提速4.13%和5.07%，拥堵指数将分别降低7.47%和9.27%。”现在看来，这个“预测”是大有问题的——进入中心城区的车辆并没有明显减少，交通更加没有改善，停车费涨价并没有达到预期的治堵效果。

当然这样的结论可能被认为不具有什么“科学性”，所以我完全赞同交委有关人士的说法，要对广州停车费涨价治堵这项政策来一个“全面综合的绩效评估”。现在立法都在评估了，一项更关切民生日用的公共政策更应该进行绩效评估。

现在的问题主要有两个，一是绩效评估什么时候进行？交委有关人士说一个月时间太短无法比较，那么多长时间才可以比较呢？而且，既然一个月都嫌时间太短，何以停车费涨价的当天物价局官员就能够说出“停车少就证明达到效果了，涨价就是为了让车少进中心城区”的话呢？同是政府职能部门，说的话却南辕北辙，你叫大家如何相信你不是在信口开河？

另外一个更值得关注的问题是：评估以后怎么办？有媒体认为“停车费涨价或根本对治堵没效果”，如果经过绩效评估真是这样的话，那么这项政策当何去何从？又该如何反思这个政策的教训？我认为现在就应该“未雨绸缪”，将这些可能的情况都考虑清楚，并且政府有关部门要给出一个回答。记得就在七月份一则网友叫板广州市物价局吴副局长的段子在网上发酵疯传，网友说吴副局长在新闻中对镜头声称涨价咨询过专家，停车费大涨60%–100%会明显改善交通情况，“假若两月后没有任何改善，是否就此引咎辞职？”

民意汹汹，岂可小觑？

2014年9月3日《羊城晚报》

◎ 涨价不治堵，这个政策该检讨了

在日前举行的广州市政协“知情问政”活动中，广州停车费涨价但并不治堵成了众多委员关注的焦点，他们在广州市交委摊位前接力穷追猛打、连番追问“现在价涨了但是堵没治成该怎么办？”交委的回复依然是万能金句：“时间还短，治堵成效还没显现。”

但交委之前力主停车费涨价可不是这么说的，今年3月全城热议停车费该不该涨价时交委有关负责人说，据有关方面测算显示，“实行差别化停车收费后，预计近期中心城区道路交通流量可降低10%左右，干道平均车速提高4%—5%。”“近期”云云，给人的感觉，似乎停车费涨价治堵几乎可以立竿见影。

后面的故事大家都很清楚了：8月1日开始涨价，一个月以后《南都》报道广州的拥堵程度不降反升，8月份晚高峰指数范围从2.5至3.2变成了2.5至7.4，其中8月22日当天，因暴雨地处市中心的天河区和越秀区拥堵指数超过8，为严重拥堵。对此广州物价局和交委的说法是一个月的时间来考察政策的有效性太短，且8月份广州多场暴雨以及暑假出行人员增多，都会导致拥堵“变量”存在。

一个月不行两个月又怎么样呢？前天《信息时报》以“停车费涨了两月，9月比8月堵”为题作了报道，记者对比8、9月份的广州市交通拥堵指数发现9月份的拥堵指数总体比8月份还要高一个等级，特别是天河地区的早高峰从基本畅通变成轻度拥堵。对此广州市交委又有了新的说法：9月份交通拥堵指数的确较8月有所上升，主要是由于国庆、中秋等重大节假日期间市民出行活动的增加、突发事件如广北桥抢险围蔽施工等因素，给城市道路交通造成较大压力，导致9月份拥堵等级高于8月份。不知道10月份是什么情况，如果更堵的话交委又会是个什么说法呢？

其实在中国城市越大就越堵，这可以说是一个必然现象。原因除了我们经常说的城市规划不合理、交通设施落后、交通组织管理水平不高等等之外，更根本的原因应该就是前几年一位研究经济的朋友说的，跟我们国家的政治体制有关——在我们国家，资源都是跟着权力跑，权力越集中的地方，资源就越集中；资源越集中的地方，人流就越集中；人流越集中，想不堵车都不行！事实也证明了这一点。

如果这个论断可以成立，那么至少可以得出一个结论：堵车跟停车费的价格之间并没有什么直接的关系。我注意到这两天广州交通电台的“财经郎眼”里郎咸平教授跟另一位教授在争论这个问题，后者似乎是一位“价格杠杆学说”的忠实粉丝，说广州现在的停车费涨得还不够，还应该上涨。对这位学者的观点，我完全同意郎教授的说法：胡说八道！

堵车并不关涉停车费价格，结果你企图通过提高停车费来治堵，这不是典型的南辕北辙、开错了药吗？是，按照你的说法，一个月太短，两个月也太短，那么你究竟打算探索到什么时候呢？公众又凭什么要为你这种无休止的探索性失误买单呢？尤其是，公众凭什么要做你的小白鼠？

这就涉及另一个值得重视的问题：公共政策的绩效应该如何评估？经过评估以后被证明不合理的公共政策应当何去何从？现在政府越来越重视各种绩效评估了，我认为公共政策的绩效评估也应当进行，而且因为其牵涉面广、跟公众利益更相关，更应该立即进行，比如广州的停车费涨价治堵就是最新的典型。如何进行呢？第三方评估是一种较为普遍的办法，但我还是认为应由人大来主持开展——试想这事要是发生在香港，主事者都不知道被问责多少回了！

总之这个政策到了非检讨不可的时候了，否则我们就难言公信、难言服众。

2014年9月26日《南方都市报》

◎ 停车位、停车费都是糊涂账

前几天新华社报道了北上广深四个城市的路边停车位、停车费的乱象，别的城市不去管他，只看广州，的确是一堆糊涂账。

首先到底有多少停车位，就是一笔糊涂账。据广州市交委有关人士说，目前分布在广州主干道的咪表停车位共有6000个，但广州市政协委员曹志伟说交通部门向其答复全市共有约3.5万个占道停车位，那么这多出来的2.9万个停车位是怎么回事？交委人士说这2.9万个停车位分布在内街内巷，乃至村道，“这部分遭到大家的误解”。那么这些停车位是如何取得经营许可的？合法的显然只限那6000个咪表停车位，那么这些非法的停车位又是怎么公然存在持续经营的呢？迄今为止没有任何答复。

另外一笔糊涂账就是停车费了，新华社引述广州物价局公布的信息，2013年取得经营权的单位共向市财政缴纳经营权有偿使用费1346万元，向所属区财政部门缴纳占道费1489万元，总计不到3000万元。但曹委员根据全市3.5万个停车位、每车位每小时8元、每天有10个小时泊车保守测算，全广州车主一年需付出停车费约10亿元，新华社据此得出结论说这意味着仅有约3%的停车费最终收归财政。

交委人士说“咪表公司的行政收费是要全额缴纳财政统筹”，言下之意只有那6000个停车位收的钱要上缴财政，即便如此，按照曹委员的算法，也远远不止3000万元，接近2亿了，新华社报道中所说的“车主缴纳的停车费与政府财政所得之间存在巨大差额”显然不虚，那么这又是怎么回事呢？至于那2.9万个内街内巷、村道停车位收的钱去了哪里，更是来无影去无踪了。

更加值得关注的还有那6000个咪表停车位的经营权，按照新华社的说法，招投标过程“让人看不懂”。2011年，广州市政府对中心城区的占道停车位进行招标，最终电子泊车公司、德生咪表两家公司从五个竞标者中胜出。德生咪表公司股权复杂，实际股东多为自然人；更严重的是，工商登记信息显示，中标的电子泊车公司与三家未中标公司均有关联关系，这不是围标吗？！可笑的是招标方为顺利进行招投标，还特意更改投标者的资质门槛——这中间到底有多深的水？

最近有业内人士说曹委员一概以8元/小时的单价去计算收入是不科学的，“10亿收费要打个折”。那么我就来提一个“科学”的建议：将全市现有的所有路边停车位来一个拉网式的分类登记——这个工作应该比登记来穗人员容易得多，将每一个停车位收多少钱、钱的流向等等做一个翔实的列表统计，然后将这些全部公之于众。先做基本的事实判断，这是科学理性的第一步，否则迷雾依旧，一切都是废话！

2014年11月28日《南方都市报》

◎ 咪表疑云何时解？

新华社引爆的广州停车费停车位迷雾还在持续发酵，人们的关注点慢慢转到了经营企业和招投标程序上了。据南都报道，三年前广州市城投集团对中心城区全部咪表车位经营权进行公开招标，两家公司德生咪表和电子泊车最终中标，分食了中心城区6000个咪表车位。

但是随着两家公司背景资料的披露，当年招标过程的疑问也随之产生：电子泊车竟然是城投自己的关联企业，类似“老子招标儿子中标”；而另外一家中标公司德生咪表的身世较为复杂：它成立于2003年7月，注册资本1000万元，此后经过一系列复杂的股权转让，在2013年以1500万元的价格卖给6个自然人，这6人分别持股56%到2%不等，大股东是江西一家饲料生产企业的董事长，另外一位是长沙一家机砖厂老板，其他则不详。

整件事给人的感觉就是八个字：迷雾重重，问题多多。目前实施的《招投标法实施条例》第三十四条规定：“与招标人存在利害关系、可能影响招标公正性的法人、其他组织或者个人，不得参加投标，违反该规定的，相关投标无效。”依照这个规定，至少电子泊车公司的资质大有问题。城投集团却说他们并没有违反上面的《招投标法实施条例》，原因是上面的条例是从2012年2月开始实施的，而当时对全市咪表经营权的招标是在2011年11月，当时适用的《招标法》里并没有类似的条款，“我们在新条例生效之前就完成了招标，因此从法律上说，当时的招标并不受新条例的约束，所以没有违法”。

任你巧舌如簧口吐兰花，但现在都在讲依法治国、法治思维，其中一条就是一个人有没有违法不是谁说了算的，只能由法院说了算，所以我完全赞同全国人大代表朱列玉的观点，应该由司法部门和纪检部门介入调查。什么？没人报案、没人举报，没有理由介入？那新华社和本地媒体的持续报道算不算？舆论的一波又一波质疑算不算？如此昭彰的疑云摆在眼前，你却还岿然不动置之不理，叫人如何相信你依法治国的诚意和决心？

当然，司法和纪检介入并不就一定有罪，最终也可能是还他一个清白、皆大欢喜——这样也挺好啊，果真如此的话，有人在微信朋友圈所说的“以后不交费了，同佢哋打过”的冲突局面就不会发生，社会不就和谐了吗？反之，司法纪检一日不介入，广州路边咪表停车位的疑云就一日不得消散。

2014年12月5日《南方都市报》

◎ 咪表阶梯收费：一波未平一波又起

日前广州市政府在答复广州政协有关停车难提案时说广州明年将研究咪表阶梯收费，“市物价局将会同市交委收集交通运行数据，研究制定与交通运行状况挂钩的咪表停车场收费标准联动机制及阶梯式收费机制”，并称该项工作已列入市物价局2015年研究工作计划。

这真是一波未平一波又起，围绕广州停车位、停车费的种种质疑、争拗尚未平息，现在又来个阶梯收费！

当然阶梯收费并不是个什么新玩意，今年上半年在讨论停车费涨价时，政协委员韩志鹏就提出过阶梯收费的建议：一类地区咪表起步价不涨，半小时5元，每增加半小时加收一元，7小时末累计到161元封顶，161元可以停24小时；二类起步下调到半小时2元，7小时末累计到119元封顶；三类地区不用阶梯，封顶价从32元降到28元。但韩委员的建议并没有被采纳，咪表公司回应称有两个原因不赞成咪表阶梯收费：一是咪表阶梯收费计算方式复杂，车主和收费员都容易算错，甚至引发矛盾；二是阶梯收费在两小时后收费较高，极为容易引起车主不满,造成收费纠纷。几个月过去了，中间经过了涨价不治堵、巨额停车费去向不明、停车位招投标疑云重重的诸多扰攘纷争，都还没个说法，结果现在又来了个阶梯收费，而且是由政府宣布，而不是当初否定这个建议的咪表公司，让人实在看不懂、理不清这里面的逻辑、关系。尤其是，短短几个月，咪表公司当初的反对理由这么快就不成立了?

政府只是说准备研究，最终的方案是什么样子、是不是跟韩委员的建议一样，这些现在都还不清楚。我认为咪表阶梯收费的确值得探讨、研究，但先前城中舆论有关停车费、停车位的种种质疑却不能被转移话题，还要继续深究下去——特别是连新华社都关注了，更加不能不了了之。否则的话，即便到时候出了个哪怕是看上去很合理的阶梯收费方案，但大家的心里恐怕还是会有根刺，觉得钱交得不明不白、不情不愿。

2014年12月19日《南方都市报》

七 环境保护

Huan Jing Bao Hu

◎ 广州治水到底有多难？

广州即将开始新一轮的治水工程，日前公布的《广州市广佛跨界区域水环境污染整治工作方案》提出，要整治34条河涌，建设污水收集系统，河道清淤等。环保部门表示，将从今年6月起公布主要河涌水质监测情况，首批将公布50条河涌的水质监测情况。

看到这样的消息，市民的第一反应很可能是：不是曾经一天投入过一个亿吗，怎么还要花这么大力气治水？如果一天一个亿都不够，还能怎么治理？一天一个亿够不够不知道，反正记者从环保部门了解到，亚运前后治理的115条河涌，今年再次对其进行水质监测，对比2010年8月时的水质，55条河涌水质有所改善；14条持平；44条变差。也就是说，有将近四成治理过的河涌水质变坏。考虑到这类统计数据的水分，实际情况只怕更不乐观，尤其是——是变坏哦！

前不久跟随人大去芳村考察电子商务，对醉观公园前的那条河留下了深刻印象：两岸绿树婆娑、绿道整洁，明显是经过了精心整饰，但河水却一片乌黑、垃圾遍布，里面绝对不可能有任何生物存在。想必这条河就属于变坏之列了。有同行者说这主要是上游佛山的污染，但环保部门的监测显示，珠江广州段污水七成来自本地，只有三成来自上游！

不必去追问上游下游了，我只想问一句：每天投一个亿尚且如此，还能有什么更好的招？政府倒是提出了雄心勃勃的整治方案和宏伟目标：新建污水处理厂；对珠江西航道、流溪河、白坭河、花地河、石井河等劣五类河流，按一河一策原则提出分阶段目标和整治措施，确保2015年消灭劣五类水；到2015年，荔湾区对牛肚涌、西滘涌等20条河涌，白云区对白海面涌、石井河、跃进河、沙坑涌、江高截洪渠等5条河涌，花都区对白坭河、新街河等9条河涌，建设沿河污水收集系统、进行河道清淤，等等。可是我觉得河水污染的源头主要在于排污，如果排污的问题不解决，你建再多的污水处理厂、再怎么截流截污，又有什么用呢？事实也已经证明哪怕一天一个亿都不行！

所以，在新一轮的治水工程开始之前，必须要好好反省一下我们过去的治水思路和方式、手段，仅仅继续靠末端的截流截污、清理河道，却不去理会最关键也最困难的源头污染，恐怕是本末倒置，花再多的钱也不会奏效，只会陷入污染、整治、再污染、再整治的怪圈。

2013年5月3日《南方都市报》

◎ “广州式治水”

这几天城中媒体密集报道了广州的治水，结论似乎只有一个：花了很多的钱，但效果并不如理想——甚至可以说是很不理想，按照某位领导的话说，叫“系统性失败”。作为亲历的市民，我们也算是经历了广州治水的前前后后，差不多可以总结出一个“广州式治水”：花了很多的钱，管了几天的时间；喧嚣过去，又恢复了往日的容颜。

几天的时间就是亚运会。这提示我们思考一个问题：当初治水真的在正儿八经地治，还是只想图个表面，将举世瞩目的亚运会应付过去了事？从现在的结果来看，后一种的可能性是相当大的；而如果以亚运会期间的光鲜为标准的话，也不能不说这样的治水是成功的。

但这是一种怎样的成功呢？每天一个亿投进去，就是为了那几天的脸面吗？就是为了端出几个像东濠涌、荔枝湾涌这样的城市盆景吗？——而且还不能淋雨！如果这也算是成功的话，那只能算是政绩的成功，相应地则是公众的利益受损：花了钱，但还是要继续忍受每日的黑涌臭水。而那些官员倒好，升迁的升迁，荣退的荣退，留下身后继续苦逼的市民。难怪都说在中国当官是最舒服的了。

不管怎么说，时光并没有远去，必要的检讨、反思、追责是必须的，否则对未来的任何理想蓝图、远大规划、雄心壮志什么的都是空话、废话——当初是怎么说来着？你还能让人如何相信呢？

首先就是钱，比如当初雨污分流工程项目资金是145.5亿元，工程快结束时估算资金仅44 .3029亿元，那剩下来的100多亿元去了哪里?至今没有交代。100多亿元啊！想想你每天扳着指头过的日子，这是个什么概念？怎么可能一句“没有交代”就过去了呢？必须要交代清楚！不仅是这，每天一个亿，总共差不多500亿元的钱是怎么花的，也必须要清楚明白地交代清楚！

其次就是一些技术性的问题了，比如为什么两年花了486亿元，但市区仅一条河涌达标？专家说了，根本的原因是治标不治本，本是什么？那就是截污。不截污，河涌治理根本就是个笑话，这原本是个常识啊。当然专家就更懂这个常识了，据媒体报道，就在亚运治水方案公布前22天，国内12名“顶尖专家”齐聚广州香格里拉大酒店，参与“广州市污水治理思路与对策座谈会”。专家的普遍意见是治水是个庞大的系统性工程，不能急功近利，要科学规划、精心组织，要慢慢来。但领导慢不起来，要的是快，要在规定的期限内（亚运之前）见成效，于是才有了当时的市领导的慷慨激昂：“大家不能再拖了，要一天当5天用！”于是“5+2”(五天工作日加周末)、“白加黑”(白天黑夜都在工作)、“夜总会”(夜里总是要开会)、“要疯了”等口头禅开始流传，于是才有了今天的“系统性失败”、有了市民的继续苦逼——更苦逼的是甚至都不知该找谁问责。

今后怎么办？领导们又开始口吐莲花、描绘宏伟蓝图了，尤其是据说深隧之外还要建浅隧，让人不禁担心治水又演变成了政府巨额固定资产投资的口实。果真如此的话，那我们只好等着下一个“系统性失败”吧。

有领导说今后不能“运动式治水”，我想他其实说的是“突击式治水”，比如为了类似亚运这样的盛典而突击治水。我觉得治水倒还真应该是“运动式”：治水绝非为了某种短期效应，比如亚运会，而是一个长期的、持续不断的过程，完全不存在治理成功、一劳永逸的情况。只要我们的生活在继续，治水就不会也不应该停歇。理想的情况是污水排放尽量减少、排出的污水都进行截污处理，并且全系统每个环节井然有序、丝丝相扣，一切都良性循环。

要做到这一点，首先要做的就是端正态度，治水不是一个短期的政绩工程，而是一个长期的“运动”。如果不先端正整个态度，那么我们就难逃先前“广州式治水”的窠臼。

2013年7月5日《南方日报》

◎ “四风”不整治，河涌难干净

这几天城中媒体都在报道花了1.5亿元改造的猎德涌仅过了三年，又被污水侵入，令相关部门不得不准备再花1.4亿元为排水管做“大手术”，以期截住污水。

唉，一声叹息！

不过这次有了一个新内容，那就是猎德涌整治责任人、原广州市污水公司副总经理杨建基已经在今年4月落马，原因是“在对广州市污水治理工程项目进行监督和管理过程中，严重不负责任，疏于监管，致使污水治理工程无法达到应有效果”；此外，“利用管理污水治理项目的职务便利，收受他人巨额贿赂”。

猎德涌整治不达标跟他贪腐渎职有没有什么关联？我觉得是大可怀疑的。以前我们老觉得官员贪腐跟自己似乎没什么直接关系，20世纪90年代末我们单位建了一栋宿舍楼，结果房子还没完工主事者就进去了，等到人们住进新房，层出不穷的问题也出现了：水管漏水、门窗松脱、玻璃脆裂、墙壁裂缝，等等。这才切身感受到原来所有贪腐的成本最终都是要找人买单的：他收了包工头的钱，包工头为了挽回损失，就只有偷工减料！这次杨建基的落马跟猎德涌的整治不达标之间有些什么关联，我很希望有关部门好好查一下。

当然广州那么多河涌整治不达标，不能说个个都有贪腐，一定有别的原因。

上个月初广州市水务局发布招标公告，说准备花160万元、用一年时间编制《石井河流域水质保护规划》，全面摸查石井河流域污染源情况、水质现状，并给出水质保护办法——这就让人感到非常惊讶了：原来花了几亿的钱、十几年的时间，敢情连污染源都没有找到啊？！套用一句“革命”的个性话语：你们是干什么吃的？

猎德涌有没有类似的情况？具体情形也许有不同，但荒唐却毫无二致：“我们清查源头发现，附近一些小区当年在接管的时候，把雨水排水管及污水排水管错接，将污水排进涌中。”天哪，这工程当初是如何进行、又是如何经过了层层检查验收的？是不是要将一切都推到进去了的杨建基身上？

我经常有一个疑问：我们的一些主事者、领导们，到底有没有深入到现场实地工作过？对自己所负责的工作有没有做到胸中一盘棋、一切都了然于胸、如数家珍？还是满足于坐在空调房里遥控指挥、人浮于事？否则，就实在难以解释整治了十几年居然不知道污染源在哪里、过了三年才发现管子接错了的咄咄怪事！

现在不仅在整治河涌，也在整治“四风”。也许应该将两者结合起来，在河涌的治理当中来整治我们的“四风”，否则，如果形式主义、官僚主义、享乐主义和奢靡之风这“四风”不彻底整治，只怕我们的河涌也难以真正整治干净，还是会继续“花了很多的钱，管了三五年的时间；光靓过去，又恢复了往日的容颜”的“广州式治水”的循环怪圈，不知何处是尽头。

2013年12月13日《南方都市报》

◎ 河涌清洁尚且如此，现代治理从何谈起？

日前有媒体曝光了白云区47条河涌因为保洁合同到期，河涌清洁公司停止清洁导致近三个月以来无人清理，垃圾堆积、污水横流的问题。报道引起白云区委、区政府的高度重视，有关部门立即召开整改会议，部署整改工作，前天白云区城管局组织力量，对区内所有河涌进行为期5天的重点整理，清洁涌面垃圾，“保洁力量将从路面的环卫工人抽调，已经有充足保洁人员投入这次保洁行动”。

我的第一反应是那些基层“保洁力量”又要叫苦连天了——自己的工作已经够辛苦，还要被“抽调”去做这额外的事！我特地打电话给一位相熟的白云区某街道城管干部核实，果然如此，一开口就大倒苦水，按他的说法：“这两天正在搞这个事。”

从媒体报道来看，出现这个局面最根本的原因是原来的保洁合同到期了，但新的招投标没有衔接上，以致出现了一个空档期，导致河涌无人清理。这让人感到很奇怪，也很荒谬：这些官老爷们都去忙什么大事去了，将这么一件小事儿给忘了？喜欢足球的人都知道球员的续约什么的往往提前一年甚至更长时间就开始了，我们倒好，这么多河涌的清洁合同到期了居然后续的还没有着落，他们到底是干什么吃的？！

当然白云区也不是没有作为，合同到期后已“计划”采取多项临时措施，“但由于常态管理队伍未能按期到位，在调整分工和交接过程中出现临时保障力量不足，导致出现市民反映的河涌脏乱情况”。这不禁让人想起是不是白云区前段时间的官场地震导致了这些混乱？果真如此的话也还是说明我们人治的成分多，法治的成分少，不是体制机制、规章程序在发挥作用，而是人在发挥作用。

这次媒体曝光以后白云区的应对也是如此，针对媒体曝光的47条河涌，区城管局急手急脚组织临时队伍进行应急整治，“预计在3月底完成”，也就是说要在5天内完成这么多河涌的清洁！你从哪里找的这么多人？这是不是他们的工作职责范围？如果是，他们以前干什么去了？如果不是，他们凭什么要干这些不属于他们职责范围的工作？又是如何跟他们达成的协议？这些显然不在我们的官员考虑之列，他们只懂得一声令下，下面的人就必须乖乖地去执行——这其中哪有半点法治的影子？

十八届三中全会提出推进国家治理体系和治理能力现代化，按照专家的解读，就是治理主体多元化、治理方式法治化，不再是简单命令式、行政化的管理，只有如此才可称得上治理的现代化。但从白云区的河涌清洁乱象来看，我们离治理体系和治理能力的现代化显然还有很长的路要走。

2014年3月28日《南方都市报》

◎ 必须要有治水新思维

又闻广州治水声！前天广州选出的省人大代表对广佛跨界污染进行集中视察，广州市水务局副局长吴学伟透露，广州计划投入140亿元治理跨界污染，力争在2016年底前完成16条广佛跨界河涌的整治，基本消除劣Ⅴ类水体。

首先很想搞清楚一点：这140亿元是全市治水还是专为整治广佛跨界污染？看报道好像说是专为整治广佛跨界污染，那么全广州市的治水投入又是多少呢？今年9月中旬广州市政府公布了2014年至2016年的重要基础设施项目计划表，其中与水环境、水生态有关的有17个项目，总投资达到150多亿元，其中近三年要投入76亿元多。那么问题就来了：这140亿元是否包含在这150多亿元里面？再就是140亿元计划多长时间花完？我认为这些都是应该进一步明确的，否则仅仅说个140亿元整治广佛跨界污染，除了宣示决心，似乎没什么意义。

这次治水有了一个新名词：浅隧，按照吴副局长的说法："像石井河一样在8米深左右埋设隧道排水、建设浅隧。"我的理解，就是沿石井河建一条截污隧道，将所有流入石井河的污水拦截起来，不让它流进石井河。听起来似乎不错，但成本和工程量应该也不小，毕竟一条河水有两岸，不可能只修一边。此外广州这么多河涌，是不是都准备照此办理呢？

截污始终都属于末端处理，最根本的还在于源头治理，一是减少排污，二是有序排污：所有污水都通过专门的封闭管道排到污水处理厂，只有这样才是根本解决之道。但这就是一个异常庞大的系统工程了，而且所涉还不仅仅是治水，而是跟城市的整体规划密切相关，甚至还涉及社会治理、社会建设，绝非一朝一夕可以奏效。

除了这些纯粹理性的思辨，其实还有另外一个方面非常值得我们注意，那就是治水过程中的监督问题。我们经常在社会公共生活领域发现很多不正常，甚至不可理喻的“反智”行为，对之我们往往不明所以。近一两年大力反腐才提示我们，往往这些“反智”行为背后总会有贪腐如影随形，让我们豁然而叹原来如此——在治水领域，也有所谓“大有大贪、小有小贪”之说。如果我们疏于监管，任由一些人上下其手中饱私囊，那么不论投入多少钱、不论进行多么缜密的科学规划，到头来都是竹篮打水一场空。

我非常同意广州人大常委会主任张桂芳的说法，整治河涌污染一定要规划先行，不能急于求成，“时间要服从质量，一定要先把详细的规划做好再开展具体工程”。经过多轮治水的反反复复，我认为我们必须要树立治水的新思维，那就是：治水是一个长期的过程，不能冀求一蹴而就，但每年须有小成；治水必须要与城市规划同步；治水应当被看作现代社会治理、社会建设的一个重要方面，法治必不可少。

2014年11月21日《南方都市报》

◎ 空气不好停驶公车可行吗？

日前，广东省环保厅官方网站公布了《珠江三角洲大气重污染应急预案（征求意见稿）》，预案提出，出现空气污染时有橙色预警和红色预警两种，在3个城市一起出现红色预警情况下，需停驶30%的公务车。

看到这个消息，我的第一反应是原来公车真的对空气污染有“贡献”！可想而知公车有多少，否则的话何必出台这样的规定？第二反应是：可行吗？谁会遵守？谁来督促他们遵守？

首先，3个城市一起出现红色预警需停驶30%的公车，是指那3个城市的公车呢还是珠三角全区所有城市的公车？这个有没有明文规定？如果只有那3个城市，但也许有人就说我们城市上空的污浊空气是别的城市飘来的；反之，如果是全区所有城市，也许又有人说凭什么他们那里污染我们跟着受连累？总之，不管是哪一种规定，都必须要明确，而且要给出充足的理由。

其次，30%公车如何界定？如何安排哪些停驶哪些不停驶？如果讲到必要性，只怕个个都有十足的理由非开不可，就好像不出车天要塌下来一样。还有就是，这30%的公车停驶如何保证？媒体也报道了，北京要求当极重污染日出现时，在京党政机关和企事业单位带头停驶公务用车的比例就是30%；不过2013年1月29日北京市启动极重污染应急措施，要求公车停驶30%，但当天有875辆公车顶风上路——首善之区的北京尚且如此，广州做得到吗？如果一条规定基本不具有可行性，那这样的规定除了给上面做做样子，又有多少实际的用处呢？

最关键的是：谁来督促大家遵守这个规定？如果有人不遵守，又该受到什么样的处罚？在美国经常听到人们讲一个单词：illegal，非法。说这话的既有政府部门的人也有普通市民。这充分说明一点：人们普遍自觉地遵照法律行事，一切行为都以法律为标准、为依据，哪些能做哪些不能做分得清清楚楚。我们这里就不同了，个个都是标准的制定者，个个都独自行事，将法律视若无物。对法律尚且如此，对一个并无严格约束力而且并没有造成即刻的危险后果的规定，人们会是一个什么态度就完全可以想象了——何况其对象还是政府！

如果说这个规定让我们知道公车真的对空气的污染有“贡献”，那么我觉得减少公车对空气污染的“贡献”的最现实的办法就是杜绝公车私用：将那些私用或非必要的公车统统关起来，只怕数量都不止30%！前段时间广州大力打击公车私用以后，结果一些司机闲得发慌只好上网消磨时间，可想而知其数量有多少！

省大气环境首席专家、省环境监测中心副主任钟流举此前接受采访时表示，一旦出现重污染天气，政府要按照首先是告知，其次倡导，最后减排思路，根据预案进行应对，应急预案中最需要的是告知群众，目前做得还不够，政府需要在更多的媒体上发公告，倡导市民企业节能减排少污染。我觉得这是非常中肯的，首先是将空气质量的真实状况告知公众，让公众心中有数，自己也好采取一些防范措施。想想前几年广州空气闻着发臭但官方公布的优良率惊人，就会觉得这个建议很有价值了。至于停驶30%公车什么的，说说就算了，实在是当不得真。

2013年8月15日《南方日报》

◎ 治理空气污染更须主动防御

前天广州市政府常务会议审议通过了《广州市环境空气重污染应急预案(试行)》，《预案》将空气重污染的预警和应急响应分为橙色二级预警、红色一级预警两个等级。当发出橙色二级预警时，全市须停驶20%的公务车、不稳定达标企业停止排放。当发出红色一级预警时，将停驶30%的公务车，重点监管企业减排30%，全市限行黄标车和机动车单双号行驶。

广州发布这个应急预案，很容易让人想到北京前不久发布的《北京市空气重污染应急预案》。那几天北京严重雾霾，网上出现了很多充满智慧与想象的神段子，我印象最深的是“喂人民服雾”，其他的还有不少。大约就是因为这次严重的雾霾，北京才出台了这么一个应急预案，想不到这么快广州也搞了一个。

那几天周围很多人一面关注北京的雾霾，一面庆幸幸好在广州，好歹时不时吹点海风，不至于那么严重。但广州的空气绝非让人安枕无忧，经常飘来一些可疑的味道，很多时候混浊得让人窒息，我多次在晚上8点到10点的时候门窗紧闭，阳台都不敢出。所以这次出台这个《广州市环境空气重污染应急预案》，也绝非多余，甚至是很有迫切性。

但我有一个很大的疑问：要有多污染才够得上橙色二级预警、红色一级预警，从而让这个预案派上用场？广州市环保局局长杨柳说，以《应急预案》的标准对照过去三年环境空气质量的监控，2011年可能出现二级预警2次，2012年会有二级预警3次，但今年尚未出现按《应急预案》标准需进行预警的情况——现在已经到了11月中旬，即是说今年的空气质量比前两年都好？果真如此？有心人可以去做个对比。我无法找到确凿的数据，只知道差不多每天晚上阳台上都会飘来一阵可疑污浊刺鼻的气味，还有前几天媒体报道的某小区的很多业主在阳台上挂上一个个大大的“臭”字，等等。但这些显然既够不上橙色预警，更够不上红色预警。达不到预警的水平，政府就不会出手，但对相当一部分人来说，“环境空气重污染”却是每日每时的。

我还注意到这个应急预警涉及很多单位和领域，比如道路、港口、工地、餐饮、加油站等等。根据经验，空气重污染往往有一个相当长时间的蕴积过程，然后在某一个时刻突然爆发。这样急手急脚去“应急”，来得及吗？尤其是涉及这么多领域，能够做到令行禁止吗？假如不行，那么这个预案又有什么意义呢？

相信很多人会将关注的焦点集中在应急预案的公车停驶上面，橙色停驶20%，红色30%。这也并不是什么新鲜事，以前广州就好像出台了类似的规定，也遭到很多人的质疑，主要是说可行性、可操作性存疑。想想也是，那么多公车哪些开哪些不开？还真是很费周章呢——哪一个不是非开不可呢？否则干吗要买那么多公车？好在据说陈建华市长明确表态，一旦实施环境应急，他第一个带头停驶公务车，坐6站地铁到市政府上班。但这又遭到网友的吐槽，说干吗一定要空气重污染的时候才停驶公务车呢？又为在地铁碰到陈市长而纠结：碰到吧说明空气很差以致市长都停驶公务车了；碰不到吧说明市长的小轿车正驶得欢在污染空气呢，云云。

我倒觉得陈市长的表态很正面也很积极，而网友的逻辑似乎有点问题。不管怎么说吧，至少大家的关注点是一样的，就是希望广州的空气好。记得以前某位市领导说他每次出门第一件事就是抬头望天，可见领导对空气质量还是真的很关注的。而要广州空气质量好，应急预案始终是事后的被动补救，不可能解决问题。我们需要的是主动的防御，将空气污染的源头刹住，将污染扼杀于“未萌之先”、“方萌之际”，这才是王道。要做到这一点，就需要有关部门时刻睁大双眼，不放过任何污染源头，如此才有可能迎来洁净的天空，否则再怎么应急只怕也是亡羊补牢——不管是社会还是我们个人，都经不起这样的折腾。

2013年11月13日《南方日报》

◎ 市长的车停驶了，其他领导的呢?

去年11月11日下午，广州市编制的《广州市环境空气重污染应急预案》经市政府常务会议审定通过，会上市长陈建华明确表态，一旦实施环境应急，他将第一个带头停驶公务车，乘坐地铁到市政府上班。昨天上午，他以实际行动履行了“承诺”：广州于昨天早晨6时启动环境空气重污染二级应急响应，采取公务车停驶20%、市政和公共工程外其他建设工程停止土石方开挖、拆除施工、余泥渣土建筑垃圾清运等响应措施。环境应急了，陈市长于是坐地铁上班了。

对这件事我认为不宜做过多的道德解读，胡乱堆砌一些带头、表率、亲民之类的道德辞藻（当然可能也没有人进行这样的解读，尤其是在广州这样公民文化相对发达的城市）。从陈市长个人的层面来说，他只不过是履行了一个承诺；从政治社会的层面来说，他不过是遵从了一部规章，按照事先制定的《广州市环境空气重污染应急预案》的相关规定停驶了公车、坐了地铁，没有任何特别之处，尤其是跟道德的高大上之类沾不上边。如果非要进行道德解读的话，我倒觉得陈市长的法治意识值得称赞：制定了的规章就应该好好遵守。这一点倒是值得所有人——不仅仅是领导干部们——学习的。

陈市长坐地铁了，那么其他领导呢？这样问倒不是说陈市长都做了表率了，你们也应该如何如何。完全不是这个意思，而是根据《应急预案》，环境空气重污染二级应急响应一旦启动，公务车就应该停驶20%。陈市长坐地铁上班，他的车毫无疑问是停驶了，其他公务车呢？有多少停驶了？有没有达到20%的标准——我更关心的是这部《应急预案》有没有得到很好地执行，尤其是在停驶20%公务车这一点上。很希望有关部门能够在今后几天给出一个回答，毕竟这应该是这部《应急预案》制定以后的第一次实施，对于实施的效果我想公众还是非常关心的。

实施效果包括两个方面：一是有没有很好地执行？比如公务车停驶20%做到没有？记得当初这部《应急预案》制定以后，舆论说得最多的就是它的可行性与可操作性，现在实施了一次，也到了检验的时候。再就是如果很好地执行了的话，对于改善空气质量有没有帮助？有多大的帮助？等等。我想这也是一个公共政策实施以后应该有的绩效评估吧。

说回陈市长坐地铁，没有像一些地方那样媒体扛着长枪短炮“偶遇”（倒是有市民真的偶遇了，还发了微博，可惜似乎没有拍照）。但愿哪天市长或其他领导可以跟普通市民一样自个儿坐地铁上班下班，不要有随员，更不要“一行”，而公众也不再将这当作稀奇，而是以平常人、平常事视之。

2014年1月8日《新快报》

◎《广州市环境空气重污染应急预案》首次启动应该检讨

广州制定的《广州市环境空气重污染应急预案》下发一个多月就迎来首次启动的“大考”，结果问题多多：公车停驶靠自觉、城管执法引发冲突、半夜决定启动应急，短信覆盖面太小……是执行有问题？还是应急预案的制定本身有问题？

客观地说，我觉得出现这些问题其实很正常，毕竟是第一次，毕竟牵涉面又这么广，出现这样那样的问题实属不可避免。

或许正因为如此，必要的检讨、反思、总结就不可缺少，甚至还显得十分迫切。检讨反思其实不是追究谁的责任，而是全面梳理、总结预案执行过程中存在哪些不足之处。有的可能是执行方面的问题，比如最为公众关心的公车停驶20%，有没有做到？如果没有做到是什么原因？今后将采取何种措施？等等。从媒体报道的情况来看，似乎各个单位都积极响应，但如何验证？如何知道他们在很好地执行？这些问题的存在就表明预案在执行方面还有进一步完善的空间。

再就是预案本身有没有值得修改完善的地方？这其实跟预案的执行是一体两面的事。如果预案不合理，那么执行起来自然就不得力；反之，如果预案很合理，执行起来就会顺畅得多。

其实这类预案的制定和执行本身就很有难度，当初发布的时候舆论就提出过种种疑虑，尤其是在可行性和可操作性上，比如有人曾说空气的污染有一个长期集聚的过程，等到要启动预案的时候，污染往往已经到了顶峰，开始走下坡路了，这个时候启动预案还有什么意义吗？结果这次果然如此，套用南都的新闻标题："预案夜来急，晕头转向时，灰霾已从良。"很简洁，也很形象。唯愿今后在空气污染的预判方面多下点功夫，提高预判的时效性和准确性，这就需要更多的专业精神和专业投入。

预案执行过程中出现的种种问题，除了政府有关部门的反思总结，我认为社会也应该要反思。我们这个社会的一大特征就是一盘散沙，一盘散沙的最主要表现就是社会成员视规则如无物，非要有人强力威逼才会不情不愿地守点规矩，一旦放松，立即就乱了套。这次启动应急预案也是这样，明明规定预案一启动相关的很多活动就应立即停止，可偏偏有人还要烧烤、工地还要施工……难道非要像梁实秋先生在他的《排队》中说的那样必须要有一根鞭子人们才会守规矩排队？如果我们不喜欢污浊的空气、渴望空气清新的话，那么就要一起来努力。怎么努力呢？很简单，严格遵守类似《广州市环境空气重污染应急预案》这样的规章就好了。千万别心存让别人去遵守、就我一个人"偷个鸡"的念想，要知道当你这样想的时候，其实是有千万人也这样想的；千万人都这样想的时候，不就是一盘散沙吗？难道我们非要一直这样下去吗？

2014年1月10日《南方都市报》

◎ 预案方案齐上阵，共盼城市洁净天

前天广州市环境空气重污染应急指挥部办公室制定了《广州市环境空气重污染应急预案机动车应急减排工作方案》，包括5部分内容，对机动车限行、公务用车停驶等明确了具体要求及操作办法。《方案》提出，对违反规定使用封存车辆的单位和个人依法依纪追究责任。

这很容易让人想到前不久刚刚启动实施过的《广州市环境空气重污染应急预案》，《预案》实施后引来很大的关注和疑问，主要是公务车停驶20%能否实施。这回的《方案》对此有了明确的指引：全市各党政机关、事业单位应制定公务车停驶预案，分别建立一级、二级应急响应期间封存车辆清单并报市监察部门备案，一旦启动应急响应措施，各单位按照清单立即封存相关车辆，在应急响应期间停止使用。也就是说一级二级应急响应期间要停驶哪些公务车事先要计划好，并将车牌报监察部门，一旦响应启动，就按清单实施。

应该说这的确在操作性方面提供了明确的指引，不再是那个抽象的20%或30%，也没再提自觉之类不靠谱的话，而是表明了在应急响应期间，将由市监察局根据各单位封存车辆清单，以通过公车管理系统进行动态监督和实地检查相结合的方式，加强对封存车辆的监管，对违反规定使用封存车辆的单位和个人依法依纪追究责任，让人对先前的《预案》落地产生了一些信心。

不管是《预案》还是《方案》，公务车停驶都只是其中的一个内容，还有很多其他的措施，比如《方案》新提出的所有机动车实施限行，还有其他。应该说，措施很有力，实施的决心也很大。这些都相当值得肯定。但这些到底有没有抓到根本，到底会不会产生预期的效果，却还是令人有些疑虑。我觉得我们国家广泛出现而且可能越来越严重的空气污染，最根本的原因恐怕还是在于我们的经济增长方式上，那就是高投入、高耗能、高污染，有点竭泽而渔、杀鸡取卵。这

种不顾后果的发展，怎么可能不污染空气呢？至于机动车，恐怕只是这个大背景下面的一个小因素。

在最近次第召开的全国各地两会上，空气污染都成为话题，而应对之策就各有不同，比如南京、深圳等地的有关领导就反对限牌限行，按照江苏一位省人大代表的说法："小车能有多少污染？何况一般的私家车都是达到环保标准的。"按照这个逻辑，广州出台的这些《预案》、《方案》里面的公务车停驶、机动车限行等等就都是不必要的了。这也再次提醒我们大家：空气污染恐怕真的另有源头，而且可能是真正的源头。好在据说广州准备组织力量深入研究空气污染的源头问题，我认为这是非常必要且迫切的。

总之，空气污染已经到了跟我们每个人都密切相关、非引起全社会高度重视不可的程度了，甚至还有国际化的趋势，就更应该引起有关部门的高度重视了。而这个问题的应对、处理、解决，就非要有科学的态度、长远的谋划不可，任何的想当然、短期行为，都不足以应对这个愈来愈严重的课题。

2014年1月23日《新快报》

◎ 不管是LPG还是LNG，都必须公益第一

前天，广州市政府常务会议审定通过了《广州市公交行业逐步推广应用液化天然气公交车工作方案》，在气站配套和财政拨款双重保障下，广州计划结合在用公交车的正常报废更新，将到期报废的老旧公交车辆逐步替换为LNG公交车辆。

这个话题定会勾起很多人的回忆，在网上也激起了一些涟漪。正好广州市政府前不久刚刚推出市政府新闻发布会的"网络互动升级版"，在新闻发布会前征集网友提问并由新闻发言人现场作答，于是有网友马上针对此事提问："当初推广LPG，市委书记和市长都没能阻挡其步伐，24亿元打水漂，这事需要给市民一

个交代吗？”从网友的后续反应来看，这个问题似乎并没有得到回复。

仔细梳理广州过去几年有关LPG、LNG的纷争，差不多都可以整理成一部小历史了。仔细观察可以发现，从2004年7月开始，国家、省、市环保部门都对广州如此大规模地使用LPG有过不绝如缕的质疑，甚至一些市领导都认为应当“暂缓”、“慎重考虑”。几届省、市人大代表、政协委员更是多次关注、介入，建议“先停下来作调研后再行推广”公交公司、的士司机也多有反对。但广州市交委一直力推，他们的观点主要是：“LPG试行后，广州公交车‘黑尾’现象明显减少，LPG公交车的环保效果初现”；“LNG和CNG不符合广州实际”；“广州推广使用LPG，当时是经过国家环保总局和科技部的一些学术泰斗的专家论证的，广州会坚定不移地继续推广清洁能源。”而在前天的市政府新闻发布会上，广州市交委有关负责人说，广州市交委对用什么气，是根据国家有关部门和政府决策来跟进的，“从现在我们掌握的情况来看，可以肯定地说LNG排放优于LPG。”从“LNG不符合广州实际”到目前的“LNG排放优于LPG”，这中间的转换是如何完成的？难怪有网友向广州交委发问：“当初24亿元推广LPG是为了绿色公交、改善广州空气质量，现在更换LNG也是为了绿色公交改善空气质量。是我太死板不够与时俱进，还是你们确实有翻手为云覆手为雨的能量？”

为此我特地请教了业内资深人士。总体而言，现在推广使用LNG是个进步，体现在两方面，一是LNG在“安全性、环保性、经济性、可靠性”等方面的确要优于LPG或其他动力燃料，二是这次的做法比较合理、稳健。以前推广使用LPG的时候是“一刀切”，车辆还没到报废年限就进行改装使用，额外的成本和负累使公交公司叫苦不迭，还增添了很多技术上的难题，导致了许多安全隐患，大小事故不断，据说还出现过公交车司机为此而罢驶的事，甚至还有交委越俎代庖自己采购汽车给公交公司的情况发生。这些都是相当不合理的。而这次是按照汽车的报废年限来逐步替换，这就相当合理了。

当然在推进的过程中会有很多难题、面临很多问题，比如气站如何配建？城市寸土寸金，而且气站听上去也很危险，相信不会有人愿意它建在自家附近，这个问题怎么解决？这些相信政府部门都已经在研究解决。再就是公交补贴，这也是个老话题了，也是纷扰不断。这次推进LNG，财政拨款是一重保障，希望可以真正做好，尤其是希望对公交公司和市民公交出行的财政补贴能够列入年度的财政预算，使之明确、固定，而不要用类似限牌收益的钱去补贴公交公司，这样太不确定了，也显得政府诚心不足。

我尤其注意到这次推广LNG分了五大板块，既然是五大板块，恐怕就不是交委一家的职责，而涉及好多政府部门，比如财政、建设、规划、国土等等，这恐怕就需要更高层级的领导、协调。记得去年3月广州成立了市交通工作领导小组，市长陈建华亲任组长，现在推行LNG，这个领导小组看来要发挥作用了。还有，按照交委的说法，将“到期报废的老旧公交车辆逐步替换为LNG公交车辆”，也即是说，不管目前是哪一种，到时候一律使用LNG。如此使用单一的汽车燃料是否合理？恐怕也需要多加论证才行。

总之，不管使用哪一种汽车动力燃料，公益一定应该是首要的考量：首先是环保，绝不可再出现以前LPG、LNG那种互相矛盾的说法；再就是安全、经济。而要做到这一点，民主决策当然是决定性的因素。

2013年7月17日《南方日报》

◎ 强推LPG的谜底是时候揭盅了

12月8日，国家质检总局发布《关于进一步加强机动车“油改气”安全管理工作的指导意见（征求意见稿）》，拟对全国机动车由使用燃油改装成使用天然气（“油改气”）叫停，原因是存在安全隐患。

这会勾起广州多少人的回忆？！

广州从20世纪90年代中后期就开始“油改气”，选的主要是液化石油气，也就是大家现在耳熟能详的LPG。一开始是试验：一台车、一条公交线路、一间公司，到2003年开始全市推行，及至后来，按照一位参与其事的专家的话说：

“那时还完全没想到广州后来会强力推行，简直就不容有别的选择，在短短的几年内成为全球保有LPG公交最多的城市。”

与此同时，反对与质疑一直相伴而行，这其中有业内人士、专家学者、人大代表、政协委员，以及省市环保局，甚至时任广州市领导也“个人认为”LPG应该暂缓，或批请有关部门“慎重考虑是否在公交车上继续推动LPG”。但这些似乎都没什么用，不知道是何方神圣哪来的神力照推不误，直到2012年用LNG（液化天然气）替代LPG，LPG才逐渐淡出人们的视野。

国家质检总局的这一纸通告，算是给当年围绕LPG的种种质疑、反对作了一个迟到的宣告——原来人们的质疑反对都是对的！通告说：“由于……在用机动车‘油改气’使用的车辆燃气专用装置缺少有效的质量保障及检测等原因，无法保证在用机动车‘油改气’车辆的安全性能及合法使用，各地在用机动车‘油改气’车辆事故时有发生。”——这些不正是当年人们质疑反对的理由吗？！假如这纸通告早点到来，广州城内或许就根本不会有那么多围绕LPG的纷扰争拗了。

那么现在是不是可以盖棺论定了呢？恰恰相反，我认为国家质检总局的这纸通告不仅不应该是LPG之争的句号，反而再次将LPG之争重新摆在我们面前，提醒我们其实LPG从来就没有远去，很多人也一直没有忘记，按照识者的说法，“广州强推LPG的猫腻不能一笔勾销”——是谁，以什么样的力量和方式，居然可以置上下左右四方压力于不顾在广州成功强推LPG？这里面到底有什么样的故事？我认为这个谜底现在到了揭盅的时候了——我们不是正在依法治国吗？

2014年12月12日《南方都市报》

◎ 扬尘费不能一收了之

前天征收建筑施工扬尘和挥发性有机物(VOCs)排污费听证会在广州市环保

局举行，到会的14名听证代表无一人反对广州征收“扬尘费”。事实上早在今年4月媒体即已报道过广州预计今年8月底前开征“扬尘费”，成为广东省扬尘排污收费试点城市，不知为何延迟到现在，而且还只是听证会，具体什么时候开始收似乎还不得而知。

为什么要收扬尘费？答案是显而易见的：减少工地扬尘。据有关人士研究，扬尘污染对珠三角PM10的“贡献率”达到54%，对PM2.5则高达21%。广州工地扬尘占PM2.5来源的10%，成为继工业污染、机动车污染、餐饮业污染之后影响广州空气质量的第四大因素。看来减少工地扬尘已经成为改善空气的重要环节。

要减少工地扬尘，方法或许有多种，其中之一就是征收扬尘费。那么问题就来了：征收扬尘费能否达到目的？前几年南京就开始征收扬尘费，据说虽然工地接到收费的通知，但真正被征收的还没有一家。而一家工地的负责人更是坦言，如果按照每月每平方米2毛4分钱的扬尘费来算，他肯定是选择交费而不去治理污染——要知道，交个扬尘费只要两三万，可如果真要落实所有的降尘措施，比如路面硬化、建筑用料的覆盖、围挡等等，可能要花到20万元。也就是说，交了扬尘费，反而使排污变得合法化了，这不仅不能减少扬尘，反而适得其反！这次广州也面临同样的困境和担忧：扬尘费会不会成为排污的“买路钱”、“通行证”？交了扬尘费，反而使排污变得放心大胆了，根本达不到减少扬尘排放的目的。

另外一个问题就是：收来的钱怎么用？广州市环保局表示，通过模拟实际全工期工地，再结合广州现有工地数量、面积进行排污费测算，预计每年能征收建筑施工扬尘排污费4500万～5000万元，VOCs排污费约660万元。这点钱应该在相当程度上打消政府收扬尘费是为了增加财政收入的疑虑，但毕竟也是一笔不小的收入，该怎么用呢？现在似乎并没有一个明确的说法。根据过往惯例，类似扬尘费这样的收费都是放入政府财政的大盘子里统筹使用，果真如此的话就“雪落黄河静无声”，立即消失无踪了，这就使收扬尘费的意义大打折扣。所以我很同意一位市民代表的意见：“扬尘费”不能一收了之，要用在减少工地扬尘上面，做到专款专用，这样才能使征收扬尘费发挥一点时效。

总之，征收扬尘费不是目的，减少工地扬尘、改善空气质量才是根本目的，征收扬尘费只是达至这个目的的其中一个手段。这就要求还要有其他的配套，比如科学的施工标准和严格的监管等等，只有这样才可能达到减少工地扬尘、改善空气质量的目的。

2014年11月27日《新快报》

◎ 垃圾种菜何时了？

去年12月网友披露番禺菜农用废电池之类的有毒垃圾种菜，全城轰动，没想到大半年过去了，情形依旧：前天广州电视台的记者当着广州环保局局长杨柳的面播放了他们近日在番禺金山村菜地拍摄到的视频，菜地里注射器、药瓶子、废电池等有毒垃圾赫然在目。

看到这个消息，我马上联想到的是广州正在开展的整治“庸懒散奢”——如果这都不算庸、懒、散，那我真无话可说了。

当然官员有大把话说，比如广州市环保局领导就说了，环保部门的职能是对空气环境、水环境进行监测，肥料的使用由农业部门监管，垃圾肥的来源，如果涉及工业废物，甚至医疗废物，监管的责任是在环保部门；如果是生活垃圾，是城管部门负责。如果农田的土壤超标，环保部门有责任监督。

这一番官话真让人晕菜。简单点，我只想问一句：这么多有毒垃圾流入菜地，该谁负责？将这些有毒垃圾清理出去，又该谁负责？其他的什么空气土壤检测啊、肥料啊、工业废物医疗废物什么的都先搁置一边，先把上面两个问题解决了再说。大半年过去了都还没解决，说那些有什么用呢？有没有哪个官员，哪怕是个镇长或村长，站到田间地头去督促将这些垃圾清走？如果没有的话，老是吊在半空遥控指挥，如何解决得了？

尤其让人不解的是，这些有毒垃圾肥料的来源居然一直没有查清楚。现在网络监控都无孔不入了，这些如此惹眼的垃圾肥料居然不知其来自何方？这真让人匪夷所思。还是孟子那句话：“非不能也，不为也。”按照村民的说法，“不敢说他们没来，反正我是没见过”。至于为什么“不为”，只怕个个心中有数。

番禺区农业局说，由于土壤重金属超标的问题涉及的范围很广、治理的难度很大，省、市上级有关部门非常重视，已制定统一的工作部署，全面开展农产品产地土壤重金属污染普查工作，制定农田土壤重金属污染防治方案，开展农田土壤重金属污染的修复工作。相信这也是实情。但先易后难好不好呢？先把这些有毒垃圾肥料的来源查清，将它的来路堵住不让它流入菜地，将菜地里的有毒垃圾肥料清理出去，行不行呢？这有点类似河涌治理的“截污”：有毒物源源不断地流入菜地，土壤重金属污染什么的你修复得了吗？

说实话市民被这类事搞得都有点疲了，这次就不如上次那样引人关注、造成那么大影响。但这绝不应成为政府有关部门怠惰的理由，陈建华市长都说了要严查，总不至于要他来天天过问才推进吧？

2013年8月1日《新快报》

八

垃圾处理

La Ji Chu Li

◎ 垃圾特许经营权的重重迷雾终须解

日前，广州市政府召开了2013年的第一场市政府常务会议，审议通过了《广日集团推进垃圾焚烧环保装备产业化实施方案》，将一个尘封多时的话题再次挑起，话题的内容人们早已耳熟能详：广州全市生活垃圾特许经营权怎么会交给专业生产电梯的广日集团？广日集团与一个叫诚毅科技的公司联合组建了广环投公司来经营全市垃圾业务，诚毅科技出资1.47亿元，三年后退出，拿1.7亿元，一进一出之间净赚3000万元，而这三年广州并没有建成一座垃圾焚烧厂，广环投也未通过生产经营产生任何效益，为何诚毅科技却能净赚3000万元？尤其是，诚毅科技是一家什么样的公司？至今无人识得庐山真面目，几年前媒体披露过一些裙带关联，后来也不了了之。此外，一些时间节点也迷雾重重：2008年10月，广州市39号文出台，广日集团获垃圾处理权，但当年3月，其已同诚毅科技共同出资成立广环投，业内认为这逾越了程序明显不合理，让人产生无数联想……而此次审议通过的《广日集团推进垃圾焚烧环保装备产业化实施方案》则披露广日集团的垃圾业务范围进一步扩大，不仅仅在垃圾处理的建设和运营方面，还将全面进入相关的装备产业，目标为构建垃圾焚烧发电全产业链，提升、带动省内环保装备及关联产业，产值超千亿元。

说实话，这么一个庞大的产业交给本市的一家国资企业，“肥水不流外人田”，我觉得并不为过，毕竟我们的市场经济还远远谈不上成熟，更遑论发达，市场经济所要求的开放、公平离我们这里还相当遥远，因此公开招标投标什么的已然是一个超越了现实的要求。其实问题的关键不在这里，而在于广日集团获得这个特许经营权的过程中有没有利益输送、权力寻租等贪腐行为？公众的利益有没有因此而受到损失？这才是公众关切的焦点。之所以会有这样的关切，毫无疑问是因为过去的疑团一直没有得到解决，可以说，这些疑团一日不解决，公众的关切焦点就一日不会消除。

此外，如此大张旗鼓地“构建垃圾焚烧发电全产业链”，不禁让我产生了一个“小人之心”：我们不是要垃圾分类吗？原来那都是假的？反正最后都是要一把火烧掉的，你分不分类关我鸟事。是这样的吗？陈建华市长不辞劳苦东奔西走宣传垃圾分类，最后就换来这样一个结果？！

广州市委领导曾说要通过努力工作为子孙后代的发展打下坚实的基础，我以为这样的基础应该包含着力解决一些历史遗留问题，不把那些乱麻一样的历史包袱、历史问题留给下一代，让他们有一个条通理顺的社会秩序和整洁干净的社会环境大干快上。如果抱着“我死后哪管它洪水滔天”的心态，只怕我们的子孙后代要为他们的幸福付出更多的成本和代价——除非都将子孙放到国外。

总之一句话：重重迷雾终须解！

2013年1月11日《南方都市报》

◎ 又来一个神秘的124号文？

神秘的39号文刚刚揭开面纱，跟着又来了个神秘的124号文！整个过程是这样的：去年年初的广州市“两会”上，19名市人大代表联名提出议案，名为《推进城市废弃物处置利用，发展循环经济》，被列为当年广州市人大“2号议案”。日前举行的市人大常委会议上，市城管部门提交了对该议案的落实报告，根据报告，去年广州市政府印发《广州市人民政府办公厅转发广州市固体废弃物处理投资主体组建方案的通知》(穗府办函〔2012〕124号)，明确广州生活垃圾处理设施建设的投融资主体，全年下达投资计划约10亿元，涉及项目约60个；按绿色通道审批生活垃圾处理设施项目约40个，审批投资金额约5.7亿元。也就是说，124号文是为了落实代表的议案而制定，或者至少是落实代表议案的重要依据，但这份文件在市政府网站上却不见踪迹。

问题就来了：参加人大常委会的委员们有没有看到这份文件呢？如果有看到，为什么不对外公开？如果没有看到，那他们怎么审议报告呢？文件都没有看到，他们凭什么赞成或反对呢？——这里面的程序漏洞实在太多了！

所幸记者神通广大，独家获悉了这份决定广州市未来垃圾市场格局的“124号文”，根据该文件，广日集团用来承接广州垃圾业务的“广环投”公司将“升级换代”成为市属国有全资企业，升级版“广环投”由广日集团、广州发展集团、广重集团三家控股，控股比例分别为70%、20%和10%，业务范围囊括垃圾处理设施建设、运营、生产、研发等全链条，目光瞄准全国市场。按照省政协常委孟浩的说法：“垃圾市场不管是给1个‘儿子’做，还是分给几个‘儿子’做，反正都是分给‘亲儿子’，这相当于成立了‘国有垄断同盟’。”年初召开的市两会上省人大代表李远峰数度炮轰“广日集团垄断广州垃圾处理”、导致民企“一点垃圾都抢不到”的局面依旧没有任何改变。

这件事再次将政府的边界、政府与市场的关系等问题摆在公众面前，像全市垃圾处理这样的业务，真的就密不透风垄断经营完全不对民企开放吗？这种“肥水不流外人田”的法理依据何在？如果是这样的话何必要成立什么公司呢，完全以政府部门的身份处理不就得了！

此外，“广环投”现在有了升级版，但过去的问题并没有解决，种种疑云也没有消除，这些问题和疑云绝不应被类似这样的升级版等等复杂的企业性质变更而掩盖、遮蔽，否则的话只怕会发酵出更严重的一系列后果。

2013年4月26日《南方都市报》

◎ 垃圾处理的诸多问题不可一烧了之

前天，李坑垃圾焚烧厂二期开始点火调试，与此同时，番禺大岗垃圾焚烧厂也举行了奠基仪式，花都焚烧厂的首选地也已确定为狮岭镇前进村。一切都在表明，广州垃圾焚烧厂（正式名称叫资源热力电厂）的建设即将全面铺开。

广州垃圾焚烧厂的建设一直都伴随着不绝如缕、四面八方的质疑、阻力。

最大的质疑当然是选址，不仅选址周边的广州市民齐齐反对，还演变成好几起公共事件、涌现出好几位公众人物，连相邻的清远、顺德的市民也反对，甚至多次来广州上访，表达反对意见。现在选址都确定下来了，不知这些反对意见是如何处理的。大岗垃圾厂的奠基仪式上有顺德官员出席，但愿他能真正代表顺德市民。

其次是企业资质，广日电梯、广环投、诚毅科技、39号文，仅仅是看到这些关键词，不用多说大家也能立即想起全城热议过的那些话题。政府和企业曾经做过多次说明，广日集团董事长甚至表示很后悔介入垃圾行业，但说实话公众的疑虑并没有打消。前天的点火仪式上广日集团董事长也在场，表明他虽然后悔但并无改于其继续“介入”，让人对他的这类言辞又多了一层疑虑……

再就是环保，这是公众最关心的，对选址的质疑也跟这直接相关。前天的仪式现场陈建华市长“采访”媒体：“是澳门、台北的焚烧厂漂亮还是我们的漂亮？”可以想见政府在环保方面是下了很大功夫的，否则陈市长哪来这样的底气？广日集团董事长也说，“在项目正式运营后，广环投将执行国内最严格的运营、安全管理制度和‘三废’排放标准”。我相信世界上有非常先进、成熟的技术来保证环保，就像台北的垃圾焚烧厂烟囱上面居然还有个旋转餐厅、下面居然还开了个幼儿园，以前媒体也报道过日本的垃圾焚烧厂就开在市政厅旁边，等等。但我们能否引进这样的技术，引进以后会不会走样、变味，还能否达到他们那样的效果？相信这是很多市民的疑虑。比如台北的焚烧厂可以开餐厅，可是我们这边垃圾车经过一路臭水，你叫大家怎么相信你呢？还有就是李坑居民的患癌疑云，其实至今都没有消散。还有就是，有关部门说要环保搬迁，按照环保人士的逻辑推理，既然要搬迁，就说明还是存在环保方面的问题，否则哪用得着搬迁呢？就像台北还可以开餐厅、幼儿园呢。而且村民记得有领导曾和他们承诺过，环保搬迁没完成，李坑二厂就不点火，结果呢？搬迁还没开始，火就点起来了，难怪村民会感到伤心难过！这样你叫人们如何相信你的那些环保承诺？说实话对我来说唯一的亮点还不是那些动听的言辞，而是请了台湾的资深业者来当厂长，这算是给了人一点希望。

除了这些，还有一个很大的问题，就是垃圾分类。任何的垃圾处理如果不以分类回收为前提，就不是合理的，这一点已经成为社会共识。陈建华市长对于推进垃圾分类不遗余力，还获得了“垃圾市长”的美称。但在一盘散沙的我们这个社会，垃圾分类谈何容易！垃圾分类最热的时候就有人担心一些人并不诚心，心想反正都是要烧的，你爱分不分。现在广州如此大规模地建垃圾焚烧厂，不说对垃圾分类不诚心，似乎也已做好了分类效果不如预期的准备，要不都分类回收了哪来那么多垃圾烧呢？不管怎么说，一方面建垃圾焚烧厂，另一方面垃圾分类的工作也绝不可停止，更不可因为有焚烧厂而停止，否则的话我们真的就太不负责、太没尊严感了！

总之，垃圾焚烧厂建起来了，但与之相伴的那些问题却不能也不会一烧了之，不管你喜不喜欢，它总在那里，今天不显露，早晚也会显露出来的。除非你像那位著名的路易十五那样“我死后哪管他洪水滔滔”，否则还是应该正视它、重视它。

2013年6月28日《南方都市报》

◎ 如何走出垃圾焚烧厂选址的“邻避”困局？

花都垃圾焚烧厂的选址由汾水林场改为狮岭前进村后，再次遭遇居民反对。19日，近千名来自狮岭镇的村民陆续聚集到花都广场，后又在新华的主干道游行，表达他们反对垃圾焚烧项目选址在狮岭前进村的诉求，沿途陆续有人加入。前天下午网上又流传花都人不允许入广州，尤其是珠江边。联想到广州正在横渡珠江，似乎有很多花都市民想乘此机会进一步向市领导表达诉求。

至于政府的表现，至少从媒体的报道来看还是不错的：又是成立工作组进村入户宣讲建立垃圾焚烧厂的重要性和必要性，又是多部门在花都摆摊设点接访，尤其是明确表态“项目环境影响评价、社会风险评估不通过，征地拆迁大部分村民不同意，决不会强行开工建设”。应该说，这都是相当值得肯定的。

现在广州的垃圾焚烧厂选址似乎陷入了一个困局，一方面，垃圾围城，必须处理；经过多方论证，最好就是焚烧。另一方面，谁都不愿意焚烧厂建在自家附近，以致出现好几起“邻避”运动或称“邻避”效应（Not-In-My-Back-Yard，不要建在我家后院。五个字母的英文简称NIMBY，邻避）。花都的这次只不过是最近的一次，恐怕人们也早已见怪不怪了。

政府当然是千说万说，一方面说现在垃圾焚烧的技术如何如何先进、别人搞得如何如何好，一方面也展示我们也不差，前不久陈建华市长还专门带了好多人去参观李坑垃圾焚烧厂。不能说这些没什么效果，但要打消大家的疑虑肯定有难度。相信人们——包括这次的花都市民——都知道现在是有很先进的垃圾焚烧技术、一些地方比如台湾日本新加坡等的确也做得不错，但问题是我们做不做得到？陈市长那次在李坑垃圾焚烧厂颇为自豪地说我们搞得比人家还漂亮，问题是李坑垃圾焚烧厂的一些不好的消息也时常见诸报端啊，还有至今没有消散的患癌疑云，等等，你叫大家怎么信得过、放得下呢？

直白地说吧，问题的症结就在于政府的公信力——你说一千道一万，但人们就是不信或半信半疑，也是瞎子点灯白费蜡。这次一些部门在花都摆摊设点接访，居然有村民以废品收买佬烧垃圾产生污染来反对垃圾焚烧厂的选址，直接就将政府与废品收买佬相提并论，政府先前宣讲的效力有多高可见一斑。

花都区工作组还向人们宣讲建垃圾焚烧厂的重要性和必要性，其实也搞错了方向：建垃圾焚烧厂的重要性和必要性谁不知道呢？但人们关切的哪是这呢？人们关切的是它的安全性：有没有污染？会不会影响、损伤自己特别是孩子的身体？这才是人们最大的关切啊！你一个劲地讲什么重要性和必要性，只怕讲的人口干舌燥、听的人耳朵起茧，却完全是鸡同鸭讲、不着边际。顾全大局？算了吧，今时今日，谁还信那一套啊，谁又不知道权利的正当性呢？

所以，我认为广州要走出垃圾焚烧厂选址的邻避困局，建立政府的公信力是最关键的。你想，如果政府有公信力，一言既出全城景从，哪会费这么大的劲、遇到这么多的麻烦啊！而要建立政府公信力，当然不在于政府摇唇鼓舌、口吐莲花，在今日这样的信息时代，这一套怕真的（过时）了。政府的公信力全在于公众的口碑，就说垃圾焚烧厂选址，只有李坑垃圾焚烧厂周边的居民说好，那才是真的好，别的地方的人——比如花都居民——才真的相信，其他的再怎么说得天花乱坠都不管用。如果不从建立政府公信力着眼，广州要走出垃圾焚烧厂选址的邻避困局，真的有难度。

2013年7月25日《南方日报》

◎ 科学的垃圾处理必须与公民社会建设同步

据报道，从昨天开始到7月4日，广州将组织发动1.1万余人赴番禺火烧岗生活垃圾填埋场、广州市第一资源热力电厂二分厂和封场复绿后的李坑生活垃圾填埋场进行参观，这1万多人包括市四套班子领导、人大代表、政协委员、党代表、机关干部、媒体记者、志愿者、高校师生、中学师生、党校学员、街镇村居干部、公安干警、工会主席、家庭妇女、开发商、物管人员等等。看得出，人员的遴选经过了精心筹划，力图囊括社会各阶层、各领域，据说每人的花费是80元。

我的第一反应有点跑题：每人80元，一共就是80多万，再加上工作人员的花费，和其他成本，加起来不是一个小数目，这笔钱当初有列入预算吗？如果没有的话，钱是从哪里支出的？

言归正传。根据媒体的报道，这次活动的正式名称应该叫做“广州市创建全国垃圾分类示范城市宣传发动‘万人行’”，缘起于广州准备创建“全国生活垃圾分类示范城市”。老实说刚看到这个消息我是有点惊讶的，为什么呢？因为广州新一轮的垃圾分类从2011年启动，声势不可谓不浩大，领导特别是市长陈建华不可谓不重视、不落力，但实际效果的确难言乐观，按照广州市城管委主任兼城管执法局局长危伟汉的说法，广州从垃圾前端分类、收集、运输、处理、监管的流程仍不成系统，“想到什么干什么”——就是这样一种水准，居然就准备创建垃圾分类示范城市了？！我真的很佩服。此外，既然是“创建全国垃圾分类示范城市宣传发动‘万人行’”，为什么不去参观垃圾分类，而是去参观垃圾填埋场和焚烧厂呢？这是相当怪异的。

其实，回顾这几年广州的“垃圾”历程，还是能够梳理出很清晰的思维脉络的。危伟汉主任说，“希望通过‘万人行’活动，让社会各个阶层都了解，形成社会共识”。什么样的社会共识呢？一言以蔽之：应该就是对垃圾焚烧的共识——希望社会各界打消对垃圾焚烧的种种疑虑，支持政府兴建垃圾焚烧厂——按官方的说法，叫“资源热力电厂”。

最近这些年，为建垃圾焚烧厂，广州可没少扰攘，不仅本地民众，甚至还惊动了周边一些城市的市民到广州来上访，典型的“邻避效应”一波接一波，至今为止好像还有垃圾焚烧厂的选址定不下来。政府也做了很多工作，邀请媒体记者和志愿者去澳门、台湾等地参观考察，也请了他们和一些市民参观李坑垃圾焚烧厂，记得陈建华市长还说过“不比台湾差”之类的话。这次的“万人行”规模就更大了，希望得到公众认同、理解、支持的力度也更强了。

真的能够奏效吗？现在下结论似乎为时尚早，还是等“万人行”结束后做个民调比较靠谱。我的感觉是会有一些效果，但要完全形成“共识”，怕没那么容易。原因很简单：台湾日本等地的垃圾焚烧，是建立在充分的垃圾分类基础上的，可回收利用的、有毒的垃圾不会进焚烧厂，这就已经让人放心了一大半。此外严格的企业管理、精密的工艺流程，哪是我们所能及的？至于员工素质、敬业精神、责任伦理什么的，就更是天上地下了。所以日本的垃圾焚烧厂里可以办幼儿园、餐厅，我们这边只怕照葫芦画瓢也不会有人去。

客观地说，政府的出发点是好的，难处也是能够理解的。现在人们都已经知道了任何形式的垃圾处理，第一步一定是分类回收，否则就难言科学。可我们这里难就难在这第一步，除了政府的某些工作不够到位，公众普遍缺乏规则意识其实是最主要的原因——你制定再合理周密的流程，可是人们根本不去遵守，甚至钻各种空子漏洞，你又奈何？所以我一向的主张是垃圾分类一定要跟公民社会的建设同步。如果我们还是一盘散沙，习惯于随地吐痰乱扔垃圾，或高声喧哗随意加塞，完全无视任何规则和他人的存在，这样的群体要搞垃圾分类是不可能的。而公民社会的建设又是一个长期的过程，绝非一朝一夕所能奏效，企图通过“创建垃圾分类示范城市”这种运动似的活动来促进、强化，只怕是拔苗助长。

如果我们总是这样既看不到或者说有意回避问题的根本，又希望短期内出成效、造出声响，只怕热闹过后，一切又回归原点。

2014年6月11日《南方日报》

◎ 分类难焚烧易，决不可“避难行易”

前天是垃圾分类“万人行”活动第二日，广州市市长陈建华率驻穗媒体、省市媒体代表及社会人士代表近30人进行“垃圾场半日游”，先到番禺火烧岗垃圾填埋场，再到白云李坑资源热力电厂第二分厂。跟以往的历次讨论一样，话题围绕垃圾分类和垃圾焚烧两者展开。关于垃圾分类，陈建华市长说7月10日以后将在全市推广“定时定点+误时投放”；而垃圾焚烧，按照陈市长的说法，“环境达四星级宾馆（标准）”。——“万人行”为垃圾分类而起步，落脚点却在“垃圾焚烧好”上，这里的怪异正显示出广州垃圾处理面临的困顿局面。

垃圾处理问题已经迫在眉睫，这点所有人都不会有异议。垃圾处理的第一步是分类回收，这点也不会有什么争议，分歧只在于采取何种方式。广州参考了很多地方的经验，提出了种种方式，比如随袋征收垃圾费、垃圾费与水费捆绑征收，等等。但不管是哪种方式，都引来社会的质疑，而且质疑的焦点似乎都集中在可行性上——是的，垃圾分类最考验一个社会的总体信用水平，它跟规则与对规则的自觉遵守密切相关，但这两点恰好是我们这个社会最缺乏的。如果规则不明、社会成员基本没有什么规则意识，再怎么搞都行不通，总会有人偷工减料、钻空子占小便宜，或根本视规则如无物——月黑风高之夜我出去乱扔垃圾，谁管得了？谁又管得来？何况不遵守规则的并不仅仅是老百姓，辛苦分类以后一出门又混作一堆运走，谁还有分类的积极性？

好在还可以焚烧，这也是广州市政府这几年力推的项目，也是这次垃圾分类“万人行”的最终落脚点。说实话我不怀疑陈建华市长对垃圾分类的诚意，但我也非常相信一些部门也做好了一把火烧掉的“兜底”准备。不管怎么说，公众对垃圾焚烧一定会有疑虑，政府诚信的“塔西佗陷阱”和社会生活中的“邻避效应”在广州的垃圾处理议题中多次淋漓尽致地显现，这是目前广州垃圾处理面临的最大困局。

怎么办呢？分类一定要持之以恒、诚心诚意地推进，焚烧厂的建设也一定要高标准严要求，并且做到信息公开。对反对的声音，也一定要允许同等的表达，否则只会激起公众更大的疑虑。此外，对垃圾分类，我们可否采取一些更现实的方式？我曾跟一位基层城管干部聊过，大倒苦水之余，他建议垃圾分类应先从机关、大型企事业单位、餐饮、肉菜市场等等这些容易“监管”的地方做起，家庭则应循序渐进，慢慢来。我颇以为然。

总之，垃圾分类难，垃圾焚烧易。我们决不可趋利避害似地“避难行易”，那不是一种负责任的态度，也于中国社会的转型进步有害无益。

2014年6月13日《南方都市报》

◎ 从分类到焚烧的距离有多远？

广州的垃圾分类“万人行”还在持续进行，周二我也参与了一次。第一站是番禺火烧岗垃圾填埋场，一下车就闻到垃圾特有的浓烈的酸腐臭味，满嘴苦味。

一墙之隔是一栋写字楼，三五百米开外是几个住宅小区，其中一个还是别墅区。说实话我当时真的很同情那些住户，只要风向“对路”，他们肯定会被淹没在垃圾臭味当中。据说有人在阳台上挂了个大大的“臭”字，可惜我没看到。

第二站是北边的李坑垃圾填埋场，已经封场复绿，情况就完全不同了：沿着山坡是大片草地，满眼翠绿，几乎像个高尔夫球场，更没有一丝臭味。政府有关部门也落力不少，时刻监控里面的沼气浓度，以防万一。

第三站就是李坑垃圾焚烧厂，就在旁边。说实话漂亮整洁程度远超我的想象，完全不是想象中的垃圾焚烧厂的烟雾缭绕、恶臭熏天，难怪陈建华市长说“比得上四星级宾馆”。垃圾装卸、发酵、焚烧、后续处理等等一律封闭进行，隔着玻璃能够看到一些过程。而整个厂区真的是水清草绿，一尘不染。政府着力推行垃圾焚烧的用意再明显不过，以致这次规模浩大的垃圾分类“万人行”也以参观李坑垃圾焚烧厂为终点，有同行者开玩笑说不应该叫垃圾分类“万人行”，应该叫垃圾焚烧“万人行”，颇切中肯綮。

李坑垃圾焚烧厂的确“看上去很美”，但疑虑始终存在：是否给人看的都是好的？那些不好的信息数据什么的是否被隐瞒？短期或许没事，但是有个垃圾焚烧厂长期在旁边，是否对健康产生潜移默化的不良影响？相信这也是公众最担心的。好在陈建华市长说过要给反对焚烧的声音充分的表达平台，政府甚至准备向媒体购买服务来展开监督——这可是一大亮瞎眼的创举呢，媒体监督还需要购买吗？购买来的监督还是监督吗？

但焚烧之前必须要先分类，否则就难言科学合理。从分类到焚烧，中间隔着一个社会——广义的社会，包括政府在内。政府制定规则、程序，民众去遵照执行，每一个环节都不落下，丝丝入扣，这是理想的情形。但现在我们看到，不管是政府还是民众，都不能做到各居其位、各尽其责。政府的规则本身就还有些问题，这点包括城管委领导都有清晰的认识。而民众呢？当然就是我行我素、规则意识阙如了。兼且政府本来就公信力不足，还时刻不忘行政命令、惩罚奖励这些传统管治手段，更使民众与政府之间渐行渐远，分类也难上加难。

我完全同意一些识者的意见：政府要推行垃圾分类，必须要靠社会的自觉，而社会的自觉是建立在人的权利、尊严得到充分保障的前提和基础之上的，恰如晚清士人所说："人人有自立之权，即人人有自爱之意。"假如政府一方面对社会厉行管制，另一方面还希求社会言听计从，今时今日是很难的了，别的不说，既然要监督，为什么不开放给广州那么多的环保志愿者团体呢？他们说不定根本就不需要购买服务哦。

从分类到焚烧，隔着一个社会；这个社会有多成熟理性，那么这个距离就有多短，反之亦然。

2014年6月20日《南方都市报》

◎ 垃圾分类：居民素质的提升有赖政府引导

日前在广州市第一资源热力电厂二分厂举行的一个城市管理公众论坛上，垃圾分类再次成为焦点话题，有专家直言垃圾分类难不仅因为牵涉到居民习惯的改变，更与居民整体素质提升关系密切，"垃圾分类肯定是个长期不懈要抓的工作，未来还有很长的路要走"。

素质人们谈得多了，但素质到底是个什么东东？我认为跟本话题相关的素质应该是指社会成员对一种具有普遍性的社会规则的自觉遵守和维护——其实这两者是一体两面：遵守既是维护，反过来也一样。这里面体现出来的是一个人对自己所生活于其中的社会的责任和担当，再就是对他人的尊重，当然也包含个人的人格尊严在内。

我们差就差在这里。中国社会自古一盘散沙，人们惯于各行其是，根本无视规则的存在，"偷鸡"之心本根深于内，时机一到即发作于外，最终结果是一片混乱。最典型的例子就是明明不允许走应急车道，但塞车的时候总有一两个人不守规矩，结果其他人"你走我也走"地蜂拥而至，最终天下大乱。

垃圾分类也一样，而且乱扔垃圾的危害性至少看上去更小、更远，规则的约束力更弱，就更难去遵守了。大家的普遍心理是反正乱扔垃圾的就我一个、反正我扔的只有一点点、反正没人看见，结果个个都这么想，垃圾分类什么的就形同虚设了。更有甚者有的甚至连这些小小的“负罪感”都没有，乱扔垃圾于他而言近乎一种本然、本能的生活方式！

任何一个国家或民族的发展，必定是建立在高度组织化的社会基础之上的，古今中外从没有任何一个一盘散沙的社会可以发达起来。一方面要发展、复兴、振兴，另一方面要面对的却是低组织甚至近乎无组织的社会，这可以说是当今中国面临的最大难题，广州的垃圾分类可谓一个生动的例子。

如果说通往现代文明的社会自组织在中国几乎不可能，而且也时不我待，那么中国社会成员的整体素质的提升必也有赖于政府的力量。政府如何发力？耳提面命的传统教育手段早已失效，奖励处罚之类也经常被人嗤之以鼻，而且今时今日时常要面临合法性的拷问。为今之计，政府只能是以权利为基础建立起一套具有普遍适应性和约束力的规则，然后引导大家慢慢去遵照执行。

比如垃圾分类，我们就有如下几问：你的规则真的明晰吗？你的规则真的是建基于公民的权利之上吗？抑或是行政命令的权力之上？此外，有没有人庇荫于权力从而自外于规则之上、之外？如果这些不能很好地解决，那规则就必然会被忽视甚或藐视，要大家都去遵守也势无可能——何况大家的素质本来就不怎么高。

打铁还需自身硬，放在这里也一样。

2014年8月22日《南方都市报》

九

社会民生

She Hui Min Sheng

◎ 应确保社会组织的独立性

日前，新制定的《广州市社会组织管理办法（草案征求意见稿）》开始向社会征求意见，《办法》首次以政府规章形式，明确规定社会组织可直接登记，以及接受捐赠后15个工作日内向社会披露信息等等，在国内率先为社会组织管理提供了规范。其中特别引人瞩目的是现职国家公务员不得在行业协会、异地商会、民办非企业单位、基金会中兼职，离退休后确需兼任的应当严格按照有关规定审批。

显然这体现了社会组织去行政化的趋势，毫无疑问这是大势所趋。现职公务员不得在社会组织兼职还比较好操作，但离退休公务员在社会组织中的兼职就比较复杂了。

离退休后还有社会组织愿意聘请，显然绝非等闲之辈，一定是有一定身份、影响力的人，大多数都是曾经的领导，否则社会组织干吗要请你呢？既然社会组织要请，一定是“确需”的。社会组织对这些离退休的领导同志还存在哪些需要？无非就是他的影响力和人脉等等。

《办法》说“离退休后确需兼任的应当严格按照有关规定审批”，这“有关规定”是什么东西？似乎语焉不详。我们国家倒是有一部《公务员法》，里面规定：“公务员辞去公职或者退休的，原系领导成员的公务员在离职三年内，其他公务员在离职两年内，不得到与原工作业务直接相关的企业或者其他营利性组织任职，不得从事与原工作业务直接相关的营利性活动。”这里说的主要是企业或“营利性组织”，而社会组织一般是非营利的，看来《公务员法》在这里并不适用。所以这个“有关规定”到底是什么东东？有关部门其实是应该要明确说明的，否则基本就等同于空口白话。至于“严格审批”云云，就更加不靠谱了——被请的人有着这样那样的身份和影响力，又刚刚退下来，谁敢不批准他到社会组织兼职啊？

为了去行政化，不允许现职公务员在社会组织兼职，但对于离退休公务员，却事实上并无任何的硬性规章约束，这个《办法》在这方面留下了太多模糊灰色地带，而恰恰是这一点，很可能会使社会组织的去行政化大打折扣。倘若这方面的工作做不好，那么社会组织作为“二政府”的现象就难以改观。

其实所谓去行政化，归根结底是要确保社会组织的独立性。按说社会组织完全是社会成员的一种自组织，本身就具有相当的独立性，但为什么在我们这里社会组织的独立性还是一个问题呢？当然是因为我们这里公权力无处不在。就以这部《社会组织管理办法》为例，里面对哪些社会组织可以登记、如何运行等等，都有详尽的规定，基本看不出社会自组织的影子，还是置于政府的管制之下。比如允许“一业多会”——难道还可以不允许吗？只要有人愿意，有什么不允许的呢？再比如社会组织的议事规则，也要《办法》来规定指引，难道社会组织自己不可以制订一个议事规则吗？其他的还有很多，给人的感觉我们这里所谓的社会组织简直就像一个刚刚学步的婴儿，什么都需要政府这个家长来规管、指引。如此一来，行政化怎么去得了？行政化去不了，那些所谓的社会组织怎么可能不争相聘请刚退下来的领导呢？

可以肯定，社会组织要良性运转，其独立性是关键。靠什么来确保社会组织的独立性？当然是法律，尤其是《宪法》，里面早就明文规定公民有结社的自由。社会组织就是很多的公民基于某种共同的诉求而组成的社会团体，这原本就是《宪法》所赋予的公民权利，有什么理由不让它独立呢？

2013年10月28日《新快报》

◎ 社会组织管理需要官民的良性互动

10月16日广州市民政局在其官网挂出了《广州市取缔非法社会组织工作细

则（征求意见稿）》，引发各方质疑，不少民间组织担忧执法部门会选择性执法从而危及自身。前天来自公益、学术界和法律界的20多名代表人士聚集中山大学马丁堂专门就此召开研讨会。

我也参加了研讨会，说实话，看到《征求意见稿》，里面的专政、管制思维——而不是法治思维——再明显不过。从大的方面来讲，《宪法》都已经规定了“结社自由”，结果到了你这里，仅仅是在“开展社会组织筹备活动”、没有登记但“以社会组织名义进行活动”就已经属于“擅自”、“非法”而要“取缔”了，这还不叫人脊梁发寒、冷气直冒，哪有半点“免于恐惧的自由”！

但与会的广州民政局一位副处长态度十分诚恳——说实话能够派人与会跟“社会”进行沟通对话，我认为广州民政局就已经值得点赞了。副处长表示民政局会充分考虑社会各方的意见，并透露拟删去“擅自开展社会组织筹备活动”这一项模糊表述，同时还将补充关于社会组织的申诉、救济等细化内容。

广州制定这份《工作细则》的依据，有一份是民政部颁布的《取缔非法民间组织暂行办法》，我查阅了一下，发现广州的这份《工作细则》里面引起最大争议的那几条，基本上来源于民政部的《暂行办法》。《暂行办法》第二条规定：“具有下列情形之一的属于非法民间组织：(一)未经批准，擅自开展社会团体筹备活动的；(二)未经登记，擅自以社会团体或者民办非企业单位名义进行活动的；(三)被撤销登记后继续以社会团体或者民办非企业单位名义进行活动的。”只不过《工作细则》将“民间组织”、“社会团体”、“民办非企业单位”一律改成了“社会组织”。之所以有这样的改动，很大可能是民政部颁布《暂行办法》的2000年“社会组织”这个概念还没有广泛使用，但广州这一改却相当扎人眼球，好像社会组织成了个不好的东西，政府要对其进行严加防范、管控，与前几年倡行的鼓励社会组织发展的精神相悖，更与现代社会的组织原则、人文生态扞格不入。

但不管怎么说，广州市民政局的姿态和表态都让人欣慰。中国正在转型，其中一个重要表征就是现代民间社会之形成、发展，这是谁也阻挡不了的。在这种情况下，政府理应审时度势、顺应潮流，摈弃过去那种“独制于天下而无所制”的皇权思路，代之以人人平等、崇尚契约的现代法治思维，与民间社会进行良性互动。惟其如此，不惟有益于中国社会之转型，于政府与社会亦可相得益彰、彼此成就。

2014年11月1日《羊城晚报》

◎ 成立业委会需要什么样的行政主导

前天，酝酿数年的《广州市物业管理暂行办法》出台，并将在5月1日正式实施。其中有一条特别扎眼，那就是第二十六条规定“筹备组组长由街道办事处、镇人民政府在筹备组成员中提名，经过半数筹备组成员同意后产生”，有媒体甚至直接用了“业主大会筹备组组长由政府提名”这样的标题。有资深的业委会行专直言“随意性更大，行政主导提名寻租空间更大”，甚至因此认为这个《办法》的出台，“第一赢家是政府，因为获得政绩荣誉，而业主是彻底输家”，对《办法》持保留态度。

其实行政主导的岂止是筹备组组长的提名，《办法》共100条细则，行政主导无处不在，比如第二十条成立业主大会必须要向街道办事处、镇人民政府联名提出书面要求；第二十一条“筹备组由业主代表5人至13人的单数、物业所在地街道办事处或者镇人民政府代表1人以及建设单位代表1人组成”；第二十六条“筹备组应当自成立之日起3日内由成员中的街道办事处、镇人民政府代表召集、主持首次会议推选筹备组组长，集体学习筹备成立业主大会和选举业主委员会的相关规则”，等等。甚至不夸张地说，这个《办法》本身就是行政主导的产物和体现：我要成立业主委员会，关你政府什么事?

从道理上来说，成立业委会完全是业主自己的事，不管是筹备组还是业主大会，不管是议事规则的制定还是业委会的选举产生、罢免等等事项，都是业主的事，都由业主自我协商、自我组织完成，跟政府半点关系也没有。

但这也真的只能从道理上说说而已，之所以如此，就在于梁漱溟先生反复说的我们中国人的“社会性”太不发达、我们完全不会过“集团生活”——没有政府的行政主导，我们能够很好地自我协商、自我组织吗？怕是很难，从前是一盘散沙，现在的情况也没好到哪里去，否则我们早就通过社会的自组织建立起优良的社会秩序了。

所以，讨论的重点就从要不要政府的行政主导转移到了政府应该如何主导上来了。类似那位业委会老行专说的“行政主导提名寻租空间更大”的情形是决不允许的，那不是主导，而是宰制、虐待，是犯罪，等待他的也一定是法律的严惩。但愿这种情况不要出现，如果出现业主们也一定不要忍气吞声，法律也一定要伸张正义！

更多的恐怕是另外的情形，那就是政府公权力对业委会不许越雷池半步的监管、控制。从本质上来说，业委会也属于一种社会组织，不知是出于什么心理，我们的政府对社会组织总是不放心，总要千方百计提防，生怕它壮大、不听话、失控。我参加过一次广州的有关社会组织管理办法的讨论，这是最大的感受，很多社会组织也对此多有抱怨。这次《广州市物业管理暂行办法》的出台，让人再次看到了政府对社会组织高度戒备、警觉的那双眼睛。

没错，我们的“社会性”不够发达、不会过“集团生活”，因此需要有人来主导，教会我们怎么过一种“集团生活”。但这种主导必须是善意的、真正为社会和社会成员的权益着想的，是公平、正义取向的，而不是防范的、为了自己的权力和地位出发的。否则，这样的行政主导不仅无法培育我们的“社会性”，反而只会导致更多的分裂、对抗，正如一位网友所说，一盘散沙固然好管，但如果成为沙尘暴就谁也奈何不了。

2014年4月4日《南方都市报》

◎ 社区议事政府应该如何主导？

前天海珠区海幢街新成立的“一中心三工作室”（社区群众议事中心、社区治理工作室、社区党风廉政工作室、“两代表一委员”社区工作室）举行了首次议事会。细看报道，发现有两个版本，一是街道版，叫“街道群众议事中心”或“街道议事会”，会长由街道党政主要领导担任，常务副会长由街道党工委副书记、纪工委主任担任，监委主任由街道纪工委副书记担任，组委主任由街道党政办主任担任，执委由各科室（部门）负责人、社区居委会负责人担任。再就是社区版，叫“社区群众议事工作室”，以社区为单位，推荐5至10名居民代表为“议事委员”，报街道审定备案，“通过一系列的措施，挖掘激发居民街坊优势潜能，不断改善群众参与社区自治的外部环境，构建起一个良性循环、稳定互动的社区民意生态系统”。

无疑这是贯彻落实十八届三中全会“创新社会治理”的具体举措。社会治理在中国真是一篇难做的大文章，因为中国自古就是有家庭无社会，犹如有树木无森林，社会基本是一盘散沙的格局。以前小国寡民，鸡犬之声相闻老死不相往来，靠血缘关系、熟人社会的道德约束，还能够形成小规模、封闭却相对稳定的熟人社会秩序。可现在情况完全不同了，人们纷纷走出村落聚集在一起，却只有人堆，没有社会，既无社会观念，也无社会形态，更无成熟、稳定的社会秩序，人与人之间的矛盾冲突层出不穷，个体也深陷各类迷茫、纠结、困顿，动不动就挥刀相向。或许正是有鉴于此，最近这些年国家日益重视社会建设，从“创新社会管理”到“创新社会治理”，一字之差还经常被专家学者们拿来说事。

社会究竟应该如何治理呢？按照理想的状况，社会完全应该是自组织的：社会成员就一些跟大家都有关的公共事务进行协商，达成一致，然后每个人都去遵照执行。但我们有一个非常致命的先天不足，那就是不会过这种社会生活，按照梁漱溟先生的说法，不会过“集团生活”，最突出的表现，就是要么由他一个人说了算，要么一旦有分歧就一走了之甚至背后拆台，最后散伙，基本没有什么平等协商、妥协、达成并遵守契约、规则的意识。

正是因为我们不会过社会生活，所以适当的引导甚至主导是不可少的，这或许就是海幢街的群众议事会头头基本都是街道领导的缘故，也符合十八届三中全会“加强党委领导，发挥政府主导作用”的精神。因此问题不在于要不要政府主导，而在于政府应该如何主导？我认为成立议事会的目的，归根结底是为了保障居民的权利，因此政府的主导也必须一切从这里出发，从保障、实现居民的权利出发，最终也以此为落脚点，也就是说始于权利、终于权利，充分尊重居民的主体地位。如果是出于社会管制的需要，戴着有色眼镜时刻防范，将每一个居民都当作潜在的不稳定、不安定因素，那一定搞不好。至于拿议事会这样的民意机构为自己的权力寻租、利益输送背书，就更是南辕北辙了——那不是在建设社会，而是在瓦解、毁灭社会。

2014年5月30日《南方都市报》

◎ 社会信用体系建设迫在眉睫

据报道，从10月28号开始，包括北京、广东在内的9个省区市居民可登录中国人民银行征信中心个人信用信息服务平台查询本人信用报告，最快24小时能看到结果。到目前为止，信用报告最主要的用途是提供给金融机构作为审核贷款申请者的依据。

提到信用问题，相信大家都有满肚子的话要说。广东志高空调公司董事局主席李兴浩先生在2008年发起成立了一个“广东省信用协会”，经常举办各类信用论坛，我也参加过好几次。听了很多专家、企业家的发言，我发现信用问题其实涉及好几个层面，一是道德层面，一是法律层面，再就是技术层面。这次网上查询个人信用报告，可算是技术层面的问题。

毫不夸张地说，毁信违约在我们这个社会早已泛滥成灾，极端点说，我们这个社会的所有问题似乎都可以归结到不诚实、惯于说谎这一个焦点上。如果说道德虚无缥缈，而法律也困境重重，那么先从技术上来杜绝不守信用进而促进社会的信用建设，则不失为一个简便而极具效用之举。所以我很期待这个网上征信系统早日发挥作用。当然，现在的这个网上征信系统并不能堵住无数天天巧言令色的“悠悠众口”，它所能做的只是针对银行贷款这一样。但如果能够在这方面发挥效力其实也相当不错，毕竟金融体系是一个社会稳定发展的最重要基础，有了这个基础，其他方面还可以慢慢来。

既然只涉技术层面，那就只说说一些技术上的问题。首先是网络塞车，媒体报道说登录首日，或因查询量激增，央行网上查询系统一度大“塞车”，至昨日下午才基本恢复正常。这个问题就应该马上改善，毕竟一旦这个做法成为惯习，用的人只会越来越多，网络如果总是塞车显然不能满足公众的需求。

再就是上网查询本人信用报告必须要用身份证，这当然没问题。但身份证必须是当地身份证号码开头，比如广东省为44开头。这下问题就来了：广东有大量的外来人口入户，但他们的身份证还是用原来的号码，不是44开头，42、11等等五花八门的什么都有，那怎么办呢？如果按照这个做法，就会出现户口在广东却无法上网查询自己的信用报告，这就严重了。这个问题相信别的省区市一定也有，还请有关部门要高度重视，否则影响一定既广且大。

还有，查询后对内容有异议的，可以到当地人民银行分支机构提交异议申请，央行征信中心电话客服无法修改信息。这样一来问题又来了：如何确保信用报告自身的公信力？毕竟按照我们一贯的“不讲信用”习气，找个熟人或送点钱、打个招呼什么的，信用报告不就可以修改了吗？假如真是这样“以不信用谋求信用”，就像我们这个文明古国一贯的“以不道德谋求道德”的政治传统一样，对信用本身就是一种毁灭性的打击，更遑论其他！

现在的这个征信系统只用于银行贷款，有没有可能慢慢推广到社会生活的其他领域呢？毕竟贷款的只是少数，而害人恼人的不守信用却是绝大多数，并且似乎跟我们的生活更加相关。前阵子经常听到一个中国留学生在法国坐公交逃了一次票，结果后面找工作租房租车什么的处处碰壁，这样的信用体系真让人羡慕，我们是否也可以照此办理呢？尤其是一些领导干部惯于摇唇鼓舌、口吐莲花，经常说的比唱的还好听，但其实都是一个忽悠，对他们的信用如何监管、考评？这其实是一个更值得重视、解决的问题。

2013年10月30日《南方日报》

◎ 实行民生实事票决制的建议比较合理

今年市两会期间，31名市政协委员将提交联名提案，建议每年发动媒体征集遴选十大民生实事候选项目，通过人民政协、人民团体、社会组织以及统计局城调队等机构收集社情民意，设立专门的公众咨询监督委员会长年关注，实行民生实事人大代表票决制，最后评选出“十件民生实事”。

我认为这个建议有相当的合理性。为什么呢？首先是因为不管是什么民生实事，都免不了要花钱，媒体报道说用于民生实事的财政资金，每年都在100亿元左右。这么多的钱，不经过人大行吗？

当然政协委员们的提案初衷可能不在这里，他们重点关注的可能是民生实事要真的是民众迫切需要解决的事项，也就是说政府的民生实事要与公众的诉求一致。这当然是非常合理的，否则就谈不上什么民生实事了。其实政府以前也以多种途径收集公众意见，我的一些同事就曾经以专家的身份参与过政府的这类座谈会，所以也并不能说明政府在这方面不注重民意，只是在更进一步贴近民众的需求方面，或许还有一定的提升空间，比如上月中旬市政协委员在讨论今年的《政府工作报告》起草情况说明时，不少人提到“十件民生实事”不实的问题。

之所以出现“民生实事”不实的情况，委员们认为是因为对“民生实事”的选取，老百姓参与不足，他们因此建议在传播媒体广泛征集遴选民生实事候选项目。除此以外还可以发动市两级政协组织、工青妇等人民团体、外来务工人员管理局以及相关社会组织，通过各自的途径征求各界别各阶层群众关于民生实事的意见建议。还可以委托市城调队、市社情民意研究中心，开展相关问卷调查。甚至还建议设立民生实事公众意见征询委员会。目的其实只有一个：政府的民生实事要与公众的诉求相一致。我觉得这样的出发点非常好，值得政府有关部门高度重视。

提案的亮点我认为在于最后要通过人大代表表决来决定每年度的民生实事。如前所述，本来政府花钱就要经过人大，其中当然就包括民生实事的费用支出。只是以前政府的民生实事项目是分派到各个部门的预算当中的，比如教育的在教育局，医疗的在卫生局，等等，很难直观地看出政府为民生实事到底支出了多少。这次政协委员们的提案可能也给大家提了个醒：有没有可能将民生实事的预算单独列一块？不仅在民生实事的立项上广泛征集民意，也让全体市民一望而知政府打算为这些民生实事花多少钱。这可能更能给人主人翁的感觉呢。

2014年2月18日《羊城晚报》

◎ 大家都来参加民生实事海选

据报道，今年广州市首次公开“海选”明年的民生实事，不设题目，让市民自己选出最关心、最盼望解决的民生实事，按照有关负责人的说法：“这就好比之前是‘套餐’，现在变成了点菜，更加透明公开民主，可以有效地避免‘形象工程’、‘政绩工程’，更能提高市民的满意度。”

这真是一件很好的事！广州每年都会公布要办的民生实事，一般是十件。在人们的心目中，这些实事虽然冠以“民生”二字，但实在太过于高大上，跟普通百姓没什么关系。这次居然可以让大家“海选”，让市民自己话事，的确让人眼前一亮。

我感到非常好奇的是会有多少人参与，以及他们都提了些什么样的“民生实事”？之所以好奇，是因为现在大家对政府的这类行为总是半信半疑，不太相信政府会来真的。想想的确也是，民众哪有什么话事权呢？否则就不至于到如今“民主”对我们而言都还是稀罕之物了。至于想知道市民都提了哪些“民生实事”，就是想对比一下最终入选的民生实事跟市民提的是不是一样。所以，如果真要追求“透明公开民主”，就应该将一切都公开。

既然是“海选”，我也立马提一个。大约是20世纪90年代企业改制、农转居等等一些事项以后，广州遗留下了很多跟社保有关的历史问题，基本上都是一些退休的福利待遇得不到保障。很多人通过多种途径表达过他们的诉求，甚至还引发过诉讼，我也经常收到这类邮件。这可算是真正的民生实事了，似乎也很符合“合法性、针对性、普惠性、可行性”这些原则，完全有资格列入进去，对这类历史遗留问题进行全面的清理普查，彻底解决。

其实所谓民生实事，无非就是教育、医疗、就业、社保这几项，而这也恰恰涵盖了一个人一生之所必需。将这几样解决好，基本上就没什么问题了——至少大家不会像现在这样没有安全感。而这些问题的解决，首要的是体制机制，其次就是投入——这两者其实一体两面，体制机制正是为了保障充裕的投入，没有投入，一切都是空谈。

据说广州还准备建立长效的民生实事“海选”机制，专门出台了《市十件民生实事办理工作程序规范（试行）》，从8月上旬一直到12月，都在征集意见：先是公众，再是政府各部门，然后是“两代表一委员”，最后是政府党委的常务会常委会。通过后写入《政府工作报告》，然后再征求人大代表政协委员的意见，最后经过人大审议，表决通过后施行。经过这么多轮次的“咀嚼”，最终出台的民生实事想必是非常“民生”的吧？

且让我们拭目以待。

2014年8月8日《南方都市报》

◎ 民生实事公开征求意见是一件好事

近日，广东省2015年十件民生实事向社会公开征求意见，这是省“十件民生实事”首次向社会公开征求意见。

这不禁让人想起了前不久广州市的十件民生实事，只不过广州的做法是海选，要求“无导向性地征询市民意见，确定十件民生实事，由过去的‘政府配餐’改为‘群众点菜”。结果却遇冷，20天仅征集到15条意见，网络问卷调查中97.49%的被访者称“不知道”民生实事在海选。

省里不是海选，而是拟好了十件民生实事然后向社会公开征求意见，时间是从本月11日到18日。这么短的时间，不知会不会像广州那样遇冷？这是很让人好奇的。所以我同样也很期待时间截止后可以公布一下有多少人提了一些什么样的意见。

像这类的政府行为，我认为应该有一个较为固定的模式和程序，使公众有一个稳定的预期，时间一到就知道政府要以什么方式做什么事。类似现在这样省里是征求意见，市里是海选，真让人有点犯糊涂：不都是政府吗？怎么做法还可以不同？好在四中全会确定了重大行政决策必须要有五个法定程序：老百姓参与、专家论证、风险评估、合法性审查、集体讨论决定，国务院也正在据此制定重大行政决策程序条例。但愿条例出台后可以形成一个相对固定的办法，每年都照此办理，不要让人老觉得一年一个样。

省里出台的这十件民生实事，我觉得都挺好，尽管不乏“促进”、“改进”、“强化”、“优化”这类被专家诟病为凌空蹈虚的词汇，但每一个虚词下面，其实是有些实在东西的，比如第二件“促进教育资源公平均衡配置”：将城乡免费义务教育小学公用经费补助标准从950元提高到1150元/生/年，初中从1550元提高到1950元/生/年；第三件“改进医疗卫生服务”：将人均基本公共卫生服务经费财政补助从35元/人提高到40元/人，将城乡居民基本医疗保险补助标准从年人均320元提高到360元，等等。

这么好的民生实事，还会遇冷吗？如果遇冷的话，我觉得无外乎三个原因：一是根本对政府的这类行为缺乏信任、信心、兴趣；二是有意见但人微言轻说了也白说——在我们这个社会，个体的渺小无力感几乎也是一种集体无意识；三是很多意见可能都跟个别有关，但政府的这些民生实事往往都是些宏大叙事，很难照顾到个别。比如第八件“改善生态环境”：累计淘汰、替代和治理珠三角高污染的工业锅炉37650蒸吨；珠三角淘汰营运黄标车15.3万辆；将省级生态公益林补偿标准从22元/亩提高到24元/亩，建设173万亩碳汇林，对粤东西北护林员按照300元/月的标准给予补助。说的都很好，但这并不妨碍粤东或粤西某条村的村民要继续忍受有毒的水和空气——很可能投诉无门，年复一年。

但不管怎么说向社会公开征求意见是一件好事。不论采取哪种方式，政府的民生实事一定要让每一个人都能感受到、享受到，如此方不负民生实事之名。

2014年11月14日《南方都市报》

◎ 通过积分入户让所有人享受国民待遇

近日，广州市政府调整了入户政策，主要涉及积分入户、人才引进和户籍迁入管理等三个方面。其中积分入户调整比较大，对此前一些指标进行了删减或调整，简化成6项指标，申请人只要达到60分就可以申请轮候入户。排队次序也不再按照积分的分值高低来排，而是按照社保缴纳时间排队。

提到户口，相信很多人都五味杂陈、一声叹息。按照理想的状况，每个人都有迁徙自由，想到哪里居住就到哪里居住，只要是合法公民，就可以凭一张身份证走遍天下。但在我们国家却不行，城乡二元的划分让城市户口与农村户口如隔天堑，当年好多农村学子拼命苦读，不为别的，就为跳出农门、拥有一纸城市户口。

改革开放使情况发生了变化，户口慢慢松动了。广州在三年前开始实施积分入户政策，每年3000个名额，实施三年一共9000人成功入户，媒体也报道过环卫工入户广州的喜悦。这次调整，入户的条件更加宽泛了，比如取消了纳税入户，让人感到不那么一切向钱看了；此外，年龄、房产、捐款、表彰等加分也取消了。广州市发改委表示，指标简化一方面是为减轻申请人负担，一方面也是为了利于操作。公安也简化了程序，尤其是不再需要申请人像以前那样自证无罪，公安只需在网上查一下就可以将无罪证明直接交给人社局，这是非常好的改革，总算离人性又近了一步。其他方面的简化还有不少。

除了这些，公众可能最关心每年入户的名额。现在是每年3000个，以后会不会增加？对此有关负责人说减少肯定不会，“会不会增加要到明年初才会有正式、公开的结论。”增加还不一定，但即便增加又能够增加到多少呢？相比于广州1000多万的常住人口，即便增加到每年10000个，也还是杯水车薪。

我认为包括积分入户的入户政策不断进行改革、完善固然必要，但同时其他一些方面的改革也应该同步进行，那就是力争让所有的人——不管是户籍人员还是所谓非户籍的常住人口——都享受到同等的国民待遇，这才是最关键的。户口之所以被人看重，是因为户口背后捆绑的一些福利，比如教育、医疗、就业、住房、出入境，等等。如果能够通过一些政策的调整，逐步使这些福利与户口分离，至少不那么紧密，使居住在同一个城市的人享受到同等的待遇，就很好了。

事实上广州这些年也做了一些努力，比如尽力让外来人员子女受到同等的教育、外来人员也享受医保等等。但毕竟由于区域发展不平衡、资源有限，所以户籍的门槛也一直存在。大家只要留心深究一下，很多政策其实常常是包含有户籍的考量在里面的，导致的一些不公平也时常受人诟病，但政府也无能为力——很多时候甚至都不能公开自辩，毕竟人太多了，而资源始终有限。所以让所有人享受同等的国民待遇，也的确不是广州一城一地能够做到的，必须要国家的整体发展、进步才行。

2013年10月25日《南方都市报》

◎ 环卫工可直接入户体现了人才观的进步

日前，广州市人口调控和入户政策“1+3”文件公布实施，1个文件是“关于加强我市人口调控和服务管理工作的意见”，另外3个配套文件分别是“广州市户口迁入管理办法”、“广州市积分制入户管理办法”、“广州市引进人才入户管理办法”。我研读了一下这些文件，有几个突出的感受，一是入户广州的门槛似乎降低了不少，二是有多少外地户口的人会关注这些新政策？再就是每年的指标是多少？

人们一直都认为入户广州是一件相当困难的事，这可能多多少少受北京的影响——据说一个北京户口已经到了100万的天价！广州好歹跟北京同属所谓一线城市，想必也一样难进。但看了这些政策文件，发现或许并不如此，比如文件规定具有本科或副高以上的学历或职称就可以入户，而且不仅本人，连配偶子女也可以一并进入，这个条件应该是相当低的了。之所以如此，应该是跟刚刚兴起的城镇化运动的大背景有关，比如文件上说“到2015年，全市户籍人口控制在860万以内，到2020年，全市户籍人口控制在1050万以内”，5年内增长190万，每年差不多40万，这个速度我觉得是相当惊人的。

尽管这次户籍制度改革的目的是“实现从人口红利向人力资源红利转变，为城市可持续发展注入动力”，但这次政策调整的一大亮点是不仅放宽引进高层次、高技能人才的年龄门槛，也为环卫、医疗等一线人员开辟入户的新通道，其中一条就说“从事体育、文艺、民间传统工艺等行业的特殊技能和特殊专业人才，从事环卫、公共交通、教育、基层医疗、养老、残疾人照料等工作的特殊艰苦岗位从业人员”具备了申请入户的条件。我认为这是相当合理的：我们终于变得不那么急功近利了，城市的运作毕竟更多地靠各行各业的那些默默无闻的普通劳动者。

毫无疑问这次入户政策的调整适应了城市的发展需要，也因应了社会的发展进步，具有很大的合理性。但与此同时也将广州的一些跟人、人才有关的问题再次摆在了我们面前。第一个问题就是广州对高层次人才还有吸引力吗？之所以有此一问，是因为感觉最近这些年广州的吸引力似乎在下降，别的不说，以我所熟悉的人文社科领域，这几年就有好几位知名学者离开了广州，多数去了北京，还有的去了上海，让我们这些“留守”的人顿感失落，心情复杂。前不久又听说网易将总部搬到了杭州，这得要流失多少人才呀？

再就是广州的外来人口何其多，能够入户的毕竟是极少数，在户口仍然与社会福利捆绑的今天，如何保障广大外来人员的福利权益？比如这次户口政策调整的工作目标之一是“构建政策准入与积分入户相结合、公共服务逐步向来穗人员延伸的人口调控与服务管理政策体系”，如果公共服务只能通过入户的形式向“来穗人员”延伸，那么它的覆盖面就太小了，与庞大的“来穗人员”规模不成比例。当然这是一个老问题了，广州也的确面临城市资源、承载力等等诸多实际困难，而且广州事实上也在服务外来人员方面做了很多工作，但既然有不如人意，就还是应该直视问题，寻求进一步的改善。

电影《天下无贼》中的黎叔有一句经典：“21世纪最重要的是什么?人才!”以前我们对于人才的观念是相当功利、狭隘的，这次广州的入户政策调整，隐隐地透露出我们在这方面的进步：其实每一个人都是人才，关键是你为他们搭建什么样的舞台！

2014年3月12日《新快报》

◎ 期待计生证尽快改革

继“行政审批流程图”后，广州市政协委员曹志伟又抛出了另外一张万里长征图：“计生手续办理流程图”，按照他的说法，“这是通过建设工程审批改革，举一反三，在民生方面考虑的审批流程优化。”

相信很多人为之大声叫好！

我虽然没有亲身体验，但完全可以想象办一张计生证有多麻烦：无数的部门、无数的章，少一个都不行；千辛万苦去排队，结果被告知还差一个什么材料，那时只怕连死的心情都有……更何况还有户籍在外地、两地分居等等无数更麻烦的情况，想想都让人头皮发麻。所以这次曹委员提出改革计生证，肯定会引来一片叫好声，很多人恐怕在心里也很感激曹委员。

从道理上来说，生育属于人的自然权利，完全不必办什么计生证，生几个、什么时候生，都是公民自己的事。但由于我们国家实行计划生育政策，并且被当作基本国策，于是才要办什么计生证。而由于严格的考核甚至一票否决机制，使所有人都不敢在这件事上马虎，于是才有计生证，才有无比繁琐的办证手续。

之所以繁琐，除了流程繁复以外，还有一个很重要的原因可能就是我们这个社会普遍的信用缺失：去办证的人要证明自己所言不虚，而证据当然不在于你说了些什么，而在于那上面的公章——有公权力部门证明。公权力部门所盖的章在某种意义上其实是充当了一个信用担保，一个章下去其实就意味着对你的信用进行了担保。但在我们这个信用普遍缺失的社会，信用担保谈何容易，谁也不敢这样轻易揽责上身，否则一旦出事那真是吃不了兜着走！于是才有了无数的循环论证，才有了无数的麻烦手续，甚至出现如曹委员所说的“审批部门互为前置约束的局面”：甲要乙先盖章，乙要甲先盖章，整一个死结，只留下办证的人叫天不应叫地不灵……如果是个大腹便便行动不便的孕妇，那真的是叫人同情。这个时候什么服务啊转变政府职能啊什么的都成了浮云——除非哪天不必为服务、信任、热心、同情等等这些“良心”担责！

这次曹委员提出的建议，实际上就是充分利用网络时代的信息共享优势，实行“结婚证”与“计划生育服务证”合并为“一证通”式的“结婚证”，也就是说，办好“结婚证”的同时计生证也一并办好了。

这当然是值得期待，但问题也恰恰出在信息不能共享上面，正如广州市计生部门有关负责人向曹委员坦承的简化审批流程的最大障碍——部门之间存在“信息孤岛”。想想也是：结婚证是民政部门办，计生证是计生部门办；不管是结婚还是生小孩，各类情况千奇百怪；结婚生仔两者搅和在一起，滋生出的社会万象只怕更是匪夷所思一团乱麻，要达到国家有计划生育的目的，恰如摩肩接踵熙熙攘攘地去挤华山一条路，一个字：难！在这种情况下只好你管你的我管我的，苦就苦了那些老实本分规规矩矩的人。

但不管怎么说，计生证必须改革，原因只有一个：现有的办理制度不适应公众需求，给人们增添了无尽的麻烦，给社会增添了许多的额外成本，非改不可。好在对曹委员的改革建议，广州市计生部门积极回应，几乎是立即行动起来，不仅主动约谈曹委员，甚至还向他提交了一份“解决办证难问题工作安排表”。还准备协调其他部门如民政、公安、人社等等，一起来优化办证流程，形成成熟的方案建议后上报上级部门，形成政策。这些都是非常好的气象，让人对计生证的改革充满期待。

能否最终取消计生证？这是曹委员的理想，他甚至说出“不取消掉就不当政协委员”这样的狠话。有曹委员这句话，我们真是对最终取消计生证乐观其成！曹委员都说了：“黑龙江吉林的经济不如广州，江苏跟广州齐名，这三个地方都已经取消了计生证，为什么广州不行？”对此广州一名基层计生工作人员听说后连连摇头：“这不太可能。”“取消计生证，谁也负不起责。”我想他说的恐怕也是实情，除非哪一天将生育这种绝对的自然权利彻底还给公众，让公众自己为自己负责，不必连这种事都要劳烦政府，计生证才会彻底成为多余，那时想不取消都不行了。

2013年8月15日《羊城晚报》

◎ “单独二孩”办证难凸显信用社会建设迫切性

据《新快报》报道，广东“单独二孩”政策落地近一周了，广州大部分区也接受生育二胎的申请，不少市民去办证，却卡在了独生子女一方父母的证明这一环——想证明自己是独生子女好难好难，“一天跑了三趟居委，‘单独’一方父母的独生证明很难办!”

其实，这样的情形我们并不陌生，尤其是在涉及工作调动、户口迁移等等事项的时候，总是会遇到，明明是确凿无疑、板上钉钉的事，也非要你开一大堆证明不可，真叫人抓狂。

出现这种局面，归根结底，是因为我们还没有建成一个信用社会——那些证明所起的作用无非就是一个信用担保，确保你所说的是真的：你说你是独生子女，口说无用，拿证明来！正是因为起的是信用担保的作用，所以在我们国家至少在法理上最具公信力的各类公章就显得尤为重要，极端情况下甚至只认公章不认人。

信用担保到底要不要呢？我认为还是必要的，这一点相信那些各类政府机构的一线窗口工作人员最有体会，他们遇到的各种各样的弄虚作假实在是太多了，有些简直是匪夷所思。正是因为存在各种假，所以他们不得不严加防范，小心又小心、谨慎又谨慎，否则一旦纰漏，那可是吃不了兜着走，因此，他们总是会提出这要求那要求。这固然筑起了杜绝虚假的坚实防线，却也苦了那些“良民”，无端端地被怀疑不说，还要费老大劲去弄来各种证明“自证清白”，每次去各类窗口办事也无不惴惴不安，不知会不会又少了哪样东西。这次“单独二胎”办证难就是最新的典型。

工作人员提出各种各样的要求，其实他们真正需要的，无非就是一个信用担保。所以，讨论的重点就不在工作人员是否不近情理，而在于我们如何才能便利地提供可靠、可信的信用担保，而不必像现在这样为了办个证磨破嘴、跑断腿——有时还不一定办得来。

要做到这一点，唯有建设信用社会。今年1月15日李克强总理主持召开国务院常务会议，部署加快建设社会信用体系、构筑诚实守信的经济社会环境，特别指出信用是市场经济的“基石”。其实，不仅是市场经济，信用可以说是全社会的“基石”，没有它社会的运转就会处处窒碍，严重的甚至会崩溃。

建设信用社会，除了涉及道德、法律，还涉及技术的层面。那次的国务院常务会议提出要加强信用社会的基础建设，制定全国统一的信用信息采集和分类管理标准，推动地方、行业信用信息系统建设及互联互通，逐步消除“信息孤岛”，构建信息共享机制，在保护涉及公共安全、商业秘密、个人隐私等信用信息的基础上，依法使各类社会主体的信用状况透明、可核查，让失信行为无处藏身。果真如此的话，你说你是独生子女，只需工作人员轻点鼠标一查就行了，也就不会出现现在的这种悲催局面。在信息技术如此发达的今天，这是完全可以做到的。

衷心希望这样的信用社会早日到来！

2014年4月3日《新快报》

◎ 为简化“单独二孩”申办流程叫好

由于办证难、审批复杂，广东虽有“单独二孩”政策，还是让很多“单独”夫妇一肚子苦水。7日省卫生计生委传出好消息，已向各地下发了简化申请审批手续的通知，规定不需再开证明和盖章，只需“四证一表”即可申请办理。这四证是双方身份证、户口簿、结婚证、计划生育服务证的原件和复印件；符合条件的“单独”夫妇双方只需携带上述证件到规定的审批机构领取并填写《“单独”夫妇再生育申请审批表》，即可一站式办理全部手续。

我不禁为这一简化大声叫好！

以前搞那么复杂，归根结底，其实就是希望对方能够提供一个信用担保：你说你是“单独”，拿证明来！于是想生“单独二胎”的人不得不去开各种证明，有些甚至陷入“循环论证”的死结，令人无语、抓狂。这次一下子简化，几个现成的证件即可，多省事啊，能不让人叫好么？

但这也让人产生一个很大的疑问：短短几天工夫，怎么就能够简化成这样呢？以前要办各种证明，是基于很多很多的这担忧那提防，难道现在那些担忧啊提防啊什么的都消失了吗？比如：难道就不担心造假？还有那些各种各样千奇百怪的事凭区区四本证件如何能够说得清？

我相信这么短时间，服务的对象——包括他们的所谓素质——不会有任何变化，唯一变化的可能是主事者的心态，那就是不要老将人们想象成时刻准备撒谎钻空子的“刁民”，而去时刻提防他们，而是老老实实地做好自己，按照眼前的事实——就是那些合法的证件，而不是凭自己的恶意想象猜测，去提供法律赋予的服务。这样的心态下，事情自然就会简单多了。否则，只会加重“以人为敌”因而“与人为敌”的恶性循环。

难道就不会有人弄虚作假、作奸犯科吗？当然是有的。如果有谁这么做，就让他承担法律的后果好了，而不是因为存在这样的可能，就将所有人都当成潜在的“刁民”去设限、提防，结果连累了一大批无辜的人。我们现在老说要从管理转到治理，这种心态的变化，应该算是这种转变的体现吧。尤其是国家正在准备建立统一的个人信用体系，如果一个人有任何的信用污点，都会败坏他的信用，从而对他的一切社会活动都造成不可估量的负面影响。果真如是的话，就让他自作自受好了。

当然这样的简化势必给主事者带来更大的责任和更多的工作，比如《通知》中明确了由审批机构内部核查的机制，要求审批机构收到当事人的申请材料后，应通过查询人口信息系统和计生奖励发放系统（主要核查申请人父母领取独生子女父母奖励情况）核查申请人的申请资格，对符合资格条件的应即时办理审批手续。而通过以上系统无法核实、申请人填报资料与计划生育档案信息不一致或有群众举报的，《通知》指出应通过联系或实地走访申请人户籍所在地村（居）民委员会或工作单位进一步核查，“省计生委将把信息核查工作纳入各地各单位的计生年度考核，不积极配合信息核查的单位或个人将追究责任”。我怀疑这一条并不一定能够得到落实，因为那么多人，怎么可能去实地走访？所以还是应该再好好研究一下，寻找到一条更可行、更简便的办法，或者，干脆对造假者施行法律的处罚或制裁——我相信现成的法律应该是有相应的条文的。

不管怎么说，从繁琐到简化，折射出主事者的心态变化，也折射我们这个社会的进步。作为社会的一员，每个人恐怕都应该要想到自己承担的基本社会责任，那并不是要你去舍生取义冲锋陷阵，而是去维护我们这个社会的共同规则。如何维护？首先去遵守它！

2014年5月9日《新快报》

◎ 不公开社会抚养费在法理上站不住脚

今年7月11日“世界人口日”这天，浙江律师吴有水向全国31个省级计生委、财政厅申请公开2012年度的全省社会抚养费收支及审计情况。在31个省份中，10个给予了回复和提供相关的数据，剩下的21个省份没有回复，或回复中没有提供具体数据。其中，广东省人口计生委给吴律师复函，明确表示不予公开。

2000年国家将“超生罚款”、“计划外生育费”改为“社会抚养费”。顾名思义，社会抚养费是指“对超生婴儿占用社会公共资源的补偿”，但由于一直缺乏一个公开透明的制度，收上来的这些钱是不是都用在了超生婴儿身上，却没人说得清，以致很多地方漠视超生，却热衷收费，使通过收费来遏制超生的政策大打折扣。

但我们要讨论的还不是社会抚养费的种种乱象，而是另外一个问题：社会抚养费的收支该不该公开？吴有水律师认为，社会抚养费应当属于政府公开的信息范围。根据《政府信息公开条例》第二条规定：政府信息，是指行政机关在履行职责过程中制作或者获取的，以一定形式记录、保存的信息，“从这个角度讲，政府机关在履行职责过程中制作或者获取的信息，是应当予以公开的”。此外还有好几条规定都支持政府应该公开。

但广东省人口计生委也有不公开的理由：“按国家卫生和计划生育委员会的有关规定，县级及以上人口和计划生育部门征收社会抚养费的案件总数和征收总额应作为内部事项管理，未经规定机关批准，不得擅自公布和扩散。据此，依《政府信息公开条例》第21条第(二)款的规定，本机关决定不予公开。”

这个第二款的内容是什么呢？原来是“属于不予公开范围的，应当告知申请人并说明理由”。广东计生委的确是告知了不公开的理由，这个理由就是国家卫生和计划生育委员会的那个将社会抚养费作为内部事项的“有关规定”。

这样一来是不是就万事大吉了呢？我觉得不尽然。我是法律外行，但我觉得《政府信息公开条例》是国家的规定，由时任国务院总理签字发布，肯定应该大过国家卫生和计划生育委员会的“有关规定”——不是一直有下位法要服从上位法的说法吗？显然，以一个政府职能部门的“有关规定”作为不公开的理由，在法理上是站不住脚的。

可笑的是当记者进一步向广东省计生委求证此事时，得到的答复却是“不便回应”。考诸社会抚养费收支的种种乱象，就更让人浮想联翩了：是什么事让你们觉得不便回应呢？

尤其是，这完全不应当是一个法治政府所当为啊。按我的理解，所谓法治政府，就是政府的一切行为都必须是依照某个法令、规章、条例而进行的，没有任何僭越；反过来说，一切法令、规章、条例，也都通过政府的种种行政作为得到贯彻、落实，没有任何疏漏，只有如此才称得上法治政府。但现在可好，一句“不便回应”就打发记者了事，请问这“不便回应”依据的是哪一条法律规章呢？较之先前还算是有所凭依的“有关规定”，这“不便回应”更像是俚语村言，完全不像是现代社会下的公权力话语。

吴律师目前已经向21个没有公开具体数据的省份申请了行政复议，想必其中就包括广东。我们很期待后续的发展，最好的结果当然就是公开，就像那些已经公开了的省份一样。即便不能公开，也必须要有充足的理由——那些“有关规定”什么的完全构不成不公开的理由，至于“不便回应”云云，就更是闲扯了，除非你说老子就是这样，你吹咩！

2013年8月24日《羊城晚报》

◎ 社会抚养费怎可如此乌龙?

前阵子闹得沸沸扬扬的广东社会抚养费再成话题，不过这次不是不公布，而是公布的数据之间“打架”：20天前省卫计委公布的2012年全省社会抚养费征收总额是14.56亿元，前天省财政厅给广州市政协委员韩志鹏的答复却是26.13亿元，两者相差11.57亿元!

这是怎么回事?

省财政厅说他们公布的数据“肯定没错”，省卫计委则说会迅速核查数据，与省财政厅进行沟通，把信息了解清楚后，“第一时间向社会公布”。我很好奇省卫计委准备如何与财厅沟通?统一口径、各退一步，将公众应付过去再说?

这个时候让人不能不想到审计。此前省审计厅曾答复韩志鹏委员称多年未对社会抚养费进行过审计，韩委员说“看来不得不审计了”。的确，11亿元不是个小数目，不审计个清清楚楚是无论如何说不过去的，而且审计结果要向全社会公开。

这个乌龙事件让人对我们现行行政体系运行的规范性大生疑窦。在人们的印象中，政府机关总是一尘不染、有条不紊、庄严肃穆，让人大气不敢出，一切都显得那么严肃正规。可谁能想到，单单一个社会抚养费，先是紧紧地捂着盖着不公布，好不容易在律师、政协委员、社会公众的一再追问下公布了，可谁想到一公布却又是个这么大的乌龙!一切都显得那么随意、杂乱，跟人们心目中政府机关的不苟言笑、井井有条大相径庭!

十八届三中全会提出要“优化政府机构设置、职能配置、工作流程”，所言极是!这次的社会抚养费乌龙事件让我们对此有了更深刻具体的感知：社会抚养费的征收是个什么样的流程?有关人士说社会抚养费征收主体在区县一级，由区财政统筹安排使用，而人口计生部门只是对超生行为进行认定、调查取证并发出征收决定书，“所以，省市计生部门最多只是掌握有多少人该缴交社会抚养费，但是具体交了多少，在流程内应该不清楚”。如此看来，计生部门只是“开单”，那么征收的是谁呢？如果计生部门不征收，那个数据又来自何方？如果计生部门的数据只是来自“开单”的数额，何以又比省财厅的数据少那么多？省财厅的数据又从何而来？等等。至于这么多的钱用到了什么地方？这已经是另外一个无暇论及的话题了……

社会抚养费的一分一厘都来自于某些公众，其正当合理性姑且不论，但绝不能乱收却是一定的，否则，以罚代管、以罚促收，那公众真成唐僧肉了，别说“有效的政府治理”、“增强政府公信力和执行力”，社会都要乱套了。

2013年12月27日《南方都市报》

◎ 养老保险必须未雨绸缪

前日，广州市人大常委会第二十次会议召开，会后，人大常委会财经工委、预算工委主任欧阳知在接受记者采访时称，广州市养老保险资金目前还不存在问题，但随着老龄化的加剧，这个问题的确应该提前研究应对，他还引用内部研究说法称：“有专家提出到2030年之后广州养老保险资金可能会出现缺口。”

这样的消息我不知道有没有人、有多少人会感到紧张，反正我是一点都不紧张，倒不是因为我不存在这个问题，而是因为——2030年，还有十几年呢，那时的世道是个什么样子，谁说得清？不知从什么时候开始，我们中国人就养成了一种“今日不知明日事”的末世心态，这种心态直接导致了普遍的虚无情绪：对过去没有敬畏、对现在没有担当，对未来没有计划，得过且过，过一天算两个半天。有本事的千方百计移民、逃离，没本事的努力练就这样的本事。

但时光却绝不会迁就你的什么情绪，它一定会不可避免地流失，每个人也都一定会慢慢变老，中国也慢慢步入老龄化社会。尤其是，据专家说，发达国家的老龄化与他们的经济发展基本同步，发达国家在进入老龄化社会时，人均国民生产总值基本上在5000美元至 1 万美元，目前平均达到2万美元左右。而我国在进入老龄化社会时，人均国民生产总值尚不足1000美元，也就是人们常说的“未富先老”。这就麻烦了：老年人多、用钱量大（包括专家说的带病生存的人数多、时间长），却没有钱，不仅“未富先老”，还“未备先老”，怎么办呢?

这样的担忧这几年越来越严重，引起了很多讨论，一些人也提出了各种各样的对策建议，比如延迟退休，再就是放开生育。这些某种意义上其实是将养老保险推给社会，当然都各有各的道理。

具体到广州，我觉得现在就意识到2030年会有缺口，或者如陈建华市长所说，“2029年社保收支将出现拐点，到2039年社保金将全部用完”，是个好事，因为留出了还算是比较长的时间可以让我们应对、解决这个问题。如何应对、解决呢？我是个外行，我想至少有如下几个方面：

一是钱要收得上来，这恐怕是最难的。最近几十年我们国家的变化真是太大了，社会结构、人员流动、制度变革，方方面面，早已经将从前的格局打乱，却并没有完全完成重组，导致很多事都千疮百孔，没个头绪、方寸。以养老保险为例，我们国家实行的是国家、单位、个人分别支付，但是如果单位中途倒闭了怎么办？个人被买断工龄了又怎么办？以及其他各种各样千差万别的情况，有很多真是令人意想不到甚至匪夷所思。最近日益突出的收入和支出之间的缺口，恐怕跟这不无关系。我觉得解决这个问题还是需要政府有关部门付出更多的努力，最好给每个人都建立一个独立的养老保险档案，根据每个人的情况按照国家的政策一个一个解决。工作量可能很大，但却不能不面对、重视，因为这不仅关乎社会稳定，也关乎世道人心和人性。

二是保值增值。现在物价飞涨，钱跟着一天比一天贬值，而养老保险往往是针对几十年后的未来，钱的保值增值就显得尤为重要。我不知道先进国家或地区是怎么解决这个问题的。我想最可靠的方法是建立基金，由专业人士操作，最好投资一些政府项目，确保其保值增值，至少是不贬值。

最后就是钱要发得下去。现在政府有钱却花不出的问题日益突出，比如这次广州人大常委会上披露的，去年广州市残疾人就业保障金预算执行率只有约50%，累计结余量达11.52亿元。其他有钱花不出去的事也时有耳闻。不知养老这一块有没有类似的问题。有钱却花不出去一定是供给与需求之间脱节，之所以出现这种情况一定又是跟体制机制有缺陷有关，所以，必须从现在开始就检讨这个问题，有缺漏的赶快弥补。

包括养老保险在内的社会保障体系建设，是民生工作的重中之重，是民生的兜底工程，必须高度重视。而且据我所知，这个工作涉及面相当广、专业性也相当强，绝非一腔热血就能搞定，非经过严格系统的专业训练不能为。这就需要政府高度重视了，从人才队伍建设、体制机制完善等各方面提供坚强的保障。此外，每年提交给人大的预算，不知社保可否单列一块呢？这样至少可以让大家对这一块的支出一目了然、心中有数，同时也引起全社会更多的关注和参与。

“全世界所有人都能够有保障、有尊严地步入老年，并作为享有充分权利的公民参与其社会。”这是2002年在西班牙马德里举行的第二次老龄问题世界大会确立的总目标，我想广州也应该以此作为自己的目标。

2013年8月29日《南方日报》

◎ 人事档案制度非改不可了

日前，新华社以“每年数十亿元档案保管费去哪了”为题对现在的档案收费作了报道，根据报道，每年这么多的档案保管费，为何要收？花在何处？统统是一笔糊涂账。其中提到广州华南人才市场每年收费也有数亿元，同样也是蒙查查。

看完这个报道，我首先想到的还不仅仅是档案保管费的混乱，而是我们的这个人事档案制度非改不可了!

说实话我对人事档案什么的一直没什么好感，一提起它，想到的总是组织、审查、机密等等这些吓人的字眼，再就是为了档案而跑断的腿、磨破的嘴，以及充满屈辱的赔笑脸。多年前我们单位的一位领导跟我说他特地调阅了我的档案，我至今想起来仍耿耿于怀：里面是我迄今为止的全部印记，而且还有父母家庭及其他社会关系的资料，我自己看不到，反而他随随便便想“调阅”就“调阅”了，真有被人完全掌控玩弄于股掌的感觉，超不爽。

据说中国现今的人事档案制度肇始于延安时期的干部审查制度。那时候很多人投奔延安，因为担心鱼龙混杂，于是对每个干部进行审查，主要是审查他的过去经历、思想觉悟、品质能力、社会关系等等，看他是否“纯洁”。审查结果要写成组织鉴定，与个人交代材料等一起，共同构成干部人事档案的最初基本内容，慢慢地就形成了中国的人事档案制度，并沿用至今。根据这样的制度设计，人事档案代表单位组织和上级领导对个人进行全方位的暗中跟踪监督，如影随形，相伴终身。政治忠诚与道德纯洁是其最初设定的主要考量目标，家庭出身、个人经历、政治立场态度、组织审查结论，以及其他凡是组织认为可以反映说明某个人的行为操守、工作能力、荣辱浮沉的材料，都可以收藏登录，保存在案。很多时候，它可以影响甚至决定一个人一生的命运，里面充满很多辛酸甚至悲惨的故事。

可以说，时至今日，这样的人事档案制度已经失去了其继续存在的法理基础，原因无他：以前的中国社会是一个身份社会，社会关系充满各种各样的人身依附，而每个人身份的界定则依赖于档案、户籍和单位——这三者可谓相互依存，共同构筑起社会关系网上的无数节点，将每个人牢牢地捆绑在那些节点上，充满人身管控，使人毫无尊严可言。而今天的中国正在转型为权利社会，每个人都是完全自主、自足的权利主体，他可以自由迁徙，完全不必依附于任何人或组织——除非他自己愿意，而那也是基于自由人的自由联合，而不是被逼或你别无选择之下的被迫。在这样一种自由流动、大规模的社会组织、普遍的社会交往的背景下，人事档案早已显得不合时宜了，日益增多的“死档”、“弃档”就是典型。

这次新华社的报道，我认为只是揭开了这种不合理的人事档案制度的冰山一角，冰山之下远不止档案管理费收费混乱这么简单。很希望这可以成为一个契机，撬动这种不合理的人事档案制度的改革，还每个公民以自由和尊严。好在1980年4月16日起施行的《干部档案工作条例》第十九条第五款说“要不断地研究和改进档案的管理方法和技术，逐步实现档案管理工作的科学化、现代化”，算是给人事档案制度的改革提供了一些合法依据。

2014年8月13日《南方日报》

◎ 比收费问题更迫切的是人事档案制度的改革

这几天，新华社的那条“全国档案保管费每年多达数十亿”的报道引发社会广泛关注，其中也提到广州华南人才市场每年收费也有数亿元，当然这些钱据说都入了财政的盘子由市里统筹支配，并不会落入他们的腰包。但这样的说法还是不能免于舆论的质疑：不入你的腰包，这钱就收的合理了？言辞还颇为激烈。有关负责人透露，2016年1月1日起，广东不再收取档案保管费，将全部由政府买单——这倒是个不错的消息。

人事档案收费的不合理和混乱是显而易见的，但我认为更值得大家关注的是这个制度本身：今时今日，我们还需要这样的人事档案制度吗？

据说中国的这种人事档案制度起源于延安时期，目的是对干部进行审查，然后定性：家庭出身、政治立场、思想觉悟、过去履历、社会关系、工作表现、工作能力、生活作风……总之，你的一切都在里面，然后由组织进行审查（审查的时候据说还需要很多旁证，仅凭你说的还不算数），最后给你来个总评。这个总评具有极大的权威性，不夸张地说，可以决定一个人的命运。也正是因为这些特性，人事档案总是与组织、审查等等这些吓人的词联系在一起，当然还有另外一个关键词：机密——你的档案，“组织”随时可以“调阅”，而你自己，一辈子都看不到！

在那样的年代，产生这样的制度，我认为并不足奇：那是一个毫无自我、个人完全从属且受制于组织的年代。但今时今日，中国的社会基础已然发生巨变，我们正在转型为一个权利社会，在这样的社会当中，我们每一个人都是自主、自足的权利主体。自主既是说我的一切我作主，而自足则意味着作为一个权利主体，我不需要任何人来对我进行审查、评价和定性，权利已经说明一切，除此以外不复有其他。公权力唯一需要关注的不是这个人怎么样，而是他的权利有没有受到侵犯、他有没有侵犯他人的权利。

如果说这些涉及的是法理层面，那么在实际操作中，这样的人事档案制度也面临越来越多的挑战、困境。今日中国的社会结构之巨变、人员流动之频密，同样呈现“三千年未有之变局”。而建基于法网密布、刑罚严苛的传统组织形态的此种制度，与当今中国普遍的人员自由迁徙、大规模的社会组织之间，日益显得扞格不入，那些越堆越厚积满灰尘的“死档”、“弃档”就是典型，相信这样的“僵尸档案”只会越来越多，而不是相反。

在这种情况下，人事档案制度的改革理应提上议事日程。新华社的这篇报道说的虽然只是档案收费的不合理和混乱，但相信会引发全社会对这种制度本身的反思，进而触动相应的改革。

2014年8月15日《南方都市报》

◎ 创文抽检：假作真时真亦假

上周末，国家有关部门在广州搞创文抽检，多个被抽中的小区居委及街道人员都忙于敲门入户，施展浑身解数鼓动居民往好里说，甚至不惜假扮居民家人来应对抽检人员。据一个居委会工作人员表示，自己曾经历过多次这种创文入户检查，假扮居民家人的演技已炉火纯青，“堪称影帝！”

这真是一个经典案例，集中反映了我们这个社会的人文政治生态。我相信这样的事绝非只有广州才有，也绝非只有创文抽检才有，但很可能只有广州的媒体敢于披露（这只是我的猜测，也许一厢情愿也说不定）。果真如此的话，倒从另外一个角度反映了广州的可爱和“先进”。

这个案例的经典之处有很多，首先，原来创文也有假！其实创文中的假我们早有耳闻，有些真的匪夷所思。我相信如果将这些都披露出来，一定可列入今古奇观。这次只不过是又多了一个例子而已，不过假扮居民的家人倒是第一次听说。相信如果继续下去，一定还会有无穷无尽的作假创举，“二十年目睹之怪现状”也可源源不断地写下去。

其次，这难道有什么问题吗？一直以来我们难道不都是这么做的吗？相信这是很多人的感受。事实上也的确如此，作假在我们这个社会不仅是必然，而且是应然。根据我的中国生活经验，一个人成熟的标志就是学会说假话、做假事。其原因怕是一直要深究到中国传统政治的合法性建构：以道德作为政治的合法性依据，最高的德，因此享有最高的位。可是那最高的德在人世间哪里找得到？于是只好用谎言来塑造。久而久之，说假话做假事不就成了一种必然、应然？！流风所习，哪个不是炉火纯青的影帝——学也要学会啦！

这样会导致什么后果呢？最大的后果当然就是价值虚空、历史停滞，因为谎言是个巨大的黑洞，会吞噬一切积极的价值，使整个社会完全找不到进步的支点，历史也因此而像黑格尔说的那样陷入停滞。比如这次创文抽检中的作假，经此一役，你还会对所谓的文明城市有任何信仰、信心、信念吗？

有段时间一位朋友经常跟我讨论所谓塔西陀陷阱，就是指当公权力遭遇公信力危机时，无论发表什么言论，颁布什么样的政策，社会都会给出负面评价；当一个政权失去公信力时，无论他们说真话还是说假话，都会被认为是在说假话。现在看来，我们真的像是在一步步迈入这样的陷阱。

如果这样的陷阱损害的只是政权，我们倒也不必去管他。可是政权却跟每个人息息相关，其所产生的负能量是要转嫁给我们每个人、靠我们每个人来承担的，比如各种有毒的食品、有毒的空气、有毒的水，层出不穷的豆腐渣工程，日益恶化的生态环境，等等，这一切跟那些必然、应然的作假其实都是有内在关联的。我们所能做的是什么呢？一是揭露，比如这次的媒体披露；二是拒绝，比如那位婉拒的居民。如此，我们差可自我救赎，免于灭顶无妄之灾，挽回一丝为人的尊严。

2013年3月21日《新快报》

◎ 从天河肉联厂的关闭看政府与市场的关系

为广州市民屠宰生猪数十年的天河肉联厂近日突然宣布将在4月1日关张，让一些人措手不及，养殖户、代宰企业纷纷抗议，连市工商局有关负责人也说消息突然，但表示这是“企业行为”，言下之意他也无能为力。人大代表陈雪马上担心肉价和放心肉的供应问题，已向市人大提交紧急建议，强调天河肉联厂是市一级的定点屠宰企业，停止屠宰的决策太仓促，她建议政府应就天河肉联厂能否停止屠宰的问题进行通盘研究。

相信陈代表的确代表了市民的共同心声，市民不会去关心什么“企业行为”，只关心猪肉是否安全、肉价会不会上涨。肉价上涨是肯定的，据说天河肉联厂关闭后，生猪将分流到茅山、雅瑶、嘉禾、良田和花都5家肉联厂屠宰，运输距离将增加70多公里，代宰成本将因此增加10元/头，增加的成本若转嫁到消费者身上，至少每斤猪肉价格要上涨0.5元—1元，今后天河、黄埔的居民要有一段时间吃贵价肉了。

说实话对于天河肉联厂关闭我并不感到惊讶。随着城市的发展，中心城区的地价越来越珍贵，何况是向来作为广州经济引擎的天河！联想到最近一系列的政府行为，比如传闻中的红专厂创意园即将“夷为平地”建金融城、正在网上流传的星海音乐学院旁边的星坊60要拆除建商业住宅小区，就更能理解天河肉联厂的关闭了。每个人都四周环顾一下吧，说不定你身处其间的某个地块就被政府当作风水宝地给看上了。据说天河肉联厂关闭后准备建三间大型医院，但与之配套的怕是更大区域的商住小区吧——总之土地一转手就会有巨额差价。

至于广州市工商局有关负责人说那是“企业行为”，好像跟政府没有什么干系，怎么可能呢？天河肉联厂产权属于天河商业总公司，2006年由岭南食品集团托管，但食品集团并没有实质投入和管理，是由新开公司承包屠宰车间。但说来说去，终归属于国有，也就是政府所有了。现在效益不行了，政府没有钱收，不关你关谁去？何况周边环视的地产商金融商不知凡几，哪个都比开这劳什子肉联厂赚钱——何况还污染环境！

今年年初广州市工商局等部门就出台了《关于广州牲畜定点屠宰资格清理及布局优化方案》，2015年9月前将在萝岗区、增城市新建两处国家A A A级标准以上的区域性生猪定点屠宰场，这两处定点屠宰场以后将全面取代天河肉联厂的职能。也就是说，天河肉联厂的关闭那时候就已经定了，此时宣布关闭的消息，市工商局有关负责人居然说“消息突然”，真不知他何出此言？！

前几年国家领导人多次说要正确处理好政府与社会、与市场的关系，并表示改革要在不断完善政府与社会、市场的关系中进行。前不久召开的全国两会上，新任国家领导人也再次提出类似的观点。由于我们国家的所有制特别是土地所有制的性质，我认为我们并不存在一个独立于政府的社会与市场，后者几乎是绝对地依附于政府，或者反过来说，政府对于社会、市场具有绝对的主导权力，最近的红专厂、星60即将被拆就是典型例子，此次天河肉联厂的关闭也是如此，那位负责人所谓的“企业行为”根本就不存在。

当然市民可以完全不理会这些，他们希求的只是安稳的生活。可是如果社会依旧如一盘散沙、市场根本就没有任何独立的力量的时候，安稳的生活如何能够实现？靠政府吗？美国前总统里根曾经有一句名言：政府不是解决问题的途径，政府本身就是问题。他说的是当时美国政府对社会、市场的过度干预，代表了美国共和党典型的价值取向。将他的话放到中国，只怕我们的问题会更严重。

不管怎么说，我们都希望政府在自己的GDP追求与市民的意愿之间努力寻找到一个平衡，否则大厦倾斜坍塌，市民固然受累，政府自己的日子怕也不会好过。如何寻求这个平衡呢？就如陈雪代表所说，“政府应就天河肉联厂能否停止屠宰的问题进行通盘研究”，目的只有一个：保证天河、黄埔的市民继续吃到放心肉，并且不要涨价。

2013年3月29日《南方日报》

◎ 节日放假跟带薪休假应该区分开

这两天人们都在讨论应该怎么放假，各种意见都有，总的看来主要有几点，一是普遍对现有的放假方式不满意；二是大多数倾向于恢复五一黄金周、延长春节假期；再就是孟非的春夏秋冬各安排一个长假，然后其他节日是哪天就放哪天。

我觉得人们现在讨论如何放假，似乎偏离了方向，将节日放假主要当成出行旅游，将节日与出门旅行混为一谈。记得多年前，大约是第一个五一黄金周吧，杂文家刘洪波就提醒大家蜂拥出行的时候别忘了五一节的来历。这就对了：我们为什么要在五月一日这天放假呢？那是为了纪念芝加哥工人争取八小时工作制的伟大运动，1921年中共早期活动人士还教工人们唱《五一纪念歌》：“美哉自由，世界明星，拼吾热血，为他牺牲，要把强权制度一切扫除净，记取五月一日之良辰。红旗飞舞，走光明路，各尽所能，各取所需，不分贫富贵贱，责任唯互助，愿大家努力齐进取。”雄壮，悲壮，催人奋进。

结果我们倒好，五一成了出行旅游的黄金周，很多人怕是连五一国际劳动节的名目都不知道了。当然这也不能怪人们“素质低”，因为官方就是这么引导的，希望通过这种集中放假引导公众出行，目的也不是为了让大家休闲娱乐，而是刺激消费拉动内需，解决国家一直无法很好解决的内需乏力的问题。其他一些节日，大底都是出于这样的目的——节日就是这样偏离了其自身目的性。不管是理性分析还是经验逻辑，我们都知道任何事情一旦偏离了其自身目的性而演变为实现某种目的的工具，没有一样是可以做好的。人如此，放假也一样。

我觉得只有厘清了这样一个前提，才好来讨论如何放假。应该如何放假呢？首先是将节日跟休闲旅游分开，节日就是节日，回归到节日的本来目的：五一就是为了纪念工人的争取权益运动，清明就是为了祭祖，中秋就是为了团圆，国庆就是为了纪念国家成立——全体国民在某一天集中放假，是因为那一天具有特殊的含义，很重要，而不是为了东拼西凑出一个什么黄金周让大家一窝蜂出门旅游。明确了这点，那么节日是哪天就放哪天，是什么节就过什么节，只有如此才不会忘了根本，使那些节日本来具有的丰富思想文化内涵越来越消淡。

至于公众的出行旅游休闲娱乐，我觉得这是另外一个跟公民的劳动权益直接相关的问题，具体体现就是带薪休假，它跟节日一是一，二是二，两者不可混淆。国家应该规定每年一定天数的带薪假期，具体哪天休假，由劳动者跟用工单位协商决定；休假是出门旅游还是整天窝在家里睡大觉，完全由公民自己决定。总之，公众的带薪休假是一个公民权利问题，应该回归到公民权利本位，由公民跟他的雇主自行商定，而不要为了诸如带动消费拉动内需什么的这些别的目的将大家当一群羊一样赶来赶去，也不可将其跟那些节日混为一谈、混作一堆。

最后说说春节。我完全同意延长春节假期，最好是半个月，节前5天，节后10天。春节是我们中国人一年当中最看重的团圆日子，这个节日在当今越来越多的人背井离乡的情况下显得越来越重要。而且假期时间长、哪天出行的选择性大、伸缩性长，也避免大家集中出行，或许可以稍稍缓解一下长久不能解决的春运压力。

这次采取了网络问卷的调查方式，有人质疑这是否具有广泛的代表性，毕竟还有很多人是上不了网的。我觉得这个质疑是有道理的。所以国家有关部门在制订放假办法的时候，除了观念上更加理性、政策法规更加合理，还有一点也非常重要，那就是一定要好好地执行，特别是一些底层劳动者的权益要得到保障，否则一切又会陷入混乱。

2013年10月15日《羊城晚报》

◎ 重阳登高：遵守法律与尊重民俗并不矛盾

刚刚过去的重阳节，白云山照例人头涌动。但这次却遇到一点小麻烦，皆因10月1日正式实施的《旅游法》规定："超过最大承载量接待旅游者的，由景区主管部门责令改正，情节严重的，责令停业整顿一个月至六个月。"而由广州市城市规划勘测设计研究院制定的《广州市白云山风景名胜区总体规划(2009–2025)》规定，白云山日游客容量为5.3万人，但前天重阳节据说进山总人数为21万，大大超过了白云山的"最大承载量"，也就是说，白云山违法了。

首先我想肯定一下这里面体现出来的法治精神：一切以法律，而不是其他，来衡量行为的正当性与否，这是相当值得肯定的。法律才是最高权威，而不是张三李四，也不是某个领导。人们现在知道用法律来衡量白云山是否违法，真的是个了不起的进步。但愿这种进步会越来越多地体现在我们社会生活的方方面面。

那么，白云山到底有没有违法呢？我觉得白云山的最大承载量到底是多少才是关键，目前关于这一点似乎并无定论。国家正在制定核定最大承载量的标准细则，而广州市旅游局也表示具体景区的饱和人数目前还在调研当中，研究成熟之后会对相关景区出一个关于人数限制的指导性意见。总之一句话，白云山的最大承载量是多少目前还不知道，因此也难说它违法。至于那个总体规划，涉及《旅游法》的时候似乎并不具备权威性。相信用不了多久白云山的最大承载量就会出台，人数肯定远远超过前面那个总体规划所说的5.3万人，估计20多万吧，以确保重阳节中秋节时白云山不违法。希望到时候口径要统一，不要互相矛盾就好。

既然白云山的最大承载量还不知道，所以也难说白云山违法，一些人所担忧的新《旅游法》会打击重阳登高的民俗也就不存在了。如果哪天白云山的最大承载量出来了，那么就要严格依法办事，不能超过，否则就真的违法要接受处罚，这是没有价钱讲的。这会不会打击登高民俗呢？我觉得不会，登高又不止白云山一个地方，多的是地方登高，套用一句佛家偈语，只要心中有民俗，就处处有民俗。

如何控制人流？这倒是一个值得讨论的问题。白云山采取的是门票涨价，但5块涨到10块，基本上起不到控制人流的作用。有旅游学教授因此认为在重要节假日，白云山可将临时门票上调至50元到80元，理由是在低价的条件下，市民的观光权利实际上被削弱了，是最为低下的资源配置。“花了那么多时间，到处都是人，观光权利得到体现吗？花了那么多时间走下山，不是增加了游客的时间成本吗？时间没有价值吗？”“资源的权利是大于人权的。如果没有资源的可持续，恒久的观光权利也不存在。”

原来在这位教授心目中涨价是唯一能够控制人流的手段。果真如此？当然不是啦，钱哪能决定一切呢？不都说了么，能用钱解决的问题就不是问题。我认为控制人流最好的办法就是限制售票：参照白云山的最大承载量印制门票，售完即止，这样不就行了么？哪用得着涨价啊，人流没有控制，倒落得个借机涨价敛财的骂名，实在是对不起白云山的秀丽风景，怕也不符合“资源的权利”的要求吧，呵呵。

2013年10月15日《新快报》

◎ 我们现在应该如何学雷锋？

3月5日是一年一度的学雷锋日，今年广州学雷锋的主题是“邻里守望”，一些机构在天河区新中轴线广场举办“广东省学雷锋全民志愿服务月暨广州市志愿服务行动日活动”，主办方设置了20个志愿服务摊位，开展专业义诊、家电维修、法律咨询、急救知识及爱心挥毫等服务。各个区也开展了“邻里守望——

雷锋社区行”活动，搞些红十字应急救护知识培训、垃圾分类宣传、花苗种子“送绿”之类的活动，还有驻地部队和社区志愿服务队的现场文艺表演，当然传统的义剪、义修、义诊这些老套路也少不了。

在全社会都纠结于“扶不扶”的阴暗底色的道德背景板上，学雷锋的这一抹亮色已经显得越来越消淡，也越来越怪异了，甚至都有点不合时宜了，类似郭明义这样的“傻子”是需要多么大的勇气啊！

可以说学雷锋是中国传统道德理想主义的典型实现形态。中国传统道德理想的核心是“仁”，就是“爱人”，用现在的话说，就是对别人好。到了孟子这里，更具体化为“老吾老以及人之老，幼吾幼以及人之幼”，就是睦邻友好，四海一家，天下大同。雷锋的身上就寄托了中国的这种传统道德理想，他扶老携幼，帮贫救苦，到处做好事，还不留名。尽管披着的是共产主义的外衣，但骨子里却是中国传统道德理想。

但这种道德理想在20世纪70年代末80年代初开始发生变异，一方面传统的理想道德人格的真实性受到质疑，其情形恰如朱熹当年指斥孔孟之道“未尝一日得行于天地间”一样。与此同时，这种道德理想本身也开始受到消解、怀疑，一句“我是流氓我怕谁”的呐喊，与其说是一种情绪的宣泄，其实从思想史的发展逻辑看，更多的是一种不道德、非道德、反道德宣言。

正是从那时开始，我们这些中国人陷入了迷茫，像失去了主心骨的无头苍蝇一般急吼吼地四处乱撞，却又经常茫然不知所措。人与人之间越来越疏远、冷漠、僵硬，稍有火星即会爆炸。不绝如缕的白刃相向死于非命不去说了，仅就日常的“洒扫应对”而言，“扶不扶”居然也成为一个问题：要有怎样的心智才会为这样一个问题纠结？要有怎样的冷漠甚至连这样的纠结都不会有？

在这样的状态下，学雷锋？

可以说，自从中国遭逢晚清“三千年未有之变局”以来，中国传统的宗法血缘关系的熟人社会格局就在被打破，而建基于此的以儒家为代表的传统道德信念及其外在体现的人际关系准则也在被日益消解，发展到今天，我们甚至可以说我们还完全没有学会如何跟别人相处——只是这个别人不再是传统熟人村落的张三李四，而是迎面而来、满面惊惧戒备的不知来自哪里去往何方的男男女女。除非绝对的正确和趋同，比如大灾大难面前的众志成城、万众一心，否则我们根本不知道该如何面对一些突如其来的人和事，比如突然倒在你面前的老人，或任何人，就像前不久深圳的那个女白领。

我们需要建构的是一个“熟悉的陌生人社会”。在这样的社会，虽然我不知你是谁，来自哪里，去往何方，但我知道你跟我一样是一个拥有同等的生命权利和生命尊严的人，应该受到同等的尊重。这就是“熟悉的陌生人社会”——不认识你，谓之陌生；因为拥有同等的生命权利和尊严，彼此认知、认同，谓之熟悉。在这样的社会，行为正当性的唯一标准是不侵犯他人的权利和尊严。

很显然，我们离那样的社会还有相当的距离。那么，在这种社会急剧转型、变动不居的时刻，我们还要不要、该不该学雷锋？我认为还是要，但出发点和方式要改变。我们需要的不是救民于水火的“恩主”，而是视自己和他人的权利和尊严为最高价值的现代理性人，他们谦卑、平和、自律，永远尊重自己和他人；一旦自己和他人的权利和尊严受到侵犯，会尽最大的努力去捍卫、争取。只有这样，我们或许才会建构起合理的生活秩序，而中国传统的道德理想或许才会有实现的可能。

2014年3月6日《南方日报》

◎ “婴儿安全岛”的两难困境

前天，在试点近50天之际，广州市“婴儿安全岛”暂时关闭，主要原因是短时间内接收弃婴数量已经超出了福利院承受的极限，需要暂停试点进行总结，并做好已接收婴儿的防疫、分流等工作，条件成熟时再适时重开，重新启用时间另行公告。

这真是让人一声叹息！

记得“婴儿安全岛”刚开放的时候，很是引起了一些争议，有人说这不是变相鼓励弃婴吗？马上有人说不管是不是鼓励弃婴，每年都有大量弃婴出现都是个客观存在的事实；不必理会其他，给这些弃婴提供救助、保住他们的生命，始终都是最重要的。这种观点我是非常赞成的，它充分体现了我们对于生命的人性关怀。

但谁曾想到，100天不到，“婴儿安全岛”就不得不暂停。其实回过头来想想，这实在是无奈之举。媒体的报道说，就试点近50天的同期相比，国家五大中心城市（北京、天津、上海、重庆、广州）中，只有天津和广州开展了“婴儿安全岛”试点，但天津同期弃婴数量16人，南京同期数量25人，广州则远超10倍不止，短短50天，达到惊人的262名，而且还不包括经过公安部门送过来的33名！这让广州如何承载得了！之所以弃婴如此对广州“趋之若鹜”，官方解释是因为“交通条件便利、人口流动频繁、医疗资源集中”。其实满足这3个条件的大城市并不止广州一个，但只有广州最开放、最平民、最容易亲近，加上气候宜人，能不“趋之若鹜”么？

现在探讨这些原因已经有点多余，我们需要探讨的是这背后的许多东西。首先第一个：为什么会有这么多弃婴？广州福利院院长徐久先生说：“希望媒体转达我作为一名福利院院长，以及一名孩子父亲的恳求：即使在最困难无助的时候，孩子也舍不得离开父母。”“这些被抛弃的痛苦将伴随他们终生，希望想要遗弃孩子的家长要深思慎行。”字字血泪！但那些弃婴的父母又何尝愿意如此，他们的心又何尝不是在泣血？

于是第二个问题来了：为什么我们没有建构起可靠的社会保障制度和体系？如果有这样可靠的社会保障制度和体系，即便孩子出生有缺陷，也可以放心地生存下来啊。民政部副部长李立国在全国“两会”期间接受媒体采访，谈及广州弃婴岛话题时明确表态，弃婴岛弃婴骤增只是临时难题，尽快建立城乡一体的重特大疾病医疗保险迫在眉睫，这有助彻底逆转当下病残儿家庭“不扔，没人管，一扔却全包”的尴尬境况。城乡一体的重特大疾病医疗保险体系什么时候建得起来呢？这可是个庞大的系统工程啊，连美国都经常为此争拗不已！而且它涵盖的范围远远不止弃婴这么简单，以中国目前的政府财政状况、零散低下的社会组织水平，什么时候国人才不会为自己和亲人的健康日夜焦虑、没有半点安全感啊？

我们自己也必须反思！前几年国家取消了强制婚检，这本来是尊重人权的表现，完全符合现代社会的人权价值标准和组织原则。但国家不检，你自己就不会去检查检查？不为自己，也要为那个小生命负责啊！结果任意妄为，一旦出事一弃了之！怎么可以对生命、对社会如此不负责任？！如果我们都是这样的态度，都是这样的社会理性水平，我们这个社会什么时候才能文明得起来？从现在开始我们必须要慢慢明白一个道理：我们除了是家庭的某个成员，更是一个社会人，我们的一切行为都必须要对我们置身其中的这个社会负责！

广州的“婴儿安全岛”暂时关闭后，有舆论呼吁不要放弃，继续开办。从纯粹的道德理想主义出发，这当然是对的；但我们必须要有现实的考量，如果继续这样下去，广州福利院分分钟“人满为患”，直到彻底失去救助的能力——现在就有疾控专家对广州福利院的高密度婴儿所可能带来的院内传染病的交叉感染和快速传播表示担忧了！所以我完全同意专家的观点：“婴儿安全岛”要持续下去，必须要全国范围内铺开，并且要与相关的社会保障制度建设同步进行。

广州“婴儿安全岛”短短50天的开办和关停，很典型地反映了我们这个时代的人性困顿和纠结：不管是哪一种抉择，似乎都会面临两难的困境。到底是什么导致了这样一种局面？安顿我们人性的诺亚方舟究竟在哪里？这样的人性困顿纠结，执政者的智慧又如何体现？

2014年3月18日《南方日报》

医疗医保

Yi Liao Yi Bao

◎ “非典”十年须思量

这几天城中媒体都在做“非典”十年的专题，显示了我们这个社会正在日益成熟的心智，对亲身经历的人和事不会轻易忘却。除了感叹时光荏苒、日月如梭，人们也在做相当深入的理性思考。

遥想当年，印象最深的除了弥漫全城的紧张气氛，再就是一线医护人员的感人事迹。除此以外还有一件事让我不能忘怀，那就是我们的邻居香港：几乎在“非典”刚结束的时候（也许还没有结束，具体日期不记得了），香港立法会针对“非典”的质询即已展开，所有相关人等排着队到立法会接受质询。甚至我们这边在中山纪念堂举办的庆功会都已经开过了，他们的质询还没有停止，最终以当时的食卫局长杨永强辞职而告终。我们庆功，他们检讨，这样的对比和差异太强烈了，让人难以忘怀。

是不是我们这边没有什么需要检讨的呢？当然不是，恰恰相反，需要检讨反思的东西太多太多了，就像这次“非典”十年披露出来的那要命的保密制度，难道不应该好好反思一下？相信还有很多，有些只怕还属于敏感话题，提都不能提……至于那些康复患者的遭际——不管是心理的还是生理的，更是一个“革命尚未成功，同志仍需努力”的尚未完成的、必须去重视解决的工作任务！

钟南山院士说：“不明原因死亡，不会再白死。”这真是振聋发聩，展示了一个科学家的责任和决心。这样的责任和决心能不能获得制度的支持、保障？如果不能，仅凭个人一己之力，能否发挥作用？能够发挥多大的作用？如果制度不能对这样的责任和决心提供强有力的支持，那么这样的制度算不算一个有责任的制度？如果一个制度都缺乏对于生命的责任，那么生活在这种制度下的人们，其生命会是一种怎样的状态？这样的制度其合法性又何在……所有这一切，我觉得都需要反思、并寻求解答。

这样的反思，政府怎么能够缺位！这是迄今为止我最大的遗憾，“非典”十年纪念，到现在我们没有听到政府的声音。政府完全可以也应该发出自己的声音，比如组织专家学者举办各类研讨会来总结经验、反思不足，以作进一步的改进；举办各种纪念活动追思、纪念那些不幸死去的人，特别是那些医护人员；等等。而对于那么多还面临一系列问题的康复者而言，政府的缺位就更不应该！

庆功和检讨，展示的是不同的价值取向。对于公众而言，通过深刻的检讨来不断完善生命的保障体制机制毫无疑问更加重要，甚至是唯一重要的东西。“非典”已过去十年，我们的社会也已进步了十年，现在重启一些相关工作，我觉得为时并不晚。

总之，“非典”十年须思量，不使民众徒心伤。

2013年2月28日《南方都市报》

◎ 建“医疗城”的目的只应该是医疗

去年11月，广州市政府提出在越秀区东山口片区建设广州“医疗城”，正式的名称是广州健康医疗中心。日前，广州市规划局正在就广州健康医疗中心发展规划项目进行公开招标。

记得当时消息刚公布的时候，引起了社会的一些争议，主要是东山口片区集中了大量的优质医疗资源（省医、中山一院等都在那里），为什么还要好上加好地建设“医疗城”？为什么不将“医疗城”建到那些医疗资源相对薄弱的地方去？还有就是东山口片区是典型的闹市都会区，人口高度密集，如何承载得了一个“城”？

我觉得这些争议都很有道理。当然争议归争议，政府还在按照计划“稳步推进”，印象中似乎也没对这些争议做个回应什么的。由于政府没有回应，我们也只能自己揣摩了。根据我们的生活经验，中国的政府最重要的工作是经济，也就是GDP；经济的增长主要靠政府投资（我曾专门请教过经济学专业人士，政府投资一是见效快，二是可控）；而投资需要有名目，于是才有无数的这“城”那“城”，“医疗城”不过是其中的一个而已。

由于目的主要在发展经济，所以事务自身的目的性往往就被旁置，与公众的需求也因此而经常脱节、错位。比如“医疗城”，将资源投入到医疗资源薄弱的地方无疑更合理、更符合事务自身的目的性要求。现在的这种做法，只能说是只符合政府的目的性诉求：寻找项目进行投资，产生GDP，增加政府财政收入。

有人担心东山口是老城区，周边道路交通可能无法承受未来的交通压力。对此，招标文件特别提出，中标方需对道路交通规划进行专题研究，包括规划道路的调整、公共交通规划、交通流线组织、停车场设置、院际交通连接等内容。我觉得这些其实还是次要，最值得关注的是那些老城区的居民怎么办？记得去年越秀区在讨论新型城市化时，有人说寸土寸金的老城区比如北京路用来住就太浪费了，要将他们“挤”出去。现在建“医疗城”，会不会也将东山口的居民“挤”出去？果真如此的话，除了再次感到个体在庞大的国家体制面前的渺小和尊严丧失，还能有什么呢？——怎么一个国家体制居然会让他的民众时常感到渺小、无力、挫折、受辱呢？

不管怎么说，我们还是希望政府在其自身的目的与社会公众的需求之间寻求到一个平衡点，并且其融合交叉越多越好。尤其是，广州市政府刚刚审议通过了《广州市重大民生决策公共意见征询委员会制度（试行）》，规定凡是关系市民切身利益且涉及面广的重大民生决策事项，原则上应成立公众意见征询委员会，从决策动议开始便征询民意。“医疗城”毫无疑问属于“关系市民切身利益且涉及面广的重大民生决策事项”，难道不应该成立一个“广州健康医疗中心公众意见征询委员会”？

且让我们拭目以待！

2013年3月15日《新快报》

◎ 医疗卫生设施布局必须从公众的需求出发

备受关注的《广州市医疗卫生设施布局规划（2011–2020年）》已经市政府第44次常务会议讨论通过，拟于4月下旬提请市人大常委会审议。为广泛征集民意，昨天，市人大常委会在官方网站上首次公布了规划全文。其实按照程序，早在3月20日市人大教科文卫委员会就召开过这个“规划”的座谈会，我也参与了。会前会后，跟一些医疗专家也多有讨论、交流。

应该说，这份“规划”很详尽，编制部门付出了很大努力。由于最终要由市人大常委会审议，因此也获得了法定的权威性，的确如媒体所说，这一规划“成为了未来5到10年广州所有医院的‘命书’”，非常重要。

好话不多说，只说问题。根据我与数位医疗专家交流的结果，大家普遍认为这个“规划”最大的问题是有点先易后难、避重就轻。众所周知，广州医疗最大的缺失在于基层：设施不足、水平不够、质量不高，导致基层所面对的最广大公众的需求不能得到很好的满足。记得好几次广州市两会期间跟钟南山院士分组讨论时，他都提到过要大力发展基层医疗卫生，甚至用了“强烈呼吁”这样的字眼，可见广州基层医疗不足是一个由来已久的问题。

这次“规划”分近期和远期，近期到2015年，远期到2020年。基层医疗设施不足的问题本来迫在眉睫，亟需立即解决，但这点在“规划”中却没有得到鲜明体现，社区医疗甚至都没怎么提，只是有个粗略的数字，但对当下社区卫生服务中心遇到的很多具体问题则基本忽略不提。希望在最后定稿之前能够弥补一下，尤其是社区医疗这一块。

再就是一直广受关注的健康城问题。“规划”明确指出选址越秀区东山口片区，“综合运用国土、城市规划、产业发展等手段，通过提升功能、优化布局、强化配套，建设专科特色突出、功能齐全、具有国际影响力和竞争力的广州健康医疗中心。”这个消息曾经引起广泛争议，至今没有停歇，大家不明白本来就集中了很多优质高端医疗资源的东山口片区为什么还要好上加好地建什么健康城，而不是将资源用到那些医疗资源薄弱的地方。而且位处老城区的东山口片区有多大的承载力建设这么一个巨无霸的健康城？总之争议多多，很希望有关部门能够给公众一个明确的解释，让大家释怀。

医疗的产业化相信也备受关注。现在一提产业化公众都有点害怕，因为什么东西一产业化就意味着涨价、高端，离公众越来越远。医疗的产业化体现在两个方面，一是大医院的扩张，典型的比如增城人民医院改为中山大学附属博济医院，其他如中山大学附属第一医院黄埔院区、中山大学附属第一医院岭南医院等，都可见到大医院扩张的影子。二是健康产业，“规划”提出在白云区建设广州国际健康产业城、在南沙区建设广州健康医学中心，前者以中医药为核心，依托国家和省市重点医药企业，“打造国际化、高端化、信息化的健康产业集群”，后者开展与港澳地区及发达国家在高端医疗服务方面的合作，“提供高端医疗服务，满足大珠三角高端人士医疗服务需求”，都有产业的影子，而且都追求高端。

产业本身不是问题，但必须从公众的需求出发。如果经过产业化的发展，可以解决好公众看病难、看病贵的问题，那何乐而不为呢？问题只怕GDP导向下的这类政府行为会经常自觉不自觉地偏离了公众的需求，毕竟公众是并不经常需要也享受不起那么多高端的。

好在现在还没有最终定论，所以我很希望市民踊跃到市人大的网站上仔细研究一下这份“规划”，提出你们的意见和建议，一起来完善这个“规划”。大家要相信一点：说了不会白说的。

2013年4月17日《羊城晚报》

◎ 县级公立医院改革政府投入应该更大一些

日前，广州市政府常务会议审议并通过了《广州市县级公立医院价格改革工作方案》，从化、增城5家公立医院改革方案出炉，核心内容是药品将按进价零差率销售，通过药品、大型设备检查治疗收费降低和医疗服务价格提高“一减一增”的杠杆，实现群众医疗费用负担有所减轻、医务人员合理收入水平不降低。

为此，我特地咨询了广州的资深医疗专家。据介绍，取消药价加成、提高服务价格实际上是国家卫生部的总体思路，一些地方比如北京、深圳已经开始实施，而且看似取得了不错的效果，至少医保患者每人次门诊费和医药费都实现了部分下降。一直以来医院实行的都是“以药养医”，除了滋生各类腐败，另外一个直接的后果就是极大地加重了患者的负担，导致看病难、看病贵，令无数病患苦不堪言、不堪重负。这次改革将药品按进价零差率销售给患者，至少在药价这一块确保不加重患者的负担，因此这方面的改革势在必行。而且近期准备建立省一级药品交易所，通过公开、透明、竞争性的药品采购机制，将药价的虚高部分降下来，应该说这个出发点是非常好的，很值得期待。

医院的利益如何保障呢？两个途径，一是政府财政补贴，一是提高医院的医疗服务价格。先说后者，我觉得这是很合理的。长期以来这方面的费用过低，体现不出医务人员知识技能的价值，为人诟病，相关的言辞经常见诸报端网络。这次改革算是理顺了一点这其中的逻辑关系，使医务人员的知识、技能、劳务价值得到了一定程度的尊重和体现。但是担忧也是有的，甚至有朝三暮四之感：药价控制住了，但这个医疗服务的价格如何制定、如何控制呢？如何避免像药价那样的“虚高”呢？不知对这一块改革方案里面有没有什么明确的指引和规定？至于政府财政补贴当然是应该的，要不怎么叫公立医院呢？

问题只在于两者的比例。别的地方情况如何不得而知，广州是市县两级政府财政补贴20%，其余80%靠提高医疗服务价格来消化。这个比例是怎么制定出来的？政府20%是不是太少了点？记得以前参加很多次教育、医疗的视察调研，往往是讲了一大通最后都归结到政府投入不足这一点上，以致我还开玩笑别的干脆都不用讲了，直接讲这个得了。这次广州医改也是如此，比如从化的两家医院中心医院（含妇幼保健院）、中医医院，据有关人士介绍取消药价加成后会减少7000万元收入，政府要补贴1500万元——政府的补贴会不会少了点？尤其是联想到政府动不动几十上百亿元地投入一些工程建设项目，这个数额的确显得很寒酸，其余通过提高医疗服务价格来弥补的居然占到80%，羊毛还是出在羊身上！看来老话还是要重提：政府还是要进一步加大投入。

这次改革只限县级医院，2015年完成，2016年开始进行市级公立医院改革。之所以有先后，有关人士说“是考虑到城市公立医院改革难度较大”。相信这也是实情。据医疗专家介绍，现在城市的一些大医院都在忙不迭地扩张，导致“虚胖”，最典型的是华西某医院居然有5000张病床。规模大了当然希望来看病的人多多益善，就像商场希望来买东西的人越多越好一样。如果只是以高超的医疗技术和良好的服务吸引病人当然没问题，怕就怕为了经济利益而过度治疗，比如本来门诊可以做的小手术非要住院，只需一个小检查的非要所有检查轮个遍，病人的负担不仅没降低，反而进一步增加，这种状况据说已经越来越普遍了。如何进一步提高县级医院的医疗水平，使广大病患不必都千辛万苦地涌进城里的大医院、坠入他们的“虚胖”陷阱，应该也是县级医院改革的重点之一。

总之医改的目的只有一个，就是使公众看得起病、看得好病，除此之外再无其他。而要达到这个目的，政府责无旁贷，原因没别的：你垄断了几乎所有的资源，你的名字叫“人民政府”！

2013年8月7日《南方日报》

◎ 公费医疗和医保并轨没理由再拖下去

在日前召开的广州羊城论坛“全民医保大家谈”上，人大代表、专家学者和市民针对目前医保制度存在的一系列问题展开激烈讨论，有人说：“很多省会城市都已完成公费医疗和医保并轨，广州说了这么多年，还是没搞成。”对此，广州市人力资源和社会保障局巡视员郑玉华说：“公费医疗和医保一定会并轨，将来所有人都会进医保。”他还透露，目前广州正加快公费医疗和医保并轨的步伐，已出台相关方案，但广州市的社保政策变动审批要等省里通过，目前暂无具体时间表。

没有具体时间表，即是说“一定”、“将来”什么的都是一句空话。

事实上，关于公费医疗和医保并轨，广州人大代表陈安薇早已提出过多次建议，她的主要理由是公费医疗对好几方都不利。首先对市民而言，公务员的公费医疗显而易见是一种另类特权。对医院而言，由于许多公医单位并不能及时还款，导致医院被拖欠的现象非常严重，类似市一医院这样的公医大户，居然被拖欠上亿的钱，一般医院三四千万是很平常的事，搞得医院苦不堪言，甚至出现严重的三角债：公医单位欠医院的，医院欠药企的，带来一系列社会问题。而对于享受公费医疗的人来说，也并不见得就占多少便宜，郑玉华都说了，很多公务员都感觉真正遇到大疾病时，负担远远要比医保要重，“例如公费医疗住院时每天报销限额是200元”。除非你像那个退休省级领导那样住一次院花300万元，或者如那个退休厅级干部那样整天到医院开药然后转头就卖给马路对面的药店。

这么不好的事为什么无法改变？按照郑玉华的说法：“广州市的社保政策变动审批要等省里通过，目前暂无具体时间表。”陈安薇也说了，广州从1998年开始推行医保并轨，由于部分离休干部不同意，至今仍未成型。不知这离休干部是省里的还是市里的呢？听说广州市的新一届主要领导也在一次会上下决心要推行并轨，结果还是不了了之。看来阻力是有的，而且还很大。而且种种迹象都表明阻力来自省里，特别是一些离退休的老同志。想想也是，如果公医跟医保真的并轨了，上哪去享受住院一次花300万元、天天开药卖药的离奇优惠去？

但几个老同志真的就阻止得了这个改革吗？他们是哪来的神仙，仅凭一己之力就能够将滔滔民意化解于无形？果真如此的话我们不禁要问这是一个什么世道？！何况全国31个省会城市仅剩7个城市未完成这一改革，广州居然就是其中一个，你叫一直自诩改革开放前沿地的广州情何以堪！

一句话，医疗必须改革，公费医疗与医保一定要并轨，广州绝不许再出现公务员公费医疗预算占人社局50亿元收支预算近三成、而人数占绝对多数的城镇居民和农民的补贴总额仅为公费医疗的52%的情况——不合理：同样是纳税人，凭什么你可以享受那么多？不公平：同样是公民，凭什么你可以有那么多特权！更不许出现住一次院花300万元天价、退休了整天没事干居然干起了另类的药品买卖勾当！

据说有的地方并轨以后还留了个尾巴，并轨而外还专门给公务员办了个所谓的公务员医保。广州如果并轨就应该一步到位，决不能做这种事，否则就绝难面对汹汹民意，最后保不准搞得自己灰头土脸。既然已经做了，干吗不一步到位呢？

当然这是后话，当务之急是立即施行。从1998年开始推行，到现在多少年了？照搬一句网络语言，抗日战争都胜利两回了！你别说你的方案还没做好、正在做方案哦，这么长时间什么方案不熟透了？省里不同意？那就去做工作啊！还是不行就上中央啊！我就不相信如果真有心推行会有什么东西搞不定！

2013年8月22日《南方日报》

◎ 广东的公费医疗必须尽快取消

据国家人力资源和社会保障部消息，今年又有部分省份取消了公费医疗制度并将国家工作人员纳入城镇职工基本医疗保险体系，公费医疗范围已经缩减至个别省份。

很遗憾，作为改革开放前沿阵地和排头兵的广东省居然就属于“个别省份”！

记得在今年八月中旬召开的广州羊城论坛“全民医保大家谈”上，人大代表、专家学者和市民针对目前医保制度存在的一系列问题展开激烈讨论，有人说“很多省会城市都已完成公费医疗和医保并轨，广州说了这么多年，还是没搞成”。对此，广州市人力资源和社会保障局有关负责人说：“公费医疗和医保一定会并轨，将来所有人都会进医保。”他透露广州正在加快公费医疗和医保并轨的步伐，已出台相关方案，“但广州市的社保政策变动审批要等省里通过，目前暂无具体时间表”。省里都还在搞公费医疗，当然不会让广州先行一步实施公医与医保并轨啦，这从一个侧面也说明了广东“个别省份”的实情。

公费医疗的不合理是显而易见的，首先是权利的不平等、不公平——都是公民，为什么有些人可以看病不要钱或只需付很少的钱？这真是太说不过去了，尤其是在权利意识日益高涨的今时今日。有网友在微博上提到过一个例子：门诊来个中年人，要给他家老爷子开药：省直医保，离休干部，开多少报多少。翻开病历本一看，那天共开了21种药，四千多元。问：“怎么这么多？”答：“病多，每月都这么开。”门诊常有这样的患者，没见过花自己钱的开这么多药，不给他开，他还闹：“病人有病来不了，又不花你的钱。”相信这样的例子广东也一定不在少数，媒体就多次报道过广州市公务员公费医疗一年预算超过全市农民医保总额的事，比如2012 年广州公务员公费医疗开销14.53亿元，而同时期全市普通居民医保开销是2.34亿元！这中间的巨大反差简直令人触目惊心——现在都在搞群众路线教育实践活动，单此一项，就让这个活动的成色大打折扣。我觉得仅凭不公平这一条，就应该立即取消公费医疗。

此外，据说享受公费医疗的人也并没有觉得占了多大便宜。广州市人社局有关负责人曾说很多公务员都感觉真正遇到大疾病时，负担远远要比医保重，“例如公费医疗住院时每天报销限额是200元”。除非你像那个退休省级领导那样住一次院花300万元，或者如那个退休厅级干部那样整天到医院开药然后转头就卖给马路对面的药店。

对公费医疗，医院也不满，据说由于许多公医单位不能及时还款，导致医院被拖欠的现象非常严重，类似广州市第一医院这样的公医大户，居然被拖欠上亿元的钱，一般医院被拖欠三四千万元是很平常的事，搞得医院苦不堪言，甚至出现严重的三角债：公医单位欠医院的，医院欠药企的，带来一系列社会问题。

这么不好的制度为什么还不取消？只能说是既得利益者在作怪：取消了他们哪还能享受如此优厚的医疗待遇？特别是一些离退休老同志，因为年龄的关系，周身病痛是免不了的，更离不了公医这种“天上掉下来的馅饼”。

但毕竟时代在进步，在人人平等的现代权利社会，这样的特权只会日益失去其存在的合理性和道义基础，势不能长久，这是毫无疑问的。何况国家早在1998年12月就发布了《关于建立城镇职工基本医疗保险制度的决定》，规定所有用人单位(包括机关事业单位)都参加统一的城镇职工基本医疗保险。十几年过去了居然还不能做到令行禁止，以至于沦落为如今的“个别省份”，这也太没道理了，跟广东的改革开放前沿阵地和排头兵的身份地位也太不相称了！

党的十八届三中全会提出“推进基本公共服务均等化”、“健全全民医保体系”，再次提出了全民医保体系的全覆盖。在这样的背景下，就更不应该有自外于、自上于全民的任何特权阶层和特权利益存在了，广东的公费医疗不废除、不取消，更待何时？！

2013年11月20日《南方日报》

◎ 为异地就医即时结算点赞

日前，广州市政府常务会议审议通过了《广州市完善和创新社会保障体系总体方案及配套子方案》，按照这个《方案》，明年广州人拿着身份证和异地就医卡，在广东省内及泛珠三角部分地区（具体指海南省、湖南省、云南省及南昌市、长沙市、南宁市、成都市、福州市等3省5市）的医院住院，如同在广州一样方便。事实上，早在2011年6月，广州就牵头协调泛珠三角部分省市签订了《泛珠三角部分省及省会城市社会医疗保险异地就医即时结算合作框架协议》，共同打造泛珠三角部分地区异地就医即时结算网络；2012年8月，广州与南昌试点联网运行启动，泛珠三角部分省及省会城市的异地就医即时结算合作进入实质性运行阶段，截至去年底，广州已分别与海南省、云南省、南昌市、福州市建立了相关合作。到明年，泛珠三角的异地就医即时结算就正式实施了。

这真是一个很好的消息。

改革开放三十多年，中国社会的一大变化就是人员的急剧流动，从乡村到城市，从这个城市到那个城市，甚至从国内到国外。人员的急剧流动使中国的传统社会结构发生剧烈变化，传统的熟人社会格局被打破，人们进入一个范围更加宽阔的陌生人社会。与此同时，建基于熟人社会的一整套社会思想、价值取向、行为方式、交往模式甚至情感归属、依托等等也被冲击得支离破碎。

在这样的社会变迁大背景下，以户籍制度为典型代表的旧有行政壁垒与社会成员的急剧流动、社会结构的剧烈变迁之间的矛盾、冲突日益显明，医疗保险制度就是其中一个表现。我以前的一位同事，多年前到了广州工作，父亲去世后将母亲接来了广州，连老家的房子都已经卖掉，等于跟老家没有了任何关系——除了医疗以外：他们那里不属于泛珠三角，无法享受这样的异地就医即时结算，以致每年不得不至少回去一次报销医疗费！

按照正常的情况，只要是这个国家的公民，那么他不管行走在这个国家的什么地方，都应该一视同仁地享受同等的权利。美国就是这么做的：在美国的所有合法居民，都有一个社会保障号码，这是唯一的，是从生到死相伴每个人一生的号码。每个人的就业、开工资、缴纳保险、缴税和获得所有的社会保障，都要依据这个号码，这是美国人社会保障的依据，是命根子。所以美国人虽然可以自由换地方住，不过他们每到一个新地方，都要到社会保障机构办理住所变更手续，以便社会保障部门与自己的联系不中断，给自己的资料能寄到，有好事情不漏掉自己。

比较之下，我们显然还有相当的不足，横亘在我们面前的各类行政壁垒还很多，有时候甚至有步履维艰之感，除了医疗，还有教育、就业，等等。即便这次的《广州市完善和创新社会保障体系总体方案及配套子方案》，也只是解决了极少部分人的异地就医问题：出外的广州人岂止这区区3省5市？而来广州的更是多之又多。是时候扩展我们的视界，在一个更宽广的范围审视这个问题了！

应该说在这样一个信息高科技时代，做到这一点在技术上完全没问题，真正的障碍可能在于区域发展的不平衡，以及至今没有解决的城乡差别。在这方面可能真的需要更高层级的顶层设计，通过资源的统筹调配、统一规划，做到费随人走，就像美国人那样“有好事情不漏掉自己”。事实上不仅医疗，教育面临的类似问题可能更加迫切，否则就不会出现异地中考、异地高考至今争拗不已的难题了。

归根结底，这其实是一个权利问题：权利是普遍平等的，不管是基于什么样的理由，如果权利的实现总是面临这样那样的阻碍，就说明我们所能享有的权利还是支离的、不完全的，说明我们的社会治理水平还有相当大的提升空间。

2014年5月21日《南方日报》

◎ 医保新政要给人吃一颗定心丸

日前广州市人力资源和社会保障局分别就《城乡居民医保实施意见》《广州市城乡居民大病医保实施意见》《关于明确2014年城镇居民基本医疗保险过渡期有关问题的通知》等三个文件公开征求民意，这些医保新政的最大亮点我认为主要有两个，一是城乡统一，二是大病保险。

以前农村医保叫新农合，与城镇职工医保分属不同的系统。可以说，这是中国具有悠久历史的城乡差别的一个具体体现。随着社会的日益发展、城乡差别的逐渐消弭，这样的医保体系已经越来越不适应形势了。这次广州的医保新政实行城乡一体，可以说是一大进步。

城乡统一以后钱从哪里来？按照有关负责人的介绍，以2012年度城镇居民可支配收入和农村居民人均收入之和的平均数为基数，个人的缴费比例为0.5%，各级政府按缴费基数的1.2%予以补贴。如果是这样的话，很显然城镇居民所缴纳的费用会下降，而农村居民缴纳的费用会上升，因为毕竟农村的收入比城市要低。这样会不会加重农村居民的负担？会不会整体拉低医保基金的数额？我觉得这是需要认真考虑的。

再就是大病医保。说实话提到医保，我更关心这个，为什么呢？普遍而言，现在我们中国人的精神特质之一就是严重缺乏安全感，其中之一就是经常担心自己或家人朋友突然罹患大病、重病，有时甚至为之莫名焦虑，尤其是生态环境日益恶化、食品安全问题频出的今天。而大病医保所起的作用，我认为就是消除大家的这种紧张焦虑，让大家吃一颗定心丸。假如做不到这一点——有了大病医保但我们焦虑依旧——说明我们的医保体系一定存在不足。

根据新政，大病医保的具体做法是从城乡居民社会医疗保险统筹基金当期或历年结余中，每年划拨一部分作为城乡居民大病保险资金，用这些资金向商业保险机构购买保险，用做参加城乡居民医保的大病支出。也就是说，对于城乡居民医保参保人来说，不用额外缴费，即可享受大病保险。

但担忧也随之而至：划拨一部分钱出去之后，会不会影响日常的医疗报销？媒体报道说2009–2012年就出现医保基金收不抵支的情况，在政府兜底支付3.2亿元后，才保持该项基金收支平衡。现在又要额外划拨一部分走，会不会使收不抵支的情况更形加重？此外，向商业保险机构购买保险、交给商业保险机构操作，能够顺利拿到钱吗？如何对这类商业机构进行监管？如何确保他们真正地依规行事、确保参保人权益？相信这是很多人的担忧，毕竟有关赔保困难的新闻大家时有耳闻。

总之，医保新政透露出一些积极的信号，但一定要让市民真正享受实惠。现如今经济下行压力日趋显明，地方政府财政收入也日益紧绌，在这种情况下如何确保民生日用特别是医保这样的救命钱，的确是一件既考政府智慧又考政府德行的大课题！

2014年7月11日《南方都市报》

◎ 登革热带来的警示

最近一段时间登革热成为广州城中大事，根据广东省卫计委通报显示，仅仅10月7日一天，广州市再度新增登革热确诊病例1218例。在刚刚过去的国庆黄金周期间，广州累计新增8111例确诊病例，总病例数已突破2万大关，其中包含5例死亡病例和超过百例的重症病例。

登革热对广州市民来说再熟悉不过。多年前我到广州读书，刚入学就听说了登革热，大意是说又到了登革热流行的季节，大家要注意防范云云。因为是第一次听说，心里还引起了一点恐慌，后来听得多了，就根本不当回事了——没错，的确是听得多了，每年到了这个时候都会听闻一点登革热的事，真的没太当回事。

但这次的情况似乎很有点不同：一是发病的人越来越多，居然发展到每天过千、总数超过2万，而且现在还在“高位持续”，这是从来没有过的情况；二是10年来首次出现死亡病例。市政府也高度重视，开了好多会，市长也说了好多追责、问责之类的“狠话”，还亲自拿起扫把扫公园、学校，很多工作人员特别是基层公务员国庆长假一天不休奋战在第一线。

可以说，这次登革热的大爆发有点突如其来、猝不及防。之所以出现这样的情况，似乎有点众说纷纭，其中之一是东南亚、南美洲等地今年报告了大量登革热病例；我国和东南亚、非洲等国家的人员和物流来往越来越频繁，相关地区的输入性病例压力加大——这个相关地区大约指的就是广州了，据广州市疾控中心一位负责人说，今年广州市输入病例达220多例，“创历史新高”。今年6月广州即有7例输入性病例，而那时尚无本地疫情报告，看来输入性病例在这次的登革热大爆发中占了相当的比重，按照专家的说法：“历年广州出现输入性病例后，接着会出现本地病例。”“广州随时有可能会出现本地疫情。”现在证明专家之言果然不虚。

不管怎么说，这次广州登革热大爆发已经是客观事实，我们所能做的就是积极应对、全力防控。除此之外，这次登革热大爆发也给我们带来一些警示：一是我们的防控水平必须要提升一个档次，达到一个新的水平。现在世界范围内的人员往来日益频密，人类的经济社会文化活动越来越密集复杂，一些可知的不可知的流行病随时可能突然爆发，像广州这样的“前沿阵地”随时可能首当其冲地中招，因此，必须要将防控水平提升一个档次，以应对不时之需。

再就是我们必须要创建一个优良的社会公共生活空间。登革热主要靠蚊子传播——准确地说是白纹伊蚊，它最容易在脏乱差尤其是污水积水的环境中滋生长养。这段时间媒体报道了城中很多的“卫生死角”，说实话真的触目惊心，的确像市民说的“连农村都不如”。之所以如此，我认为一个很重要的原因是我们依然没有建立社会意识、公共意识，我们的眼中还是只有自己和家庭，而没有社会——那只不过是一个可以随地吐痰、乱扔乱倒垃圾、跟自己毫不相干的“外面”，其结果就导致了现如今这样的环境。培养公众的社会意识公共意识，可以说是一个长期严峻复杂的课题，在这方面政府也责无旁贷，否则面对一盘散沙的乱局，政府自身也势必寸步难行。

2014年10月10日《南方都市报》

◎ 你我皆有病，医患岂能安

最近一段时间以来，包括广州在内的一些地方发生了好几起医患冲突，有的甚至还很严重，死了人。医患关系再次引发全民关注。南都也积极介入，先是做了一个医患关系的社会调查，后又在花城广场搞了个以“对医患暴力SAY NO——医生和病人该如何重构互信关系”为主题的“坐下来，谈一谈”活动，邀请医患双方，还有卫生官员、市民、专家学者一起坐下来探讨医患关系，同样引来全城关注。

说实话，每次看到医患暴力，我的心情都相当低落，甚至有一种遭受精神创伤的感觉，以致有次跟几位朋友开玩笑说要互相慰藉一下——它就像我们这个社会的脓疮，置身于此，相信没有人会无动于衷。尤其是看到斯斯文文的医生护士居然在学跆拳道防身，更是心翻五味：他们本来是来给我们救死扶伤的天使啊，怎么沦落到了这个地步？我也不禁为当护士的妹妹担忧起来——这可是从来没有过的事！

医患关系紧张，尽管有类似以药养医、“逼良为娼”的坏体制，但我更愿意从另外一个角度来看这个问题，那就是：医患关系固然紧张，其他的人与人之间的关系就很好吗？显然不是。每次一出家门，什么时候不是战战兢兢、生怕遭受突如其来的这伤害那伤害呢？相信每个人都有这样的经历，我也不例外。一次到一个党政机关开会，想将车停到他们的停车场，结果不给进，刚想解释几句，负责的官员不耐烦地一挥手，那神情动作，就像在驱赶一个乞丐一样，只差没说出那个“滚”字！说实话这样的伤害我一辈子也忘不了。类似的遭遇还有很多。

出现这样的事，原因当然各种各样，我觉得有一样或许值得我们大家注意，那就是中国社会正在转型，从熟人社会向陌生人社会转型。千百年来我们只有熟人社会的生活法则，却没有形成陌生人社会的生活法则。在熟人社会我们经常感受到温情、亲情，但一旦进入陌生人社会，一切都显得冷冰冰，令人惊惧、高度戒备。很多时候稍有碰触立马火星四溅，甚至死于非命。所以我曾经说过，凡是需要跟人打交道的职业，都充满人与人冲突的危险，比如公交司机、警察，当然还有医生、护士。老实不客气地说一句，很多时候分不清对错，只是沉沦的人彼此伤害——医护人员遭受暴力固然不对，但我亲眼见过一个医生给一个看感冒的打工仔开CT检查，这就对吗？

一句话：你我皆有病，医患岂能安？我们这个社会有病，我们每个社会成员也有病：我们不懂得尊重他人，也不懂得尊重自己；我们只服从权力，在我们的观念中权力一定是来源于暴力和欺诈；当权力的关系场已经确立，我们要么作为权力者趾高气扬，要么匍匐在权力的脚下卑躬屈膝。而当这个权力的关系场还没有确定的时候，那么就通过拳头来确立吧，于是各种各样的暴虐层出不穷！医患冲突只是其中的一个表现而已。

要解决这个问题，就先治病吧：社会的，以及我们自己的。

2013年11月22日《南方都市报》

十一

文化保育

Wen Hua Bao Yu

◎ 大拆大建中的历史建筑保护：剪不断理还乱

广州的民国建筑金陵台、妙高台被开发商“无证连夜拆除”事件还在演进当中，最新的进展是有关部门和开发商召开了会议，要求开发商原状恢复金陵台和妙高台，而开发商方面居然也表示同意。之所以说“居然”，是因为开发商香港丽丰控股有限公司在香港《明报》上对此次事件发表声明称，当年竞拍这个地块是“为支持广州市政府盘活烂尾地行动”，而且“根据目前广州法规，金陵台妙高台并没有定性为受保护的历史建筑”。此外，虽然有关部门看似已经与开发商达成了协议，但市政府还是将成立由1名副秘书长任组长的调查组，对事件展开全面细致负责任的调查，10个工作日出调查报告，对于开发商是否处罚将依据调查报告决定——也就是说，即便开发商原状恢复了那两台，可能还是难逃处罚之虞。与此同时，开发商居然还在跟原来地块上的业主打官司，而另有业主则来到广州市政府和广州国土局信访，盼着政府部门敦促开发商对业主回应强拆妙高台3号的赔偿事宜……

好一个剪不断理还乱！

根据媒体的报道，我们大致可以梳理出整个事件的全貌：包括有金陵台妙高台这两栋民国历史建筑的地块属于一块“烂尾地”；为了盘活这块“烂尾地”，政府招商引资来了开发商香港丽丰控股有限公司；去年准备拆的时候引起了一些文物保育人士的关注和呼吁，政府于是发出了一份“缓拆令”；一年过去了，开发商架不住每天的成本，于是在端午节期间采取了“无证连夜拆除行为”，引来全城哗然一片，于是才有了现如今的“强烈谴责”、协商、声明、调查等种种。

我觉得整个事件，关键的因素有两个：一是政府的土地财政诉求；二是我们国家的私有产权薄弱。

政府的土地财政诉求不用多说大家都已经很清楚了，总之一句话，土地是政府最大的钱袋子。政府敢于大举借债，底气就是土地出让的预期红利；之所以有这样的底气，完全是因为土地国有。而城市里的土地更是寸土寸金，政府一定会想方设法将其上市变现，获取巨额的财政收入。近期许多这城那城的造城运动，其实都是为了脚下的那片土地——升值、流通、变现。

城中的“烂尾地”就更是如此了。对“烂尾地”的处理，除了财政收入方面的考虑，更有解决问题、解除麻烦的考量。据报道，2007年前后广州市拍卖的23宗“烂尾地”共获得土地出让金37亿元，其中就包括金陵台和妙高台。当时政府处理烂尾地遵循“一地一策”的方法，对包括香港丽丰控股公司在内的开发商都作出了种种承诺，但对其详情人们不得而知，以致近日有业主将到市政务中心申请政府信息公开，要求公开“烂尾地政策”。其实根据“50%业主弃产”并且“上一手开发商无力继续开发”的明显不合理、急于出手的“烂尾地”定义，完全可以想见那些承诺有多么优厚——我甚至怀疑这次开发商的“居然”同意也是获得了政府的某些承诺。

在政府这种强烈的土地财政的动机和动力之下，那上面的历史建筑其命运就可想而知了，更何况我们还并没有“风能进雨能进国王不能进”的严格的私有产权制度，以致钩机一夜之间就可以将一栋还住着人的房屋夷为平地，金陵台和妙高台的如此结局，真没什么好奇怪的。何况根据丽丰控股的声明：“根据目前广州法规，金陵台妙高台并没有定性为受保护的历史建筑。”

丽丰公司的声明其实是有相当道理的。如果是“受保护的历史建筑”，那就是文物了，而广州市已经制定出了《广州市文物保护规定》，对文物的破坏是要承担法律责任的。但类似金陵台和妙高台这种既有一定的历史价值但又没有被列入文物保护的历史建筑怎么处理，则是一个空白地带。尽管有关部门比如广州市文广新局相当重视这一块，据说还专门进行过普查，有关领导甚至还说过对暂时不能定性的这类历史建筑一律不能动、否则毁掉了就永远失去了，“上对不起祖宗，下对不起后人”之类的话，但毕竟缺乏法律依据，正如那份针对两台的“缓拆令”一样缺乏法律的强制约束力，所以哪怕相关部门四次约谈开发商，但还是无法阻止开发商的“无证连夜拆除行为”，除了谴责，其实是一点办法也没有的——何况开发商也有他的苦衷。要说有错，只能说当初将地卖给开发商的时候没有考虑到上面的这两栋历史建筑，但在强烈的土地财政冲动下，又有多少政府官员会因此而牺牲经济利益呢？那可是直接跟政绩考核挂钩的。

逝者已矣，人如此，物也一样。与其原状修复，还不如在那里立个碑，详细记录下那两栋民国建筑是怎么毁灭的，也算是对后人有个交代，如此永存史册或许对政府和开发商也稍有警示作用。而更重要的则是如何避免类似的事再次重演，但在政府土地财政炽热、私有产权薄弱所导致的大拆大建的当今中国，要做到这一点谈何容易！

2013年6月20日《南方日报》

◎ 如何避免历史建筑被毁的悲剧重演？

有关民国建筑金陵台、妙高台被开发商一夜之间拆除的话题还在持续，引来多方探讨。我认为出现这种局面，一个最大的原因就是我们国家没有明确、神圣的私有产权制度。本来，如果私有财产神圣不可侵犯，那么这两栋建筑的处置权就完全在业主手中，即便政府认定是文物，但也是私有产权为大、为先，政府可以建议、谈判甚至恳求，但绝对不可以越俎代庖，更不能强行处置，否则就是侵犯他人的权利，违背社会的主流价值，这是绝对不允许的。前不久香港有关何东花园的去留就是典型案例。

正是因为我们国家没有这样的制度，所以才出现政府垄断资源，一切都是政府说了算的状况。也许有人说，既然一切都是政府说了算，那保护历史建筑不是更容易更便利吗？答案是相当存疑的。在发展是硬道理的价值取向之下，政府唯GDP是求，一切都要为之让路，大拆大建的浪潮中，无数历史建筑和文物古迹灰飞烟灭，这次被拆除的金陵台和妙高台不过是其中之一而已。说实话，如果不是广州现在的主要市领导个人的文化情怀，金陵、妙高两台的被拆除能否造成如此大的声响都难讲。

也许又有人说，如果一切都是业主说了算，他想拆就拆，哪还会有文物？恐怕不会这么简单。如果私有财产世代相袭，人们的存在感只会更强，只会更注重祖先的荣光、当下的传承，只会更注重历史文物的保育修缮，以家族历史、精神为载体。相反，像我们这种没有私有产权，只会像水中浮萍，随波逐流、风吹雨打，哪会想到什么根基，拆除这些历史建筑没有丝毫的犹豫。所以，虽然国家有《文物法》，广州也有类似的法令，但我们看到这类的破坏可以说无时无之。甚至因为《文物法》的某些不合理规定，一些业主为避免自己的物业被认定为文物从而失去对物业的支配权而将之抢先拆除，形成对文物的另一种破坏。

如果说对于文物的保护尚有《广州市文物保护规定》这样的法律条文，那么类似金陵台和妙高台这样既有一定的历史价值但又没有被列入文物的历史建筑将何去何从，已经成为一个相当现实的问题摆在全社会面前，而政府更是首当其冲地要担起责任。如果说对于GDP的追求是一种现实的功利考量，那么对于这类历史建筑的保护则更多的是一种道义的责任，同时也显现出政府的文化素养和品位。兼且民意汹汹，不重视是不行的了。

如果相关法律条文的制定还需假以时日，政府不妨立即颁布一条规定：任何地块在出让给开发商之前，除了要进行地下文物勘探，对地上的所有建筑也必须要请专家学者进行历史文化评估，有历史保护价值的就制定出完善的保护计划，开发商必须接受并配合施行，否则就拿不到这块地。如此，或许可以避免金陵、妙高两台被毁灭的悲剧重演。

2013年6月21日《南方都市报》

◎ 保护历史建筑，明晰产权是第一步

近期，民国第一任总理唐绍仪出生地珠海市唐家村的区一级不可移文保单位、唐绍仪的家族祠堂——巨川唐公祠产权出现了纠纷。它是公产房，但唐绍仪的孙子唐景昙认为祠堂的原主人是唐绍仪，应由唐绍仪的后人所拥有，他们对政府出租祠堂的行为表示不满，由此引发人们对于历史建筑产权、保护及开发的关注。

这个案例非常典型地反映出我们国家现阶段对于历史建筑保护的种种困境，其中之一、也是最大的困境就是产权不明。出现这种情况当然跟1949年的中国社会巨变直接相关，巨变后一切收归国家所有，私有产权几乎为零。改革开放以后，权利意识复燃，越来越多的人开始争取祖辈留下来的财产，出现了各种各样的纷争。20世纪八九十年代开始落实侨房政策，相当一部分侨房清退给了原来的业主，就是这种纷争的反映，也解决了一些历史遗留问题。但据说祠堂不属于侨房之列，其产权并未归还给私人，于是才有了唐绍仪后人向政府房产部门争取巨川唐公祠产权的事发生。

双方都各有理据，而且双方的理据都是20世纪50年代的一些法律条文，房产部门说根据《中华人民共和国土地改革法》(1950年6月28日中央人民政府委员会第八次会议通过)的规定：“依法征收该祠堂，由政府房管部门依法使用管理。”唐氏后人则根据1953年中央人民政府内务部内地字(53)文件《关于国家建设使用寺、庙等房地产的处理意见》第四点：“祠堂关系中国数千年人情风习，而且与老百姓祖宗有血肉关联，应以不征用为原则，并按照不同情况分别处理，属于一家、数家或一族的祖先祠堂，是人民私有财产，不能随便征用。遇到国家建设需要非征用不可的时候，必先征得所有者的同意，并应按一般私有房地产处理，给以相当代价。”唐氏后人因此认为“祠堂应该按私有房产处理”，并表示

将继续申诉。

中国这几十年沧海桑田，剧变前所未有，“三千年未有之变局”不仅在延续，而且似乎越来越深入了，昨是今非、昨非今是的事几乎无日无之，令人不禁经常想起尼采那句“上帝已死，我们必须重新评判一切”的名言。在这种情况下，20世纪50年代的条文是否还能成为依据我认为是大有疑问的，否则真是要乱套了。

具体到巨川唐公祠的产权究竟应该谁属呢？我认为像这类有明确的产权人的历史建筑，应该归还给产权人。只有那些产权人不明确，或者明确但联系不到，或者产权人放弃产权的历史建筑，才应该归国有。

现在争取巨川唐公祠产权的是唐绍仪的孙媳妇沈晓斌及孙子唐景昙，而其他一些唐氏后人居然放弃产权，认为祠堂的产权牵涉唐家几百位后代，唐景昙只占几百分之一，不能由唐景昙夫妇自己说要“抢”就“抢”过来。“它已经是公家的了，就应该由政府管理。”“我支持产权归政府，由政府管理。维护这个祠堂需要很多钱，唐族谁有能力出钱，谁有能力管？政府把它出租也好，怎么都好，我都支持。”这些意见其实更多的是对现状的一种默认和接受，既出于多一事不如少一事的规避意识，也有不患寡而患不均的考量，相信如果产权真的判归唐景昙夫妇，这些人大概不会无动于衷。其实从法理上来说，这些唐氏后人对巨川唐公祠产权的放弃完全不影响唐景昙夫妇的合法争取，前者有权放弃，后者有权争取，而且前者的放弃并不构成后者合法拥有唐公祠产权的任何阻碍。

中国社会正在转型，历史文化遗产的保护遇到很大的问题和困境。在轰轰烈烈的大拆大建的经济浪潮中，那些物质性的文化遗产几乎是风雨飘摇，今年上半年广州金陵台、妙高台被拆除就是典型。而社会成员的流动迁徙、社会结构的深刻改变所带来的生活观念、生活方式的变化，也使非物质文化遗产的保护变得步履维艰。在这种情况下，垄断了几乎全部资源的政府就必须要在一切以经济建设为中心的指导思想之余出于道义的责任分心做一些文化遗产的保护工作，而要使这个工作更有效，我认为明确产权是关键的第一步，否则就会留下很多的后遗症，很难顺利推进。

2013年11月19日《南方日报》

◎ 土地财政中的文化遗产保护难题

据《新快报》报道，未经任何文化遗产线索排查，《新快报》建议保护的70年历史的名企广州第一橡胶厂北区老厂房在报道后几天内即被广州市土地发展中心拆成一片废墟，报道中提及的大部分厂房已被拆平或拆剩框架。

这又是一例土地财政中的文化遗产保护难题。

事件的线索非常清楚：上个月24日，《新快报》在该报开展的“广州历史建筑普查民间版”中以“第一橡胶厂：70年名企搬迁后厂区荒置三年”为题对广州市第一橡胶厂进行了报道。报道出街以后广州市土地开发中心让拆迁公司开始拆除，“市土发中心是不想节外生枝列入保护范围”，“收储就是为了拆的，否则是白花了钱。”与此同时，同样是因为《新快报》的报道，广州市规划局发了一个“缓拆通知”，土发中心收到缓拆通知以后立即就停止了拆除工作，“我们按照通知来，都没有问题。我们听规划局的，你说保我们就保。”当然“工人意见也大，拆了一半就停了”。但既然有规划局的缓拆通知为什么还是被拆除了呢？市规划局相关负责人表示没有人报告厂房已被拆，等了解情况后再作评论，并强调“他们还没有拆迁许可的”。

这件事可以从两个层面来进行分析，第一个层面是政府部门的协同分工问题。很显然报道一出来市国土房管局下面的土发中心要拆，规划局说缓拆，结果最后还是拆了——这中间到底是一个什么样的规则和程序？看不明白。从《新快报》的报道来看，土发中心是上月底就开始拆的，而规划局的文件是本月1号才下达的，似乎晚了几天，就是这几天让土发中心抢了先。

出现这种情况，我觉得首先还是因为法律制度的缺失。广州正在修订《广州市历史文化名城保护条例》，里面规定“拟出让或者划拨的建设用地尚未开展（文化遗产）普查工作的，应当在地块出让或者划拨之前完成普查工作”。但

《条例》的修订还只是停留在草案阶段（当然这个草案还应进一步完善，比如应该加上“普查之前上面的所有建筑物一律不得拆除或迁移”等等），还没有正式施行，而正在施行的旧版《条例》里面又没有这一条，导致出现法律空白，才一再出现历史文化遗产被拆除的事。

没有法律规章的硬性约束指引，对历史文化遗产的保护只能靠政府的文化自觉了。这又引出另外一个问题：几乎不可遏止的地方政府土地财政浪潮中，政府能有多大的文化自觉？即便有，其文化自觉又能在多大程度上抗拒土地财政？所以我完全同意袁奇峰教授的观点：“面对文化遗产保护与土地收储任务的矛盾，这是一个很大的困境，背后就是城市财政的困境。要平衡各种因素进行统筹，责任不在土发中心。”“发展与保护都是政府的责任，当两个责任有冲突时，就是考验政府主官的价值观与价值判断。”我想，即便政府主官有强烈的文化情怀要保护文化遗产，很多时候恐怕也不得不让位于轰隆钩机及其背后的土地财政。

所以，真正需要反思的是我们这种经济增长方式：如果经济的增长要以文化的牺牲为代价，那么这种经济增长一定有问题——何况它牺牲的还不仅仅是文化！

2013年11月26日《羊城晚报》

◎ 历史文化保护首先是个态度问题

据报道，位于越秀区西湖路大马站地段的景豪坊东区项目近日通过规划审批，日前开始批后公示。景豪坊项目曾因涉及大小马站的保护问题而遇到多部门扯皮，导致地块烂尾多年。此次“复活”的东区项目将建一栋近百米高楼作为回迁住宅。据了解，该地块位于历史城区范围内，建筑限高仅30米，建设百米高楼大大突破了保护规划要求。

受影响最大的无疑是大小马站书院群，地块目前周边吉祥大厦高120米、广百大楼高125米，虽然景豪坊项目本身并未超过这些楼宇的高度，但其建成后将使得大小马站成为四边都是高楼的“天井”状，不少专家忧虑大小马站书院将被埋没在高楼大厦中。

事实上早在今年三月底媒体就以“北京路文化核心区，文化领航都会蝶变”为题报道过广州打造“北京路文化核心区”的事，其中就包括大小马站书院群，有一张照片是“广东省非遗中心暨书院街项目规划效果图”，周边都是高大尚的亮丽高楼，中间一片低矮蓝色砖瓦建筑就是书院群（省非遗中心馆也在此），看上去不就是“天井”么！

应该说，城市的建设发展与历史文化资源的保护是一对矛盾，这已是不争的事实。我们所面临的问题只在于如何解决这个矛盾，如何在两者之间找寻到一个最佳的平衡点。这事如果放在资本主义国家或地区，也许没那么复杂，因为他们那里产权都很明晰，要不要保护、如何保护，都由业主说了算，基本用不着政府置喙。当然我们这里产权也很“明晰”，那就是基本都是国有；而国家以经济建设为中心，一切都为这个服务，那些历经劫难好不容易留下来的历史文化资源就在“大拆大建”的经济热潮中再次陷入风雨飘摇之中。好在广州的公民社会够发达，经常有来自社会的声音呼吁保护历史文化；而政府也还开明，对文化多少还有一分敬畏，还能够兼顾一下历史文化保护——尽管有时候是亡羊补牢，甚至付出非常大的代价，最典型的就是金陵台、妙高台的拆除，再就是花巨资收回大元帅府旁边的地块。

这次又面临同样的问题，按照副市长王东的说法，从历史文化保护的角度，该地块最好不开发建设。但他表示，政府如果从发展商手中收回这块已经批出去的地，将要面临巨额赔偿。所以，只能是让其建筑风格尽量与大小马站书院群相协调。当然，我们可以站着说话不腰疼地质问：当初为什么要批出这块地？为什么就没有考虑到历史文化的保护问题？其实这块地2007年就批出去了，想必那时根本就没有什么历史文化保护的概念，这个问题是近一两年造成了相当大的损失、引来舆论哗然以后才重视起来的，才说在批地之前要做“拉网式”的文物普查的。现在地已批出，又不想花巨资收回，只好让现代与传统“相协调”咯。

如何协调呢？我想起了那句“态度决定一切”的名言——这首先是个态度问题，是对文化的态度问题：在我们的心目中，文化到底有没有什么地位？尤其是跟经济比较，跟至今盛行不衰的GDP主义比较，文化到底有多大的分量？假如我们还是将文化当作经济的点缀，或者是为经济服务的婢女，或者是应付社会关切的应景，那么要协调根本就是一句空话：当今时代，民智开启，任何的扞格错讹、敷衍欺瞒，谁不会一眼看出呀？

2014年5月23日《南方都市报》

◎ 红专厂的去留值得关注

周一一早就听说红专厂要拆掉，很有点惊讶，为什么呢？国家这几年突然将文化提到很高的地位，文化产业是其中很重要的部分，广州当然也不例外，这几年为发展文化、文化产业造了相当不小的声势，我供职的单位也参与了一些部门的课题，文化创意产业是一个经常提及的概念，比如“制定创意产业发展政策，支持创意产业做大做强”、“进一步优化产业结构，培育壮大优势文化创意产业”等等，而红专厂则是一个经常被提及的成功案例，没想到居然要被拆掉。

拆掉红专厂是要为金融城让路，这也让我产生第一个感觉：文化毕竟很软，比不上金融地产这样的硬通货。第二个感觉就是，我一直觉得我们的经济发展方式是杀鸡取卵、花未来钱，现在看来，这个工作已经做得越来越紧迫、留给卵生长的时间也越来越短了，取出来的卵怕也越来越小、嫩、弱了。

可想而知，消息一出，激起反响一片，大多数是为文化痛惜、为我们这样的发展和城市而感到迷茫，典型的比如“对于一个城市而言，文化是灵魂的东西，而且可以让人心安宁”、“广州城市发展需要什么”，等等，都各有道理。

我觉得作为一个公共事务，特别是一种政府行为，我们更应该从合法性上面去考量：这样做，依据的是什么规章，遵循的又是什么样的程序？这才是考量公共事务应有的视角，否则永远是公说公有理婆说婆有理。

根据广州市2008年出台的《关于推进市区产业“退二进三”工作的意见》，企业利用原址从事创意产业等第三产业后，因城市建设、规划管理需要或政府储备土地等原因需要征收企业土地时，企业应当自政府提出征收土地之日起，无条件配合政府开展征收工作，征收时按原用地性质给予补偿。也就是说，现在要拆掉红专厂是有章可循的，并不违规。其实由于我们国家的土地性质，政府任何时候要征地都是完全正当且不受约束的。

正是因为这个原因，红专厂于2009年成立时其经营团队与广东罐头厂签下的期限至2019年的使用合约，现在就成为一纸空文了。我不是法律专家，不知单方可不可以毁约？如果可以的话，那合同合约什么的还有什么法律效力可言？如果单方毁约的是政府，那我们还有安全感吗？当然政府会有补偿，问题是：由谁来补偿？最后怕是由政府来掏这个钱。可是政府哪来的钱呢？至少名义上都是纳税人的钱，那有没有、要不要问一下纳税人？如果没有的话，其理据又是什么？

假如这些都没有理清楚，那么我们这个社会就远远还没有建立起合理的秩序，一切都只会导致更大的混乱，表面的宁静只不过是混乱没有充分暴露而已。

2013年3月26日《新快报》

◎ 从红专厂的去留看文化产业发展

最近一段时间，广州的文化产业——确切地说，是文化产业中的创意园区——突然成为公共话题，其缘起当然是因为红专厂要拆除为金融城让路，跟着扯出星坊60、北岸文化码头，特别是寄托了无数人浪漫情怀的大邮筒居然是个临时建筑！近日有媒体全面梳理了广州这类创意园区的前世今生，于是创意园区成为关注的焦点——尽管有办了多年文化创意园的国企东家在接受采访时摸着脑袋问记者：“什么是文化创意园区？”

当然公众不会从经济学的角度去看问题，他们关注的是文化——轰轰烈烈不可阻挡的城市化进程中文化的存留、地位，等等。由于文化总是代表着先进、文明、非功利的超越性，所以文化总是具有某种道义的正当性，以致一些听都没听过红专厂的人听闻红专厂要拆，都会特地过来看看。

议论纷纷不可避免。我觉得我们在进入讨论之前，首先要达成问题共识：我们要讨论的问题是什么？我想，就这次红专厂去留引出的问题，我们关注的应该是文化如何产业？产业如何发展？至于城市化进程中的文化地位、生存状态问题，恐怕已经超出了讨论的范围——尽管完全具有某种相关性。其次，在讨论中必须要区分两种情况，一是在理论上应该怎么样，一是在实际中我们只能怎么样——当然你也可以尽情宣示应该怎么样的主张来推动实际，但必须要充分地说明清楚。

文化如何产业？我想这在一些市场经济国家和地区根本就不是个问题：你想怎么搞就怎么搞咯。土地的私有是决定性的因素，其次是文化的非意识形态属性。可这两样我们这里都不具备，关于土地的性质，这次红专厂就是典型：土地原本就是国有，并且早已作为政府储备用地，他要收回你能怎么着？唯一指望的可能只是多拿点补偿、少点损失吧。至于意识形态属性，就更是我们独特的国情了：文化产业居然归宣传部领导！

产业如何发展呢？从2009年开始，我参与了好几个文化产业方面的课题研究，比如《国际金融危机背景与广州推进文化产业快速发展的对策建议》和《广州市文化产业振兴规划》，还有某些区的文化产业发展规划。在这些研究报告的对策建议中，第一条无一例外都是政府重视、加强领导。虽然近乎套话废话，但却是实情。比如这次红专厂，如果政府不重视，或更重视别的如金融城，文化产业就没戏了。从逻辑上来说也是如此：土地国有，意识形态属性，如果政府不让你发展，你怎么可能发展得起来呢？

当然广州市是很重视文化产业发展的，做了很多规划、出台了无数政策、领导作了无数讲话，比如2009年时任广州市委宣传部长就在一次会议上说，要“大力发展文化产业，落实市委主要领导交办的任务，与清华大学国家文化产业研究中心合作，完成广州市文化产业发展振兴规划编制工作，促进文化产业发展。重点推进文化创意产业发展，出台扶持文化创意产业的政策措施，按深圳统计口径开展文化创意产业专项统计”，实际的工作也做了不少。那么为什么这次又要红专厂为金融城让路呢？原因恐怕只能是GDP的压力和焦虑战胜了文化情怀，立竿见影的经济效益容不得这创意那创意的慢工细活。

那么，我们还能期待什么呢？我觉得我们唯一能期待的就是领导开恩，考虑到一个品牌创建、人气集聚、影响力建构的不容易，不要轻易毁了它——搬迁到别处也是毁灭性的。之所以用开恩这样的字眼，是因为如果领导非要拆，在法理上是完全正当的。其次是我们的艺术家和从业人员，真的要潜心文化，而不可把文化当作经济的工具或手段、途径，尽管这差不多是中国各地各级政府的惯常做法，但他做得，你就不行，否则你打着文化的名义去开餐馆甚至做二房东，那他干吗不去做金融城？

2013年4月16日《新快报》

◎ 大邮筒应该保留

近期广州真是拆声一片，红专厂说要夷为平地，星坊60已经接到了限期拆迁通知，而最新的消息是，那个号称中国最大的邮筒，寄托了无数人浪漫情怀和美好祝愿的广州北岸码头邮筒，据说也已进入了倒计时。

这真是叫人百感交集。想当初这个邮筒开放的时候，引起了多大的轰动，让人心里升腾出何等的暖意：寄给北岸大邮筒、寄给广州市长、寄给父母、寄给三十年后的自己和小孩、寄给刘翔和姚明……尤其是寄给三十年后的自己和小孩，哦，原来我们并没有被生活击倒，我们对生活还是有所向往、期盼，我们还保留了一份情怀、情趣，并不是都心如死灰、灰心丧气，这个社会还是有那么多人会笑、会浪漫、会想象。广州原来也并不是像一些人说的“文化沙漠”，广州也并不是那么功利，广州人也懂得来点后现代……那时造成了多大的轰动啊，因为这个邮筒，因为寄给三十年后的自己，感觉我们的这个社会还是可爱的，恨不得向每个陌生人颔首微笑。甚至有外地还推出了“广州珠江夜游、辛亥革命纪念馆、中国最高最大邮筒一天游”，说无论投入里面的信是给父母、给朋友或是给未来的自己，都是极有意义的一件事。

结果呢?

结果包括大邮筒在内的所谓北岸创意文化园居然是个“临时建筑”！当初搞那么热闹、气派，一切都是为了迎接亚运的需要！我不知那些怀着满心向往、甜蜜浪漫、庄严肃穆地往邮筒里投了信的人是个什么样的心情，也不知那些盈盈浅笑站在一旁看着的官员当时心里又在想些什么？寄给三十年以后的自己，结果两年功夫，邮筒就没了，这叫那些隆重其事慎重其事的人情何以堪！如果我寄了信，我的第一个念头恐怕是：你还我信来！你赔我精神损失来！

我觉得这已经不是一个公共政策的问题了，更不是什么文化产业与金融业孰轻孰重的问题，而是一个严肃的历史社会问题：我们身处其间的究竟是个什么样的社会？这样一个社会如此变动不居、出尔反尔，我们的情感如何安顿、安稳？我们如何对未来建立明确、稳定的预期？如果没有，我们如何定义当下的自己？我们的安全感又何在？如果不能建构起稳定的安全感和有尊严的自我认同，当下除了惊恐自保，我们还能期待什么、承担什么、创造什么？

这件事昭示了一个再明显不过的价值取向：一切都不可信，一切都具有“打一枪换一个地方”的临时性、策略性。果真如此的话，我们凭什么指责那些地沟油、毒奶粉、有毒食品、有毒的水和空气？我们又凭什么要求官员不贪不腐、洁身自好？我们凭什么希求幸福美好的生活？

好在现在还没到最坏的时刻，据市文广新局陆志强局长说：“金融城一期规划已经定了，这里已经明确不做创意园，如果说一期要正式动工了，这里肯定要服从大局了，大邮筒肯定不存在了。”但大邮筒如何不存在法？陆局长表示有可能拆掉，但不确定，要看具体规划，也有可能换个地方。“目前正在和中标单位沟通如何处理大邮筒的问题。”

这给了我们一个希望。我强烈呼吁保留这个大邮筒，并且继续像当初宣示的那样永久保留——至少保留三十年！让我们心中刚刚升起的对这个社会、对人性、对我们自己的这份暖意不要被一盆凉水兜头浇灭，否则，除了逃离和对人性的背叛，我们还能怎样继续这人之为人的生命旅程？！

2013年4月2日《新快报》

◎ 西关大屋该何去何从？

广州大学广州发展研究院近日发布的广州文化蓝皮书透露，鼎盛时期广州西关大屋本有800余间，由于老城区的大肆拆建，目前仅剩100余间，且大多破坏严重，尚有保留价值的仅剩10余间。蓝皮书认为是因为修复理念失当导致了目前的状况，并且提出了一些建议，主要有对西关建筑进行经济性的开发、采用多种渠道开发利用西关文化资源、将文化宣传与提升群众文化素养相结合，等等。此外还提出应大力发掘、整理和利用西关建筑历史文献典籍，为打造西关建筑风情旅游提供参考。

最近这些年，广州制定了很多有关历史文化资源保护方面的条例法规，我也参与过多次讨论，发现历史文化资源的保护面临最主要的问题，一是产权不明晰，二是与大拆大建的城市发展、建设的冲突，及广州文化的特质问题。

广州的许多历史建筑，往往产权不明晰，或者其构成异常复杂。如果政府要进行保护，首当其冲的就是产权问题。如果产权问题不事先解决，就会留下很多隐患。西关大屋也是如此，由于其历史悠久，兼且历经社会巨变，产权往往变更繁复，稍有不慎，就会陷入被动。

即便产权明晰，也会有很多麻烦，最主要的就是一旦被认定为历史建筑，业主往往失去了对房屋的自主支配权，举凡改装、修葺等等，均要事先向政府有关部门请示报告。很多业主不胜其烦，不愿意将自己名下的房产列为历史建筑——即便可以获得一定数额的政府补偿也不愿意。至于转卖过户什么的，就更不得其便了。

产权问题还面临另外一个很有中国特色的纠结，那就是房产是你的，但土地是国有，这两者之间的矛盾冲突如何解决？这方面最典型的就是金陵台、妙高台事件：地卖给了开发商，上面的金陵妙高两台却另有权属，由于这中间的复杂关系并没有梳理清楚，结果导致历史建筑被拆又复建、政府赔偿巨额补偿金，而且还被告上法院。这中间揭示出现今中国社会发展转型的很多问题。

至于大拆大建中的历史文化资源的保护，则属老生常谈。现在政府对于土地财政的依赖是越来越强了，寸土寸金的城市土地日益金贵，任何一块地只怕都被主政者看在眼里，盘算着可以换来多少财政收入和GDP。在这种轰轰烈烈的土地财政驱使下的大拆大建浪潮中，那些历史文化建筑真的陷入风雨飘摇，朝不保夕。这样的例子全国各地俯拾皆是，广州当然也不例外。在这样的背景下面，包括西关大屋在内的历史建筑如何保护，的确是个很大的问题。广州市政府最近发布了很多规章，比如卖地之前一定要先进行历史文物普查，再就是列入历史建筑的老建筑不得擅自拆除等等。这些举措相信对于历史文化资源的保护一定有所裨益，但在当下这种远远看不到消停迹象的大拆大建面前，它能否充当得起那些老旧历史建筑的保护伞，还真的难言乐观。

保护历史建筑，我们惯常的思路总是脱不了获取经济利益这一途，上面提到的广州文化蓝皮书也不脱此类窠臼故智。一方面很好地保护历史建筑，另外一方面又财源滚滚，当然皆大欢喜。但从广州这些年的努力来看，似乎成效甚微。之所以如此，主要还是因为广州文化的地域性特质，这种地域性文化由于不属于全民的共同文化记忆，怕是永远也达不到类似“印象刘三姐”、“长恨歌”那种桃李不言下自成蹊的美好热闹局面，更多的只能是要么不知晓、要么不了了的结局——别人根本不感兴趣。所以这些年广州对于历史文化资源的旅游开发不可谓不落力，但效果呢？大家都看得到。

对于包括西关大屋在内的历史文化资源的保护，我一直以来的观点就是我们不要总是那么功利，时时处处算计金钱效益，而要真正站在文化的立场来进行相关的工作——那里有我们的精神血脉、文化传承，我们干吗一定要进行“经济性”的这开发那开发呢？如果为了经济效益，最好的办法哪是什么保护啊，拆掉卖地不是又快又好吗？！

2014年7月9日《南方日报》

◎ 致终将消逝的城中村

几年前我曾经写过一篇文章“都市里的村落情怀”，说的是一些外来打工者在城市的旮旮旯旯营造一个个独立封闭的小空间、移植了遥远故乡的乡土生活，虽然清贫，却也有别样的自在和惬意。此次旧话重提，则是因为广州的一个又一个正在或即将拆除的城中村，最新的是泮塘村——尽管有关部门不认为它是“村”。前天，涉及千年古村落泮塘村改造的西关文化广场项目的规划公示结束，有关部门对规划进行了微调，将保留50多栋原建筑，村民不想搬走，将可原地留守。

一个又一个消逝的城中村真叫人百感交集、五味杂陈。

实话说，城中村不拆不行——准确地说，不改造不行。记得有位广州领导曾经将城中村比作毒瘤，话是夸张了点，却也有他的道理：广州的城中村，阴湿、无序、杂乱，魅影重重，危机四伏，套用一句官话：产生了很多治安和环境问题，给城市的管理带来了很多难题。何况城市化的进程日益加剧，高楼环伺中的城中村变得寸土寸金，哪里还容许你享受那样铺张奢侈的空间！

但几乎每一个城中村都大有来历，都有悠久深厚的历史和丰富多彩的风俗、风情、风貌，所以几乎每一个城中村的拆除，都引来一片哀鸣、扼腕叹息，更有人携长枪短炮去留下最后的记忆。其间还夹杂着一些拆迁补偿的利益纠纷，有的甚至演变成公共事件，闹出了人命。过去、现在、未来，文化、经济、社会，往复交织，纠缠不清，一个又一个城中村的拆和建，真是中国社会转型的一个个生动画面和写照。

这次要改造的泮塘村，历史更悠久、资格更老、文化资源更丰富，比如著名的“泮塘五秀”是一早就听说过的。好在有关部门说了，“泮塘村不搞大拆大建”，而是要在“保持原貌、保持肌理”的基础上对古村落进行抽疏，打造既有原住民、又有旅游景观的景点。但愿能够各得其所：村民的居住环境得到彻底改观、居住条件得到很大提升；历史文化资源得以保留——至少还能够让我们“追远”；政府也通过这项目那项目盆满钵满。

但冲击和变化不可避免。村民阿丽就说了，在泮塘村“真的住得很舒服，是指心里的舒服。一出门就有人与你打招呼，什么都可以聊，关系好得不得了。”这正是我们念兹在兹、魂牵梦绕的乡土村落情怀，可是轰隆隆的钩机正一点一点地在毁灭这样的情怀，将我们逼入到一个全新的陌生人社会。进程是如此迅疾，以致我们还完全来不及做好准备，还完全没有建构起陌生人伦理、还完全没有学会如何跟陌生人相处和打交道，就像另外一个泮塘村民黄生说的：“以前住在外面，有次我向邻居打了个招呼，推着婴儿车的女人马上把孩子抱起护在怀中，转身就走，我竟被当成坏人了。”因为陌生，所以畏惧、戒备，而且孤独。

如何才能重拾“心里的舒服”？我觉得我们自己心智的养成固然重要，政府也责无旁贷，原因无他：中国模式的重要一条就是政府垄断资源：什么都给你了，不靠你靠谁？

2013年5月24日《南方都市报》

◎ 我们应该如何建图书馆?

本周一，广州市法工委组织人大代表兵分两路对广州市四级图书馆进行了暗访。过程中，代表们讨论最多的是，在互联网时代，究竟还要不要大力发展实体图书馆？之所以有此一问，主要是缘于一些街道图书馆冷冷清清，南都甚至用了“要人给人要钱给钱，图书馆咋还不旺”的标题表达代表的心声，结果引来了陈扬老师的一番议论，说“图书馆完全不必追求人气”。

陈扬老师当然有他的道理，但街道图书馆的冷清其实折射出另外一个问题，那就是公共文化服务体系建设的绩效问题。最近一些年，从中央到地方，各级政府都非常注重公共文化服务体系的建设，很多地方尤其是中心城区的确是做到了“要人给人要钱给钱”，但几年过去，硬件是达标了，但使用率的确是不敢恭维，尤其是图书馆，作为公共文化服务体系的重要组成部分，硬件设施都很好，门可罗雀却也是事实。我们也曾去过一些基层图书馆，书要么簇新，要么一层灰——前者显然是为了应付检查而新近购买，后者显然是买来了结果长期睡大觉。

公共文化服务体系建设的绩效没有达到理想的效果，原因当然是多种多样的，比如互联网时代人们阅读习惯的改变、基层民众的需求不旺，等等。但有一个问题或许值得我们思考：我们所提供的这些公共文化服务产品是否对应了公众的需求？由于特殊的国情，文化在我们这里除了一般的产品商品属性以外，还有一个重要的意识形态属性，文化往往成为自上而下塑造人们思想，引领人们情绪情感的某种意识形态工具。当这种工具正好契合公众的内在需求，就会达到很好的效果，反之就很难说了——毋庸讳言，很多时候与公众的内在需求是有偏差、错位的，这时候公众的反感和抵触就不可避免。

文化归根结底起源于人的内心冲动和自由表达，它本质上是自由的。刚刚闭幕的十八届三中全会提出“构建现代公共文化服务体系，提高文化开放水平”，就释放出很强烈的信号：让文化回归文化、回归人的内心。考诸我们的特殊国情，为了做到这一点，我们必须要寻求文化的产品商品属性与意识形态属性的更高层级的平衡，只有这样才能满足公众的需求。

上周三我们也视察了几个基层图书馆，也提到了人气不足的问题，市文广新局的一位负责人说他们准备做些调研，看公众到底需要什么样的图书，然后有针对性地购买。我想，从公众的需求出发，而不是从官方塑造这个打造引领那个出发，总算是慢慢回到了正途，否则只会越来越远离了公众。

2013年11月15日《南方都市报》

◎ 建“博物馆之城”需要有专业的眼光和要求

据《新快报》报道，时值暑假，广州的综合博物馆人头涌动，但一些专业博物馆却门可罗雀。报道举了两例：农民工博物馆、东平典当博物馆。

市长陈建华继提出将广州建成“图书馆之城”后，又提出要建“博物馆之城”。其实广州是很有条件建“博物馆之城”的，一是历史文化资源非常丰富，随便一条小街小巷甚至边远村落都埋藏着一段古，真是数不胜数。二是民间很有建博物馆的积极性，记得以前人大教科文组织我们参观过陈李济的中药博物馆、广东金融学院里面的金融博物馆，里面的藏品真是令人叹为观止。那时觉得这些博物馆面临的最大问题就是政府扶持不够，常常是有心无力；再就是宣传不够，大多数养在深闺人未识。广州要建“博物馆之城”，其实真是应该充分挖掘、利用民间的这些资源和力量的，繁星满天才成气象，否则一轮孤月只会落个冷清。

至于说综合博物馆人满为患而专业博物馆却冷冷清清，因为只举了两个例子，似乎并不足以得出某种普遍的结论。以农民工博物馆为例，当初开放的时候，很是扰攘了一阵，记得中大的一个学生还以申请政府信息公开的方式表达了对这座农民工博物馆的某些不满，主要是只说好的，而那些不好的、沾满农民工辛酸血泪的东西却一律不见，按照一些人的说法，农民工博物馆怎么离得了暂住证？怎么少得了因暂住证而起的不幸的孙志刚事件？怎么少得了被克扣、拖欠的工资，还有那些完全不把人当人看的各类规章……如果这些都没有，怎么能够称之为博物馆？谈不上博物馆，怎么可能吸引人去参观？至于典当博物馆，如果我们现在还时兴典当，估计还是会有很多人去参观的。

所以，专业博物馆是不是都会遇冷，还真的说不清楚，必须要做充分的调研才知道是怎么回事。即便遇冷，恐怕也各有各的原因：展品陈旧固然可能，宣传不够或许也是有的，甚至有些基于成本和安全的种种考虑根本就不对外开放。还有就是，既然是专业，当然看的人就少了，比不得那些包罗万象的综合博物馆，怎么说也可以让小孩长点见识。

但既然要建“博物馆之城”，就必须要按照专业的眼光和要求真真正正去施行，而不是做些表面功夫，更不是搞些华而不实虚头巴脑的东西，当然那些也是可以叫博物馆的，只不过是“政绩博物馆”！

2013年8月16日《南方都市报》

◎ 实体书店出路何在？

近日，《南方日报》对广州的实体书店经营状况做了一个调查，最典型的是广州民营书店的领军者学而优书店，在最辉煌时期一度达三十多家分店，但最近几年，学而优关闭了很多店面，最后只剩下五家分店。而据总经理陈定方女士介绍，近期还准备关闭一家。

这真是让人一声叹息。

书店曾经是很多人的精神家园，有事没事都爱去看看。记得读书的时候中大东门外有个读者书店，晚上经常去那里逛逛，哪怕不买书，去看一下也好，在那里也总能遇见熟识的师友。东门斜对面还有个树人书店，那时已经开始特色经营了，卖书之余还卖些茶、咖啡什么的。之后就是学而优的异军突起，以其高、精、尖、齐的社科类图书而闻名。那时这类书店在全国蓬勃兴起，著名的如北京的风入松、上海的季风书店等等。广州幸亏有了学而优，才并不输给北京、上海，真的是给广州争了光。

但慢慢地情况发生了很大变化，毫无疑问，这变化几乎完全拜互联网所赐。根据我的经验和观察，有了网络以后人们的阅读方式真的不同了，纸质的阅读越来越少，而代之以越来越多的网上阅读，而且基本上是短平快式的快餐式阅读。如此一来，书的需求就大幅度减少了。

然而对书店打击最大的还不是阅读方式的改变，而是网上书店的出现。以我个人来说：这几年买的书，好多都是在机场候机时买的，消磨时间的目的远远大过阅读。如果真要买书，就网购。像广州购书中心、北京路新华书店、古籍书店、学而优，已经有好几年没去过了——以前可是三天两头要去逛逛的。

趋势不可阻挡，现实也日益残酷，实体书店也在谋求新的出路，按照陈定方女士的说法：“实体书店不会坐以待毙，绝对会尝试转型自救。”而且也已经开始尝试多种经营的模式，经营的方向和策略也在大幅度调整，比如深入社区，走社区化的道路，在大型的社区中精耕产品，开展如阅读分享会、群体读书活动、专题故事会等活动，通过多种方式凝聚人气，寻找核心客户，从而做好自己的销售，等等。我非常愿意乐观其成，不要使广州失去学而优这样一个重要的文化符号。此外，我也注意到学而优近期请了很多知名学者来讲座，我觉得这是个很好的方式，让读者与作者面对面，各自相得益彰。另外，书店有没有可能跟出版社合作自己策划出版一些图书？这也算是多元化经营的一种吧。还可以考虑培养一些核心读者，以其为核心组建各式各样的读书会，定期开展各类读书活动，交流阅读经验体会，将阅读真正扩而充之成一种丰富的精神生活和活动——毕竟，都市人是越来越迷茫和孤独了。

书店自己的努力是一方面，政府是不是就该袖手旁观呢？我觉得不应该，因为书店即便是个经济实体，但其本身其实是带有相当多公益属性的，它培养人们的情操、提升城市的品位、展示城市的风貌，等等，这些无形的价值其实并不输于有形的价值，比如税收什么的——恐怕还更大。国外的书店在享受什么样的优惠政策我不得而知，但我知道在纽约最著名最繁华的45街46街，是允许街头摆摊的，但前提条件是只准卖艺术品，并且享受很多的税收优惠——政府对文化艺术的扶持可见一斑，想必书店也是如此。我们可不可以也制定一些相应的优惠政策呢？毕竟，对一个城市来说，书店绝不仅仅是书店，何况我们还号称要培育世界文化名城！

除了一些政策方面的优惠，书商也建议图书价格立法，其背景还是网上书店的冲击。网上书店几乎都属于庞大的资本运营，是整个资本运营的一部分，所以才可以六折入货、四折卖出。这样的冲击是单纯售书的实体书店尤其是民营书店无法抵挡的。我是外行，但也感觉里面似乎存在不正当竞争，其后果就是扰乱市场秩序，最终的后果还是要消费者来承当，按照陈定方女士的说法：“如果实体店越来越少，网店的议价能力就会越强。同时，现在很多出版商为了应对网上书店的低折扣要求，把书价定高了，买单的还不是读者？”我觉得国家有关部门是时候关注这个问题了。

总之，书店是很多人的精神家园，更是无数人的成长驿站，一个没有各式各样的书店的城市是无法想象的，政府如果真的重视文化，就不可忽视了书店尤其是曾经给城市长了脸面的民营书店这一块。

2013年5月24日《南方日报》

◎ 广州迎春花市省外遇冷说明了什么？

去年12月18日，广州市迎春花市节庆活动组委会代表团与广州一些书画名家乘坐武广高铁到湖北推介广州迎春花市，正式向武汉市、湖北省的人民发出

“来广州过年，到花城看花”的邀请，没想到却遇冷，武汉市民说广州更好玩的是长隆欢乐世界，更有名的是“吃”，“逛花街看个花，能看出什么呢？”当然也给了一个面子：“把这些都尝过了，有时间再去联游个花市吧。”

这真是一个想当然的馊主意，以为通高铁了，“武汉市、湖北省的人民”会趁便来凑个热闹、看个花市。没错，“武汉市、湖北省的人民”的确很爱凑热闹，但在我这个“湖北省的人民”看来，春节期间专程来广州看个花市，这几乎是完全不可能的：春节期间，家人团聚无疑是首选；如果外出旅游，怎么可能在这么重要、精心筹划安排的时刻随随便便来广州看个花市？不说去欧美，怎么着也得去个东南亚啊！何况人家武汉人都说了：“一年来湖北做旅游推介的城市就有二三十个，哈尔滨的冰雕、三亚的海听上去都比花市要有意思。”真不知这个主意是谁、又是怎么想出来的，可惜了那么多人的车马费！据说这个组委会还打算继续向哈尔滨、香港等城市推介广州花市，向香港澳门甚至东南亚一带推介还可以，毕竟那里有更多的同声同气；向哈尔滨？省省吧！

花市应该怎么搞？一句话：过去怎么搞，现在还怎么搞。据说广州花市遭遇尴尬，我不知这尴尬所为何来，如果是指在武汉遇冷，那也是自找的！花市早已成为广州春节重要的一部分，每年从各区的花市选址、花档拍卖、花价预测等等新闻中，就已经让人感受到了愈来愈浓的年味儿、愈来愈近的新年脚步。到了花市开张的那天，十里长廊，灯火辉煌，人流如海，鲜花如潮，满街喜庆，情侣浓情相依，全家扶老携幼，人人笑颜如花、情浓意浓——这难道还不够？我也完全不相信会出现人流稀疏难以为继的情况，不信你发个消息说取消花市试试？

最近几年时常听闻说要“做大花市”，我不知怎么样才算是“做大”、怎么样才能“做大”。广州人向来恬淡闲适雅致，形成了不徐不疾、轻松自在的独特市井生活，而花市正是这种市井生活的最好写照。现如今你要做大做强，轰轰烈烈？高大气派？或者像杜甫说的“晓看红湿处，花重锦官城”？果真如此的话，只怕往外推介不成，广州本地的市民都被这样的嘈杂喧闹、泰山压顶吓跑了。

又说要将花市延长到正月十五，当初就引起了很多人的反对，说这样属于不敬畏传统。对此我完全同意，对一个多年形成的传统说改变就改变，实在是缺乏敬畏之心、敬重之意，太随意自大了。而且这还会引来一系列连锁反应，比如花期的问题、城市清洁养护问题、道路交通问题等等。还是广州市民廖姨说得对，“行花街”之所以成为广州过年传统特色，就因为其有特定时限，若每天都有花街，就“不矜贵”了，“倒不如去芳村、陈村花卉市场！”这才是真正的危险，真这样的话，别说申遗，连能否存续、存续多久都令人担忧了！这让人想起了一些地方为了追求旅游经济效益，提出了“天天都是泼水节”的口号，结果引来民俗专家的扼腕痛惜和强烈反对，认为这样下去的话很快就会使泼水节消失掉——当然会消失啦，原本是一个民族隆重、喜庆、吉祥的神圣仪式，结果被你变成了赚钱的一场演出、工具，一早就被你毁灭了！

但愿广州的花市不要这样，还是延续过去的传统做法为好，为广州的市民街坊服务。至于向外推介遇冷，我觉得这也完全正常：广州的本土历史民俗文化本来就具有浓烈的地域特色，甚少属于全民的共同文化记忆，对于外地人基本上没有“未去之时心生向往，已去之后不期而遇”的美好文化心理体验。在这种情况下，就不必一味地推介引客了：你来，我无任欢迎；你不来，我照样自得其乐——这难道不正是广州这座千年商都的人文气质？

2014年1月9日《南方日报》

◎ 世间再无红线女，红氍毹上有来人

8号晚上听闻红线女刚刚去世，吃了一惊。其实我对粤剧并不了解，也从没见过红线女，但对广州这座城市而言，她的存在感实在是太强了，强到几乎与这座城市融为一体、合二为一，所以突闻她去世，还是倍感愕然，忍不住在一个朋友的微信里留了一段话：“她是广州这座城市文化的一部分，现在她走了，广州的文化也缺失了。”

红线女先生品德高尚，尤其对粤剧艺术忠贞不渝，甚至“生死相许”，成就

非凡，她的去世定会引起全社会的哀痛，对她的缅怀相信也会次第开展。同时，她的去世恐怕也会引发我们对另外一个问题的思考，那就是类似粤剧这样的传统艺术瑰宝将如何传承、发扬下去?

最近一些年，因为工作的关系，我很接触了一些有关传统文化的传承与发扬的课题。毋庸讳言，由于社会的转型、生活方式的急剧变化，传统文化越来越失去其丰厚的土壤，按照南海文化馆郑艳芬女士在一篇论文中的描述："现代艺术的多元性植入，使传统戏曲一下子陷入困境，偌大戏院常常空荡荡只有寥寥可数观众，且白发银鬓掌声无力，此情此景令人心酸。"据郑女士分析，按照其生存状态，中国传统戏曲大约可以分为四类，第一类是京剧，被当作"国粹"，衣食无忧。而包括粤剧在内的20多种地方戏曲则属于第二类，共同特点是都是省级大剧种，受到地方政府一定程度的重视，也有一定数量的观众"家底"，虽无生存之虞，却半饥半饱，演出有限，维持尚且艰难，更遑论发扬光大、重现红氍毹上的绝代风华了。兼且最近很多年来文化体制改革，很多文艺院团纷纷"断奶"走向市场，使这类传统文化的传承更为艰难。

我以为我们首先可能要承认一个现实，那就是类似粤剧这样的传统文化要想重现昔日辉煌的确不太可能了，道理非常简单："俗尚计日而更"，今时今日，怕是"计秒而更"了，生活方式的变化实在太快、太大了。这些年广东省、广州市都在不遗余力地推行粤剧进校园的活动，我想这类活动更大的意义恐怕在于对孩子们知识的传递、性情的陶冶，而要做到艺术的传承，恐怕不切实际。

但这是否就意味着要让这些传统文化自生自灭呢? 当然不是。美国学者列文森在他的《儒教中国及其现代命运》中提出了一个"博物馆化"的概念，说1949年以后以儒学为代表的中国传统文化被"博物馆化"了，"传统的儒学不仅仅在知识理论上已经无法为现实提供解释和指导,同时也失去了作用于现实社会的能力。"儒学是什么情形先不去管它，我认为类似粤剧这样的传统文化正应该"博物馆化"：由政府出资将其好好保存起来，并一直传承下去，而不应该由其自生自灭，也不应该任由这些梨园中人在市场上艰辛求活——毕竟市场越来越小了。对这类民族瑰宝，政府就应该出钱出人出力将其好好保存下去，原因无他，就因为它是我们民族的文化瑰宝。在一切以经济建设为中心的当今中国，政府尤其需要在这方面展现自己的道义责任和文化担当！

上个月中旬我参加了一次“羊城论坛”，主题就是文化遗产的保护。有几位传统艺术家现场表演了一下，说实话我非常感动，尤其是木偶表演，艺术家和他手中的妙龄木偶随着舒缓的《梁祝》小提琴协奏曲翩翩起舞、深情凝眸、柔情万种，令人动容。这就是我们民族的宝贝，这样的好东西我们怎么可以让它失传、消逝？！否则我们就真是无颜面对祖先和子孙后代了。

现在又一位大师离我们远去，但余音绕梁，三日不绝，但愿那是回响，而不是绝唱！

2013年12月10日《南方日报》

◎ 大师一去不复返，粤韵遗绪永流长

转眼间粤剧大师红线女离世已经一年了，各类纪念晚会、事迹展览次第开展。上周末，为了推广粤文化的传承与创新，企业、专业院团、跨界艺术家在广州的闹市区联合举办粤文化大型公益推广活动，其中粤剧街舞跨界“快闪”活动让周日逛街的市民狠狠过了一把粤剧瘾。与此同时，如何让粤剧被更多年轻人接受、让粤剧艺术不仅仅只停留在专业的表演场地，而是更接地气地走入现代生活，是很多粤剧从业者都在思考的问题。

一个不可否认的事实是，类似粤剧这样的传统艺术其主流地位早已不再，也日益不被当作人们的艺术生活之选。出现这样的局面，我认为其实是非常正常的：中国社会正在剧变，人们的艺术口味当然也随之改变，我们很难想象一个从小就习惯于在各类现代科技产品上触屏的小孩会喜欢粤剧——或者准确地说，将喜欢粤剧当作自己的生活方式。事实上在广州市非物质文化遗产保护中心所编的《广州市非物质文化遗产》名录中，粤剧赫然在列，就已经说明了一切：既然是

遗产，就意味着她已经或正在远离我们的生活。

同样的道理，既然是文化遗产，对她的保护就是必须的。但是我认为这种保护并不是将之发扬光大、重现“上宫烟娥笑迎客，绣屏六曲红氍毹”的昔日盛景——不是不应该，而是根本不可能。有资深业者认为粤剧应该是“来于民间，归于民间”，甚至有人奢望粤剧电影“会像好莱坞片那样赚钱”。说实话我非常理解他们的初衷，也相当敬重他们所做的种种努力，但我还是疑心他们的努力有没有搞错方向——民间早已不再是原来的那个民间了，原来的民间何曾听闻好莱坞呢？而现在，连粤剧艺术家自己居然也不得不要以好莱坞电影为参照了。

对粤剧的保护与传承，我认为最实际也最有价值的方式是类似美国学者列文森所说的“博物馆”式的保护：将这朵我们民族艺术的瑰宝精心保护起来，就像博物馆中的宝贵艺术珍品一样。当然，推广弘扬是必要的，就像前些年开展的粤剧进校园，以及刚刚搞的粤剧“快闪”、网络推广，等等，但所有这一切的目的，是为了保护她、传承她，而不是为了像好莱坞电影那样让市场接受她——如果是那样的话，最终的结果只怕是失败、失望，让人灰心丧气，反而违背了我们保护、传承粤剧的初衷，大不利于对粤剧的保护与弘扬。

由于我们国家的独特国情，我认为政府在这件事上责无旁贷。可以在政府的主导下，融合社会各方面的力量来做这样的保护工作。这次以纪念红线女大师逝世一周年为契机开展的一系列活动，显示了社会在这方面的巨大潜力，政府完全可以因势利导、更有作为。当然广州市政府过去也做了很多工作、付出了很大努力，今后还准备在珠江新城旺地巨资建造粤剧院，这些都是可喜的事，唯愿今后充分调动、整合社会力量，将这一工作做得更好。

总之，大师一去不复返，粤韵遗绪永流长。我们应该端正我们的态度，摒弃功利之心、媚俗之心、浅短之见，以一种深切的文化关怀、道义责任精心呵护、传承好粤剧这朵艺术奇葩。

2014年12月18日《南方日报》

十二 教育

Jiao Yu

◎ 期待中考新政的合理结局

广州“指标到校”的中考新政甫一出台即引发广泛争议，从年前争到年后，现在还在持续。我仔细研究了这个新政，也认真地看了相关报道，还跟好几位朋友探讨过，觉得这个政策的最大不合理性在于：广大家长和考生根据已有的规则做了很多努力，比如择校、考民办名校，等等。现在突然要改变规则，那么他们先前所做的努力不说完全白费，至少是相当受损，这是不公平的，在政策的逻辑上也难以自洽，违反了形式逻辑最基本的同一律。所以我完全赞同孟浩、韩志鹏两位委员的观点：应该有一个三年的缓冲期，也就是说，今年制定的中考新政，针对的决不能是今年要参加中考的这些学生，而是今年准备小升初的这部分学生，让他们从一开始就依照、服从同一个规则来做安排、计划，只有这样才是公平合理的，也能保持政策的逻辑一致性。如果一个政策带有这样的逻辑硬伤还要强推施行，是无论如何说不过去的。

前几天市教育局召开了一个座谈会，我们才知道原来“指标到校”是国家、省的政策。我觉得即便如此也不应该这样来施行，还是那句话：新政只能管三年以后的考生，让现在准备小升初的学生和家长根据新政来制定计划，这才是合理的。这就像体育比赛，运动员总是按照比赛的规则进行训练；反过来说也一样，比赛的规则也只能适用于根据你的规则进行训练的运动员。如果运动员一直是按照某一套规则在训练，结果临比赛你突然改变规则，这就没法比了。

关于中考新政的初衷，相信是为了教育公平，但我觉得问题抓对了，解决问题的途径和方法却有点本末倒置。广州教育最大的不公平不在于生源，而在于教育资源的分配不公平：同属公办学校，但教育资源的分配却有的多有的少，极不均衡，导致好的越好、差的越差。这样的不均衡直接催生了民办名校的产生，使考生和家长为了获得好的学位不得不付出额外的成本和代价，最典型的就是小升初的赶场考试和一直难以解决的择校费问题，义务教育在相当程度上已经名不符实。

解决这个问题，正确的途径应该是从源头上找原因、在源头上下功夫：为什么会出现教育资源的分配不公？如何确保教育资源的公平分配？等等。而不是靠类似“指标到校”的指挥棒企图来引导学生不要再削尖脑袋进名校——只要学校的差异存在，学生和家长就一定会想方设法进名校，“指标到校”什么的只会给他们增加更大的负担、增加更大的不确定性。

当然，为了追求教育公平，广州也不是没有努力过，作为一个过来人的家长，我印象最深的是名校兼并：由一所名校兼并数所学校，通过师资、资源的统一调配来带动那些学校共同进步。具体成效如何不得而知，至少从表面上看有一定的道理，当然也会面临学校传统的断代等等一系列问题。总之一句话：教育不公平，根子在学校和学校的行政主管部门，而不是在千方百计想要入读好学校的家长和学生身上。不去从根子上解决问题，却将着力点放在家长和学生身上，这不是本末倒置是什么？

广州中考新政面临的困局再次将一个老问题摆在全社会面前：如何确保公共政策的合理性？无数次经验告诉我们：如果公共政策没有经过民意机构的审议、批准这一现代政治的合法性程序，导致其从一开始就缺乏坚实的民意基础，那么政策的合理性将断无可能，其施行也必定阻力重重。例子太多了，广州中考新政不过是一个最新的注脚。

不管怎么说，期待广州中考新政有一个合理的结局，否则广州的所谓现代化国际大都市的形象将失分不少。

2013年2月25日《新快报》

◎ 中考新政必须尽快决断

扰攘了许久的广州中考新政到现在还没个定论，最新的进展是在北京参加全国两会的广东省教育厅长罗伟其说“中考新政具体由各地市执行”，似乎让人看到了一丝改变的希望，一些家长也开始欢欣，当然也有人还是忧心忡忡说没看到最后结果不敢稍有松懈。

广州中考新政的不合理性大家已经讨论的够多了，综括一下，主要有二：一是企图通过调节生源来达到教育均衡，出发点就本末倒置；二是规则不一致，考生和家长根据现有的规则做了三年的努力和计划，结果到了最后关头改变规则，不仅对考生和家长不公平，政策自身也存在逻辑上的硬伤。除了这两条，其实还有一些不合理之处是根本来不及细说的，比如：同样是考试，凭什么有的人可以降低30分录取？要知道在中考高考中1分都事关重大，何况30分！还有，指标到校后如何分配？依据什么标准给你不给他？这会不会导致新的不公平、新的权力寻租？指标生可以降低30分录取，还学什么呀，想方设法搞个指标得了……至于有人说这个政策缺乏充分的民意基础因而不具备合法性，我觉得已经是一个奢求了。

正是因为有太多的不合理，所以这个新政甫一出台即一片哗然，尤其是应届初三考生的家长反应强烈。作为一个曾经的初三家长，我完全理解他们的反应。

而官方的态度也可堪玩味，从“铁定实施”到“向省里争取空间”，表明并不是板上钉钉，还是有协商讨论的余地。我尤其注意到广州市教育局长屈哨兵在跟省政协常委孟浩的往来唱和中有一句“当听民愿事关天”，相信这是屈局长的由衷之言，只是希望民愿听了不白听。尤其是，如果说先前还因为上有政策使屈局长“两头为难”，那么现在罗厅长已经在北京隔空放话中考新政由各地市“结合实际情况来执行”——还有什么情况比“民愿”更实际呢？！

中考已经迫在眼前，新政必须作出决断，那些焦虑的考生和家长可没有往来唱和的闲情逸致。如何决断？我认为降低指标或者降低分数都是换汤不换药，没有实质性改变，完全不能消弭纷争。最好的办法就是如一些家长说的，老生老政策，新生新政策，目前在读的所有初中生一律按照既定的政策实行，新政只应该针对即将小升初的学生，而且还要尽量提前，好让他们在入读初中之前就知道三年以后的中考政策，以便做出相应的努力和计划。只有这样才算合理，而且也并不是像屈局长所说的“取消这个政策”。

2013年3月11日《新快报》

◎ 中考新政的官民互动还应继续

日前，纷扰多时的广州中考新政以政府广纳民意而告一段落。应该说，这是一个非常不错的结局，再次展现了广州的民主氛围和相对发达的公民文化，让人欣喜，我认为在这场持续多日的争拗中没有输家，是一个了不起的双赢。

但我同时也认为中考新政的问题依然存在，只不过问题推到了三年以后，也就是说，今年即将小升初的孩子和家长们三年以后要面临中考新政的种种问题。只是由于我们差不多已经养成了“今日不知明日事”的临时性心态，所以大家也懒得费事去探究三年以后会发生什么，但这并不意味着问题已经消失。事实上，关于这一点有识者已经在网上指出来了。

从种种迹象来看，中考新政尤其是指标到校的实施已经不可避免，广州市教育局也已作了看上去很周密的安排：2016年具体实施；2016年至2018年，指标分配的比例为30%，今后视实施情况和上级文件规定再作调整。其中省、市属示范性普通高中指标生计划面向全市分配，区（县级市）属示范性普通高中指标生计划面向本区（县级市）分配。应该说，这个方案具有内在的逻辑一致性，避免了先前的逻辑硬伤。而且，这其实是一个带有试验性的方案：先实施三年，然后看情况再作调整——如果有需要的话。种种可能性都考虑进去了。

我觉得当务之急是尽快发布实施细则，比如说家长最关心的某所学校的指标数如何确定、指标生又如何确定，等等。只有清楚了这些，现在准备小升初的孩子和家长才好做出相应的努力和安排。

与此同时，另外一个广受关注的问题决不能回避。指标到校的目的是企图通过生源的调剂来达到教育的均衡发展，有教育专家早已指出这是以不公平的手段达到公平的目的，其效果如何真的不敢妄断。就像很多人明确指出的那样，教育的不均衡在于教育资源的分配不均，在于源头，而不在于末端的生源。人们之所以择校，是因为学校之间因为教育资源分配不均而导致教学水平、教育质量参差不齐。如果实施了指标到校，但学校之间还是存在教育资源的分配不公、存在教学质量的高低之别，只怕择校还是在所难免。所以，我以为一方面按照国家和省的统一部署实施包括指标到校在内的种种新政，但另外一方面一定要同时消弭学校的种种差别，尤其是教育资源分配上的种种差别，两者齐头并进，方可逐渐实现教育的均衡化，满足孩子们的公平受教育权。

另外，这次的中考新政似乎并无触及所谓名校民办的问题。从法理上来说，我认为名校民办并不合适，道理很简单：名校无不依托公共资源，理应公众共享，但民办的结果是少部分人得益。我觉得要么公办，要么民办，不应该继续这样名校民办。如果希望提供更多的优质学位，那就加大投入，扩大名校的办学规模，而不应该让名校承担向社会提供优质学位的责任，更不应该利用名校的资源谋取经济利益。如果一方面实施指标到校，另一方面继续名校民办，我不知道有多少家长愿意冒险因为30%的指标到校概率而让自己的孩子不去那些名校民办的学校。至于有人说宁可要普通初中学校690分的考生也不要名校初中720分的考生，就更是一厢情愿了。

广州这次的新政也同时明确明年一律取消高中择校，我觉得这是合理的。公办高中的择校一直以来广受诟病，它其实是变相地出售优质学位，有人甚至说是国有资产的流失。明年一律停止公办高中的择校，算是呼应了社会一直以来的呼声。但现实地看，我们也希望在停止择校的同时加大政府投入，不使学校因此而资源不足影响教育质量。

总之，这次中考新政虽然历经波折，但总算有一个很好的结局，最值得称道的是官民之间的互动刚开始的时候虽有一点小曲折，但很快就朝良性的方向发展，最后皆大欢喜。我认为即将三年后实施的指标到校也应该继续这样，政府敞开大门，与公众深入交流、探讨，共同来面对问题、解决问题。而且我还希望广州其他的公共事务也应该以此为典范，最好是形成固定、明确的体制机制，让官民之间的这种良性互动从一开始就有章可循、有规可依，如此的话，社会的和谐、进步差可期待。

2013年4月9日《南方日报》

◎ 提供更多优质学位才是关键

日前，广州市教育局出台了《广州市2013年幼儿园招生工作意见（征求意见稿）》和《广州市属公办幼儿园招生工作方案（征求意见稿）》，从今年起，广州市属公办幼儿园的绝大部分学位拿出来，以电脑派位的方式面向社会招生。派位的份额为：2013年为幼儿园当年招生学位数的70%，2014年为80%，2015年为85%，2016年为90%。

如果没记错的话，这个办法去年就已经制定出来了，今年算是按照计划执行。我觉得这其实涉及两个问题：一是公办幼儿园面向社会招生；二是如何进一步加大投入，公平分配教育资源，增加更多优质学位，满足社会需求。

关于第一个问题，公办幼儿园享受巨额财政拨款却只对本单位招生的问题一直广为社会诟病，尤其是每年的两会期间更是成为焦点。这次面向社会招生，算是一个不错的回应，在逻辑上理顺了一点。当然今年只拿出70%的学位面向社会，以后逐年递增，到2016年才达到90%，可以说还留下了一个尾巴。但考虑到中国的特殊国情，似乎也能够接受，总比从前合理得多。

但这样又会出现新的问题，首先是区域不平衡，像越秀区就集中了大量的公办幼儿园，学位很多，有的区就很少，如何平衡？现在就有家长未雨绸缪准备在越秀区买房，如此一来势必推高越秀区的房价。其次是即便所有的公办幼儿园（包括区属公办园）都面向社会，也还是杯水车薪，远远满足不了社会的需求。

这就涉及第二个问题：加大投入，公平分配教育资源，增加更多优质学位，满足社会需求。目前的公办幼儿园面向社会招生解决的其实是公办幼儿园自身体制不顺、逻辑不顺的问题（拿纳税人的钱却不对公众开放），而不是幼儿园优质学位不足、社会需求远远不能满足的问题。要解决这个问题，唯有加大投入、公平分配资源、提供更多优质学位，正如幼儿教育专家麦添所说，政府加大投入力度，扶持建设普惠型幼儿园才是根本。“要从源头上解决入园难入园贵，仍要在教育资源上破题。”“政府在加大扶持资金的同时，亟须出台行之有效的奖励、补贴制度，激发社会力量办园热情。”

最近有学者指出，执政党应该将工作重心从发展经济转到社会的公平正义。公平正义不是一句空话，解决幼儿园的入园难入园贵即是一项重要工作。

2013年3月15日《南方都市报》

◎ 停招择校生不可“一刀切”

广州中考新政再起波澜，这回是因为从明年起广州公办普通高中学校停招择校生。说实话，对于广州本地生源而言，停招择校生有一定的合理性：既然是公办，就不应该择校，否则就是变相出售学位，而且也违背了分数面前人人平等的公平原则。

但是没想到还有另外一类学生，那就是冲着“非广州市户籍的异地学生可以在穗中考，并可报考择校志愿升入公办高中”的那些非广州户籍的学生，这些学生多是广东省内户籍，特别以佛山、江门等靠近广州的城市居多。如果明年取消择校，那么他们的选择只有两个：要么入读广州的民办高中，要么回原籍参加中考。民办高中的教学质量不能保证，而回原籍参加中考问题更多：重读初二参加学业考试以获得中考资格、难以适应不同的教材教学和考试科目，等等。总之，一切计划都被打乱。

我觉得这一政策与先前“指标到校”所面临的问题一样，同样存在一个政策的逻辑一致性问题：如果先前有“非广州市户籍的异地学生可以在穗中考，并可报考择校志愿升入公办高中”的政策，那么这个政策就应该执行完毕，否则对那些依照这个政策来广州借读并准备参加择校升学的这部分外地学生不公平，而且政策的执行也同样存在违反同一律的逻辑硬伤。这是不符合法治政府要求的。

现在，广州的“异地中考”政策尚未最后敲定，但从此前公开征求意见的标准来看，非户籍学生要在广州中考须满足三个条件：“监护人在广州市有合法稳定职业、合法稳定住所（含租赁）、按照规定在广州市参加社会保险满3年，且在广州具有初中学籍满3年的初中毕业生。”我觉得这个政策所针对的更多是那些随迁子女——父母在广州工作但户口不在广州的子女，但并不适用那些专门来广州借读并准备入读广州高中的这部分学生，尤其是人家还是冲着你“非广州市户籍的异地学生可以在穗中考，并可报考择校志愿升入公办高中”的现有政策而来的。结果还没来得及中考，政策就发生了变化，这跟运动员一直按照你的比赛规则训练、结果比赛还没开始却改变了规则是一样的道理。

我承认教育问题非常复杂，可以说其与社会的复杂程度成正相关关系。唯因如此，更要求我们制订政策时要分门别类、条分缕析，区别对待各类情况，不可简单地“一刀切”，否则势必难以推行。

2013年4月17日《南方都市报》

◎ 学生仲裁委是公民教育的有益尝试

4月15日，珠海市南水中学成立学生违纪处分仲裁委员会，各年级成立年级学生违纪处分仲裁委员会，由年级主任1人、学生会干部1人和学生代表12人组成。学生会干部为会议主持人，参与表决；年级主任负责指导，不参与表决。以后该校学生违纪，处罚等级、方式等，都由这个委员会说了算。18日下午，委员会作出首个“判决”，违纪学生“口服心服”。

我认为这个探索非常值得关注，尤其是它体现出来的创新精神。现在尽管很多地方都在提创新，甚至将创新当作口号和所谓的单位精神，但是说实话真正的创新乏善可陈，总是熟悉的老一套，始终走不出旧有的窠臼。但南水中学的这个举措让人眼前一亮，可谓真正的创新，在相当程度上突破了旧有的套路，而且前所未有，不仅在珠海是首创，在别的地方似乎也没有听说过。

当然创新本身不是目的，否则就又会堕入为创新而创新的形式主义——我们最喜欢搞这些了。最重要的是你的价值取向、价值诉求：创新是为了什么？为什么而创新？该制度的主要制定者、南水中学校长杜志刚说，该制度的最大目的是培养学生的公民意识，维护学生的合法利益，尊重学生的主体地位。“我们这种类似学生自治的制度，从结构设计到程序安排，都力求扭转过去学生被动接受管理的局面，而是让他们充分参与进来，培养他们独立的人格。”这就是一个非常好的价值取向，它首先完全符合人的生命本质需求：人之为人是因为他有权利、有尊严。其次满足了社会的需求：一个健康合理的社会秩序，一定是建立在其社会成员的独立人格的基础之上，如果社会成员没有独立人格，那么这样的社会要么是丛林的弱肉强食，要么是极权专制的强权压制，更多的是两者互为因果、兼而有之。最后，最重要的是这样的创新符合中国社会转型的方向：孙中山先生早就有言“世界潮流浩浩荡荡，顺之则昌逆之则亡”。世界潮流是什么？就是以个人的生命权利和尊严为依归的合理的人间生活秩序。

在学校开展这样的活动，还有另外一层意义。梁漱溟先生曾说我们中国人一没有集团生活，二不会过集团生活。他所谓的集团生活，用我们现在的话说就是社会公共生活：我们没有参与社会公共事务的权利和渠道，久而久之就只有被动服从、懦弱鄙吝了，社会也因此而停滞不前、死气沉沉。南水中学的这一制度设计，除了培养学生的独立人格公民意识以外，还训练了学生参与公共事务的习惯和能力，这样的习惯和能力正为中国社会之所需。相信经过这样的陶冶和训练，南水学子们到了社会上也会成为挺立的大有作为的人。

当然，正如杜校长所说，这个制度还有不成熟的地方，还在逐步完善。我觉得最需要考虑的是如何保护学生的隐私，毕竟委员会就意味着众目睽睽，但很多所谓的违纪或犯错是不足以被置于这样的境地的，何况是还在成长受教育的孩子。其次，由委员会来“判决”，会不会导致新的人格不平等？毕竟，大家都是学生，会不会导致人格上的伤害？等等。此外，媒体用了“陪审团”这样吓人的字眼，但愿南水中学没有使用这个词。

总之，既然是创新、探索，就一定会遇到很多新问题。但只要顺应时代、顺应潮流，这些问题就都可以很好地解决。

2013年4月23日《南方日报》

◎ 学校体育设施对外开放应尊重学校意愿

日前，广州市政府常务会审议并原则通过了《广州市加快转变体育发展方式“1+3”系列文件》，系列文件之一的《体育设施开放管理办法》明确规定，广州市公办中小学校和市属高校体育设施需对外开放。按照市法制办有关负责人的说法，体育设施相对独立、校园安全能够保障、正常教学秩序能够维护的学校，每周一至周五学生离校后，学校应向社会开放体育设施，且每天应不少于2小时；而公休日、法定节假日、寒暑假，学校的开放时间应不少于4小时。具体的开放时间由学校根据实际情况确定。“本校学生免费开放的时段应与社会开放的时段错开，以保证学生安全。”

看到这个消息，相信很多热爱运动的市民心中暗喜、蠢蠢欲动，而一些校长则怕是徒增烦忧了。校长们最担心的，首先肯定是安全：学校的财产安全、外来人员的生命安全、管理上的安全，等等。我们一直习惯的是熟人社会的生活法则，现在一下子进入陌生人社会，对于还没有建构起陌生人社会生活法则的我们这些芸芸众生来说，几乎一出门就陷入困顿纠结——我们可以发现，凡是需要经常同人特别是陌生人打交道的行业，就一定充满危险的不确定因素，比如医生护士，比如公交司机，比如警察，等等。现在校门大开，一下子涌入这么多人，且形形色色，校长们怎么可能不担心呢？一旦出事可怎么办？谁来担责？其他令校长们担忧的还有坏人入校怎么办？设施折旧怎么办？体育设施开放以后额外产生的管理经费怎么解决？等等。

说实话，将学校体育设施向社会开放，初衷不可谓不好，甚至还充满良善。但社会何其复杂，而学校的情况又何其千差万别，此事万不可过激推进，更不可“一刀切”。我认为比较合理的做法是将决定权交给学校，由学校根据自身的情况来决定开放与否以及如何开放，这样似乎比较合理。好在市法制办负责人也有类似的观点，说：“学校体育设施能不能开放？开放多少所学校体育设施？这由教育部门根据实际情况进行审核。”应该说这是合理的。

开放学校体育设施，归根结底是为了让市民有地方去运动、锻炼，如前所述，初衷很好。为了达到这个目的，政府首先要考虑的其实是兴建更多的体育设施，或者给予经营者更多的优惠条件、吸引社会投资者更多地投入到体育产业中来，这才是解决公众体育运动锻炼场地不足的正途。万不可将希望寄托在学校体育设施身上，更不可将地拿去卖给地产商赚钱，然后拿学校体育设施开放给公众来凑合——必须要明确，学校体育设施对外开放只不过是在校园条件完全许可前提下的一个补充，绝非主流，更非全部。

当然，根据媒体的报道，广州也不乏向社会开放学校体育设施的成功例子，比如七中、广东实验中学初中部，据我所知三中做得也不错。不管是学校自己管理，还是采取外包的方式，只要不影响学生，又满足公众的需求，同时保证安全，就都是可以的——而且还可以有点收入来进行场地设施的维修翻新，的确如媒体所说达到了“三赢”的局面。成功的经验可以总结、推广，但还是那句话，不可强求一律，如果有学校不愿意开放，还是尊重学校的意愿为好。

我注意到有网友说学校体育设施是用纳税人的钱建的，因此纳税人都有权享用。从道理上来说似乎没错，但在目前我们这个社会纳税人既没能享有作为纳税人应该享有的权利，也还难以尽到纳税人应该尽到的全部责任和义务，所以作为一个方向慢慢推进是可以的，但作为一个社会组织原则，则尚需时日。因此，我们当下所能够、所应该明确必须做到的恐怕首先还是保证学生的学习和安全——要知道，他们的父母也都是纳税人！

2013年11月7日《南方日报》

◎ 希望尽最大努力确保考生的受教育权利

上周五，广东省教育厅等单位正式公布《进城务工人员随迁子女在广东省参加高校招生考试实施办法(试行)》，明确了随迁子女在广东省报名参加高考所需的各项证明材料，以及详细的报考手续和程序，并明确了随迁子女资格认定的部门职责及保障措施。

仔细研究了一下《办法》，一是觉得头皮发麻，二是隐隐担忧。头皮发麻是那些手续什么的实在太复杂了，尤其是那些不符合在广东省参加高考升学考试条件的进城务工人员随迁子女，必须回户籍所在地参加高考。如果要在广东省参加高考就属于借考，必须向户籍所在地省级招生办公室提出书面申请，经户籍所在地省级招生办公室同意，方可在广东省其父亲或母亲就业所在地市借考。但好多考生来自农村或偏僻小城镇，省级招生办公室对他们而言简直就如隔天壤，这一道道关口该如何去走啊？担忧也因此而发：辛辛苦苦这么多年的这些莘莘学子，能够顺利参加高考吗？

符合条件又是一种什么情形呢？按照《办法》规定，要在广东参加高考，必须同时符合6项条件：随迁子女的父亲或母亲必须在广东省具有合法稳定职业证明、合法稳定住所证明；持有广东省居住证，且有效期截至当年高考报名规定时间，已连续3年以上(含3年)；其父亲或母亲在广东省依法参加社会保险缴费累计3年以上(含3年)；在广东省参加中考；在父亲或母亲所在地市具有高中阶段学校3年完整学籍。

我觉得最后一条“在父亲或母亲所在地市具有高中阶段学校3年完整学籍”尤其重要，而要满足这一点，就必须同时满足“在广东省参加中考”这一条，道理很简单：你不在广东参加中考入读这边的高中，如何可以拥有完整的3年学籍呢？那么要在广东参加中考又须具备什么条件呢？以广州为例，上月28日广州发布了《关于做好进城务工人员随迁子女接受义务教育后在我市参加升学考试工作实施方案(征求意见稿2)》，拟规定在广州市具有合法稳定职业、合法稳定住所并连续3年以上持有“广东省居住证”，按国家规定在广州市参加社会保险累计3年以上的进城务工人员，其随迁子女在广州市具有初中阶段3年完整学籍的，可在广州报考公办普通高中——又是必须要有3年完整初中学籍，也就是说必须小升初就要进入广州的中学才有可能参加中考，那么外地小学生在广州小升初又要具备什么样的条件呢？我上网搜了一下，发现并没有什么明确规定。

我们可以看到，广东异地高考似乎陷入了一个连环套。以广州为例，外地考生要在广州参加高考，必须具备3年的完整高中学籍；而要具备3年完整高中学籍，就必须要具备3年完整的初中学籍（才能参加广州的中考入读高中），也就是说，最迟小升初的时候就要升入广州的初中才有可能在广东参加高考。

这样一来的话那些半路转学来的考生基本上就没机会了，高中转来的考生因为没有完整的3年高中学籍自不必说，那些初中转来的也不行，因为没有完整的3年初中学籍就不能参加中考，自然就不能入读高中参加高考了。不知道我的理解对不对？

我很关心这个异地高考新政受影响的到底有多少人？是些什么样的人？以及他们准备如何应对？——但愿他们都能找到应对之策，顺利参加高考，如此方不负十多年的寒窗苦读和无数亲朋的殷殷期盼。

广州还有另外一部分学生，那就是户口不在广州，但在广州读书，却又不属于随迁子女，因为他们的父母并没有来广州。这部分学生基本上都来自省内其他地市特别是广州周边的城市，为了寻求更好的受教育机会才只身一人来广州求学的，他们又怎么办呢？这也是一个很需要考虑清楚的问题。

如果从抽象普遍的权利立场来衡量，这个异地高考《办法》中的不合理是显而易见的，但却也是不得已而为之、没办法的办法，盖因中国区域发展实在太不平衡，而资源又实在有限，只好设置种种门槛来限制外来人员，其中户籍就是个屡试不爽的“法宝”，以致一些大城市的户口日益金贵——据说北京的户口卖到了四五十万元！

虽然如此，还是真心希望有关部门能够与人为善，真心实意去帮助那些前来办手续的考生或他们的父母——前来办手续的哪一个不是战战兢兢心怀忐忑生怕稍有差漏就前功尽弃呢？当然与人为善并不是要你网开一面违背规则，而是希望对那些手续不全或不符合条件的考生或家长耐心地指点一二，告诉他们一条出路——还有什么比这更好的群众路线教育实践呢？

2013年12月3日《南方日报》

◎ 外语学校招生，政府不妨放手

一进入新年，各类招生即刻成为关注焦点。前天广州市教育局抛出了今年公办外语学校小升初招生方案，有两套：方案一采取“先摇号后面谈”方式；方案二则允许学校先拿出三到四成招生计划自主选拔，再按第一套方案的程序录取余下的学生。

按照十八届三中全会“义务教育免试就近入学”的决定，今年小升初采取免试、就近的方式。如果所有学校都一样，家长和学生都认为只要有学上，上哪间都无所谓，那么事情就简单了，上学也终于成了一件让全家都欢天喜地的简单事儿——就像我们小时候那样。问题在于并不是所有学校都一样，至少在家长心目中有的学校好有的学校差。如果说这尚属“老百姓的心中还没有消除”的成见，那么公办外校不同于一般学校，大约是肯定的了，否则就不会有前段时间的特色认定了。也正是因为它的不同于一般学校的所谓特色才有了现如今的问题：如果都免试、就近，那么不同于一般学校的、有“特色”的公办外校怎么办呢？

看教育局的两套方案，可谓煞费苦心：又想保证具有普遍适应性的公平，又想兼顾到外语学校的特色，让他们有一定的自主选拔权限。方案一看似最公平，所有学生不管有没有外语特长、爱好、意愿，一律随机摇号产生“候选人”，然后在此基础上面谈录取。看似公平，但很可能一些外语方面的优才在第一关就被随机摇号摇掉了，一些不喜欢甚至极度厌恶那些蝌蚪文的学生却有可能不情不愿地被网罗进来——这一点政策制定者似乎没有考虑到，在他们心中好像所有学生都很想进这类外语学校似的。方案二则照顾到了有外语特长和意愿的学生，以及学校的自主权限，给出三四成的名额让双方双向选择，剩下的再向社会撒豆子。但如何确保这里面的公平公正？如何避免“社会诚信体系还没有建立”情况下的“校长独断招生”？这又是一个问题。

我认为既然是不同于一般学校的特色学校，它的招生就应该完全交给学校自己，让学校自己来制定招生方案、完全自主招生——当然按照国情，方案报备也是必须的。只有如此才能确保逻辑的一致性，否则一方面是不同于一般学校的特色，另一方面却又要统一招生，这怎么可能！除非学校有把握不管是什么样的学生都可以教出来，又或者所有学生对这类特色学校都趋之若鹜，但事实上这两者都是不可能的。

假如做不到让他们自主招生，那就干脆取消特色学校算了，所有学校都一样，真正做到义务教育的均衡化发展。去年10月24日教育局有关领导在接受某网站访谈时说，“很多因素造成人们心目中（学校）不一样，政府倡导均衡发展的同时，也希望社会和民众一起来倡导，不要推出一些自己口中的名校”。问题是外语学校这类特色学校可都是政府认定的哦，如果政府是这样在倡导教育的均衡发展，那就怪不得公众对这样的均衡疑虑重重而要东挑西拣了。如果说是为了满足社会的需求，那干吗不将所有学校都办成一样的水平？何况领导都说了：“很多的财政投入上并没有差异性的发展。”

2014年1月3日《南方都市报》

◎ 公办小学赞助费应该透明

最近，广州小学天价赞助费在网上疯传，网友们列举广州近70所知名小学赞助费，其中，东风东路小学高居榜首，达19万元。这份土豪账单引热议，可信程度多高？前天记者致电越秀区、天河区教育局有关负责人及部分学校校长，他们一致否认，越秀区教育局亮出“底牌”，公办小学赞助费基准均未超过7万元。

即是说，公办小学是允许收赞助费的啰？

公办小学到底能不能收赞助费呢？我仔细读了一下《2014年广州市义务教育阶段学校招生工作意见》，发现里面对此并无明确规定，第三大条有“十不准”，就是没有“不准收赞助费”的字样，只有第一条是“不准招收择校生”。什么是择校生呢？业内人士说择校是相对于有广州市户口的人而言，即本身有户口，已有了一所地段小学，但因各种原因要到本身地段外的学校就读，则称为“择校”。也就是说不想上地段学校，选择上一所非地段学校，当然多数是好学校了，否则干吗要择校呢？

一方面“不准招收择校生”，另一方面，据某区教育局工作人员说，部分学校在解决地段生入读问题后，有剩余学位可向社会开放，“确实存在捐资助学费”。而且捐资助学费有一个基准，即按照学校等级来区分，“越秀区的捐资助学费分为区内户口、区外户口两种：区一级学校区内是3万元，区外5万元；市一级学校区内4万元，区外6万元；省一级学校区内5万元，区外7万元。”——这不分明就是择校吗？

现在的事实其实已经相当清楚：一些学校其实还在招择校生，同时收取相当的费用——额度根据学校的等级而异。家长呢，也还是跟以前一样，除了通过买房、户口迁移千方百计挤入名校的地段、冀求上一所好学校以外，也还在八仙过海各显神通地通过种种人情关系加金钱，让孩子入读心仪的好学校，甚至“你给得起，（没有关系）人家也未必肯收！”

这真是让人沮丧：不准招择校生不准乱收费什么的叫了这么多年，情况虽然有些许好转，但却依旧大量存在。究其根本，当然主要还是因为“僧多粥少”。

在教育均衡发展始终不能如意、小学等级依旧存在（瞧那位工作人员一口一个区一级、市一级、省一级）的情况下，该如何做到教育资源的公平合理分配？这真是个令人挠头的问题。广州教育局将包袱甩给了区，在《意见》里规定“各区（县级市）教育局要制定当地小学学位分配办法（或招生工作细则）”，一方面固然给了各区教育局很大的自主权限，同时却也使这一问题的模糊、灰色色调继续延续。可否在现有基础上尽可能地多一点公开透明，比如：有多少剩余学位？是哪些人、交了多少钱获得了那些剩余学位？交上来的钱到了什么地方？等等。现在连“三公”都在公开，教育领域不应该还存在这样的模糊地带。

2014年4月10日《南方都市报》

◎ 何时不再入园难？

今年广州市属公办幼儿园拿出80%的招生计划公开派位，共计13所公办园、893个学位，相比去年，参与派位的学位增加了239个。网上报名、填志愿从4月19日开始，25日电脑派位并立即在网上公布录取名单。截至昨天上午10时，已有4296人成功报名，报名人数是派位学位数的4.8倍。其中，属于小区配套园的广州市幼儿师范学校附属幼儿园两个园区报名情况最为火爆，该园海琴湾园区首日报名人数是派位数的12倍多。

这真是让人一声叹息：入园难，相同的戏码年年上演，何时是个尽头？

准确地说，入园难，是入公办幼儿园难。广州去年首次拿出七成公办幼儿园学位派位，8万幼儿仅有3000人能通过派位进入公办幼儿园。可见，尽管到3年后派位比例不低于90%，但这些优质学位在即将膨胀的入学需求面前，无疑是杯水车薪。

这就产生两个问题：为什么一定要入公办幼儿园？为什么不多建一些公办幼儿园？

之所以挤破头都要入公办幼儿园，毫无疑问是因为在大家心目中公办幼儿园比较令人放心：师资、设施、教学、食品卫生、环境安全等等，至少感觉上比较靠谱。没办法，我们就是这么信“公”，因为我们的“社会性”还很不发达，基本上还处于发育的低级阶段，在很多方面还相当混乱，完全不足以成为生活的依靠，把孩子扔到这样的环境中谁放心呢？如果有机会谁会这么做呢？

既然如此，为什么不多建一些公办幼儿园呢？只能说，这是一个历史的欠账，要知道广州公办幼儿园面向社会派位招生，都还是这几年的事，都还是社会强烈不满、强烈呼吁的结果，而且还要分步实施：去年70%，今年80%，到2016年不低于90%。之所以这样，是因为幼儿教育一直没有纳入到义务教育，那些公办幼儿园尽管花的都是纳税人的钱，却都属于一些部门，以前只面向本单位招生。还是在前几年广州两会审议预算的时候曝出天价幼儿园，才引来全社会的不满，才有现如今的面向社会派位招生——尽管只是80%，但较之以往，已经算是进步啦！

面向社会招生马上就面临僧多粥少的问题，为此广州有关部门也采取了一些措施增加公办幼儿园，最典型的是天河区，去年将19所民办园改为公办幼儿园。虽然学位数并没有增加，但公办幼儿园的学位数却增加了不少，满足了一些市民入公办幼儿园的愿望。现在看来，从全市范围来看，力度显然还不够，否则就不会出现公办幼儿园还是一位难求的事了。为今之计，考虑市民入读公办幼儿园的强烈愿望，大力增加公办幼儿园学位数显然是正途，而且还相当迫切。办法有多种，比如像天河那样将民办园改公办（但一定要处理好老师去留问题），再就是新建公办幼儿园。

那么多孩子入不了公办幼儿园，那就只好去民办园咯。好在广州市政府刚刚出台了一个《关于促进民办教育发展的意见》，其中也提到了民办幼儿园，说截至去年，全市有民办幼儿园1220所，幼儿28万人，占在园幼儿总数的73%——显然，民办幼儿园在相当程度上解决了孩子入园的问题，从另外一个角度，也在相当程度上分担了政府的一些职责。这也就不难理解前不久人大代表去调研的时候，很多民办学校的校长和老师都提出政府要改善民办教师的待遇了——从道理上来说，民办教师的待遇问题应该是办学者的事，但在我们国家，特别是广州这样的城市，民办教育却在相当程度上分担了政府的职责，比如公办幼儿园和民办幼儿园学位数、在园人数的巨大反差就是典型，因此，由政府来提高民办教师的待遇不仅正当，也完全应该。

好在根据这个《意见》，广州市、区政府应当设立民办教育发展专项资金，其中的一个用途就是“幼儿园教育”。但愿有朝一日民办幼儿园也能像公办幼儿园一样让大家感觉放心、靠谱，果真如此的话，公办民办一样，就不会出现现如今这种挤破头入读公办的事了。

要做到这一点，政府有关部门可谓任重道远！

2014年4月22日《南方日报》

◎ 名校不能“民办”

前天广州市内各民办初中接力“小升初”招生，数万名小六生奔赴各校，竞争为数不多的民校入学资格。据说今年是民校最后一年笔试招生，从明年起所有学校的小升初均通过面谈招生，数万小学生赶考这样蔚为壮观的景象或是最后一次了。

但愿如此！

但是说实话我心里还是有点小疑惑，为什么呢？差不多每年这个时候，媒体都会大量充斥这种小升初连场赶考报民校的报道，其规模之大、竞争之激烈，几乎不亚于高考、中考。持续了多年的这么一个“运动”，可以如此轻易地戛然而止？这正是我的疑惑之所在。

人们趋之若鹜的当然不是那种真正的民校了——地处城乡结合部或远郊、一溜排的黄色校车、拥挤的孩子、各种各样的校园，而是名校办的民校——名牌的公办学校，另外办一所学校，一般冠以“实验学校”的名头，按民办学校的规章招生。

这样的学校之所以吸引众多家长和学生，是因为其教育质量——说白了就是升学率。根据我的了解，这样的学校中考成绩的确远超一般的学校，因为背后好歹有个名牌学校在支撑。而对于众多的家长和学生来说，公办的名牌学校毕竟学位有限，而那些一般的学校又不愿意进，只好想方设法进这样的（名校）民办学校。

这难道有什么问题吗？名校有资源，社会有需求，你情我愿、一拍即合，简直是天作之合！问题只在于一个“理”字：名校的“名”，靠的是公共财政堆砌而成，结果你现在拿这个“名”进入市场赚钱，凭什么？也许有家长说我有钱、我愿意！但是你有没有想过，你原本是不应该、也不需要出这么多钱就可以享受那些名校教育的！

这类名校民办的“伪民校”问题其实讨论过多次了，舆论也屡次质疑，好在政府有关部门也已意识到了这个问题，今年4月份广州市教育局一位领导透露广州将出台民办教育实施意见，对于备受关注的名校办民校问题，“预计在年底拿出方案，明晰学校姓‘公’还是姓‘民’”。这就对了！我先建议一下：对这类名校办的“民校”，要么一律转回公办，作为名校的某个分校，按公办学校招生；要么名校彻底退出，成为真正的民办。我认为只有这样才能理顺关系，真正地明晰学校是姓“公”还是姓“民”。切不可舍不得放手，既想这样又想那样，鱼与熊掌兼得，那是不可能的。

归根结底，政府还是应该加大投入、提供更多的优质学位，满足社会需求。客观地说这些年广州各级政府在这方面也做了大量的工作，采取了一些诸如名校集团战略、学区联动互助机制、教师优化配置等等举措，比如我较为熟悉的丹桂里小学、天香街小学早在多年前就变成了小北路小学的不同校区，应该就是这些举措的一部分，实际效果我相信还是有一些的。但这些始终是在存量上做文章，于增量着力似乎不多。至于其他一些措施，比如取消小升初考试、高中指标到校等等，似乎都是一些较为末端的办法，总不如提供更多的优质学位那么靠谱。

2014年7月1日《新快报》

◎ 入学捆绑计生屡禁不绝凸显行政失序

前天广东省教育厅厅长罗伟其在一次活动中说教育部门明确规定，入学和计划生育证明不能挂钩。但是据记者调查，全省21个地级市中至少还有13个仍然把计生证明作为户籍新生入学的前置条件，包括广州、惠州、珠海、汕头、韶关、阳江、梅州、肇庆、湛江、清远、汕尾、揭阳、云浮等。

这里面凸显出很多问题，首先，将入学与计生捆绑毫无疑问是一种懒政，正如广州某小学招生负责人说的："相关部门自己觉得管理不方便，就把任务下放给学校。""相关部门"通过这种有点类似于连坐的方式来执行计划生育政策，是典型的行政怠惰和卸责，完全不符合现代政府各部门各居其位、各司其职、各尽其责的要求，将不同的部门搅成一锅粥，导致严重的行政失序。我也有点奇怪：计生部门想这样"搭便车"，教育部门就答应了？看来根子还是在上面。

其次，更严重的是，尽管有了省级教育部门的明确规定，但很多地方虽令不从，仍然一意孤行，甚至明目张胆，比如今年4月广州某小学一名招生负责人透露"相关部门"曾召开会议，要求各学校在入学时落实计生证审核；广州某区教育局竟说，“我们和计生部门签过协议，要协助他们开展计生工作”；江门鹤山市教育局发布的《2014年小升初入学办理指引》显示，无论是在该市内就读的小学毕业生，还是在市外就读的该市户籍或异地务工人员子女，报名时所需提交的材料里，均需有“计生部门要求提供的计生证明”；等等。既有明确规定于上，却有公然违背在下，让人对于这类行政效力产生极大的怀疑和不信任。行政如此乱象、失序，怎么可能指望其主导下的社会井然有序？民众的安全感又从何而来？

对于这类乱象，我觉得首先第一条，就是那些“相关部门”违反了《教育法》。《教育法》第二章第十八条明确规定：“各级人民政府采取各种措施保障适龄儿童、少年就学。适龄儿童、少年的父母或者其他监护人以及有关社会组织和个人有义务使适龄儿童、少年接受并完成规定年限的义务教育。”结果现在倒好，我们的一些政府的“相关部门”不仅不去采取“各种措施”保障儿童的入学，反而设置这种计生门槛来阻碍他们享受正当的受教育权利，这不是违法是什么？

再就是省里都已经有了明确规定了，你们怎么可能会对这样的明确规定视若无物？你们到底听谁的？这真是让人对于政府行政系统的运作产生很大的疑问。我们老说要建设法治社会，我们也非常清楚法治社会的第一要务就是法治政府，结果呢？有法不依、有章也不循！自身尚且如此，又怎么可能期待社会有一个公序良法呢？中国不是有“以吏为师”的传统吗？

罗伟其厅长说“将联合计生部门对全省进行一次调研和梳理”，赶快进行！因为好多家长正为一纸该死的计生证明苦不堪言！而且这样的“调研和梳理”要管用，不要再出现有了“明确规定”但在一些地方却形同一纸空文的情况。除了“调研和梳理”，我建议还要设立专门的投诉热线，投诉一宗处理一宗，毕竟入学在即，很多家长和孩子也许根本等不及省里的“调研和梳理”了。

2014年7月3日《羊城晚报》

◎ 民办小学超额招生背后的“真问题”

日前多名家长投诉称广州海珠区奥通小学由于超额招生，导致该校136名低年级学生由于没有学籍而被分流，下学期很可能要离开在广州的父母，回到户口所在地才能继续上学。该校校长表示，自己当初招生时是“好心但没做成好事”。

这几年关于民办学校的新闻不绝于耳（特别说明一下：这里的民办学校是指那些以外来工子女为主的真正的民办学校，而不是那种名校民办的“伪民办学校”），多数情况是学生突然上不了学，很多是因为合同到期学校难以为继或要重新招投标，个别是因为老师待遇差而停课。给人的感觉，民办学校就像风雨中飘摇的小船，说不定哪天就没了。孩子一下子无学可上，父母的抓狂真是让人感同身受。

这次则是个新情况，说是136个学生因为没有学籍而要被分流。看报道，似乎是学校在招满了规定的学位数以后又额外多招了这么多学生，目的是“让更多的孩子有书读”，结果现在这部分学生却因为没有学籍而面临退学的境地。

现在就出现了一个问题：当初的学位数为什么不可以多一点？不管违不违规，能够一下子多招这么多学生，至少表明社会是有需求的；既然社会有需求，为什么不多安排一些学位呢？也许国家有规定，多少面积的学校只能招多少学生，那又为什么不能多建一些学校呢？

跳出这件事，回想这几年民办学校发生的种种事件，我认为已经到了全面反思、整体检讨民办教育并对存在的问题寻求一揽子解决的时候了！我认为民办教育最大的问题是资源不足——或者更准确地说，是教育资源没有跟随学生一起流动，这点在广州这样的外来人口巨多的城市特别明显。没错，《中华人民共和国教育法》规定“凡具有中华人民共和国国籍的适龄儿童、少年，不分性别、民族、种族、家庭财产状况、宗教信仰等，依法享有平等接受义务教育的权利，并履行接受义务教育的义务”，但这条规定却隐含一个前提：享受义务教育只能是在户口所在地，一旦离开户口所在地，就大打折扣了，因为附着在户口上面的教育资源并没有随同他一起离开。

这里面最大也是最重要的资源就是土地，广州的这类民办学校无一不是在城市的旮旮旯旯见缝插针地举办，或者在一些城乡结合部的偏远地带。而在地方政府土地财政方兴未艾的今天，这些土地随时都有可能被收回、学校随时可能办不下去，经常导致一些孩子突然上不了学。这次奥通小学出现的问题，从根本上来说也是因为这样的原因——试想，如果有足够的教育用地，将学校建大一点、建多一点，还容不了区区136个学生吗？

如果说人员的流动与附着于户口之上的教育资源的固化非流动是一个全国性的矛盾因而其解决必须有赖于国家的顶层设计的话，那么类似奥通小学这样的具体问题则必须要我们具体分析具体解决。或许政策法规是死的冷冰冰的，但我们不能同样地冷漠生硬。让我们在这个寒冷的冬天展现出暖意和善意，让以人为本不要老是一句空话。大规模城建的时候我们可以说出“办法总比困难多”，那么在这么多孩子面临失学之虞时我们也应该展现同样的决心和智慧！

2014年12月30日《新快报》

◎ 暴雨停课机制缺失折射城市治理缺陷

前天早上大雨瓢泼，广州仅花都、南沙两区发出幼儿园、小学停课半天的通知，其他区学生依旧风雨不改上学去，不少冒雨送子上学的家长纷纷在微信中晒出临近县市停课的通知，不满为何广州没有统一的停课指令。对此，广州市教育局局长屈哨兵表示，此次暴雨并未达到预警级别，很难在市一级作出停课的统一安排。

这次广州暴雨达到的是什么样的预警级别呢？根据媒体的报道，先是雷雨大风蓝色预警，后是暴雨黄色预警，跟着又升级为橙色预警。什么级别的预警该相应地采取什么样的措施，目前所能依据的法例条文只有《广东省突发气象灾害预警信号发布规定》，根据这个《规定》，只有在暴雨红色预警、台风黄色及以上级别预警时，才有涉及停课的防御指引，而且，这仅是指引性措施，是否真正停业停课，还需教育等相关部门分析并决定是否发出停课通知。此外，包括冰雹、雷雨大风预警信号都没有关于停课、停业的表述——冰雹、雷雨大风并不在《规定》的范畴之列。

从这个角度而言，屈哨兵局长说的其实并没错：达不到预警级别，的确很难做出停课的统一安排。尤其是，即便达到了停课的预警级别，那个《规定》也只是“指引性措施”，是否真正停业停课，还需教育等相关部门分析并决定是否发出停课通知。

这说明什么呢？从小的方面来说，说明我们的法律规章极不健全：一旦有事临头，我们并没有一个清晰明白的规章来指引我们该怎么做，以致出现有的上课有的停课的混乱局面，而家长和孩子也六神无主、纠结困顿。从大的方面来说，说明我们的治理体系还存在严重的缺陷。十八届三中全会提出“推进国家治理体系和治理能力现代化”，什么是治理体系呢？社会是一个整体，其有序运转靠的是一系列规则，规则的合法性有赖于其制定时的全民共同参与，其权威性在于全民对规则的普遍信仰和遵从，否则就会承担相应的后果——规则，包含规则的制定和执行，构成现代社会治理体系最重要的本质内涵。以此衡量，我们做的显然还相当不够：首先规则就还存在很大的漏洞，其次规则的执行完全缺乏刚性的约束，以致屈哨兵局长说“把（停课）权力交给（各个）区”，这其实是一种规则不明、难以执行的推卸推脱之举。

而我们的近邻香港做的就相当不错，他们早就有了一套成熟规整的应对规则：对香港市民而言，每当挂出八号以上风球和黑色预警，就意味着你今天可以不去上班，甚至不需要向雇主请假。如果挂的是三号风球，只有儿童可以不用出门，成年人依旧得去上班。总之，香港在天文台悬挂预警信号之后，达到哪个级别，各部门、市民要怎么做，完全有法律规定，学生和家长可根据预警信号知道要不要去上课，一切都明白晓畅、井井有条，绝不会出现我们这种纠结困顿、慌手慌脚的情况。

当然我们也不是没有进步，比如深圳，2012年深圳市气象局和教育局联合发文规定，市气象局(台)在全市任一区域发布台风黄、橙、红色及暴雨红色等气象灾害预警信号期间，全市中小学、幼儿园均执行停课指令，市教育局不另行单独发布相关停课通知——他们的问题不在于没有规则或规则不明，只在于家长和学生还是习惯听从于学校或幼儿园的指引，还不习惯这种规则的指引——尽管它说的已经相当明确了。从这里也可以看出我们社会成员的规则意识还不很强。

事实上，类似广州这次的混乱早就不是什么新鲜事了，几乎每一次大风大雨来袭，都会出现要不要上学、到了学校门口方被告知停课等等诸如此类的情形，一直都没有什么很好的改观。好在据说广东省政府应急办去年已向省相关立法机关申请，进行规范突发预警信息的地方性立法，除了规范发布机制，更从法律的层面上理顺、明确各部门、群众在各种灾害天气下的责任与应对方法。这就对了：社会不是一盘散沙，没有规则，何成方圆？！更遑论稳定、有序了。衷心希望省的这部法律早日出台，这样大家就知道风雨来袭时该怎么做了。

2014年4月2日《南方日报》

◎ 台风暴雨预警停课机制还可以更明确一点

这两天台风“海鸥”袭击广东，前天下午广州市教育局发布了关于严密防范第15号台风袭击的紧急通知，要求各学校针对台风做好防范措施。有小学校长告诉记者，一旦气象部门发布黄色或以上台风预警信号，学校就会通知停课。到昨天，广州市只有南沙区发布了台风黄色预警信号，南沙区教育局随即发布通知，该区学校昨天全天停课。

南沙区的依据来自于今年7月广东省教育厅、气象局联合发布的《关于建立教育系统应对台风暴雨停课安排工作机制的通知》，以及今年8月1日正式实施的《广东省台风暴雨极端天气学校停课安排指引》，两份文件都明确提出，以气象部门发布的台风黄色、橙色、红色预警信号和暴雨红色预警信号为停课信号，也就是说，一旦气象部门发布台风黄色或以上、暴雨红色预警信号，学校就自动停课。

那么，为什么只有南沙区发布了黄色预警并停课呢？根据《指引》的规定，预警信号发布遵循"属地管理"原则，预警信号属地名称与对应区域都有详尽的规定，广州市气象台发布的预警信号只适用于越秀、荔湾和天河区，其他各区以各区气象台发布的为准。也就是说，有可能出现一次台风暴雨但各区发布不同的预警信号的情况，就像这次一样，广州市只有南沙区发布了台风黄色预警信号，南沙区教育局随即发布通知该区学校16日全天停课。从这个角度而言，这次的应对并无不妥。

问题只在于两点：一是各区气象台能否及时、准确地发布预警信号？二是发布的预警信号能否及时传达到相关部门和家长手中？《广东省气象局关于建立教育系统应对台风暴雨停课安排工作机制的通知》里面对预警信号发布的时间有相当明确的规定："各级气象部门在发布台风黄色预警信号2小时前，向同级教育部门发出台风黄色预警信号特别报告，告知预计将会在2小时后发布台风黄色预警信号，提醒教育部门做好停课准备；在正式发布台风黄色预警信号前10至15分钟通报同级教育部门；发布台风黄色预警信号后，当预警信号发生变更（包括升级、降级或解除）时需提前10至15分钟通报同级教育部门。""各级气象部门尽可能在发布暴雨红色预警信号30分钟前，通报同级教育部门，提醒教育部门做好停课准备；在正式发布暴雨红色预警信号前10至15分钟通报同级教育部门；发布暴雨红色预警信号后，当预警信号发生变更（包括降级或解除）时需提前10至15分钟通报同级教育部门。"相信在今时今日的高度信息化时代，这些都不难做到。

虽然有了这么明确的指引，但不少家长表示，还是会等学校通知，才确定要不要上学。这当然可以理解。好在现在都有校讯通，气象台、教育局、学校、家长之间基本上能保持实时通讯，一旦预警信号发布，家长应该可以第一时间收到有关通知，知道该怎么做。

倒是有关部门似乎还没有完全领会这些精神实质，在操作方面还存在一些混乱。广州老三区之一的某区教育局前天给区内各学校发布通知："局属各单位：据气象部门通报，台风'海鸥'可能16日以强台风（级别14-15级）袭击我省……根据预警信号指引：1．暴雨红色预警：幼儿园、托儿所和中小学校应停课，处于危险地带的单位应停业。2．台风黄色预警：建议幼儿园、托儿所停课。3．台风橙色预警：建议中小学停课。4．台风红色预警：建议停业、停课（特殊行业除外）。具体安排请参照广东省教育厅、广东省气象局关于《建立教育系统应对台风暴雨停课安排工作机制的通知》执行。"这个通知的第2、3、4条就明显有误，因为《广东省台风暴雨极端天气学校停课安排指引》里面已经说得相当清楚："发布台风黄色或以上（橙色、红色）预警信号时，所有学校均应停课。"而不是黄色、橙色分别对应幼儿园、托儿所和中小学，给人的感觉，似乎只有在台风红色预警时才所有学校停课。这点是应该进一步明确的。

总之，台风暴雨预警停课机制还是一个新事物，必须要在实践中不断摸索完善，目的只有一个，就是师生的安全。

2014年9月17日《南方日报》

十三

其 他

Qi Ta

◎ 增加了辅警更应依法执法

据报道，去年开始，广州在原来1万人的辅警队伍基础上，着手扩大辅警队伍规模，新组建3万人辅警队伍代替治安联防队，进一步规范管理使用。

我首先留意到的是代替治安联防队——早该代替了！说实话治安联防队不说臭名昭著，也早背恶名，说的是维护治安，但更多的是凶神恶煞、欺压良善，其粗言暴行不时见诸报端。也多次听说要整治，但没见什么效果。这次要以辅警代替之，看来要动真格了。

以辅警代替治安联防队，不管是基于后者的胡作非为，还是社会治安的需要，有一点最为关键，那就是必须依法执法。官方说要“进一步规范管理使用”，如何才算是“规范”呢？我想也无外乎依法执法：严格依照法律赋予的权限行使自己的职责，还有比这更规范的吗？从前的治安联防队差就差在这里：那哪叫执法，违法犯法还差不多！否则也不会被骂作强盗土匪什么的了。

说到依法执法，也许有人要质疑辅警的执法资格。的确，只有警察才有执法资格，辅警应该是不具备执法资格的。但实践中辅警可能不会单独出动，应该都会在警察的带领下展开行动。所以，如果要辅警依法，首先警察就必须依法；反过来，辅警如果像治安联防队那样凶神恶煞、触犯法律，恐怕也是警察纵容放任的结果。因此，辅警依法执法的关键在于警察首先要依法执法。

现在一出什么事，都会推到临时工头上。听说很多事还真的就是临时工做的：一些有可能产生冲突纠纷的事往往叫临时工们先上，反正他们大不了走人；如果是正式工，那就麻烦上身了，不仅饭碗不保，有可能单位还脱不了干系，成本实在太大。这次广州建立了这么大规模的辅警队伍，但愿以后不要出现“那是辅警干的”新闻——有的话也是你暗示纵容的！

广州治安虽然大大好转，但形势总归是很复杂的，增加辅警队伍规范管理应该说是很有必要的。既然说要规范，那从一开始就规范起来吧：这么多辅警每年投入是多少？如何招人？等等，这些都应该一一公示于众，一方面让公众心中有数，另外也告诉辅警们知道你们可是拿了纳税人这么多钱的，“你们自己看着办！”

2013年7月26日《南方都市报》

◎ 开放拖车市场，让公众自主选择

现在什么都涨价，连拖车费吊车费也上涨了，而且幅度还不小：广东省物价局近日在官网上就调整高速公路救援服务收费公开征求意见，拖车费和吊车费的价格竟然成倍上涨。以家庭常用的小轿车为例，现在的拖车费起步价是240元，调整后最高限价430元；100公里的拖车费现在是432元，以后最高限价1780元，足足涨了3倍多！30座客车拖车100公里的价格涨幅更惊人，大涨了近5倍！涨价的理由是成本上升了。

我相信这也是实情，我只想问一句：可否开放这个市场，让公众可以东家不选选西家？如果一方面涨价，另一方面又不开放市场，只此一家别无分店，对于芸芸众生来说，除了做冤大头、苦主，还有什么呢？据我所知，代驾的兴起催生了很多汽车综合服务企业，除了汽车的年审日常维护保养，还有很多，基本上可以全包。那为什么不向他们开放这个拖车吊车市场呢？你涨你的价，我也可以随行就市东挑西拣，这才合理。现在倒好，你说涨就涨，民众没有丝毫选择余地，这不就是活生生的垄断？这算哪门子市场经济吗？

省物价局在网上征求意见，我相信十有八九反对涨价，根据过往的经验我也相信这样的反对没什么用处，涨价基本上是板上钉钉的了。如果铁定要涨，可否公布一下拖车公司的名字、法人代表、资质、注册资金、营业额、利润率什么的？既然是垄断，好歹让人知道一下是谁在垄断、赚了多少钱、钱去了什么地方啊！如果连这都不公布，公众完全被蒙在鼓里，那就太说不过去啦！

此外，价涨了，服务质量是不是也要跟着上涨呢？这是非常合理的期待。物价局的负责人说“收费项目的设置及计费方式等也存在与现时情况不适应的问题”，干脆连其他“与现时情况不适应的问题”也一并检讨公开吧，比如投诉机制有没有？完不完善？等等。

还有一点我很奇怪：现在涨价不都要开听证会的吗？尽管听证会实际上就是“听涨会”，但好歹让社会关注了一下、让人们可以发发声啊。这次省物价局只在网上征求意见，弄得悄无声息，不知何故？物价局又是公布通讯地址，又是公布传真号码、电子邮件，不知最后有多少人反映意见呢？我也很希望物价局到时将所有收集到的意见公布一下，也好让大家知道都是些什么意见，以及，到底有多少人反映了意见——这可是检验你们工作成效的重要依据哦。

2013年8月23日《南方都市报》

◎ 记者被打：如此暴行天理难容

广州又有记者被打！日前《新快报》的几位记者在白云区采访违建的时候遭到多人殴打，而且居然就在太和镇政府大院里面。在医院治疗的过程中连同报社派来的另外几位记者一起居然再次遭到更多人的围殴，而且持续达半小时之久。从视频上看，暴行赤裸裸、丑陋、下流，让人不忍再睹。

我感到非常愤怒，这是对他人生命权利和尊严的肆意侵犯！

以前出现这类事的时候，人们往往会说记者的正当采访权利受到了侵犯、媒体的舆论监督权和公众的知情权没有得到充分保障，等等。但我首先想到的却是记者个人，而不是记者的职业身份。打人就不对，如此粗暴地围殴更加不对，不管被打的是记者，还是其他任何人，就都触犯了刑律，一定要受到法律的严惩，这是没有任何话可讲的。没错，我们国家的新闻法一直难产，但这类暴行哪用得着什么新闻法呀，刑法上面早写得清清楚楚了。

打人发生在镇政府大院，镇政府的官员没有及时制止，过后没有采取及时的保护措施，以致记者在医院再次被围殴，官员失职是肯定的，除此之外是否也触犯了刑律？是否也要负法律的连带责任？我是法律外行，很希望广州的律师们从法律的角度来分析一下，看太和镇政府的官员们要不要承担法律的连带责任。至于党纪处分什么的，信息时代，众目睽睽、民意汹汹，“你们看着办！”何况现在正在搞群众路线教育实践活动，就把这件事的处理结果当作群众路线教育实践活动的试金石吧，否则一切都是废话。

媒体的报道中还有一个细节：在太和镇政府大院，太和派出所的警察来后只对记者的身份证件进行了登记。我感到非常奇怪：打人的人不登记，被打的反而登记，这是依据哪门子的规定和程序？

总之，这件事决不能让它轻易过去，否则就是广州之耻。政府是什么？医院是什么？头顶“无冕之王”的记者是干什么的？这些原本代表现代文明的词汇结果在广州变成了“记者在政府大院和医院遭到多人围殴”，这也称得上文明和文明城市？！算了吧！

2013年9月13日《南方都市报》

◎ 驾照被“偷分”，车管所需担责

拿了驾照从没开过车，也从没开通过网上车管所，却无端端地“违章”3次、扣9分，这样的事就发生在广州一位梁先生身上。很显然梁先生的“僵尸驾照”被人盗用了，之所以如此，当然跟所谓史上最严交规有关：罚款事小，扣分事大，一旦被扣12分，驾照就没了，要重新考过。于是很多人借用别人的驾照顶包，但像这次这样却第一次听说：借用别人的驾照虽然也不怎么正当，但毕竟你情我愿；而梁先生所遭遇的情况我觉得就属于盗用了，按照律师的说法，已经构成违法，应该追究相关的法律责任。

法律责任除了盗用者的，我认为还有车管所的。这次梁先生驾照被“偷分”，全部都是通过网上车管所办理。依照有关规定，开通网上车管所必须由本人携身份证和驾驶证原件到车管所大厅办理。但梁先生既没有去车管所办理，也从没丢失过身份证，驾照也一直放在家里，从来没有借给别人，那么他的网上车管所是怎么开通的？我觉得车管所至少存在监审不严的失职责任。

而车管所令人费解的态度更让人感觉它的问题还不止此。按照梁先生的描述，车管所手上掌握了嫌疑人的大量材料：手机号码、3个违章的车牌号码、车辆信息、银行账号、转账记录，本人现场开通网上车管所时的监控画面，按说要查清楚非常容易。但车管所却一直不告知梁先生嫌疑人到底是何方神圣。尤其让人喷饭的是，车管所还一直以“对方私隐”为由，拒绝向梁先生透露调查进展以及盗用分数的车辆当事人信息。

这不禁让人产生更大、更多的疑问：到底是谁的私隐？明明是违法嫌疑人，车管所却如此尽心尽力地保护他的“私隐”，这是个什么情况？因为事情实在是太蹊跷了：恰巧就是在梁先生要换证的前5天，分属两地3个车牌的3起违章事故，瞅准时机在5分钟之内被偷走9分，所扣9分也刚好处在限额之内。如果不是梁先生偶然查到此事，一旦他的驾照5天后过期，一切就都踏雪无痕地过去了，这手法真是高明得可怕，按照梁先生的说法，对方手法纯熟，“怎么看都是有组织有预谋的。”——是什么样的组织？如此统筹协调、周密安排部署，怎么看都像是掌握了大量的内部信息、拥有可靠的内部渠道的人或团伙所为。

所以我完全赞同律师的主张：梁先生应该去报案。没错，这就是一个案件，而且在目前还是一个谜案，警察应该尽快去查清楚，除了给梁先生一个交代，还指不定这里面有多深的浑水呢，还指不定有多少人受害或即将受害呢。至于事情“穿帮”以后交警有关部门给梁先生“平反昭雪”，清除了他原本就不存在的所谓“违章”记录，并退还了被偷的分数，也并不足以认定此事就得到解决不再追究了——只要那个盗用者一日不露头，这事就一日没完！

2013年10月22日《羊城晚报》

◎ 街头售水机哪些合格哪些不合格？

前天广州市卫生局局长陈怡霓作客“行风面对面”电视节目，回答市民和媒体关注的热点卫生问题，称街头售水机合格率还不如管网的自来水，连她自己也不敢喝，并呼吁“市民不要再用街边饮（售）水机”。

陈局长保留了她一贯的心直口快，令人称道，很希望市民响应她的呼吁，别再喝街头售水机的水了。我有些好奇，到底有多少市民会响应？再就是售水机企业会不会对陈局长心生怨恨，埋怨她破坏了“商业信誉”？当然陈局长完全不会担心，因为她手中有非常翔实的数据，那就是街头售水机的合格率只有60%，这个事实是无法更改的。

原来街头售水机是属于卫生局监管的，那么卫生局要做的恐怕就不应止于呼吁，而应该明确地告知公众哪些售水机合格可以喝，哪些不合格不能喝。当然这个工作卫生局也不是没有做，按照有关负责人的说法，“每年我们都会一年两次进行抽查，监测检测报告都会张贴到显著位置。”我觉得仅仅抽查似乎不够，应该对每台售水机进行检测，毕竟对于用户来说，一台售水机就是他的全部，合格率多少多少对他而言毫无意义，如果他用的那台不合格，对他而言就是100%。所以应该像电梯检测那样对每台售水机进行检测，并将结果明确告知公众。

如果售水机不合格怎么办？卫生局有权将它取缔吗？这是个问题，从报道看似乎也没有涉及这个问题。报道说目前无法整体取缔这个行业，但将不合格的街头售水机处理掉应该是可以的吧？要不监管的职责体现在哪里呢？

也许是受这期节目影响，这两天有网友吐槽广州的直饮水工程，说早在

2002年广州就决定投资47亿元建设直饮水工程。这个我还有点印象，记得当时还很憧憬过一阵，后来也在北京路步行街上“直饮”过几次。不知道现在这个工程完成得怎么样了，也不知这街头售水机是不是这直饮水工程的一部分，也许有关部门应该出来回应交代一声。

现在回过头来看，恐怕广州搞直饮水工程、像美国人那样拧开水龙头就喝并不现实。为什么呢？因为这个工程是个巨大的系统工程，涉及好多的环节、程序，而但凡是要涉及很多环节程序的，我们都不大可能搞得好，原因无他，就是因为我们这个社会基本还处于一盘散沙的状态，系统稍微复杂点我们就不敷应对，总要出点纰漏——不是这里，就是那里。

所以与其大跃进似的搞直饮水工程，不如扎扎实实地把自来水搞好。好在据陈局长说这几年市政府投入很大的财力改善水质条件，现在广州的自来水无论是口感还是卫生质量都非常好，自来水管网出来的水合格率是99%。这就很好了，把自来水烧开喝，既卫生也符合我们一贯的生活习惯。只是还有一点不明：以前搞街头售水机是因为“自来水水质不理想”，现在自来水水质都差不多达到100%了，为什么还“无法整体取缔”街头售水机这个行业呢？何况它的质量还那么差！

2013年10月31日《羊城晚报》

◎ 的士里面不应该装摄像头

今年4月份广州小部分出租车上曾经试验性安装了前后摄像头，因后摄像头正对准车内乘客，经媒体报道后引起轩然大波。日前有记者获悉这部分试验性摄像头疑因涉及隐私问题已被全部拆除，短期内广州不会在出租车上开展大面积安装摄像头的工程，个别司机自行安装的除外。

的士里面装摄像头毫无疑问会侵犯乘客的隐私，我认为这几乎无需讨论。有人说的士属于公共交通工具，而根据《广东省公共安全视频图像信息系统管理办法》，公共交通工具都应当安装摄像头。但我想的士毕竟不同于一般的公共交通工具，比如公交车、地铁之类，它其实是有相当的私密性在里面的，甚至都不属于严格意义上的公共空间，因此并不完全适用于《广东省公共安全视频图像信息系统管理办法》。

假如严格做好后台数据信息管理、不让视像资料泄露行不行呢？道理上说说可以，但以今时今日我们的信用水准，谁会放心啊？反正我是不放心的，而且感觉时刻被监视，很不爽。

的士司机倒是很欢迎，说安装摄像头后会给他们一种安全感，在面对某些乘客的无理取闹时可以更加理直气壮，也可以震慑一些想要打劫出租车的犯罪分子。但我想不能让无辜的市民为粗野乘客或潜在的犯罪分子买单，毕竟那是少数，你不能因为少数人的作为而绑架多数人的权利。

的士装摄像头，这个问题的实质是公共安全与个人隐私权的平衡问题。这个问题现在日益为人关注，记得早些年伦敦装"天眼"就引来很多人的惊恐，有好事者甚至统计出伦敦奥运期间每个人出现在监控视频中的频率是77次，近来引发全球关注的网络监控更让人惶惶不可终日。

客观地说，在当今这样一个时代，类似街头、长途汽车、公交车这样的公共空间安装监控视频是必需的，但必须要有一个度，这个度就是他人的权利边界——不可侵犯他人的权利。这个度如何把握呢？一时半会难以说清，只能比喻：在大巴上装摄像头可以，在的士上就不行。当今尤其需要警惕以公共安全的名义强化这方面的监控，毕竟现阶段公共安全方面的问题越来越多。但无论如何，权利始终应该放在第一位，否则我们就不要奢谈什么文明了。

广州幸好将这些"试验性摄像头"全部拆除了，并表示"不会在出租车上开展大面积安装摄像头的工程"，但却留了两个令人担忧的尾巴，一是"短期内"——那么长期呢？难道以后还打算这么干？二是"个别司机自行安装的除外"，我很担心一些司机被"自行安装"，毕竟相对于公司及其背后的公权力，他们几乎处于绝对的弱势，根本谈不上什么自由选择权。

2014年6月6日《南方都市报》

◎ 值得关注的冼村“贪腐亲友团”现象

昨天上午，7名冼村原班子成员在广州中院受审，最大的第一法庭一楼坐满了冼村村民。7人均涉嫌犯贪污罪、受贿罪两项罪名，被指利用职务便利，以超额发放精神文明奖等奖项的方式，侵吞公共财产，并为开发商提供承租、承建方面的帮助而受贿。尤其值得关注的是，这7人与已经外逃的冼村实业有限公司原党支部书记、董事长卢穗耕之间都存在这样那样的亲友裙带关系，是一个典型的“贪腐亲友团”。

这种现象相信不同的角度有不同的解读。我们经常说中国社会正在转型，其中一个视角就是从熟人社会向陌生人社会转型。典型的熟人社会就是村落：以血缘关系为纽带，彼此沾亲带故，其社会形态依托于宗法原则，也就是我们常说的所谓人情社会。在这样的社会，人情大于法律，就是古人说的“大小以情，原心定罪”，按照钱穆先生的说法，就是“重人不重法”。

依照过去的标准，也许可以做到“志善而违于法者免，志恶而合于法者诛”，虽不中矩，但其心可叹、其情可悯。但在现代法治观念下面，这一套就完全行不通了：法律只为保护权利，只要你侵犯了他人的权利，就必定触犯了刑律，而完全不论你出于什么样的动机。就像冼村贪腐案件，一直以来都有村民上告，显然是因为他们自觉权利受损卒之起而维权。

广州像冼村这样的城中村还有很多，而且向来宗族势力发达，类似冼村这样的“贪腐亲友团”还有没有？我认为这是相当值得有关部门关注的。这样的地方在城市化热潮中往往寸土寸金、利益丰厚，加上人们法治意识淡薄，取而代之者人情利害的考量大行其道、各类利益宗亲关系盘根错节，触碰刑律可以说是分分钟的事。

也许有人说近来贪腐大案频发，并不见得都是这种“贪腐亲友团”。很多贪污腐败的确早已超越村落的层次和水准，但无视他人权利、毫无法治意识、拉帮结派大搞裙带关系上下其手中饱私囊却一，其性质和手法与冼村这样的“贪腐亲友团”其实并无二致。

几年前时任广东省委书记汪洋就说过要“努力把人情社会变成法治社会”，从冼村及类似冼村的“贪腐亲友团”现象来看，显然还任重道远。

2014年7月22日《羊城晚报》

◎ 广州应积极探索异地驾考

上周五公安部发布16项便民服务措施，其中一条涉及异地驾考：试行驾驶人省内跨地市考试——在驾驶人考试积压多的地方，试行省内跨地市考试，符合考试条件且两个月内预约不上考试的，可以在本省区市内选择省级公安交管部门指定的异地考场参加科目二或科目三道路驾驶技能考试。

去年起实施驾考新规令考试难度大增以后，广州驾考积压人数“爆煲”，公安部的这条便民措施对广州而言本是一件大好事。但是据本埠媒体报道，对于驾驶人省内跨地市考试一项，广州试行关卡重重，按照此前官方公布的2万积压人数来看，极有可能会划归至“不试行地区”。

这是为什么?

相信很多人会第一时间想到利益垄断——去别的地方考试，那不是“肥水流了外人田”？实行驾考新规考生人数积压以后，广州一度实行所谓“出一进一”制——毕业一个学员才能招进一个新学员，招的人少了，积压自然相应减少。但这又严重影响驾校利益，导致很多驾校反应强烈，甚至差点酿成群体事件。广州于是又做了调整：一台教练车一年只能招45个学员，实行总额控制，总算平复了驾校的情绪——至于社会的需求则暂时顾不上了。如果能够异地驾考，意味着出口一下子变宽变阔，出去的人多了，进来的人也必定相应增多，不仅不会影响驾校的收益，反而会增加他们的收益，对他们而言绝对是一件大好事，社会的需求也得到极大的正向满足。

受影响最大的只能是考试单位，也就是岑村考场。道理是明摆着的：来考试的人少了，收益自然也就少了。至于到底少多少，则不得而知。我特地向行内资深业者打听了一下，现在的考试费用是每人490元，如果通不过要补考，则各有不同：科目一35元，科目二65元，科目三140元（另外还有170元的长途费，按照省里的扶贫政策由连南等地收取）。据媒体报道，截至2013年12月，广州全市待考人数约49.9万人，科目一通过率为92%，科目二为50%，科目三为77%。可见，参考和补考的人都很多，是一笔不小的费用。

当然官方不会给出这样的理由，最堂而皇之的理由是外地驾考标准不严，可能会导致大批不合格的学员“蒙混过关”，培养出一大堆的马路杀手。对这样的观点我是有疑虑的，我一直认为中国居高不下的道路交通事故往小里说跟我们的汽车文化有关，往大里说跟我们的整体社会发展水平有关，而跟驾考是否严格什么的并没有什么直接的、必然的关系——何况异地考场必须是省级公安交管部门指定的，标准也不会低到哪里去。

倒是存在另外一种可能性，那就是一旦放开，广州本地的驾校与外地的考试机构串通合谋，通过利益输送、利益均沾的方式来贪腐渎职、贻害社会。此外据说广州正在通过严格招生环节规范驾培市场，淘汰“落后产能”，而且已经初见成效。现在一下子找到了新的出路，那不得沉渣泛起、死灰复燃？对我们这样一个依然一盘散沙的社会而言，这些都是非常可能的。还是那句话：好在公安部明确规定必须是省级公安交管部门指定的异地考场，相信这还是有相当约束力的，否则就会触犯刑律。至于那些不合格驾校，就更不是问题了：你不是有严格的行业规范、验收标准吗？

总之公安部的这条措施的确是相当“便民”，我们应该一切从服务公众、满足公众需求出发来进行落实。慎重起见，可以先试行，实行就近异地驾考，比如佛山、肇庆等等，待摸索出成功经验再行推广不迟，最终彻底消除广州目前这种驾考难的局面。相反，设置重重关卡关闭试行大门，显然不是今时今日行政当局应有的态度和作为。

2014年7月29日《南方日报》